Edition Knurrhahn

Max Göbel

Die Oase lebt

Erwachsen werden im Nürnberg der Nachkriegszeit

Edition Knurrhahn
im Thomas Rüger Verlag
Nürnberg

Bisherige Buchveröffentlichung
von Max Göbel:

Die Oase
Kindheit und Jugend in der Stadt der Reichsparteitage
ISBN 3-926477-22-9 – 256 Seiten
Verlag Maria Mümmler, Emskirchen

Die Deutsche Bibliothek – CIP-Einheitsaufnahme

Ein Titeldatensatz für diese Publikation ist bei
Der Deutschen Bibliothek erhältlich

Impressum:

Die Oase lebt
Erwachsen werden im Nürnberg der Nachkriegszeit
von
Max Göbel

und bei der Edition Knurrhahn
im Thomas Rüger Verlag, Am Graben 38, 90475 Nürnberg
www.thomasruegerverlag.de.vu
E-Mail: thomasruegerverlag@web.de

Printed in Germany.
Druck: Gruner Druck, Erlangen
Umschlagfoto: Walter Rattler
Umschlaggestaltung: Cornelia Rettenberger

1. Auflage Oktober 2005

ISBN 3-932717-21-X

Vorwort

Vor rund zwei Jahren gelang Max Göbel mit seinem Erstlingswerk „Die Oase“ ein Nürnberger Bestseller, der auch in vielen Medien Resonanz und Anerkennung fand.
Die packende Schilderung von Kindheit und Jugend des Buben Richard (Pseudonym für Max Göbel selbst) in der Stadt der Reichsparteitage zog offensichtlich nicht nur seine eigene Generation in ihren Bann, sondern faszinierte auch einen jüngeren Leserkreis.

Im vorliegenden Buch wendet sich der Autor der Nachkriegsgeschichte zu. Es gelingt ihm, mit vielen kleinen Erzählungen zeitgeschichtliche Einsichten zu vermitteln.

Richard schildert das Überleben seiner Familie in den Hungerjahren nach dem Ende des „Tausendjährigen Reiches“, lässt die Leser aber auch teilhaben am manchmal mühsamen Bewusstseinswandel - weg von den Zeiten diktatorischer nazistischer Gehirnwäsche, hin zu mehr Demokratie und mehr Menschlichkeit im Alltag.

Diese Erfahrungen haben Folgen für seine private, gesellschaftliche und berufliche Grundorientierung als Erwachsener. Immer geht es ihm um Prinzipien wie Eigenständigkeit, Motivation, Ermutigung, partnerschaftliches Verhalten, Gleichberechtigung und Toleranz. Für ihn gilt, dass vor allem junge Menschen dafür ohne erhobenen Zeigefinger begeistert werden müssen.

Der Autor versteht es, durch seine lockere Erzählform das Lesevergnügen stets wach zu halten, Individuelles mit Gesellschaftlichem zu verknüpfen, Politisches im Unpolitischen sichtbar werden zu lassen. So entsteht ein Kaleidoskop, das aus bunten Teilen einer Lebensgeschichte das vielfältige Bild der Nachkriegszeit vor den Augen des Lesers entwickelt.

Fragen stellen sich: Weshalb ist die Idee des „mündigen Staatsbürgers“ heute vielleicht weniger verwirklicht als in der Hochblüte des „Rheinischen Kapitalismus“? Dürfen die „Standortfrage“ und das „Kostenargument“ die Forderung nach „mehr Lebensqualität“ und nach „Wohlstand für Alle“ total verdrängen? Ist die Ökonomisierung aller Bereiche des menschlichen Daseins wirklich ein „Fortschritt“?

Ein anregendes Buch für eigene Gedanken - herausgelockt durch den Handlungsleitfaden eines spannenden Lebensweges voller interessanter Begegnungen und Ereignisse.

Rolf Langenberger

1. Kapitel

Es dauerte Monate, bis sich die Familie Löbner an die neuen Verhältnisse nach den furchtbaren Geschehnissen während der braunen Diktatur gewöhnt hatte und mit dem Leben im Behelfsheim auch dann noch zurechtkam, als der Platz in den beiden kleinen Räumen immer enger wurde. Schließlich lebten sie zu sechst auf einer Wohnfläche, die schon für zwei Personen knapp genug gewesen wäre.

Als Karl und Franz bald nach Kriegsende heimgekommen waren, sagte der Vater, den alle Peter nannten, eines Abends: „Jetzt sind wir fast vollzählig, nur Elisabeth wohnt noch in Ziegelstein bei den Großeltern.“ Leni, seine Frau, von den Kindern Mama genannt, ergänzte: „Deine kranke Mutter hast du wohl vergessen, sie ist doch im Altenheim und wird nie mehr bei uns leben können, selbst wenn wir Platz für sie hätten. Außerdem befindet sich Elisabeths Mann noch in russischer Kriegsgefangenschaft, wer weiß, ob er jemals wieder heimkommt.“

Richard hatte erst vor wenigen Tagen mit seinen Brüdern den selbstgebauten Bunker vor der Türe des Behelfsheims beseitigt, den tiefen Graben zugeschüttet und die darüber liegenden Betonpfähle zum Nachbarn zurückgebracht. Als er mit seinen Geschwistern - der mittlerweile sechsjährige Heinz saß auch dabei und hörte aufmerksam zu - über das letzte Kriegsjahr sprach, wurde immer deutlicher, welches Glück alle Mitglieder der Familie gehabt hatten, dass sie im November 1945 noch am Leben waren. „Der Kapitän hätte mich am liebsten erschießen lassen, als ich ihm den Funkspruch von Hitlers Tod überbracht habe“, sagte Franz, „auch beim Minenräumen hätte es mich leicht erwischen können.“ Der älteste Bruder Karl überlebte trotz schwerer Verwundung. Er erzählte: „Der Arzt im Lazarett hat zu mir ´Glückspilz` gesagt, weil der Granatsplitter durch meinen Arm abgebremst wurde. Deshalb ist die Lungenverletzung ohne schwerwiegende Folgen geblieben. Aber der verrückte Schörner, unser Generalfeldmarschall, hätte mich beinahe vorher umgebracht, als er bei unserem Rückzug in der Tschechei aus seinem ‚Fieseler Storch’ mit dem Maschinengewehr auf die fliehenden Soldaten geschossen hat.“

Bei diesen Berichten seiner Brüder dachte Richard an die glücklichen Zufälle seines eigenen Überlebens. Hätte er seine Eltern und die Großmutter nicht dazu gebracht, bei jedem Fliegeralarm in den öffentlichen

Luftschutzraum in die Saldorfer Straße zu hasten, wäre die ganze Familie im Luftschutzkeller des Hauses in der Bärenschanzstraße umgekommen. Auch die herabschnalzenden Straßenbahndrähte in der Fürther Straße - verursacht durch eine einstürzende brennende Hauswand - hätten sein Ende sein können. Nur der geschenkte alte Stahlhelm, den er immer trug, wenn er zum Löscheinsatz fuhr, hatte ihn vor dem Schlimmsten bewahrt. Und als alles fast vorbei war, beging er auch noch in Ziegelstein die Verrücktheit, sich einen ermordeten amerikanischen Soldaten genauer anzusehen. Eine unerklärliche Dummheit, die wie durch ein Wunder keine ernsten Folgen für ihn hatte. Schon aus Hass und Nervosität hätten ihn die herbeieilenden GIs erschießen können!

Sein bester Freund Kurt und dessen jüngerer Bruder Erwin hatten kein Glück gehabt. Auch deren Mutter und die Verwandten überlebten den entsetzlichen Luftangriff vom 2. Januar nicht. Das grauenhafte Schicksal Kurts, der nach 18 Stunden mit schwersten Brandverletzungen geborgen worden war und dann sechs Wochen später am 21. Februar 1945 in seinem Krankenbett durch einen Volltreffer im Krankenhaus buchstäblich zerfetzt wurde, beschäftigte ihn fast noch jeden Tag und sorgte nachts für Albträume.

Die Brüder stimmten Franz sofort zu, als er sagte: „Am meisten Glück von uns allen hat aber Peter gehabt. Ich habe nie einen Vorgesetzten erlebt, der sich so human verhalten hat, wie der Hauptmann in Regensburg gegenüber unserem Vater. Aus Verrücktheit oder wegen extremer Angst den Kriegsdienst verweigern - wer hat denn so etwas bei den Nazis überlebt? Ohne diesen Hauptmann wäre er entweder in Dachau gelandet und dort in kürzester Zeit krepiert oder man hätte kurzen Prozess mit ihm gemacht und ihn erschossen."

Bei seinen Freunden, beim Bäcker, wenn er sich bei Sonderzuteilungen in irgendeinem Geschäft anstellte, auch in der Straßenbahn, überall hörte Richard ähnliche Sätze wie „Das deutsche Volk ist hinters Licht geführt und missbraucht worden“, „Wir wollen mit dem ganzen Schwindel nichts mehr zu tun haben“, „Eine Hand voll Verblendeter hat die Verbrechen begangen und den deutschen Namen schändlich missbraucht, wir haben doch von allem nichts gewusst“, „Die anderen sollen sich doch nicht so aufspielen, sie haben genauso viel Dreck am Stecken, schaut doch unsere Stadt an “, „Hitler hat bestimmt selbst nichts vom Mord an den Juden gewusst, das waren die Fanatiker in der SS und in der SA“.

Zu denen, die radikal mit der Gewaltherrschaft abrechneten, gehörte Richards Großvater aus Wöhrd, der immer noch in Ziegelstein wohnte. Er nahm kein Blatt vor den Mund: „Jetzt will niemand mehr etwas mit den Verbrechern zu tun haben. Dabei haben damals fast alle dem Oberverbrecher Hitler zugejubelt und wie die Verrückten Beifall geklatscht. Mir macht keiner etwas vor, es waren nicht nur ein paar Mörder, die das ‚arme deutsche Volk' geknechtet haben. Jetzt wollen alle nur Opfer sein! Zum Schluss müssen sich die überlebenden Juden noch bei den Volksgenossen entschuldigen, dass sie sich über den Massenmord beklagen."

Bei Richards Brüdern, aber auch in seinem Freundeskreis, war die Meinung vorherrschend, von dem ganzen „Mist" aus der Vergangenheit nichts mehr wissen zu wollen. Ein Freund Karls, der aus einem französischen Gefangenenlager geflohen war, vertrat die Meinung: „Uns haben sie nicht danach gefragt, ob wir zum Militär wollten. Nur einem Glücksfall verdanke ich es, dass sie mich nicht in die Waffen-SS gesteckt haben. Weil ich ein paar Zentimeter zu klein war, bin ich davongekommen. Ich habe ein für allemal die Schnauze voll! Ich pfeife auf jede Politik, nie mehr darf es bei uns Militär geben, alle Waffen sollten verboten werden, jeder Krieg ist idiotisch! Die gestohlenen Jahre ersetzt mir niemand."

Wie für die meisten, ging es auch für Richard in der unmittelbaren Nachkriegszeit in erster Linie um Fragen des Überlebens: Wo gibt es irgendwelche Lebensmittel, wird die Wohnung in der Zickstraße bald wieder hergerichtet, reicht das Geld in der Familie, kann ich neben der Schule Geld verdienen, hat das alles eigentlich noch irgendeinen Sinn oder sollte man nicht versuchen, ins Ausland zu kommen, um vollkommen neu anzufangen? So wie viele andere, bei denen die Nazipropaganda bis zum Schluss gewirkt hatte, wollte er so schnell wie möglich vergessen und nicht mehr darüber nachdenken. Die Amerikaner als „Umerzieher" waren ihm zuwider, dem neuen Lebensstil, den sie mitbrachten, konnte er sich aber nicht entziehen. Richard gefiel die Jazzmusik, er mochte auch die neuesten amerikanischen Schlager, Coca Cola war etwas ganz Besonderes, und ab und zu leistete er sich eine unverschämt teure „Camel".

Wenn schon für die Zukunft wenig Erfreuliches zu erwarten war, warum sollte man dann nicht aus der Gegenwart das Beste machen und alles mitnehmen, was das Leben bot? Sein Freund Otmar drückte das so aus: „Mich legt keiner mehr herein, auch nicht die neuen Schwätzer. Ich möchte schon heute etwas vom Leben haben, nicht erst nach dem Wiederaufbau am Sankt-Nimmerleins-Tag."

Richards Versuch, im Opernhaus als Statist mitzuwirken, gelang wider Erwarten beim ersten Anlauf, dadurch bot sich sogar die Chance, zum ersten Mal in seinem Leben regelmäßig Geld zu verdienen. Im gleichen Haus war nämlich auch das Büro des Special Service untergebracht, das ab und zu Bühnenassistenten suchte, die gegen eine Bezahlung von 5 RM pro Vorstellung eine Kofferträger-Rolle übernahmen und sonstige Dienste für die Artisten leisteten. Richard bekam den Job und konnte sich in den nächsten Jahren von diesem Einkommen versorgen und seine Familie unterstützen.

Richard erlebte seine Familie weiterhin als „Oase", die Rückzugs- und Erholungsraum in einer völlig veränderten Welt bot. Die Doppelbelastung durch Schule und abendlichen Job hätte er sonst wahrscheinlich nicht überstanden. Trotz vielfältiger Erlebnisse und neuer Erfahrungen gelang es Richard in dieser Lebensphase noch nicht, sich vorurteilslos mit der Vergangenheit auseinander zu setzen und das Ausmaß der faschistischen Verbrechen zu begreifen. Am Anfang dieses Lernprozesses stand eine gefühlsmäßige Abneigung gegen Schönredner, Verharmloser, forsch auftretende Unschuldige, die er als nazistische Schreihälse gekannt hatte, aber auch gegen ehemalige Lehrer, Pfarrer und sonstige Autoritätspersonen, die angeblich schon immer gegen die Nazis gewesen waren. Es sollte viele Jahre dauern, bis sich Richard genügend Informationen angeeignet hatte und in seinem Urteil über Vergangenheit und Gegenwart sicherer wurde.

Der Alltag unmittelbar nach Kriegsende stand unter dem Motto: Erst kommt die Versorgung, dann die Moral. Richard hatte zwar schon vor einigen Jahren begriffen, dass Zigaretten und Tabak für viele einen außergewöhnlich hohen Stellenwert besitzen. Wie hoch die Bedeutung wirklich war, erlebte er unmittelbar nach dem Einmarsch der Amerikaner.

Sie rannten umher wie die Hühner, denen man Brotbrocken zuwirft und die sich gegenseitig diese Leckerbissen abjagten. Vier amerikanische Soldaten saßen in ihrem Jeep vor dem Sielschulhaus und hatten ihren Spaß daran, die Deutschen nach ihren lässig weggeschnalzten Kippen rennen und streiten zu sehen. Die Amerikaner hatten so viel Vergnügen an diesem Gewimmel, dass sie dazu übergingen, Zigaretten in drei Teile zu brechen und diese kostbaren Drittelzigaretten unter die Menge zu werfen. Von den jahrelang propagierten Tugenden, wie Ehre, Stolz und Genügsamkeit, war da nichts mehr zu sehen, auch von Volksgemeinschaft oder gar von „Herrenmenschen" war bei diesem Streit jeder gegen jeden nichts zu bemerken.

Mit Richards Raucherfähigkeiten war es im Frühsommer 1945 noch nicht so weit her, obwohl sich sein Freund Norbert in einer Toreinfahrt in der Bärenschanzstraße in einem Schnellkurs alle Mühe gegeben hatte, ihm richtiges Inhalieren beizubringen. Trotzdem wusste Richard über den Wert der Zigaretten Bescheid und beobachtete immer wieder, wie die Kippen von jedermann aufgehoben wurden. Fürther Straße, Bärenschanzstraße, Preißlerstraße und Sielstraße waren besonders gute „Jagdreviere“. Dabei gab es verschiedene Methoden der Aneignung solcher manchmal noch zweidrittellangen Restzigaretten. Bei der unbekümmerten, direkten Methode bückte sich der Sammler ohne Rücksicht auf mögliche Zuschauer. Der unauffälligen, indirekten Methode bedienten sich solche Personen, die zwar in den Genuss des Kippentabaks kommen wollten, aber für das direkte Aufheben zu stolz waren. Entweder benutzten sie einen Spazierstock, an dessen Ende ein Aufspießnagel befestigt war, oder sie traten persönlich überhaupt nicht in Erscheinung und schickten stattdessen die Kinder zum Kippensammeln. Auch wenn die Frauen solcher stolzen ehemaligen Volksgenossen zufällig an leicht sammelbaren Zigarettenresten vorbeikamen und diese als Mitbringsel nach Hause brachten, soll es darüber keinen Familienstreit gegeben haben.

Die profihafte Kippensammelmethode kam nur für Privilegierte in Betracht, das waren alle bei den Amerikanern Beschäftigten, z.B. Kellner in amerikanischen Clubs oder Musiker, die dort spielten. Sie saßen gewissermaßen an der Quelle, wobei allerdings die Musiker unter starker Kontrolle des Bedienungspersonals standen. Richards um ein Jahr älterer, damals sechzehnjähriger Schulfreund Hugo hatte in wenigen Wochen das Blasen auf der Posaune so weit gelernt, dass er in einer Sechs-Mann-Band nicht weiter unangenehm auffiel. Er spielte jeden Abend in einem amerikanischen Soldatenclub und hatte sich zwecks schnelleren Einsammelns der kostbaren Kippen von seiner Mutter große Innentaschen in sein blaues „Künstlersakko“ nähen lassen. Bei jedem Gang durch das Clublokal zur Toilette leerte Hugo alle greifbaren Aschenbecher mit vollem Inhalt in die dafür eigens angefertigten Innentaschen, denn zum Aussortieren der Kippen ließen ihm die Kellner keine Zeit. Seine Methode war allerdings mit beträchtlichem Risiko verbunden. Während er sich mit seinen Musikerfreunden redlich bemühte, die amerikanischen Soldaten durch heiße Rhythmen in Stimmung zu bringen, schrie plötzlich der Bassist: „Allmächt, der Hugo brennt.” Eine noch glühende Zigarettenkippe hatte den Schwelbrand im schönen blauen Sakko verursacht, der allerdings von den Kollegen schnell gelöscht werden konnte. Die Kellner im Soldatenclub sollen sich über den aus allen Nähten qualmenden Posaunisten am meisten amüsiert haben.

Es bleibt noch nachzutragen, dass es in der Zeit der allgemeinen Kippensammelei gleich und gleichere Bedürftige gegeben hat. Letztere benötigten keine Kippensammelmethode, sie waren nämlich in der Lage, jeden Preis ab 6,-- RM aufwärts für die einzelnen Zigaretten zu bezahlen und hatten nie Not bei der Befriedigung ihrer Raucherbedürfnisse.

Im verwüsteten Zentrum des ehemaligen „Schatzkästleins" lebten die Menschen unter primitivsten Bedingungen, nicht nur der Bombenkrieg war schuld daran, auch der sinnlose Kampf einiger fanatischer Hitlergetreuen bis zum bitteren Ende hatte noch viel Zerstörung in die Altstadt gebracht.

„Fahren wir doch mal zu unserem Schulhaus am Webersplatz, ich möchte wissen, wie weit sie dort sind", schlug Norbert vor. „Dann können wir uns die Reste der Altstadt ansehen, das wollte ich schon lange machen", antwortete Richard. Mit den Fahrrädern hatten die beiden noch nie probiert, eine Rundtour zu unternehmen. Denn sie wussten, dass von der Altstadt nur noch ein riesiger Schutthaufen übrig geblieben war und viele Straßen und Gassen gar nicht mehr existierten.

Als sie mit den Rädern losfuhren, bemerkte Norbert nebenbei: „Mein Rad lasse ich mir aber bestimmt nicht abnehmen, ich hab`s dabei in der Werkzeugtasche." Richard traute seinen Ohren nicht, er wusste sofort, was Norbert meinte. Am liebsten wäre er gleich wieder umgekehrt, denn Norbert fuhr mit einer Pistole vom Kaliber 7,65 mm spazieren, obwohl im November 1945 auf Waffenbesitz die Todesstrafe stand. „Bist du verrückt", rief Richard dem schnell losfahrenden Freund nach, „wenn sie uns anhalten und kontrollieren, sind wir beide dran." Norbert reagierte nicht, er tat so, als hätte er nichts gehört. Richard hoffte, sein Freund hätte wieder mal einen dummen Scherz gemacht, um ihn auf den Arm zu nehmen.

Sie waren rasch in der Altstadt. Eigentlich kannten sie sich in Nürnberg gut aus, vor lauter Schutt und Trümmern verloren sie aber fast die Orientierung. Im Gewirr der Ruinen hatten sie große Mühe, den Weg zum Paniersplatz zu finden. Oft mussten sie die Räder schieben, weil von den vormals normal breiten Straßen nur schmale Wege übriggeblieben waren, die mit Gesteinsbrocken, Geröll, Scherben und Resten von Dachziegeln bedeckt waren. Norbert meinte: „Das dauert ja Jahre, bis sie den ganzen Schutt weggeräumt haben, vielleicht stimmt's doch, was meine Mutter beim Bäcker gehört hat. Ein ehemaliger Straßenbahnschaffner, der jetzt als

Hilfspolizist arbeiten muss, hat behauptet, dass die Altstadt an einer ganz anderen Stelle in der Umgebung wieder aufgebaut werden soll.“ Wo sie auch hinkamen, überall Ruinen und Trümmerhaufen. Ob am Pellerhaus, Hans-Sachs-Platz, Albrecht-Dürer-Platz oder an der Lorenz-, Sebaldus- und Frauenkirche, überall totale Zerstörung. Auch die Fleischbrücke, der Hauptmarkt und das Heilig-Geist-Spital sahen jämmerlich aus, ebenso die berühmte Nürnberger Burg, und Richard sagte: „Aus dem Schatzkästlein ist eine Trümmerwüste geworden. Komisch - nur die Denkmäler sind stehen geblieben, Hans Sachs, Albrecht Dürer und auch der auf dem Pferd vor dem Pellerhaus sind von den Bomben und Granaten nicht von den Sockeln herabgestürzt worden.“ „Du meinst den Kaiser Wilhelm“, sagte Norbert, „da war ich mal mit einem Lehrer da. Mit unserer Schule schaut es leider besser aus, ich befürchte, im nächsten Jahr müssen wir wieder hinein. Aber so ist es ja auch nichts!“

Heimwärts ging‘s mühsam, sie schoben mehr als dass sie fuhren, vorbei an den Ruinen der Jakobskirche und am früheren Polizeipräsidium. „Unser Zimmerherr hat mir erzählt, dass hier am längsten gekämpft worden ist, im Palmenhof haben sie den Holz erschossen, der war doch der Gauleiter“, sagte Norbert. „Durch den Endkampf ist die Nürnberger Altstadt noch zusätzlich schwer zerstört worden, die Leute in ihren Kellern müssen Fürchterliches mitgemacht haben“, ergänzte Richard: „Da haben wir es in Ziegelstein viel besser gehabt, die Amerikaner sind ganz schnell gekommen und haben alles besetzt. Die ersten, die ich gesehen habe, wären mir beinahe zum Verhängnis geworden. Ich war aber auch ziemlich blöd, dass ich zu dem Erschossenen auch noch hingegangen bin. Fährst du noch mit in die Rosenau, dann zeige ich dir etwas.“

Norbert war neugierig geworden und die beiden machten den kleinen Umweg zur Rosenau. Etwas abseits des Parkwegs, direkt vor einer Mauer, stand ein alter, dicker Laubbaum, der von Kugeleinschlägen stark beschädigt war, und auch die dahinter liegende Mauer wies zahlreiche Spuren von Einschüssen auf. Richard erzählte: „Hinter diesem Baum starb der SS-Mann, der bei meiner Tante bis April gewohnt hat. Er hat immer zu ihr gesagt, dass er sich nie ergeben wird. Ich habe ihn auch ein paar Mal gesehen, vielleicht war er auch mit daran schuld, dass sie meinen Vater noch nach Regensburg eingezogen haben.“ „Woher willst du denn das alles wissen“? fragte Norbert. „Meine Tante Sophie hat es mir gesagt. Bei ihr war Ende Mai ein Kamerad des SSlers, der sich Zivilkleidung beschafft hat und untergetaucht ist. Er hat ihr alles genau erzählt, bevor er sich irgendwohin aufs Land verdrückte.“

Etwa 14 Tage später berichtete Norbert, dass er bei der Stadtrundfahrt tatsächlich eine Pistole dabei hatte. Dann erzählte er noch mehr: „Mein Vater hat mir die schöne „Siebenfündundsechziger" leider schon am nächsten Tag abgenommen und bei den Amis irgendwo hinter der SS-Kaserne verscheuert. Er hat ein gutes Geschäft gemacht, das kann er ja! Zuerst habe ich mich unheimlich darüber geärgert. Aber vor drei Tagen war ich richtig froh, dass ich sie nicht mehr in der Fahrradtasche hatte. Ich war in der Maximilianstraße unterwegs, als plötzlich neben mir ein Jeep bremste, zwei komische Militärpolizisten heraussprangen und mich durchsuchten. Mit erhobenen Händen musste ich dabeistehen, als sie auch das Fahrrad genau kontrollierten. Ich kann dir gar nicht sagen, wie lässig ich zuschaute, weil ich wusste, dass bei den Werkzeugen nichts mehr zu finden war. Mein Vater kriegt dafür vielleicht einmal ein paar Zigaretten von mir geschenkt. Glück muss man eben haben, das weißt du ja auch!"

Es war kein runder Geburtstag und auch kein üppiges Fest. Aber der 27. Dezember 1945 war doch etwas ganz Besonderes: Mama konnte ihren Geburtstag ohne Angst vor Gewalt und Krieg und damit auch ohne Sorgen vor mörderischen Bombenangriffen feiern. Nach Jahren alltäglicher Bedrohung herrschte Frieden im Land. Zu ihren Besuchern sagte sie gleich am Anfang: „Alle Kinder haben den Krieg überlebt, und auch mein Mann ist aus Regensburg nach der sinnlosen Einberufung wieder heimgekommen. So viele Menschen sind bei den Luftangriffen gestorben und von Nürnberg ist nur noch ein Schutthaufen übriggeblieben. Wenn die Berichte über die Ermordung der Juden stimmen, kommt Deutschland nie mehr auf einen grünen Zweig. Ich kann es immer noch nicht glauben, dass wir von lauter Mördern regiert worden sind."

Im Behelfsheim fanden die Besucher nur schwer Platz. Mama redete so viel wie sonst nie: „Wenn nur mein Schwiegersohn aus Russland auch bald heimkäme, und auch mein Bruder, der noch in Frankreich in Gefangenschaft ist. Um ihn mache ich mir nicht so große Sorgen, aber den Gefangenen in Rußland geht es bestimmt sehr schlecht. Hoffentlich darf er bald zurück zu seiner Frau, sie hat ihn seit der Hochzeit nicht mehr gesehen."

Elisabeth sagte: „Ich bin ja schon froh, dass ich weiß, Otto ist in Gefangenschaft. Am schlimmsten war ja die Ungewissheit. Vielleicht lassen sie die einfachen Soldaten doch bald heim, die sind ja nicht freiwillig in den fürchterlichen Krieg gegangen. Am meisten müssen doch immer die kleinen Leute leiden."

Als Franz auf seinem Akkordeon zu spielen begann, hellte sich die Stimmung rasch auf. Zu Ehren von Mama erklangen gleich zu Beginn ihre Lieblingswalzer aus der „Czardasfürstin". Auch wenn Franz sehr gut spielte, bedauerten doch alle, dass Peter nicht auf dem Klavier mitspielen konnte. In einer Pause sagte Peter: „Mein schönes Klavier steht immer noch in der Zickstraße, das bräuchte ich jetzt, dann hätten wir erst eine prima Stimmung."

Alle lachten über Peters Übertreibung „schönes Klavier". Karl scherzte: „Das ‚schöne' Tafelklavier war meistens total verstimmt. Außerdem ist es fast so groß wie ein Zimmer in unserem Behelfsheim. Dieses Museumsstück hätte vielleicht viel Geld gebracht, und jetzt wird es gar erledigt. Als Bett war es allerdings bestens geeignet." Sogar der sechsjährige Heinz wollte etwas dazu sagen und rief laut: „Ich habe oft darauf geschlafen, das war ganz prima. Ich bin auch nie heruntergefallen." Richard fügte lachend hinzu: „Ich war auch schon draufgelegen, das war vielleicht gemütlich! Aber so schön wie im Bett der Oma war es natürlich nicht!"

Das war das Stichwort für Elisabeth. Sie besuchte am häufigsten die Großmutter im Altenheim, in das sie nach dem 20. Februar direkt vom öffentlichen Luftschutzraum aus eingeliefert worden war. „Gott sei dank begreift die Großmutter nicht mehr viel, sonst wäre sie bestimmt noch viel trauriger. Sie meint, sie ist daheim in der Zickstraße in ihrer Kammer. Wie früher sagt sie immer irgend etwas über Krankheiten. Manchmal erkennt sie mich aber und sagt Elisabeth zu mir. Der lange Aufenthalt im Luftschutzkeller hat sie doch recht mitgenommen."

Am späteren Nachmittag, als schon einige Gratulanten gegangen waren, kam ein überraschender Gast. Peters alter Freund Willi, mit dem er als Jugendlicher und auch noch als junger Erwachsener eine Operette komponieren wollte. Lauthals gratulierte der Neuankömmling dem Geburtstagskind und beherrschte wie gewohnt die Szene: „Ja wo seid ihr denn gelandet. In so einen Speikasten hat man euch alle verfrachtet. Wie passt ihr denn zu sechst in diese zwei Puppenzimmer. Und wo ist denn dein Flügel, edler Musikfreund. Ohne Klavier gehst du glatt zu Grunde, da kann dir selbst dein holdes Weib, deine geliebte Leni, nicht mehr helfen. Ihr müsst hier schnellstens wieder raus, das Haus in der Zickstraße steht doch noch. Die Hausfrau muss nur den zweiten Stock wieder aufbauen, auf den dritten kann sie ja verzichten." Mama sagte: „Wir sind richtig froh, dass wir hier sein können. Tausende hausen doch noch in Bunkern und Kellern und sogar in halbzerstörten Häusern. Da ist es bitter kalt und viele werden bestimmt krank. Aber in unsere Wohnung in der Zickstraße wollen wir trotzdem so bald wie möglich wieder zurück."

Der Lebenskünstler und selbstbewusste Freund war fast nicht zu bremsen. Nachdem er sich nach den „köstlichen" Speisen der Geburtstagsfeier erkundigt und sogar eine Tasse „Blümchenkaffee" mit Marmeladebrot genossen hatte, nahm er auch noch eine selbstgedrehte Zigarette aus Kippentabak gerne an. Richard berichtete: „Mama hat Fleischküchle gemacht, dazu gab's Kartoffelsalat, das hat prima geschmeckt." Dass es sich in Wirklichkeit mehr um „Brotküchle" gehandelt hat, verriet er nicht. Willi fuhr fort: „Jetzt kannst du in jedem Gasthaus loslegen. Überall wollen sie doch Musik hören. Gerade die Klavierspieler sind gesucht. Und die Amischnulzen kann doch jeder spielen." Dazu lachte er aus vollem Hals, weil er genau wusste, dass sein Freund bestimmt nicht in irgend einer Kneipe in Gostenhof oder Johannis Klavierspielen würde. Zu Franz sagte er: „Du kannst doch mit deiner ´Quetschkommode` mitmachen, so viel Musikbedarf wie zur Zeit hat es noch nie gegeben. Und überall wollen sie tanzen. Brauchst ja nur das Radio aufzumachen, und das beherrscht ja mein Freund Peter perfekt, den ganzen Tag spielen`s die Amischlager." „Und wo spielst du denn?", wollte Peter wissen. „Ich spiele direkt an der Quelle, direkt bei den Amis. An der Stadtgrenze machen wir zu dritt eine tolle Tanzmusik in einem Amiclub. Da kassieren wir eine Menge Zigaretten, außerdem gibt's echtes Bier, und zu futtern kriegen wir auch noch. Das bisschen Geld kann man vergessen. Wenn du willst, besorge ich dir morgen eine Wirtschaft, in der du nach Herzenslust Klavierspielen kannst. Nimm doch den Richard mit, der kann dann die Scheiben machen." Richard wollte wissen, was denn das ist: „Das weiß dein Vater aber auch, nach jeder halben Stunde geht man mit einem Teller zum Abkassieren herum, das nennt man in der Fachsprache eben ‚Scheiben'."

Als der Überraschungsgast gegangen war, sagte Mama: „Nett war es schon, dass er zum Gratulieren gekommen ist. Aber Sprüchemachen kann er wie früher. Höchstens die Hälfte stimmt davon." Und Peter meinte: „So ist er halt, mein Freund, lustig und draufgängerisch! Aber tüchtig ist er auch!" Elisabeth sagte: „Der wollte dich doch nur auf den Arm nehmen, obwohl es schon schade ist, dass du nicht ein bisschen von seinem Unternehmungsgeist hast. Vielleicht spielst du doch einmal mit Franz zusammen, dann wärst du nicht allein und könntest es mal ausprobieren." Peter antwortete: „Ich bin doch nicht mehr in Übung, ja, wenn ich ein Klavier da hätte." Alle lachten, als Karl sagte: „Du kannst doch bei deinem Freund Willi üben, dann könnt ihr auch gleich eure Operette vollenden.

Wir gehen alle miteinander ins Opernhaus, wenn sie aufgeführt wird. Wir wollen doch die Begeisterungsstürme miterleben."

Alle waren sich am Ende der Geburtstagsfeier einig: So ein gelungenes Fest hat es seit ewigen Zeiten nicht mehr in der Familie gegeben. Und Franz spielte zum Schluss mit seinem Akkordeon gefühlvoll: „Sag` zum Abschied leise Servus".

In der unmittelbaren Nachkriegszeit gab es zwar keine kulinarischen Vergnügungsmöglichkeiten, dafür konnte man mit leerem Magen zwischen vielen Tanzlokalen auswählen. Peters Freund hatte in dieser Hinsicht nicht übertrieben. Hans Ruderer gehörte zum engeren Freundeskreis Richards und war erpicht darauf, endlich eine Freundin zu finden.
Nachdem Hans alle Möglichkeiten überdacht hatte, wie er ein Mädchen kennen lernen könnte, entschloss er sich für das Tanzen. Die Grundkenntnisse dieser Kunst wurden ihm schnell von seinen Freunden beigebracht. Dazu gehörten Richard, Norbert und Otmar. Seinem Glück stand somit nichts mehr im Wege. Nun war er zum ersten Male dabei. Alle seine Tanzlehrer harrten gespannt der Früchte ihrer Freizeitbemühungen. Würde Hans in der Praxis seinen Mann stehen?

Die Freunde warteten vergebens. Der Tanzschüler erhob sich nicht vom Platze. Sie hatten seine angeborene Schüchternheit übersehen. „Ich kann doch nicht einfach aufstehen und ein fremdes Mädchen auffordern", meinte er hoffnungslos weltfremd.

Was war zu tun? Hans sah aus seinen kleinen Augen so traurig in die Welt, dass der Hartgesottenste erweicht worden wäre und sich schleunigst auf Abhilfe besonnen hätte. Einer der Freunde, der mit den besten Beziehungen, und das war eindeutig Norbert, machte schließlich einen von allen freudig begrüßten Vorschlag.

„Die Wurzel allen Übels ist das Dünnbier", führte er überzeugend aus, „es enthält gar nichts, was einem Manne wie Hans helfen könnte. Also brauchen wir ein alkoholisches Getränk, damit die dem Tanz und sonstigem Glück im Wege stehenden Hemmungen beseitigt werden. Bis zum nächsten Samstag organisiere ich eine halbe Flasche Schnaps. Ein paar Schlückchen daraus wirken Wunder."

Tatsächlich schaffte der treue Freund bis zum nächsten Wochenende dieses geistige Getränk aus irgendwelchen dunklen Schwarzmarktkanälen herbei. Weil es mehr als vorgesehen war, reichte die Menge für alle vier

Vergnügungssüchtigen. Jeder durfte zweimal mit der Flasche nach draußen verschwinden, um unbeobachtet etwas vom Wunderstoff in sich hineinzuschütten.

Eine Viertelstunde vor dem eigentlichen Tanzbeginn war alles erledigt. Jeder hatte seine Medizin geschluckt, auch das Sorgenkind Hans schien wohlversorgt. Jetzt galt es nur noch die Wirkung abzuwarten. Diese ließ nicht lange auf sich warten. Drei der „Gedopten" wurden merklich lustiger. Als die Musik mit dem Spielen begann, stürzten sie gleich los, um die Auserwählte zum Tanz aufzufordern.

Hans, der Anlass allen Alkoholkonsums, war leider nicht unter den beschwingten Tänzern zu finden. Als die übermütigen, leicht beschwipsten Freunde nach der ersten Runde zum Tisch zurückkamen, fanden sie einen mit sich und der Welt hadernden völlig deprimierten Freund vor. „Das ist doch alles Unsinn, weshalb soll ich denn tanzen, nie mehr gehe ich in ein solches Lokal, das ganze Gehopse hängt mir zum Hals heraus", ließ er sich schließlich zum grenzenlosen Staunen der Gutaufgelegten vernehmen. Dabei schaute Eugen so tiefsinnig in sein mit Dünnbier gefülltes Glas, als fände er darin das Mädchen, das er heute beim Tanzen kennen lernen wollte. So blieb er während des ganzen Abends sitzen. Die Freunde warteten vergebens auf eine Änderung des traurigen Zustands. Der teure Alkohol war vertan. Ein melancholischer Hans, der immer mehr Durst bekam und an diesem Abend erstaunlich viel Dünnbier in sich hineinschüttete, bewies die Erfolglosigkeit aller Bemühungen. Da bemerkten die jungen Leute zum ersten Male, dass der Alkohol für manche Menschen schreckliche Gefahren in sich birgt.

Im Februar 1946 war für alle Schüler und Lehrer der Höheren Handelsschule und der Wirtschaftsoberrealschule die schullose Zeit zu Ende. Nicht alle freuten sich über den überraschend schnellen Beginn des Schulbetriebs, aber fast alle sahen darin eine Normalisierung und Verbesserung ihres Alltags. Die Schüler erlebten das kürzeste Schuljahr ihrer Schullaufbahn, denn schon am 12.7.1946 endete es, weil der Schuljahresschluss von Ostern auf den Herbst verlegt worden war.

Die meisten Schüler in Richards Klasse waren wieder da, auch die Lehrer kannten er und seine Klassenkameraden aus der Zeit vor der kriegsbedingten Schließung. Ein paar Lehrer, die besonders lautstark Nazipropaganda betrieben hatten, blieben verschwunden, einige andere, die den Schülern als Träger des Parteiabzeichens bekannt waren, tauchten im Unterricht wieder auf. Politik spielte praktisch keine Rolle mehr in der

Schule, auch in den Fächern Deutsch und Geschichte hörte man nichts über die Nazis, es schien, als hätte sie der Erdboden verschluckt. Die Vergangenheit reichte nur bis zu Bismarck, auch über die neu entstandenen Parteien verlor niemand ein Wort. Die Schüler waren damit zufrieden, sie wollten - wie die meisten Erwachsenen - mit dem ganzen „politischen Kram“ nichts zu tun haben, ihre Themen in den Pausen drehten sich um Schimpferei auf die Pauker, um amerikanische Filme und Schlager, um Lebensmittelbeschaffung, um Tanzvergnügungen und Mädchen.

Zu Beginn des Unterrichts hatte der Klassleiter, Herr Prof. Schauer, eine bemerkenswerte Rede gehalten. Die wichtigsten Ausführungen lauteten: „Im Leben kommt es hauptsächlich darauf an, dass man stets fleißig und höflich ist. Wer sich immer anständig verhält, bringt es auch zu etwas. Wenn mir einer auf der Straße begegnet, zieht er seinen Hut und sagt: ‚Grüß Gott, Herr Professor Schauer.’ Daran merkt man sofort, ob ein Schüler auf dem richtigen Wege ist oder ob er zu den muffligen Kerlen gehört. Und wenn einer Hunger hat, kommt er zu mir heraus und sagt offen: ‚Ich habe Hunger, Herr Professor Schauer.’ Dann teile ich mein Brot mit ihm und zeige ihm damit mein Verständnis. Manchmal muss man aber die jungen, unreifen Kerle mit Zwang auf den richtigen Weg bringen. Einmal habe ich meinem Sohn eine heruntergehauen, heute ist er Doktor!“

Noch viele Jahre später wurde diese beachtliche Einführungsrede von fähigen Nachahmern unter den Schülern wiedergegeben; den größten Erfolg hatten die Imitatoren, die auch die schwäbische Mundart beherrschten. Selbst bei Klassentreffen, als das Ereignis schon Jahrzehnte zurücklag, durften die Lebensweisheiten des Herrn Prof. Schauer nicht fehlen. Danach sagte bestimmt ein Ehemaliger: „Aber Buchführung habe ich bei ihm am besten gelernt.“ Darauf hin folgte oft eine neue Geschichte: „Warum er nur in Betriebswirtschaftslehre immer die gleichen Beispiele verwendet hat. Als gäbe es in der ganzen Welt nur Käse und Fahrräder zu kaufen.“ Das rief Hugo auf den Plan. „Erinnert ihr Euch an den Spaß, wenn er uns mitspielen ließ und sagte: ´Heute kaufen wir 1000 Stück ...` und die ganze Klasse hat im Chor geschrieen `Käse`. Natürlich korrigierte Professor Schauer ärgerlich: ´Dumme Kerle, Fahrräder muss das heißen.` Ein paar Tage später das gleiche Spiel, diesmal sagt der Prof.: ´Der Kaufmann kauft in Italien 50 Zentner ...,` diesmal antwortet die Klasse im Chor: ´Fahrräder`, wonach der Professor sofort richtig stellt: ´Mufflige Kerle, natürlich Käse`. Hatten wir immer einen Spaß, ob der Schauer das nie gemerkt hat?“

Es ging nicht immer so lustig in der Wirtschaftsoberrealschule zu. Von Anfang an herrschte ein bedrohlicher Notendruck, Schulaufgaben und nicht angekündigte Extemporalen machten nahezu allen zu schaffen. Prof. Schauer praktizierte sehr persönliche pädagogisches Methoden zur Verstärkung der Spannung in seinen Unterrichtsstunden. Während er die Hefte abzeichnete, sagte er ständig beim Gang durch die Bankreihen: „Kommt zu mir heraus." Erst ganz am Schluss sagte er: „Der Gruber." Die Abfragerei mit anschließendem Eintrag ins „Notenbichl" fürchtete jeder, auch die Angehörigen der besseren Schülerschicht in den ersten Bankreihen. Richard und Norbert saßen in der vorletzten Reihe, hinter ihnen „Spretti", der wunderbar das Blöken von Schafen nachmachen konnte. Er ließ sich während der kurzen Pausen zwischen den einzelnen Stunden nicht lange bitten und sorgte mit seinem bühnenreifen „Mäh" immer wieder für Erheiterung und emotionale Entspannung seiner Mitschüler. In den Rechenstunden interessierte Prof. Schauer bei der Kontrolle der Hausaufgaben meistens nur das Endergebnis, das schön doppelt unterstrichen zu sein hatte. Für nicht sehr pflichtbewusste Schüler bot sich dadurch eine ausgezeichnete Chance, kurz vor der Hausaufgaben-Kontrolle unter irgendein Rechenbeispiel das gefragte Endergebnis von einem fleißigen, leistungsstarken Mitschüler abzuschreiben und doppelt zu unterstreichen. Wenn der Kontrolleur kam, sagte er nur: „Wo ist es?" Jetzt galt es nur noch, Nerven zu behalten und mit dem Finger genau auf das Endergebnis zu deuten. Normalerweise klappte es, und man erhielt das erhoffte Korrekturzeichen. Ein ziemlich unverfrorener Mitschüler, der zu spät gekommen war und die übliche Abschreibmethode nicht mehr praktizieren konnte, wollte den Bluff auf die Spitze treiben. Auf das „Wo ist es", deutete er einfach auf die letzte Zahl im Rechenheft. Statt der raschen Abzeichnung mit leicht zustimmenden Brummen hörte er ein wütendes „Betrieger" und erhielt außerdem eine glatte „Fünf" ins „Notenbichl". Außerdem beschimpften ihn noch ein paar Mitschüler in der Pause: „Mit deinem saudummen Trick machst du doch alles kaputt. Der passt doch jetzt viel mehr auf. So ein Mist!"

Seit Richard einen Job bei den Amerikanern gefunden hatte, ging es ihm und seiner Familie finanziell wesentlich besser als in den Jahren davor. Der Überlebenskampf in der Schule belastete Richard wegen seiner Doppelrolle als Schüler am Vormittag und als Bühnenassistent bei den Amerikanern abends und in der Nacht ziemlich stark. Andererseits verspürte er gegenüber seinen Mitschülern eine gewisse Überlegenheit, weil er einen Beruf in der Showwelt ausübte und für sich und seine Familie Geld verdiente. Als durchschnittlicher Schüler konnte er nicht mit der Anerkennung der Lehrer rechnen, unter seinen Mitschülern dagegen war er recht akzeptiert, vielleicht auch deshalb, weil er während der gesamten Schulzeit im Sport zu den Besten gehörte. Wenn er über seine Erlebnisse in den amerikanischen Clubs erzählte, brachte das fast so viel Anerkennung, als hätte er in Mathematik, Chemie oder Englisch eine sehr gute Note erzielt. Mit guten schulischen Leistungen konnte er aber nur noch im Fach Deutsch aufwarten, so dass sich der neben ihm sitzende Norbert in den Schulaufgaben vollständig darauf verließ, von Richard den Aufsatz diktiert zu bekommen. Wenn das Ergebnis nicht mindestens „gut" war, schimpfte sein Freund und Banknachbar: „Ein bisschen mehr Inhalt hättest du schon bieten können, für dich hast du ja auch etwas Besseres geschrieben."

Beim Geräteturnen konnte es Richard sogar mit Norbert aufnehmen, in der Leichtathletik dagegen blieb er der ewige Zweite. Weitsprung, Hundertmeter-Lauf, Kugelstoßen, Norbert zeigte eine ungewöhnliche Leistungsstärke, die von allen anerkannt wurde. Nur weil Norbert im letzten Schuljahr einmal bei einer Schulhausmeisterschaft wegen einer Erkältung fehlte, konnte Richard Schulhausmeister im Kugelstoßen werden.

Bis dahin musste noch ein weiter Weg zurückgelegt werden! Im Jahr 1946 zeichnete es sich aber schon ab, dass die Schüler gut miteinander auskommen würden und sich trotz aller Frotzeleien und teils bedenklicher Streiche eine angenehme Gruppensituation entwickeln könnte. Für die Lehrer sollte diese eher harmonische, solidarische Klassenstruktur nicht immer von Vorteil sein.

Norbert und seine Eltern lebten auch in den Jahren nach dem Krieg im schwer beschädigten Haus in der Bärenschanzstraße. Die schlimmen Hungerjahre bis zur Währungsreform 1948 gingen an ihnen nahezu spurlos vorüber. Norberts Vater hatte nicht nur beste Beziehung zu den Bauern seiner Heimat in der Umgebung von Ellingen, durch seinen Beruf als Rangierer am Rangierbahnhof hatte er auch anderweitige Quellen für Lebensmittelbeschaffung und Tauschgeschäfte. Bei den Grubers gab es deshalb immer bestes Essen, und weil die Mutter von Norbert auch noch sehr gutmütig und hilfsbereit war, bekam auch Richard manchmal ungewöhnliche Kost in diesen schlechten Zeiten nach dem Kriege. Vielleicht wohnten deshalb so gerne Zimmerherrn bei den Grubers, denn sie gehörten in der Regel dazu wie die Familienmitglieder.

Nachdem Richard gleich nach dem Kriege interessante Gespräche mit einem ehemaligen KZ-Insassen führen konnte, der als Kommunist einen jahrelangen Aufenthalt in Dachau überlebt hatte, lernte er 1946 einen neuen Zimmerherrn kennen. Der ehemalige Gebirgsjäger hatte im Krieg den linken Arm verloren. Er schien unter seiner Behinderung nicht im Geringsten zu leiden und war stets zu manchmal recht derben Späßen aufgelegt. Wenn er Witze erzählte, verließ Norberts Mutter fluchtartig das Zimmer, rief aber noch: „Verdirb mir ja nicht die Kinder, die sind doch keine Landser." Zu Richard hatte er schon beim ersten Zusammentreffen gesagt: „Sag` doch einfach Schorsch zu mir, ich bin doch höchstens zwanzig Jahre älter als du."

Im Frühjahr überraschte er Norbert und Richard mit einem verblüffenden Vorschlag: „Wenn ihr Lust habt, fahre ich mit euch ein paar Tage zum Nebelhorn. Ich will mal sehen, was ihr beim Skilaufen drauf habt. Bahnfahren kann man ja immer noch fast umsonst, und zum Essen brauchen wir auch nicht viel. Ihr habt doch erzählt, dass ihr mit alten Militärskies in Kalchreuth gewesen seid. Meine Bretter kann ich morgen bei meinem Bruder holen."

Richard überwand zu Hause alle Bedenken seiner Mutter, auch in seinem neuen Job fand sich eine Vertretung. Mit ein paar Mark in der Tasche, einem Rucksack, gefüllt mit Kartoffeln und Maggisuppen-Würfeln und etwas Brot, ging es los. Seine Schuhe verdienten den Namen Skistiefel nicht, mit ihnen war er aber schon in der Umgebung von Nürnberg Ski gefahren. Norbert sagte gleich zu Beginn der Reise: „Ich habe einiges dabei, damit kommen wir schon über die Runden." Der erfahrene Schorsch besorgte die Fahrkarten. Wie er das gemacht hatte, erfuhr Richard nie, er hörte nur etwas von Kindern, die einen schwerbeschädigten ehemaligen Soldaten begleiten müssten. Dann erklärte der Gebirgskundige den beiden Freunden: „Wenn wir die Bahn aufs Nebelhorn geschafft haben, bleiben wir mindestens noch zwei Tage." Das Berghotel war vollkommen überfüllt. Richard staunte am Abend über die Schlaf-Organisation. Alle Tische wurden zusammengestellt und die Hälfte der Leute - gleich ob weiblich oder männlich - schlief auf den Tischen, die andere Hälfte darunter. Das nächtliche Schnarchkonzert störte Richard nicht besonders, daheim im Behelfsheim gab es auch keine absolute Nachtruhe.

Den Skitag auf dem Nebelhorn empfand Richard als phantastisches Erlebnis, obwohl Norbert und er den Erwartungen des ehemaligen Gebirgsjägers nur mäßig entsprachen. Zwischen Hängen in Kalchreuth oder Waldabfahrten auf der alten Veste und dem Gipfelhang auf dem Nebelhorn lagen Welten. Hätte Richard die Stürze ehrlich gezählt, wären wahrscheinlich im Laufe des Tages mehr als ein Dutzend zusammengekommen. Schorsch schrie dauernd: „Ihr braucht mehr Vorlage! Runter in die Hocke gehen, nicht so steif auf den Brettern stehen." Allerdings hätte sich Richard vom Lehrmeister Schorsch eigentlich einen etwas schöneren Fahrstil erwartet, vielleicht hing seine breitspurige Fahrweise aber auch damit zusammen, dass er nur einen Skistock verwenden konnte.

Am Nachmittag instruierte der Reiseleiter seine beiden Begleiter: „Wir dürfen erst später, wenn es schon bald dunkel wird, ins Hotel. Sonst schmeißen sie uns hinaus, denn man darf nur eine Nacht auf unsere Art dort übernachten." Genauso war es. Der Pächter schimpfte und sagte: „Morgen will ich Euch nicht mehr da oben sehen, heute ist es für die Abfahrt leider schon zu spät." Den gleichen Trick praktizierten die drei noch einmal, Richard war das diesmal sehr kräftige Geschimpfe des Wirts doch sehr unangenehm, Schorsch sagte nur: „Der regt sich schon wieder ab, morgen machen wir unsere Tour wie geplant zum Giebelhaus. Das Wetter bleibt bestimmt ganz prima."

Am nächsten Tag ging es bei strahlendem Sonnenschein und blauem Himmel los. Richard störte nur, dass der Schnee noch extrem hart war und er große Mühe hatte, bei den Schrägabfahrten nicht wegzurutschen. Schorsch fuhr vorsichtig voraus, dann folgte Richard, zum Schluss Norbert. An einem ziemlich steilen Schräghang, der rechts Hunderte Meter nach oben stieg und links in einem Hochtal endete, dessen Grund man nicht sehen konnte, passierte es: Richard glitt aus, fiel zu Boden und kam ins Rutschen, das kein Ende nehmen wollte. Er fand keinerlei Halt, die Rutschpartie wurde immer schneller und sein Sturz auf der glatten Schneefläche geriet vollkommen außer Kontrolle. Richard überschlug sich mehrere Male und sah noch, dass er auf eine Kante zuraste. Zu seinem Glück bestand das letzte Steilstück aus einem zugefrorenen Bach, der zwischen zwei Felsabstürzen nach unten in einen breiteren, verschneiten Wasserlauf führte. Benommen, geschockt, mit zerrissener Hose und nur noch Bruchstücken seiner weißen Militärskier an den Stiefeln, lag Richard nach dem Ende der fürchterlichen Rutschpartie unmittelbar vor einigen großen Steinen des winterlichen Gebirgsbaches. Schmerzen verspürte er keine, obwohl er an beiden Armen schwere Hautabschürfungen davontrug und sein Gesicht von einer Beule auf der Stirn verunstaltet war.

Von weit oben hörte Richard lautes Gelächter seines Freundes Norbert und Schreien und Schimpfen von Schorsch. Als er sich ohne Skier und nur noch mit einem Stock mühsam nach oben kämpfte, wobei er an der Kante nochmals ausrutschte und nach unten sauste, sah er Norbert, der sich vor lauter Lachen den Bauch hielt und Schorsch, der schrie: „Du dummer Kerl, dein Freund könnte tot sein, und du lachst wie ein Blöder." Norbert konnte sich nur schwer beherrschen, selbst als deutlich wurde, dass Richard noch riesiges Glück im Unglück gehabt hatte und zwischen zwei Felsen nach unten rutschte und deshalb – bis auf Prellungen, Hautabschürfungen und Beulen – unverletzt blieb.

Der Weg zum Giebelhaus, zuerst abwärts, dann aufwärts, dauerte Stunden. Richard, aber auch die beiden anderen, hatten sich die Skitour schöner vorgestellt. Als sie endlich am Ziel ankamen, wurden sie sehr freundlich von einer Gruppe von Frauen begrüßt, die wegen Richards traurigem Aussehen Mitleid mit den Neuankömmlingen hatten. Sie trösteten ihn: „Deine Hose flicken wir dir schon wieder zusammen. Der Hüttenwirt hat bestimmt ein Paar alte Skier für dich." Neben den vier Frauen stand ein Tourist mittleren Alters mit einem riesigen umgehängten Feldstecher. „Habt ihr dort drüben Richtung Nebelhorn einen Unfall bemerkt?" fragte er, „ich habe heute früh einen Absturz mit dem Feldstecher beobachtet. Der Skifahrer ist mindestens zweihundert Meter abgesaust. Ob der es überlebt hat?" Richard sagte nur: „Das war doch ich."

Während der nächsten zwei Tage erlebten die drei Skifahrer aus Nürnberg noch wunderbare Stunden auf der Skihütte. Richards Hose sah wieder einigermaßen ordentlich aus, die freundlichen Skidamen hatten Wort gehalten. Und auch der Hüttenwirt hatte dafür gesorgt, dass Richard das weiterhin schöne Wetter ausnutzen und Stemmbogen, Stemmschwünge und parallele Skiführung verfeinern konnte. Mit Skiern ohne Stahlkanten wollte Richard aber nie mehr in seinem Leben zu tun haben.

Seiner Mutter, Peter und den Geschwistern erzählte Richard zu Hause: „Der neue Zimmerherr bei den Grubers hat alles bestens organisiert. Der kennt sich mit allem aus. So etwas Schönes habe ich noch nie erlebt. Ringsherum hohe weiße Berge und ständig Sonnenschein. Und Norbert hat so viel Schinken und Wurst dabei gehabt, dass wir alle davon leben konnten. Meine Kartoffeln haben auch allen geschmeckt. Viele nette Leute haben wir kennengelernt; eine Frau hat sogar meine Hose genäht, als ich einmal hingefallen bin. Nur meine alten Militärskier haben gar nichts getaugt und sind gleich zerbrochen. Norbert war immer zum Lachen aufgelegt, wenn der einmal loslegte, konnte er gar nicht mehr aufhören. Das werde ich nie vergessen."

Die rohen Klöße schmeckten bei den Großeltern in Ziegelstein genauso gut wie vor der Zerstörung des Hauses in der Deichslerstraße in Wöhrd. Richard wunderte sich jedes Mal, wie es dem Großvater gelang, mit einem Minimum an Fleisch eine exzellente Soße auf den Tisch zu bringen. Die

Großmutter fühlte sich in ihrer Ehre als Köchin nicht eingeschränkt, wenn sich der Familienvorstand persönlich um die letzten Feinheiten des sonntäglichen Essens kümmerte.

Am Nachmittag kamen überraschend drei Besucher: Tante Sophie, ihr Ehemann Albert, genannt „Schimmele", und auch Großmutters Bruder, der gemütliche Onkel Hans. Zur Enttäuschung Richards war seine Schwester Elisabeth, die schon seit vielen Jahren bei den Großeltern wohnte, von einer Geschäftskollegin zum Mittagessen eingeladen worden. Er hätte sich gerne wieder mal mit ihr unterhalten, denn er sah sie recht selten. Sie hatte nach Jahren der Dienstverpflichtung in einer Munitionsfabrik kurz nach Kriegsende Arbeit in ihrem erlernten Beruf als Lampenschirmnäherin gefunden.

Richard kannte seinen rundlichen Onkel Albert viel weniger als seine Frau, die Tante Sophie, denn in den letzten Kriegsjahren musste dieser in einer Schreibstube der großdeutschen Wehrmacht Dienst für Führer, Volk und Vaterland leisten. Die amerikanischen Besatzungstruppen entließen ihn mangels kriegerischer Vergangenheit oder nazistischer Aktivitäten gleich nach dem Waffenstillstand. Onkel Hans hatte Richard zwar auch wenig gesehen, zu ihm hatte er aber schon immer große Zuneigung empfunden. Niemand konnte schöner Geschichten erzählen, als dieser gutmütige „unechte" Onkel, niemand sang so begeistert und ergriffen mit, wenn der Großvater die Moritat vom „weinenden Mariechen" anstimmte; und wenn Onkel Hans vom ersten Weltkrieg erzählte, hätte man meinen können, es wäre bei dieser europäischen Katastrophe nie geschossen worden. Denn während des vierjährigen Kriegsdienstes drehte sich bei seinen Schilderungen alles um Alltäglichkeiten: Schlechte Quartiere, mangelhaftes Essen, eine Maus im Schlafraum, die er mutig mit dem Säbel verjagte, Betrügereien beim Kartenspiel, aber auch gemütliches Beisammensein mit viel Gesang und Heimatsehnsucht. Wie es der Onkel geschafft hatte, als einfacher Infanterist immer die Stellung weit hinten in der Etappe zu halten, blieb der gesamten Verwandtschaft ein ewiges Rätsel. Tante Sophie sagte einmal zu ihm: „Du hättest eigentlich einen Orden für die Vermeidung von Feindberührung erhalten müssen. Und deine Frau hat vier Jahre lang um dich gezittert." Onkel Hans konnte bei solchen Bemerkungen lachen, dass ihm die Tränen über die geröteten Wangen liefen. Beleidigt oder verärgert hatte ihn Richard nie gesehen.

Wenn sich Tante Sophie in die Unterhaltung einschaltete, entstand häufig eine gespannte Gesprächsatmosphäre. Vor allem ihr Vater reagierte manchmal unwirsch auf Bemerkungen, die politische Ansichten seiner

Tochter verrieten. An diesem Nachmittag erzählte sie, welchen Spruch ihre Freundin irgendwo aufgeschnappt hatte: „Früher ging es uns gut, jetzt geht es uns besser. Ach, wären wir froh, wenn es uns wieder gut ginge." Keiner lachte, nur ihr Ehemann nickte leicht bestätigend mit dem Kopf. Ihr Vater widersprach sofort: „Woher nur deine siebengescheite Freundin solche dummen Sprüche hat. Will sie denn die Nazis wieder haben, diese Mörderbande, die Schuld am Tod von Millionen sind? Wem ist es denn gut gegangen? Bestimmt nicht den einfachen Leuten, und schon gar nicht denjenigen, die sie in den Krieg geschickt haben und die irgendwo verreckt sind." „Das war doch nur Spaß", meinte die Großmutter, um die Lage zu entspannen. Und Onkel Hans meinte: „Nein, gut ist es uns allen nicht gegangen, aber die Leute haben eben heutzutage noch mehr Hunger als während des Krieges. Deshalb schimpfen so viele und manche haben schon wieder alles vergessen." Jetzt schaltete sich vorsichtig „Schimmele" ein: „Und das, was sie in der Fürther Straße im Gerichtsgebäude machen, gefällt vielen auch nicht. So etwas hat es ja noch nie gegeben, dass die Sieger sogar Minister und die höchsten Generale wie Verbrecher vor Gericht bringen. Die anderen haben auch Dreck am Stecken, schaut euch doch die Altstadt an, oder gar Dresden."

Richard wurde es langsam ungemütlich. Denn in seinem Freundeskreis wurde schon ein paar Mal heftig über den Nürnberger Prozess gestritten. Er selbst war noch hin und her gerissen. Mit Leuten wie Streicher hatte er kein Mitleid, aber bei der Beurteilung der Schuld anderer Angeklagten, vor allem von Göring und den militärischen Oberbefehlshabern, fühlte er sich 1946 noch ziemlich unsicher. Die Großmutter wollte Streit verhindern: „Hört doch mit dem Politisieren auf, wir haben schließlich andere Sorgen. Außerdem sitzen wir doch so gemütlich zusammen." Aber der Großvater ließ sich nicht bremsen: „Wer hat denn den Krieg angefangen, wer hat Millionen umgebracht, wer hat als erster Bomben auf Städte geworfen, das waren die unsrigen. Wer andere überfällt, darf sich nicht wundern, dass ihm alles heimgezahlt wird. Ich habe mit keinem Mitleid, alle sind sie an unserem Unglück schuld." Tante Sophie widersprach nur schwach: „Wie gewöhnliche Verbrecher werden sie behandelt", darauf ihr Vater: „Das waren sie ja auch, nur viel schlimmer, als die gewöhnlichen." Schimmele sagte aufgeregt: „Ich will von der blöden Politik überhaupt nichts mehr wissen, bei mir in der Arbeit sagen auch alle ‚ohne mich`, alle haben die Schnauze voll." Seine Gemahlin lachte hämisch: „Dich will doch sowieso keiner". „Schimmele" schaute leicht beleidigt drein, die anderen lächelten unauffällig, nur Onkel Hans verbarg seine Schadenfreude nicht.

Richard war froh, dass niemand von ihm eine Meinung hören wollte. Onkel Hans rettete die Stimmung durch eine kleine Erzählung: „Gestern war ich bei meinem Freund in Johannis, der arbeitet auch in der MAN. Am letzten Samstag hat er zugeschaut, wie die Amerikaner mit einem großen Speziallastwagen vor dem Gerichtsgebäude vorgefahren sind. Dann haben sie in einen Löschteich massenweise Forellen hineingeschüttet. Das müssen Hunderte gewesen sein. Was meint ihr, was dann passiert ist?“ Alle waren neugierig geworden, und die Großmutter sagte: „So viel können doch in so einem Löschteich gar nicht herumschwimmen.“ „Da hast du Recht“, fuhr Onkel Hans fort, „kaum war der Lastwagen verschwunden, standen eng gedrängt ein paar Dutzend Amis am Beckenrand, jeder mit einer Angel ausgerüstet, und angelten die armen Forellen, die eben erst hineingeworfen worden waren, wieder heraus. Allen hat es offensichtlich riesigen Spaß gemacht! Ob sie ihre gefangenen Fische auch gegessen haben, wusste mein Freund auch nicht.“

Richard erzählte zu Hause im Behelfsheim vor allem die Geschichte des seltsamen Angelns. Seine Mutter meinte: „So ein paar Forellen könnten wir auch einmal gebrauchen. Solche feinen Fische haben wir noch nie gegessen. Die wären bestimmt viel besser als die grünen Heringe der letzten Sonderzuteilung. Aber eine Tierquälerei ist das schon, was die Amerikaner da aus lauter Langeweile gemacht haben. Den Onkel Hans möchte ich auch gerne einmal wieder sehen, der ist ein echter Lebenskünstler und immer zufrieden. Woher der nur immer seine Geschichten hat, hoffentlich hat er sie nicht selbst erfunden!“

Angeln hatte Richard noch nie gereizt. Auf eine andere Freizeitaktivität musste Richard wegen seines Nebenjobs verzichten. Für den Besuch einer Tanzschule fehlte ihm einfach die Zeit, das Geld dafür hätte er zusammengebracht. Sein Interesse war bei der Landarbeit geweckt worden. Im Sommer 1945 hatte Richard den Versuch unternommen, durch einen Ernteeinsatz in der Nähe von Ellingen dauerhafte Beziehungen zum Lande herzustellen, um eine Lebensmittelquelle zu erschließen. Der Aufenthalt in Tiefenbach hatte Richard nicht nur gelehrt, was Landarbeit bedeutet, er hatte auch gelernt, wie man am Sonntagabend als Tänzer seinen Mann steht. Sein Arbeitskollege, ein ehemaliger SS-Mann, der im Bauernhof Unterschlupf gefunden hatte, war sein Tanzlehrer und hatte ihm in der Scheune erstaunlich schnell die nötigen Grundkenntnisse ländlicher Tanzkunst beigebracht; den Rest verschaffte er sich durch fleißige Beteiligung an allen Tänzen in der bäuerlichen Stube. Wenn sein sympathischer junger Lehrer ihm mit Hilfe eines Besens, der als Damenersatz diente, die Tanzschritte beibrachte, dachte er manchmal an sein schreckliches Erlebnis in Ziegelstein und fragte sich, ob sein Lehrmeister vielleicht auch ein Mörder war!

Die meist viel älteren Schönen des Dorfes verhielten sich sehr nachsichtig, wenn er nach den Klängen des Akkordeons das Training aus der Scheune nicht ganz einwandfrei in die Praxis umsetzen konnte. Sein Eifer gefiel ihnen, vor allem deshalb, weil die Auswahl zu wünschen übrig ließ, denn die einheimischen Teilnehmer der Tanzabende waren nicht gerade die fleißigsten Tänzer. Diese Tanzerlebnisse gehörten zu den schönsten Erinnerungen an seine Zeit als Erntehelfer und halber Kleinknecht. Sein Versuch, eine „Lebensmittelquelle" für die Familie zu erschließen, schlug dagegen fehl.

Um sein Können zu erweitern, hatte sich Richard schon im Februar 1946 bei einer Tanzschule zur Teilnahme an einem Tanzkurs angemeldet. Es tat ihm sehr leid, dass er absagen musste. Sein Bruder Franz sprang für ihn ein und besuchte an seiner Stelle den Anfängerkurs für Gesellschaftstanz. Von Anfang an fand Richards Bruder besonderen Gefallen an einer sehr gut aussehenden Dame, mit der er zwar öfters mal tanzen, sonst aber wenig direkte Kontakte herstellen konnte. Erschwerend kam vielleicht hinzu, dass auch der Bruder des Tanzstunden-Fräuleins am gleichen Kurs teilnahm und es nicht sicher war, wie weit dessen Aufsichtsvorstellungen gingen. Der älteste Bruder Karl, ebenfalls Kursteilnehmer und über die schwierige Lage voll informiert, konnte auch nichts zur Lösung des Problems beitragen, obwohl er immer wieder volle Zustimmung zur Auswahl seines Bruders signalisierte und es auch nicht an Ermutigung fehlen ließ.

Am letzten Abend schien schon alles verloren. Beim Weg zur Straßenbahnhaltestelle Maximilianstraße lief Hedi, so hieß die hübsche Schwarzhaarige, neben ihrem Bruder und dessen Freund direkt vor ihrem erfolglosen Verehrer, um heimzufahren und vielleicht für immer zu entschwinden. Kurz bevor die Straßenbahn kam, wuchs Franz über sich hinaus und fragte mit dem Mut der letzten Chance, ob er Hedi heimbegleiten dürfte. Alle Sorgen verschwanden in Sekundenschnelle, das Angebot wurde angenommen und beide spazierten in gelöster Stimmung vorbei am Gerichtsgebäude, über den Plärrer bis nach Gibitzenhof. Bei diesem historischen Spaziergang erfuhr Franz interessante Einzelheiten, die ihm die Chance boten, sich als Helfer ins rechte Licht zu rücken. Hedi erzählte nämlich, dass sie in Kürze die kaufmännische Gehilfenprüfung ablegen müsste und Franz fühlte sich den Aufgaben eines Nachhilfelehrers durchaus gewachsen. Denn er hatte schließlich die kaufmännische Gehilfenprüfung schon während des Krieges mit sehr gutem Erfolg abgeschlossen. Sein spontan gefasster Plan, dadurch Pluspunkte zu sammeln und weitere Treffs abzusichern, ging voll in Erfüllung! Bei den folgenden täglichen Stelldicheins in einer kleinen Anlage in der Nähe der Landgrabenstraße stellte sich rasch heraus, welchen Schwerpunkt der Nachhilfeunterricht im gemütlichen Grünen haben sollte: Die Buchführungskenntnisse bedurften besonderen Trainings. Der engagierte Lehrer bewies außerordentliches pädagogisches Geschick, die gelehrige Schülerin verarbeitete alle aufgeschriebenen Regeln mit nachhaltigem Erfolg. Das ungewöhnliche Verhalten eines Liebespaares auf einer Bank in einer gemütlichen Anlage im Nürnberger Süden führte zu einem eindrucksvollen Ergebnis: Das schöne Fräulein aus dem Tanzkurs schaffte die kaufmännische Gehilfenprüfung mit der Note „sehr gut“.

Beide freuten sich riesig über diesen beachtlichen Erfolg. Das gemeinsame Training hatte ihnen bewiesen, dass sie zusammen viel erreichen könnten. Trotzdem ahnten sie zu diesem Zeitpunkt noch nicht, dass sie damit den Grundstein für eine lebenslange Partnerschaft gelegt hatten, die sich auch in schwierigen Lebensabschnitten bewährte. Richards Verzicht auf die Teilnahme am Tanzkurs hatte sich gelohnt, ungewollt war er damit zum Ehestifter geworden. Welche Folgen die verwandtschaftlichen Beziehungen des neuen Mitglieds der „Oase“ für deren weiteren Bestand haben sollten, darüber wird an anderer Stelle zu berichten sein.

Die Hauseigentümerin war schon im Sommer 1946 bereit, für die Instandsetzung ihres Hauses in der Zickstraße alle nötigen Schritte zu unter-nehmen. Als Voraussetzung für den Teilaufbau - auf den dritten Stock musste verzichtet werden - verlangte sie von der Familie Löbner die vollkommene Schutträumung oberhalb der schwer beschädigten Wohnung. Deshalb leisteten die Söhne einige Tage unbezahlte Schwerarbeit und warfen Balken, Ziegel, Mauerreste und den Restschutt auf die Straße. Alle Fußgänger wurden mit dem Schild: „Vorsicht, hier kann man Hörnlein fassen“ gewarnt, so dass die Aufräumaktion ohne verletzte Gostenhofer oder sonstige Nürnberger erfolgreich durchgeführt werden konnte. Richard war nicht so ganz bei der Sache, denn er musste immer an die beiden 9 mm Pistolen denken, die er im Keller gefunden und unter dem Schutt versteckt hatte. Er hatte sie auch mit Hilfe seines Bruders Karl nie mehr gefunden, dem er als einzigen davon erzählt hatte. Richard hoffte noch immer, dass die beiden mittlerweile wertvollen Tauschobjekte, die ein paar Stangen Zigaretten gebracht hätten, beim Totalräumen noch entdeckt würden. Der Verlust blieb für alle Zeiten ein Rätsel, auch wenn Richard noch so oft darüber nachdachte. Auch sein Bruder half zwar beim Grübeln, des Rätsels Lösung fand auch er nie.

Die Aufräumarbeiten und die Trümmerbeseitigung stellten die Nürnberger vor riesige Probleme, weil Nürnberg zu den am schwersten zerstörten Städten in Deutschland gehörte. Richard und seine Freunde konnten bis 1949 die professionellen Schutträumer beobachten, wie sie mit Baggern, Lastwagen und sogar einer Trümmerbahn den Schuttbergen zu Leibe rückten. Norberts Vater erzählte, dass es in München die Aktion „Rama dama" gebe, bei der die ganze Bevölkerung mitmache und es teilweise recht lustig zuginge.

Überall wurden in der Stadt Wohnungen wieder hergerichtet, der eigentliche Neubau und Wiederaufbau begann erst in den fünfziger Jahren. Die Familie Löbner gehörte schon Ende 1946 zu den Glücklichen, die ihre alte Wohnung wieder beziehen konnten. Im Vergleich zum Behelfsheim empfanden sie die alte und neue Wohnsituation nahezu luxuriös, obwohl alle Verwandten und sonstigen Besucher sich wunderten, wie sechs Menschen in zwei mittelgroßen Zimmern und zwei Kammern existieren konnten. Das Plumpsklo ein Stockwerk tiefer wurde auch als absolute Verbesserung gegenüber dem Häuschen mit Herz neben dem Behelfsheim empfunden. Peter sagte: „Jetzt kann es kalt sein, regnen und schneien, wir kommen ungestört dorthin, wo auch der Kaiser zu Fuß hingehen muss."

Nur das Klavierproblem war noch nicht gelöst. Das riesige Tafelklavier stand als Wrack in einem der beiden Zimmer, wenn Peter darauf spielte, war ihm lautstarker Lacherfolg sicher, gemischt mit Protestgeschrei. Das einstmals allgemein geschätzte Musikinstrument erzeugte statt Klaviermusik grauenhafte Geräusche, die selbst gutwillige Zuhörer nicht verkraften konnten. Peter resignierte rasch und seinem Urteil stimmten alle zu: „Verrostet, total verstimmt, die Tasten hängen, alles kaputt, unbrauchbar. Wir brauchen ein neues Klavier!"

Es sollte einige Monate dauern, bis Peter mit Hilfe der gesamten Verwandtschaft tatsächlich zu einem zwar gebrauchten, durchaus aber noch bespielbaren Klavier kam.
Mama und die anderen Familienangehörigen ließen sich aber die Freude über den Wiedereinzug in die vertraute Wohnung weder durch die Klavierpleite noch durch erhebliche Schwierigkeiten bei der Mindestausstattung der Wohnung nehmen. Mit der Zeit kam aus den unterschiedlichsten Quellen doch das Notwendigste zusammen, und die Wohnsituation in der Zickstraße normalisierte sich.

Peter hatte in wenigen Tagen mit erstaunlichem Arbeitsaufwand und viel Improvisationsgeschick alle Räume mit dem unbedingt Lebensnotwendigsten an Radiogerätschaften ausgestattet. Jetzt konnte Mama wieder in der Küche und in allen Zimmern die erbauliche Musik von Radio München genießen und sie wurde auch durch die stündlichen Nachrichten bestens auf dem Laufenden gehalten. Da half kein Sträuben, denn Peter war nach wie vor davon überzeugt, dass alle so gerne wie er Radio hörten und man mindestens zu zweit sein müsse, um in den vollen Genuss der angebotenen Sendungen zu kommen. Für seine Söhne besorgte er die nötige Verdrahtung der Wohnung und organisierte zum allgemeinen Erstaunen tatsächlich für jeden einen meist funktionierenden Kopfhörer. Es gab für ihn kein höheres Lob als die Meldung seiner Sprösslinge, dass sie bis spät in die Nacht hinein guten Empfang hatten und ihnen die amerikanischen Schlager aus den „Zehn der Woche" immer besser gefielen. Dann strahlte Peter und erneuerte sein Angebot: „Wenn irgend etwas nicht in Ordnung ist, ihr könnt mich ruhig aus dem Bett holen, ich richte das schon, ihr braucht euch nur zu melden."

Für eine problematische Veränderung sorgte Mama im nächsten Jahr höchstpersönlich. Eines Nachmittags brachte sie überraschend einen jungen Mann mit, einen Flüchtling aus dem Sudetenland, und erklärte den verblüfften Familienangehörigen: „Das ist ein ganz armer Mensch, der hat zur Zeit kein Dach über dem Kopf. Ich habe mir gedacht, der kann doch so lange bei uns bleiben, bis er etwas gefunden hat." Alle schauten ganz verblüfft auf den Hilfsbedürftigen, denn niemand konnte sich so recht vorstellen, wo er schlafen sollte. Es fand sich aber doch ein Weg, und Sepp, so hieß der ruhige, bedächtige Bedürftige, blieb ein paar Monate in der „Oase" und war während dieser Zeit vollwertiges Mitglied der Familie. Später kam er in einer Baracke Nähe Plärrer zu einem Zimmer und schaffte den Sprung vom Hilfsarbeiter zum lebenslang angestellten Straßenbahnschaffner bei der Stadt Nürnberg. Richard wunderte sich etwas darüber, dass der Fremde, der immer gesagt hatte: „Jetzt muss ich meine Wäsche waschen", sich nie mehr bei den Löbners umschaute. Und Heinz fragte ein paar Mal: „Wann kriegen wir denn einen neuen Zimmerherrn?"

Schon einige Jahre später konnte sich niemand mehr aus der Familie daran erinnern, wie Mama es geschafft hatte, den obdachlosen Flüchtling in den Räumlichkeiten in der Zickstraße unterzubringen.

Die Arbeit als Bühnenassistent brachte Richard manchmal in äußerst belastende Situationen. In solchen Stunden hätte er am liebsten auf seinen Job verzichtet. Weil er aber das Einkommen, genau 5,- RM pro Vorstel-lung, dringend benötigte, machte er trotz aller Ängste und Bedrohungen weiter.

Der Artist hatte sie zu Beginn der Vorstellung wie immer auf die hölzerne Scheibe geschnallt. Sie war mit leicht gespreizten Beinen so fest angebunden, dass sie sich keinen Millimeter bewegen konnte. Ihr glitzerndes Kostüm sah wie ein etwas altmodischer zweiteiliger Badeanzug aus, mit den anderen Artistinnen in der Show konnte sie nicht konkurrieren. Das Aussehen spielte aber bei dieser extrem gefährlichen Varieteenummer auch nur eine sehr unbedeutende Rolle. Ihr Ehemann, der berühmte Messerwerfer Antonelli, ging bei jeder Vorstellung immer aufs Ganze. Er wollte den rauschenden Beifall, das Aufstöhnen der Zuschauer, das Gefühl der Einmaligkeit.

Antonelli hatte sich auch vor dieser Vorstellung zusammengekauert, beide Hände an die Schläfen gedrückt, um sich vollkommen zu konzentrieren. Bei der Vorstellung wirkte er gelassen und entspannt und warf mit allem, was Messerwerfer für ihre Darbietung verwenden können: Langstielige Dolche, Messer mit kunstvollen Griffen und Beile, die wie Tomahawks aussahen. Die spitzen Wurfgerätschaften blieben so nahe neben dem Körper seiner Frau stecken, dass keine Hand mehr dazwischen gepasst hätte. Manchmal stöhnten die Zuschauer regelrecht auf, weil ein Messer nur um Haaresbreite den Körper der Artistin verfehlt hatte.

Nach dem ersten Durchgang wurde eine erhebliche Erschwerung vorgenommen. Jetzt kam Richard ins Spiel. Er musste sich hinter die Scheibe begeben und mit beiden Händen an einem dafür vorgesehenen Griff zu drehen beginnen. Am Monatsanfang hatte ihn der Messerwerfer in einem etwa einstündigen Lehrgang genau gezeigt, wie er drehen musste. Er sollte dabei immer den gleichen Rhythmus einhalten, am besten dabei zählen „einundzwanzig, zweiundzwanzig, dreiundzwanzig“, usw. Richard war bei jeder Aufführung schon nach wenigen Sekunden nassgeschwitzt, so aufgeregt war er durch diese nervenaufreibende „Dreharbeit“. Er war gerade 16 Jahre alt geworden und hatte den Job beim Special Service als Bühnenassistent erst vor etwa 8 Wochen ergattert. Zu seinen Aufgaben gehörte neben „Kofferschleppen“ alles, was die Artisten an Hilfen und Dienstleistungen bei ihren Darbietungen benötigten, wie Requisiten aufstellen und abräumen, Scheinwerfer bedienen und in Ausnahmefällen beim Auftritt selbst Assistenzdienste leisten. So eine gefährliche und verantwortungsvolle Hilfeleistung wie beim Messerwerfer hatte Richard noch nie erbringen müssen, und deshalb graute es ihn vor jeder Vorstellung. Es kam sogar vor, dass die Show in drei verschiedenen amerikanischen Clubs an einem Abend stattfand, dann musste Richard dreimal beim Drehen der Scheibe zittern.

Antonelli hatte sich einen besonderen Schlusstrick einfallen lassen. Er ließ sich die Augen verbinden, legte sich mit dem Rücken auf einen eigens dafür angefertigten Hocker und warf seine fürchterlichen Dolche rückwärts auf die von Richard gleichmäßig gedrehte Scheibe. Bei den amerikanischen Zuschauern wurde es dabei mucksmäuschen still, kein Geräusch war mehr zu hören, alle hielten den Atem an. Der Trommelwirbel des bei jeder Show mitwirkenden Schlagzeugers steigerte die fast unerträgliche Spannung. Richard zählte „einundzwanzig, zweiundzwanzig ...“ und versuchte krampfhaft, den richtigen Drehrhythmus beizubehalten. Die Angst vor einem Schmerzensschrei der angeschnallten Frau trieb ihm den Schweiß in die Augen. Als der Beifall aufrauschte, hätte sich Richard am liebsten auf den Boden fallen lassen, so erschöpft war er.

Nach der Nummer sah man aber auch den beiden Artisten die Anspannung an. Antonelli konnte nur mühsam lächeln und sich für den Applaus bedanken, seine Frau wirkte trotz der üblichen Verbeugungen maskenhaft starr. Erst viel später trat bei beiden die Entspannung ein.

Richard hätte am liebsten den Job aufgegeben. Er zählte jeden Tag bis zum Monatsende, also bis zum Wechsel der Show. Noch jahrelang dachte er darüber nach, wie lange wohl die Frau des Artisten die außergewöhnliche Kunst ihres Mannes überlebt hatte. Eines wurde ihm aber immer klarer: Trotz aller Fähigkeiten musste Antonelli beim Schlusstrick geschummelt haben. Er musste etwas durch die Augenbinde gesehen haben. Es war schier unmöglich, blind auf eine Scheibe mit einer angeschnallten Frau zu werfen, deren Leben davon abhing, ob ein Sechzehnjähriger im richtigen Rhythmus drehte. Gottseidank brauchte Richard nie den befürchteten Aufschrei hören, in seinen Träumen allerdings wurde die leichtbekleidete Dame einige Male von ihrem Ehemann mit Dolch, Tomahawk oder Wurfmesser mitten ins Herz getroffen.

Von Tanzbären hatte Richard schon als Kind gehört. Der Bär, mit dem er nun einen Monat lang jeden Abend zusammentraf, konnte viel mehr und sorgte mit seinen Kunststückchen bei den amerikanischen Soldaten für lang anhaltenden Applaus.

Richard saß eines Abends dem tierischen Artisten direkt gegenüber. Beide starrten sich an. Der Bühnenassistent hatte ja nichts gegen ihn. Was dieser von ihm hielt, war seinem Gesicht nicht anzusehen. Bei Bären ist das nun mal so, sie schauen immer freundlich und gemütlich drein. Beim Einsteigen hatte sich Richard auf die linke Bank gesetzt, Jonny, so hieß der Bär, wählte die rechte Seite.

Da hockte er nun. Wuchtig, klobig, zottig, respekteinflößend, einige Zentner schwer, nur etwa eineinhalb Meter von Richards Nase entfernt. Der Truck fuhr in Bamberg zu einem weiteren amerikanischen Club. Es musste alles schnell gehen, deshalb saß der Koloss nicht in seinem Käfig. Der Dickfellige sollte am Abend nochmals seine Künste zeigen. Neben dem Künstler saß sein Herr und Gebieter, der bekannte Barelli, für Bärendressuren absolute Spitzenklasse.

Richard war der Unbedeutendste an Bord des amerikanischen Trucks. Als Bühnenassistent hatte er die „tragende" Rolle bei den abendlichen Vorstellungen: Stühle, Tische, Teppiche, Gerätschaften der Artisten mussten bei Bedarf auf die Bühne gebracht und wieder abgeräumt werden. Die „Floorshow" bot außer der Bärennummer noch einen Zauberer, zwei Jongleure, einen Musikclown und am Anfang und Ende der Vorstellung ein vierzehnbeiniges Ballett.

Alle saßen leicht fröstelnd auf dem Lastwagen, man schrieb das Jahr 1947, Zigarettenwährungszeit. Es wurde schnell dunkel, Richard sah von seinem Gegenüber nur noch die massigen Umrisse und die leuchtenden Augen.
Gelangweilt zündete sich Richard eine Zigarette an. Da passierte es. Er bekam die furchtbarste Ohrfeige seines Lebens. Dann fiel der Vorhang, die Lichter gingen aus. Ein Kampfrichter hätte ziemlich lange zählen müssen. So etwa bei 80 war Richard wieder da. Zwei Balletteusen bemühten sich um ihn, Meister Barelli sprach auf Jonny ein, es herrschte allgemeine Aufregung, der Lastwagen hatte angehalten.
Was war geschehen? Nachdem der Geohrfeigte wieder aufnahmefähig war, erklärte ihm Herr Barelli alles ganz genau. Sein braver Bär Jonny wollte ihm nichts Böses tun. Ihn interessierte einzig und allein seine Zigarette. Nicht zum Rauchen, er hatte den Tabak zum Fressen gern. Vor lauter Gier hatte er nur etwas daneben gegrapscht. Gegen Richard persönlich hatte er gar nichts. Das war alles. Für den Malträtierten reichte es immerhin zu tagelangen Kopfschmerzen, einem in sämtlichen Farben schillernden Auge und zu lebenslanger Antipathie gegenüber tabakfressenden Bären.

In den nächsten zwei Monaten fuhren alle jeden Abend mit Meister Petz auf Tournee. Alle, bis hinauf zum Showleiter, wurden sofort zu Nichtrauchern, wenn Jonny in der Nähe war.

Die Schreckenszeit war zwar vorüber, die Zeit des Hungerns sollte noch jahrelang anhalten. Irgendetwas klappte meistens nicht, die Bauern lieferten häufig nicht genügend, dann gab es bei den Kartoffeln Transportprobleme, die Heimkehr von entlassenen Soldaten und Konzentrationslager-Häftlingen überforderte die zuständigen Behörden, strenge Winter und heiße Sommer schafften zusätzliche Probleme. In den Jahren 1946 und 1947 und auch 1948 wurde es noch schlimmer, die starke Gewichtsabnahme bei Kindern und Erwachsenen war deutlich sichtbar, die allgemeine Unterernährung nahm in den Wintermonaten 1946/47 und 1947/48 lebensbedrohliche Züge an. Dazu kamen Kohle- und Holzmangel sowie Stromabschaltungen, die katastrophale Brennstofflage empörte die Bevölkerung und sorgte für erhebliche Unruhe. Das Vertrauen in die Militärregierung war vollkommen dahin, die Ankündigungen und Versprechungen nahm niemand mehr ernst und es kam sogar zu Hungerstreiks.

Auch die Familie Löbner hatte größte Schwierigkeiten, über die Runden zu kommen. Richard und sein Bruder Karl waren froh, manchmal bei ihrer Arbeit als Bühnenassistenten Kalorienreiches in den amerikanischen Soldatenclubs zu ergattern, mal gab es ein Sandwich, mal ein paar heiß begehrte Donuts, meistens handelte es sich aber um flüssige Nahrung in Form des echten, wohlschmeckenden Bieres, von dem Normalbürger nur träumen konnten. Mehr als eine „Halbe“ durfte sich Richard allerdings nicht leisten, der völlig ungewohnte Alkoholkonsum hätte den Schulbesuch in der Wirtschaftsoberrealschule am nächsten Morgen unmöglich gemacht. Er hatte sowieso jeden Morgen mit dem Aufstehen zu kämpfen, denn vor ein Uhr nachts kam er selten nach Hause. Fanden die floor shows außerhalb von Nürnberg statt - manchmal ging es bis nach Ansbach und Grafenwöhr -, wurde es noch viel später. Ein besonders „einfühlsamer“ Lehrer sagte einmal zu ihm: „Wer so verschlafen aussieht, weil er sich die Nächte um die Ohren schlägt, hat eigentlich im Unterricht nichts verloren.“ Am liebsten hätte Richard geantwortet: „Und wer so dumm daherredet, weil er nicht einmal nach den Ursachen fragt, sollte sich nicht Deutschprofessor nennen.“

Die finanzielle Situation hatte sich in der Familie Löbner gebessert, weil sowohl Richard als auch seine Brüder immer etwas von ihrem Einkommen abgaben und zum Lebensunterhalt beitrugen. Aber in den Hungerjahren war das Geld eben nicht mehr viel wert, nur wer etwas zum Eintauschen hatte, konnte sich auf dem Lande das Notwendigste besorgen. Am besten ging es immer noch den Städtern mit weitverzweigter Verwandtschaft auf dem Lande. Ihnen fehlte es an nichts, sie konnten sogar mit den Hamsterern und Schwarzhändlern konkurrieren, die in „Saus und Braus“ lebten.

Bei den „Habenichtsen“ führte die Wut auf die knauserigen und teilweise auch habgierigen Bauern, die sich selbst durch Betteln und Jammern nicht erweichen ließen - so lange man nichts Wertvolles zu bieten hatte -, nicht selten zu gewagten Selbsthilfeaktionen. In der Dunkelheit wurden Gemüsefelder und Kartoffeläcker geplündert, auch das Obstklauen war nicht mehr, wie vor dem Kriege, eine Angelegenheit von abenteuerlustigen Buben. Tante Sophie hatte nicht einmal einen Anflug moralischer Bedenken, wenn sie ihre Abenteuer beim „Organisieren“ erzählte:
„Viermal haben meine Freundin und ich bei Obstbauern in der Nähe von Gräfenberg nachgefragt, ob sie uns nicht ein paar Kilo Äpfel verkaufen könnten. Immer wieder haben sie gesagt, sie hätten selbst fast keine zum Essen, weil sie alle abliefern müssten. Dann hat meine Freundin, die Reicherti, so getan, als wollte sie ihre teuere Armbanduhr gegen Äpfel und ein Stück geräuchertes Fleisch eintauschen. Plötzlich war der Bauer wie umgewandelt, darauf hätte er sich eingelassen. Unser Geld hat ihn nicht interessiert. Wir haben dann eine Ausrede verwendet, um weitergehen zu können. Meine Freundin ist dann ein paar hundert Meter davon entfernt auf einen Baum geklettert, und ich habe die Äpfel, die sie schnell gepflückt hat, in unsere Rucksäcke getan. Obwohl der Baum am Waldrand stand, hat uns doch ein Bauer gesehen. Wir hatten Glück, dass er schon von weitem fürchterlich geschimpft hat, so dass wir noch davonlaufen konnten. Wenn er uns erwischt hätte, wäre es uns bestimmt schlecht ergangen. Einen Stock hat er auch dabei gehabt. Gottseidank war er schon etwas älter, und wir waren vor lauter Angst viel schneller als er. Unsere Rucksäcke haben wir aber nicht weggeworfen, lieber hätten wir mit ihm gerauft.“

An erster Stelle standen auf dem Speiseplan der Familie Löbner die Kartoffeln, und Mama produzierte jeden Tag ihren berühmt berüchtigten „Kartoffeldatschi“. Es gab ihn schon zum Kakaoschalentee beim Frühstück, zum Mittagessen tauchte er wieder auf und auch als kalte Beigabe zu einer dünnen Suppe am Abend schien er Mama geeignet zu sein. Als Luxusausgabe war der „geliebte Datschi“ schichtweise mit Marmelade gefüllt und konnte in dieser leckeren Form auch fürs Picknick bei Wanderungen eingesetzt werden.

Manchmal wurden überraschend Sonderzuteilungen angeboten. Dann musste sich selbst Peter stundenlang anstellen, um mitzuhelfen, so viel wie möglich zu erwischen. Grüne Heringe und Trockenei wurden einmal sogar reichlich ergattert. Richard, der sich zur Feier der außergewöhnlichen

Beute sogar seine Rühreier selbst zubereiten durfte, verrechnete sich dabei in der Eipulvermenge und verschlang versehentlich eine viel zu große Portion. Die folgende scheußliche Übelkeit führte dazu, dass er in all den Hungerjahren bis zur Währungsreform kein Trockenei mehr sehen, geschweige denn verspeisen konnte.

Wie alle anderen Familienmitglieder blieb Richard dem „Kartoffeldatschi" treu, und wenn man sich die Nürnberger bis zur Währungsreform 1948 so ansah, müssen viele von ihnen auf einer ähnlichen Ernährungsgrundlage die Hungerjahre überstanden haben.

Auch Heinz und sein Freund Rudolf wollten mithelfen, den Speiseplan ihrer Familien ein bisschen abwechslungsreicher zu gestalten. Beerenpflücken ist eine mühevolle Arbeit. Um so zufriedener ist man, wenn die Kanne oder das Körbchen voll ist. In dieser angenehmen Stimmung befanden sich die beiden achtjährigen Buben aus der Zickstraße, die während des ganzen Tages im Wald Schwarzbeeren gesammelt hatten. Alles war gefüllt, die blauen Münder der „Zupfer" zeigten an, dass auch ihre Bäuche nicht zu kurz gekommen waren.

Bis zur Straßenbahn, die sie und ihre Ausbeute heimbringen sollte, mussten die beiden etwa 15 Minuten laufen. Ihr bevorzugtes Sammelgebiet befand sich hinter dem Tiergarten. Der Heimweg führte auf einer Forststraße ständig am Tierpark entlang. Durch den Begrenzungszaun waren einige Behausungen der Tiere zu sehen. Von den schweren Beschädigungen und Zerstörungen durch Bomben und Plünderungen wussten die Kinder nichts.
Bei interessanter Unterhaltung über naheliegende Probleme, z. B. wie viele Tiere im Tiergarten wohl seien, trotteten die fleißigen Sammler zur Straßenbahnendstation. Es ging nicht sehr schnell. Der Zustand von Rudolfs Sandaletten ließ sehr zu wünschen übrig. Ein Lederriemen hing lose herab, der müde Waldgänger hatte Mühe, seine Fußbekleidung anzubehalten. Auch die gefüllten Sammelbehälter machten sich mit der Zeit unliebsam bemerkbar, es schien, als würden sie immer schwerer.
Heinz sah ihn zuerst. Auf der anderen Seite des asphaltierten Weges kam er bedächtig, schwer, mit großem Kopf daher. „Ein Löwe kommt uns entgegen", konnte Heinz nur noch stammeln. Dabei packte er Rudolf so ruckartig am Arm, dass diesem beinahe die kostbaren Schwarzbeeren auf den Boden gefallen wären. Wenn Freund Rudolf einer Meinung zustimmen wollte, deren Richtigkeit er eben erst überraschend selbst erkannt hatte, sagte er immer: „Da haut´s dich um." Diesmal war er so perplex, dass

dieser Bekräftigungssatz gleich dreimal hintereinander seine blutleeren Lippen verließ.
Keine Hilfe war weit und breit zu sehen. Stehen bleiben oder weg laufen getrauten sich die zwei Erschrockenen ebenfalls nicht. So gingen sie eng aneinandergepresst, gesenkten Blickes dem Raubtier entgegen. Die Nähe des Tiergartens gab ihnen die Gewissheit, dass das wuchtige gelbliche Tier ein entsprungener Löwe sein musste. Vor lauter Angst wagten sie es nicht einmal mehr, richtig hinzuschauen. In ihrem Innersten hatten sie die vage Hoffnung, der Löwe auf der anderen Straßenseite würde sie schon nicht beachten.
Diesmal war es Rudolf, der die Wahrheit als erster bemerkte. „Das ist ja gar kein Löwe, ich glaub', da kommt ein Bernhardinerhund", flüsterte er zumindest etwas erleichtert, das unvermeidliche „Da haut' s dich um" schickte er schnell hinterher. Ein Grund zur Sorglosigkeit war für die beiden allerdings noch nicht gegeben. Die Gefahr, die in der Begegnung mit so einem Riesenhund lag, unterschätzte besonders Heinz nicht, dem solche Tiere schon immer ziemlichen Respekt einflößten. Aber auch Rudolf fühlte sich nicht wohl in seiner Haut.
Hand in Hand näherten sie sich dem würdigen Vertreter dieser Hunderasse. Als sie mit dem „großkopferten" Hund auf gleicher Höhe waren, also zum Zeitpunkt höchster Gefahr, passierte Rudolf auch noch ein Missgeschick: Die schadhafte, krampfhaft festgehaltene Sandale entglitt seinen Zehen. Vor lauter Aufregung bemerkte er erst nach zwei Metern, dass er einseitig barfuß lief. Schnell rannte er zurück und bückte sich nach seinem verlorenen Schuhwerk. Der mächtige Bernhardiner missverstand diese Bewegung. Offensichtlich traute auch er dem Frieden nicht ganz. Aufgeschreckt sprang er zur Seite und suchte so schnell wie möglich das Weite. Nun bekamen die beiden Helden Oberwasser. Die angestaute Furcht entlud sich in einem triumphierenden Siegesgeheul, so dass der arme Hund noch schneller davonrannte. Erregt, rotbäckig, stolz auf die Vertreibung des zunächst so gefährlich scheinenden Tieres, setzten die Buben ihren Weg fort. In ihren Kindergehirnen dämmerte die Einsicht, dass auch in einem Furcht erregenden, Respekt einflößenden Körper ein Hasenherz schlagen kann.

Die Ernährungsfrage sorgte auch im Schulalltag für ungewöhnliche Essenspausen. Jeder hatte seinen Blechteller, sein Töpfchen oder Essgeschirr dabei, und auch der dazugehörige Löffel durfte nicht fehlen. Alle freuten sich jeden Tag auf die Schulspeisung und fast jedem schmeckte es. Die amerikanische Militärregierung wollte nicht, dass die Kinder und Jugendlichen für die Untaten vieler erwachsener Deutscher während der Nazizeit büßen sollten und stellte deshalb die Lebensmittel für eine Schülerspeisung umsonst zur Verfügung. Die Quäker spielten dabei eine entscheidende Rolle, deshalb sprachen alle Schüler auch von der „Quäkerspeisung".

Einmal gab es die beliebte Nudelsuppe, dann kam am nächsten Tag ein süßer Brei zur Ausgabe, zur Abwechslung folgte eine Erbswurstsuppe, und auch ein Teller Kakao mit Brötchen stand auf dem Speiseplan. Der Deutschlehrer, der sich gerade bemüht hatte, seine Begeisterung für Goethes Faust auch auf die Schüler zu übertragen, ging leer aus und konnte seine Sympathie für die Schulspeisung nur dadurch ausdrücken, dass er während der Essenszeit seinen mitgebrachten Apfel schälte und genüsslich verzehrte.

Als einmal Meisele, mit bürgerlichem Namen Meisel in der Klassenliste geführt, unbemerkt Richards Käsebrot aus der Tasche entnahm und in dessen Kakao hineinbrockte, um dadurch eine außergewöhnliche Geschmackskombination zu erschaffen, nahmen seine Freunde, hauptsächlich seine Banknachbarn im unmittelbaren Umfeld, eine ebenso kreative Rache. Helmut, in der letzten Bankreihe sitzend, entwendete an einem der nächsten Tage das mustergültig geführte Mathematikheft des Täters und faltete es so gekonnt, dass daraus ein handliches kleines Paket wurde. Zum Abschluss wurde das Päckchen mit Hilfe zahlreicher Heftklammern perfekt gefestigt, so dass die Haltbarkeit gesichert schien. Das Kunstprodukt landete schließlich in einem unbeaufsichtigten Moment in Meiseles Schultasche. Die Empörung des Bestraften war so groß, dass Helmut, Norbert und natürlich auch der an seiner wertvollen Schulspeisung arg geschädigte Richard, ihre helle Freude daran hatten. Es dauerte fast drei Wochen, bis wieder Friede unter allen Beteiligten einkehrte und sie sich einig waren, solche kindlichen Dummheiten in Zukunft zu unterlassen.

Die Schulspeisung regte auch den Turnlehrer, Oberstudienrat Weingolf, zu einer seiner gefürchteten längeren Ansprachen an. In der Turnstunde wurden stets eingangs ein paar Runden zwecks Auflockerung in Dreierreihen marschiert, dann stand die Klasse im Halbkreis vor dem Lehrer, um das Programm für die nächsten beiden Stunden zu hören. Häufig benutzte der Sportpädagoge die Gelegenheit, den Schülern einige allgemeine Informationen über Sport und das zukünftige Leben zu übermitteln, die stark philosophischen Charakter hatten. Die Klasse wartete meist ungeduldig auf das Ende der Ausführungen, denn viele freuten sich auf die Übungen an den Sportgeräten. Nach gelungener Einführung der Schulspeisung führte der Oberstudienrat unter anderem aus: „Der jugendliche Körper benötigt geistige, körperliche und seelische Nahrung. Die Schule ist durch die humane Handlung der Militärregierung nunmehr in der Lage, das Verkümmern des im Aufbau befindlichen Organismus der Kinder und Jugendlichen zu verhindern. Die ungeheure nationale Katastrophe, die der Zustand Deutschlands nach dem Ende des Krieges bedeutete, stürzte Millionen Deutsche ins Hungerelend, in Depression und Verzweiflung. Es mehren sich jetzt die Anzeichen, dass der Lebenswillen des deutschen Volkes die Oberhand behalten wird und die Folgen der grauenhaften Zerstörung, der allgemeinen Auflösung und des Verfalls der Sitten überwunden werden. Im Unterricht wird der Grundstein für die geistige Entwicklung gelegt, damit wächst aber auch der Optimismus bei den Schülern, dass das fürchterliche Schicksal Deutschlands nicht ihre eigene Zukunft zerstört. Gleichzeitig wird der Dreiklang von Körper, Seele und Geist wieder zu einer realistischen Perspektive. Der Turnunterricht hatte schon immer allergrößte Bedeutung für diesen angesprochenen Dreiklang, er ist aber letztlich nur möglich, wenn durch eine gesunde Ernährung die Voraussetzungen für körperliche Leistung gegeben sind. Und damit schließt sich der Kreis, die Schulspeisung erweist sich daher als viel bedeutsamer, als manche bei oberflächlicher Betrachtung vermuten. Lasst uns nunmehr zur praktischen Umsetzung meiner Gedanken kommen."

Es wurde nach solchen Ansprachen sehr eifrig an den Geräten geübt, Richard freute es besonders, wenn er eine turnerische Übung vormachen durfte. Er empfand die Sportstunden als Erholung und hatte trotz aller körperlichen Anstrengungen selten wegen seiner kurzen Schlafzeiten Gefühle der Müdigkeit. Viele Mitschüler schwänzten die Sportstunde, der Turnlehrer kontrollierte nur oberflächlich die Anwesenheit und wenn er manchmal nach dem Grund des Fehlens des einen oder anderen Schülers fragte, war er damit zufrieden, wenn die Antwort aus dem Kreis der Anwesenden lautete: „Müller ist krank, Huber musste zu Beerdigung, Maiers Schwester heiratet..."
Ganz absurd ging es manchmal bei der Notenvergabe zu. Bei den Anwesenden trug der Turnlehrer ein „sehr gut" oder „gut" ein, bei den Abwesenden fragte er die Mitschüler nach der sportlichen Leistungsfähigkeit des zu Beurteilenden. Dann riefen die meisten: „Der ist immer gut" oder „Der spielt sogar in einem Verein Fußball", einmal lautete die Auskunft der Mitschüler: „Am Wochenende ist Strobel immer mit dem Fahrrad unterwegs, einen Zweier verdient er bestimmt."

An der mangelnden Motivation für sportliche Aktivitäten änderte auch die bessere Ernährungssituation nichts. In dieser Hinsicht verfehlte die

Schulspeisung ihr Ziel und Oberstudienrat Weingolf konnte beim kleinen Fähnlein der Aufrechten noch so oft seinen Lieblingssatz zitieren: „In einem gesunden Körper steckt auch ein gesunder Geist.“ Ein liebenswürdiger Mensch und begeisterter Sportlehrer fand leider nicht den Weg, um die „Sportmuffel“ zu bekehren. Die Aktiven blieben unter sich, hatten mehr Platz, jeder konnte öfter das einzelne Sportgerät benutzen und dem Lehrer gefiel die harmonische Atmosphäre in seinen Stunden. Alle beteiligten Schüler waren zufrieden und wünschten sich ähnliche Verhältnisse auch in den anderen Fächern.

Auf einmal war sie da. Sie hieß Irmgard Schweitzer und sorgte für erhebliche Aufregung unter den Schülern. Die Gescheiten wollten noch klügere Antworten geben, die Spaßvögel noch lustiger in und außerhalb des Unterrichts sein, die Lässigen gaben sich noch viel gelassener, die Meldefreudigen erhoben noch öfter den Arm, und die Modebewussten - zu denen auch Richard gehörte - trugen zum Beispiel zur schwarzen, weiten Hose und zum dunklen Hemd eine extrem helle Krawatte und vielleicht sogar auffallende Lederhandschuhe. Eine dunkle Sonnenbrille verfeinerte den Versuch, dem Vorbild eines berühmten amerikanischen Filmstars so nahe wie möglich zu kommen. Das Imponiergehabe der männlichen Schüler musste selbst den Lehrern zu denken geben.

Der hübschen, brünetten, stets gut gekleideten Mitschülerin sah man an, dass sie aus gut bürgerlichem Hause stammte und auch ihre Sprache klang viel gepflegter als die der meisten männlichen Schüler. Weil sie zu allen sehr freundlich und nett war, durften sich die Verehrer, und das waren fast alle Klassenmitglieder, persönliche Chancen ausrechnen, sich mit Irmgard einmal allein zu treffen. Allerdings führte dieser Zustand auch dazu, dass jeder jeden bewachte, um ein solches Rendezvous zu verhindern. Deshalb sah man in der Pause Irmgard meistens inmitten einer Schülertraube, sie verstand es ausgezeichnet, niemanden zu bevorzugen und keinen zurückzusetzen.

Zweifellos hatte sich das Klima verändert. Ein paar Monate ging es deutlich gesitteter in der Klasse zu und die Lehrer hatten weniger Grund, über Disziplinschwierigkeiten zu klagen. Mit der Zeit mussten die Mitschüler einsehen, dass ihre Hoffnungen vollkommen illusorisch waren und Irmgard mit der Rolle eines akzeptierten Klassenkumpels voll zufrieden war. Loni sagte im Schulhof zutreffend: „Alle wollen eine Freundin haben, die gibt`s doch nicht im Klassenzimmer. Da muss man sich schon draußen darum bemühen.“ Als ein paar andere zustimmend nickten, ergab sich eine längere Diskussion unter den 17-Jährigen über das

Thema Frauen. Einige taten so, als wäre es für sie eine Kleinigkeit, viele Freundinnen zu haben und spielten die Rolle des Casanovas. Seltsamerweise schwiegen aber ausgerechnet diejenigen, denen man am meisten zutraute, in der Liebe schon Erfahrungen gesammelt zu haben. Als sich Irmgard näherte, wurde rasch das Thema gewechselt.

Solche Gespräche fand Richard ziemlich kindisch. In seiner Arbeitswelt am Abend ging es vollkommen anders zu. Wenn der Schlagzeuger lauthals über seine neuesten Eroberungen sprach, war das keine bloße Angabe. Dazu waren die Details zu eindeutig. Auch ein Kollege, der wie Richard als Bühnenassistent die niedrigste Position in der Gruppe hatte, verstand es, fast in jeder neuen Show eine Freundin zu finden. Er war um ein paar Jahre älter als Richard und sah unauffällig und wenig attraktiv aus. Trotzdem wurde er nach wenigen Tagen von den schönsten Tänzerinnen erhört. Richard verstand nie, wie es möglich war, dass Hein, so nannte sich der unscheinbare Casanova, solche Erfolge bei Frauen hatte. Er selbst erlebte, außer manchmal freundschaftlichen Beziehungen, keine aufregenden erotischen Abenteuer. Hein blieb unter den Kollegen Bühnenassistenten die große Ausnahme, dagegen mangelte es Showleitern, Pianisten und Schlagzeugern nie an engen Kontakten zu den weiblichen Mitgliedern der jeweiligen Show.

Am leichtesten war es gewesen, beim Tanzen in den verschiedenen Tanzlokalen in Nürnberg und Fürth mit Frauen zu flirten, sie mit nach Hause zu begleiten und vor der Haustür zum Abschied ein bisschen mit ihnen zu schmusen. Manche davon traf man ein paar Wochen lang, dann war alles schon wieder vorbei. Wie Norbert sammelte auch Richard Bildchen von seinen weiblichen Bekanntschaften, die zum Angeben bei näheren und ferneren Freunden recht geeignet waren. Es gab auch in der Schule durchaus Klassenkameraden, bei denen man mit solchen Bildchen und vielsagenden Blicken Eindruck erzeugen konnte. Je mehr Richard nebenberuflich unterwegs war und seine Zeit immer knapper wurde, desto deutlicher gewann Norbert mit seiner Bildersammlung die Oberhand. Gleichzeitig konnte sich Richard damit trösten, dass es nicht am besseren Aussehen seines Freundes lag, wenn dieser bei einem Vergleich der „Eroberungen“ eindeutig der Sieger war.

Ein besonderes Problem lag darin, dass Richard nur wusste, welcher Frauentyp ihn wenig anzog, schwieriger war es schon, sich ein Bild von seiner persönlichen Idealfrau zu machen. Von sogenannten rassigen Frauen, von blonden oder schwarzhaarigen Sexidolen meist aus amerikanischen Filmen, aber auch von besonders die reifere Jugend betörenden

Marikka-Röck-Typen aus den deutschen Produkten der Filmindustrie hielt er wenig. Liebenswürdig, verlässlich, burschikos, vertrauenserweckend, natürlich und intelligent wirkende Frauen auf der Leinwand, aber auch bei den alltäglichen Begegnungen gefielen ihm wesentlich besser.

Sein jugendliches Sehnen und Wünschen nach aufregenden Kontakten wurde durch einen Albtraum nachhaltig beeinflusst: Eines Abends stand Irmgard vor der Wohnungstür in der Zickstraße. Er erschrak zutiefst, doch es blieb ihm nichts anderes übrig, als sie hereinzubitten. Mama und Peter saßen bei ihrer Heimarbeit und hörten gemeinsam Radio mit ihren Kopfhörern. In der gesamten Wohnung duftete es nach frisch gebratenen grünen Heringen mit Bratkartoffeln. Heinz spielte auf der Couch mit irgendwelchen Spielsachen. Alle schüttelten Irmgard freundlich die Hand und Richard bemerkte bei seiner Schulkameradin einen Gesichtsausdruck, den er noch nie bei ihr gesehen hatte. Sie fragte: „Können wir einen Moment in dein Zimmer gehen?“ Richard stammelte: „Da sind zur Zeit meine beiden Brüder, wir wohnen nämlich zu dritt dort.“ Als Irmgard fragte, ob sie sich kurz im Bad die Hände waschen könnte, konnte er nur achselzuckend auf den einzigen Wasseranschluss in der Kleinküche verweisen. Das Plumpsklo ein halbes Stockwerk tiefer erwähnte er gar nicht.

Das war zuviel an Blamage! Er wachte schweißgebadet auf und war glücklich, dass alles nur ein böser Traum war. Da wusste Richard ganz genau: Seine künftige Lebenspartnerin musste eine Voraussetzung unter allen Umständen erfüllen, sie musste „zickstraßenfähig“ sein!
Das bedeutete, von einer Wohnung nicht abgeschreckt zu werden, die aus zwei Zimmern mittlerer Größe, zwei Kammern und einer Kleinküche bestand. Die Toilette befand sich in Form eines Plumpsklos ein halbes Stockwerk tiefer. In den Jahren nach dem Kriege wohnten in dieser Wohnung meistens sechs Personen, deren Hauptsorgen aber nichts mit dieser Wohnsituation zu tun hatten.

Hätten Richards Mitschüler gewusst, mit welchen Frauen er es in seinem abendlichen Nebenberuf zu tun hatte, wäre er sicherlich im allgemeinen Ansehen erheblich gestiegen. Die Künstlerin war auf der Bühne vollkommen verwandelt, sie sah aus wie eine exotische Tänzerin aus dem Orient mit extrem erotischer Ausstrahlung. Richard hatte schon viele Tänzerinnen bei seiner Arbeit als Bühnenassistent gesehen. Noch nie hatte er es aber erlebt, dass eine Artistin als Doppelpersönlichkeit existierte: Wenn er „Scheherezade“, so lautete ihr Künstlername, von ihrem Hotel in der Luitpoldstraße abholte, wirkte sie wie eine junge Frau, die unter keinen Umständen auffallen wollte und deshalb besonders schlichte Kleidung trug und sich nicht schminkte. Ihre ständige Begleiterin, die etwa fünfzigjährige Mutter, kleidete sich noch unauffälliger und erinnerte Richard immer wieder an eine Religionslehrerin aus seiner Volksschulzeit.

Die beiden Frauen hatten zu den anderen Mitwirkenden der Floorshow, einem Jongleur, einem Musikclown, zwei Schwerathleten und drei Artisten einer Radfahrnummer, außerdem einem Pianisten, dem Schlagzeuger und dem Ansager, nicht zu vergessen die beiden Bühnenassistenten, fast keine Kontakte. Die Mutter ließ ihre Tochter keine Sekunde aus den Augen, sie verhinderte jegliche Kommunikation. Darüber hätte sich Richard keine großen Gedanken gemacht, wäre da nicht die Sache mit dem Scheinwerfer gewesen. Wenn die Künstlerin auftrat, musste Richard den Scheinwerfer bedienen und erhielt von der Mutter die dazu nötigen Anweisungen. Die Schleiertänzerin trug als Kostüm ein fleischfarbenes, zweiteiliges Trikot, das für die Jahre unmittelbar nach dem Krieg durchaus als „gewagt" bezeichnet werden kann. Einige Jahre später hätte man zu diesem winzigen Bekleidungsstückchen „Bikini" gesagt. Weil sie darüber bei ihren Auftritten sieben Schleier gebreitet hatte, war von blanker Haut nichts zu sehen. Erst im Verlauf ihres anmutigen Tanzes nach orientalischer Musik - über die der Pianist als auch der Schlagzeuger häufig sehr abwertende Bemerkungen machten - warf sie einen Schleier nach dem anderen ab und erst nach dem letzten entstand ein Hauch von Nackttanz.

Dieser „Entblätterungsprozess" sorgte für Richards Probleme. Denn er hatte unter der strengen Aufsicht der Mutter die Scheiben in den Scheinwerfer einzuführen, die mit jedem abgeworfenen Schleier immer dunkler werden mussten. Vor allem beim letzten Schleier hatte Richard die dunkelste Scheibe einzuschieben, auch wenn die amerikanischen Soldaten noch so pfiffen und johlten und nach mehr Licht verlangten. Als Richard einmal die Farben durcheinander brachte und ausgerechnet zum Schluss eine recht helle Scheibe einschob, rauschte zwar großer Beifall des Publikums auf, die Mutter aber schimpfte fürchterlich und drohte Richard damit, sich beim gefürchteten Chef der Organisation zu beschweren. Die Mutter der Schönheitstänzerin beruhigte sich nur sehr langsam und schimpfte noch lange weiter, obwohl nach Richards Fehler deutlich mehr Zigarettenpackungen auf die Bühne als sonst geworfen wurden. Diese Geschenke schätzten die Artisten mehr als die Gage, die sie erhielten, denn zur Zeit der „Zigarettenwährung" hatte diese Form der Anerkennung einen viel höheren Wert als die offizielle Bezahlung. Vielleicht war deshalb auch die Tänzerin an diesem Abend ziemlich freundlich, Richard meinte sogar, sie hätte ihm in einem von der Mutter unbeobachteten Moment zum ersten Mal während der vergangenen Tage zugezwinkert.

Dass er sich nicht ganz getäuscht hatte, wurde wenige Tage später deutlich. Die strenge Aufsichtsperson war am Abend während der Vorstellung nicht anwesend, weil sie an einer Grippe erkrankt war. Die von den männlichen Mitgliedern der Show sehr bewunderte Tänzerin unterhielt sich sogar mit einzelnen Kolleginnen und Kollegen und sagte vor ihrem Auftritt zu Richard: „Heute genügen vier Farbtöne, die letzten drei Scheiben kannst du weglassen.“ Diese Anweisung befolgte Richard sehr gerne, denn mehr Licht bei der Vorführung erhöhte auch nach seinen Gefühlen erheblich den Reiz der Darbietung. Vorsichtshalber sagte er es auch dem Pianisten, und der meinte: „Da gibt`s heute viel mehr Beifall, hoffentlich wirkt die Grippe beim „Wauwau“ noch recht lange.“ Die Amis tobten vor Begeisterung, der Zigarettenregen war beachtlich. Manche Mitglieder der Show konnten ihren Neid nur schwer verbergen.

Als nach zwei Tagen die strenge Mutter wieder gesund war, musste Richard wie vorher die getönten Scheiben einsetzen und alles Geschrei der Zuschauer war vergebens, die Schönheit der jungen Frau blieb im dunklen Licht verborgen. Nach der Auflösung der Show am Monatsende sagte der Pianist zu Richard: „Die Tochter ist eine tolle Tänzerin, die Mutter ein Verhängnis; aber du wirst froh sein, dass du mit dem blöden Scheinwerfer nichts mehr zu tun hast.“ Selten hatte ein fremder Mensch Richard so aus der Seele gesprochen.

In der Schule ging es manchmal auch wie in einem Zirkus zu, manche Lehrer verstanden sich als Dompteure, einige als Unterhaltungskünstler, andere gerieten sogar in eine Clownrolle; denn das Publikum lauerte stets auf Schwächen der handelnden Akteure und kannte dann keinen Pardon.

Herr Studienprofessor Tischer liebte die eindeutige Ausdrucksweise. Wenn er wieder mal eine Schulaufgabe im Fach Chemie austeilte, bei der gute und befriedigende Noten Raritäten waren, führte er dazu in erstaunlicher Unbekümmertheit aus: „Auch diesmal hat fast niemand etwas zusammengebracht. Ihr versteht nicht einmal, worum es in Chemie geht. In dieser Klasse sitzen offensichtlich lauter Vollidioten.“ Seltsamerweise zeigten sich die Schüler nach solchen Aussprüchen weder sehr beleidigt noch tief betroffen, von ihrem Lehrer in Chemie nahmen sie solche Beurteilungen mit erstaunlicher Gelassenheit hin. Helmut sprach in der Pause allen aus dem Herzen: „Das wissen doch alle im ganzen Schulhaus, beim Tischer begreift kein Mensch, worüber er redet. Sogar unsere Spickzettel haben diesmal gar nichts getaugt. Das nächste Mal korrigiert das unser Genie schon wieder mit einer leichten Extemporale, denn er will ja auch nicht, dass zu viele durchfallen. Das kann er sich nicht leisten und außerdem ist er viel zu gutmütig."

Selbst die besten Schüler in der Klasse schafften es nicht, aus den Informationen des Chemielehrers Nutzen für die Prüfungen zu ziehen. Deshalb hörte nur noch eine verschwindende Minderheit dem Lehrenden zu, der über ein außergewöhnliches Wissen zu verfügen schien. Manchmal nahm er englische Bücher für seine Unterrichtsgestaltung als Grundlage, manchmal las er aus französischen Materialien vor und übersetzte alles in Windeseile. Der Studienprofessor hatte sichtlich Spaß an seinem Unterricht und war meistens gut gelaunt, engagiert und von seinem Fach begeistert. Richard hatte irgendwo einen Satz gelesen, der für den Chemielehrer geschrieben zu sein schien: „Wenn jemand etwas weiß, es aber nicht verständlich mitteilen kann, ist es so, als wüsste er nichts."

In den Unterrichtsstunden herrschten häufig chaotische Zustände. Während der Lehrer vier oder fünf Schülern in den ersten Bankreihen eine chemische Offenbarung nach der anderen anbot und diese sich große Mühe gaben, alles so gut wie möglich mitzuschreiben, versuchten die anderen, die Langeweile zu vertreiben. Manche spielten unauffällig ein Kartenspiel, andere lösten Kreuzworträtsel, das beliebteste Spiel in den Chemiestunden war aber „Schiffe versenken." Das Flüstern dabei: „Ich schieße auf B 5" fiel nicht weiter auf, nur Siegesschreie bei gelungenen Treffern mussten unter allen Umständen vermieden werden. Prof. Tischer schien das alles nicht zu bemerken, er schrieb auch häufig viele Formeln auf die Tafel, die treuen Zuhörer hatten sehr viel zu tun.

Ohne den Hauptmitschreiber, der auch gleichzeitig die Funktion des Klassensprechers ausübte, wäre die Stoffsammlung jedes einzelnen Schülers nie zustande gekommen. Erich, der verlässliche Helfer in der Chemie-Not, schrieb nicht nur sorgfältig mit, er vervielfältigte sogar den gesamten Unterrichtsstoff, so dass sich jeder auf die nächste Schulaufgabe anhand der bedruckten Seiten sorgfältig vorbereiten konnte. Sorgfältig bedeutete in diesem Fach, jeden Spickzettel zweimal zu schreiben, denn es musste damit gerechnet werden, von Prof. Tischer einmal erwischt zu werden und sein wertvolles Material zu verlieren. Der eifrige Lehrer blieb während einer Schulaufgabe keine Minute an seinem Platz auf dem Pult, er schien richtig Spaß an der Jagd nach Spickzetteln zu haben.
Manchmal lachte er siegesgewiss, wenn er wieder einen Spickzettel abnahm, und sagte dazu fröhlich: „Mich legt ihr nicht herein, jetzt müsst

ihr es schon mit dem Köpfchen beweisen." Sanktionen verhängte er fast nie, so dass mit dem Verlust eines Spickzettels noch nichts passiert war. Deshalb herrschte bei den Schulaufgaben eine ungewöhnlich entspannte Atmosphäre, alle im Raum hatten ihren Spaß daran. Manche raschelten sogar mit ihrem ersten Spicker, damit er ihnen frühzeitig abgenommen wurde und sie anschließend ungestört ihren zweiten verwenden konnten.

Einmal jedoch führte das sonst perfekt funktionierende System zu einer verblüffenden Offenbarung des wahren Kenntnisstandes der Klassenmitglieder. Als der mit ungewöhnlichen Methoden arbeitende Pädagoge die Schulaufgabe herausgab, sagte er zu Beginn: „Jetzt glaube ich es aber wirklich, dass ich es mit lauter Vollidioten zu tun habe. Warum habt ihr denn alle sinnloses Zeug geschrieben, seit wann gibt es denn eine `Balusäure`, das muss doch Blausäure heißen". Die Auflösung des Rätsels war zwar jedem Schüler klar, der Chemieprofessor erfuhr sie nie: Der sonst stets zuverlässige Erich hatte sich bei der Herstellung des Unterrichtsmaterials schlicht und einfach verdruckt. Keiner der Lernenden hatte etwas Ungewöhnliches am Wort `Balusäure` bemerkt, auch nicht bei der Produktion seiner Spickzettel. Und was man Schwarz auf Weiß besaß, musste man ja schließlich bei Schulaufgaben wiedergeben.

Nachdem niemand in der Klasse die Absicht hatte, später einen Beruf auszuüben, der mit Chemie irgendetwas zu tun haben würde, hielt sich der Schaden in Grenzen. Richard und auch einige andere ärgerten sich jedoch über Mitschüler, die ausgerechnet beim gutmütigen Chemielehrer voll aufdrehten und keine Gelegenheit ausließen, ihre in anderen Unterrichtsstunden angestauten Aggressionen auszuleben. Ein sonst sehr furchtsamer, unscheinbarer Strebertyp rief selbst noch im Schulhof „Tisch, Tisch, Tisch - ach wie bist du komisch" und freute sich riesig über den Beifall ähnlicher „mutiger" Schreihälse.

In seiner weiteren „schulischen Laufbahn" konnte Richard noch oft die Erfahrung machen, dass gutmütige Lehrer - auch wenn sie tadellose Arbeit leisten und inhaltlich viel vermitteln - am meisten unter den Aggressionen von Schülern zu leiden haben, während rücksichtslose, autoritäre Pädagogen allseits respektiert und in Ruhe gelassen werden. Gutmütigkeit allein genügte offensichtlich nicht, die Zuneigung der Schüler zu gewinnen und akzeptiert zu werden. Nur bei einer Kombination von Humanität, Kompetenz und Durchsetzungsfähigkeit gelang es einzelnen fähigen Pädagogen, nicht zur Zielscheibe frustrierter, aggressiver Schüler zu werden. Hätte jemand in diesen Zeiten Richard vorausgesagt, dass er selbst einmal einen pädagogischen Beruf ausüben würde, hätte er sicher die

Beurteilung des Chemielehrers Tischer übernommen und diesen „Hellseher“ unverzüglich zum Vollidioten erklärt.

Die Arbeit als Bühnenassistent gefiel Richard manchmal überhaupt nicht. Das war immer dann der Fall, wenn sich Showleiter oder einzelne Artisten als arrogante Vorgesetzte aufspielten und ihn schikanierten. Dabei gewann Richard eine Erkenntnis, die sich während seines gesamten weiteren Lebens als absolut richtig herausstellte: Je unbedarfter und leistungsschwächer Menschen sind, desto mehr müssen sie angeben und andere Leute unterdrücken, je stärker und kompetent jemand ist, desto weniger hat er es nötig, seine Macht auszuspielen. Richard hatte mit manchen Artisten zu tun, die schwache Leistungen boten und deren Auftritte ihn peinlich berührten. Am schlimmsten empfand er zwei Jongleure, die sich ständig bücken mussten, um die Bälle, Ringe, Keulen und sonstige Gerätschaften vom Boden aufzuheben, weil ihnen fast jeder Trick misslang. Richard schämte sich bei jeder Vorstellung für die scheußlichen Fehler der gutbezahlten Akteure, die sich aber nach ihrem Auftritt so benahmen, als hätten sie wahre Meisterleistungen vollbracht. Wenn sie mit den beiden Bühnenassistenten sprachen, geschah dies nur im Befehlston, stets legten sie Wert auf Abstand gegenüber den Niedrigsten in der Gruppe. Ganz anders verhielten sich die wirklichen Könner. Artisten, die schon in den bedeutendsten Varietés der Welt aufgetreten waren, behandelten Richard und seinen Kollegen wie ihresgleichen, scherzten mit ihnen und bedankten sich freundlich für alle Dienstleistungen. Einer von ihnen erzählte Richard von seiner bisherigen Laufbahn, ein anderer machte Richard sogar ein Angebot, das ihm sehr verlockend erschien. Das Ganze kam so:

Nach einer Vorstellung lobte Richard die Darbietung des Artisten, der mit einem Partner zusammenarbeitete. Die Zuschauer waren jedes Mal von den Sprüngen und Salti der beiden begeistert und sparten auch nicht mit Applaus und dazugehörigen Zigarettengeschenken per Packungswürfen. Nach einem Glas Bier wurde Richard mutig und sagte: „Einen Salto mit Anlauf schaffe ich auch, im Freibad habe ich das schon oft gemacht.“ Darauf meinte der Artist: „Wir suchen schon länger einen jungen Mann wie dich. Wenn du wirklich sportlich gut veranlagt bist, könntest du mit uns kommen. Es dauert zwar einige Zeit, aber dann können wir dich gebrauchen. Wir haben da so unsere Ideen. Morgen zeigst du uns deinen Salto, und in der nächsten Woche sagst du uns Bescheid.“

Richard konnte die ganze Nacht nicht schlafen. Das Angebot war zu verlockend. Andererseits graute es ihm davor, von zu Hause wegzugehen und seine Familie zu verlassen. Natürlich wäre damit auch seine schulische

Laufbahn zu Ende gewesen, wobei ihm die Doppelbelastung als Schüler und allabendlicher Bühnenassistent schon schwer zu schaffen machte.

Zu seiner Mutter sagt er am nächsten Tag: „Ich kann ein richtiger Artist werden. Zwei Spitzenleute wollen mich mitnehmen und ausbilden. Schon in ein paar Monaten könnte ich mit ihnen auftreten und dann viel Geld verdienen. Außerdem käme ich in der ganzen Welt herum." Seiner Mutter war das Erschrecken anzusehen: „Um Gottes Willen, das wirst du uns doch nicht antun. Jetzt bin ich immer so froh, dass wir den Krieg überlebt haben und alle wieder daheim sind. Du hast doch hier deine Schule und kannst einmal alles werden. Wer weiß, was die beiden fremden Leute mit dir vorhaben. Als Artist bist du ständig unterwegs und wenn du älter wirst, ist alles aus, dann hast du gar nichts mehr. So viel Geld kannst du bis dahin gar nicht verdienen, dass es für alle Zeiten reicht. Wenn du weggehst, habe ich keinen Tag mehr Ruhe."

So schlimm hatte sich Richard die Reaktion seiner Mutter nicht vorgestellt. Trotzdem wollte er am Abend sein Versprechen einhalten und den Artisten beweisen, dass er nicht nur Sprüche gemacht hatte. Es traf sich gut, dass die Vorstellung an diesem Tag im „Stork-Club", dem ehemaligen Foyer des Opernhauses, stattfand. Vor der Garderobe war genügend Platz, außerdem war dort der Boden mit Teppichen ausgelegt. Am meisten störte Richard an diesem schönen Club, dass sich die Bühnenassistenten wie Pagen zu kleiden hatten, mit grüner Uniform und weißen Kniestrümpfen. Er schämte sich jedes Mal wegen dieser Kostümierung und war nur froh, dass ihn keiner seiner Freunde in dieser lächerlichen Verkleidung sehen konnte.

Nach der Vorstellung sagten die beiden Artisten lachend: „Jetzt kommt deine große Show, wir wollen den Salto sehen." Richard hatte keine Angst, zog Jacke und Schuhe aus und nahm Anlauf. Die seidigen weißen Strümpfe wurden ihm zum Verhängnis, sie waren einfach zu glatt. Schon beim Abspringen rutschte er aus und bemerkte, dass er weder die nötige Höhe erreichte noch die volle Drehung schaffte. Er fiel direkt aufs Kreuz und ein höllischer Schmerz bewies ihm, dass alles schief gegangen war. Am schlimmsten war aber die Blamage. Das Gelächter der Zuschauer tat mehr weh als sein Rückgrat. Ein Artist meinte grinsend: „Das war aber kein Meistersprung, vielleicht fehlt doch noch die Übung."

Damit war für Richard der Weg zur Artistenkarriere auch schon beendet. Das Angebot zur Ausbildung wurde nicht wiederholt; Richard machte auch keinen Versuch, näher zu erläutern, weshalb der Salto nicht glückte. Er merkte noch wochenlang seine „Rückenlandung" und erst nach etwa zwei

Monaten führte er im Freibad Langsee seine gekonnten Salti mit kurzem Anlauf wieder vor. Ein Freund sagte: „Damit könntest du ja im Zirkus auftreten."

Seine Mutter hatte sich riesig gefreut, als er am Tag nach der missglückten Vorführung ganz nebenbei bemerkt hatte: „Ich habe es mir jetzt doch anders überlegt, ich bleibe hier und mache mein Abitur." Sie hatte nur Sorgen, weil Richard ein paar Tage über Rückenschmerzen klagte. Zur Unterstützung der Heilung erhielt er ein paar Mal von ihr ein besonders großes Marmeladebrot. In die Ursachen seines Gesundheitsproblems weihte er diesmal - obwohl er sonst alles erzählte - seine Mutter nicht ein.

Manchmal mussten die Artisten weit weg fahren, um mit ihren Darbietungen die Soldaten zu unterhalten. In Grafenwöhr befand sich ein amerikanischer Offiziersclub, der von Nürnberg aus mit einer Show bedient wurde. Es war für die Angehörigen der amerikanischen Besatzungsmacht ein besonderer Tag: Thanksgiving Day. Statt mit einem Truck fand die Anreise diesmal sogar mit einem Militärbus statt. Ein ungewöhnlicher Komfort, denn normalerweise mussten die Spitzenartisten aus aller Welt, die in dieser Show versammelt waren, auf den primitiven Holzbänken eines militärischen Lkws sitzen. Zur Stammbesatzung aus Nürnberg gehörten der Conferencier, (meistens gleichzeitig der Showleiter), ein Pianist und ein Schlagzeuger für die musikalische Begleitung; außerdem zwei Bühnenassistenten, deren „tragende Rollen" darin bestanden, das Gepäck zu befördern, Requisiten auf die Bühne zu schleppen und alle Dienstleistungen zu übernehmen, die organisatorisch anfielen. Die Artistinnen und Artisten wurden jeweils zu Beginn eines Monats vom Organisationschef zu einer abwechslungsreichen Show zusammengestellt; diesmal gehörten dazu ein weltberühmter Jongleur, der schon in allen großen Varietés der Welt gearbeitet hatte, ein Akkordeonsolist, auch ein Mann der Spitzenklasse, zwei Stepptänzerinnen, die bereits in zwei Filmen mitgewirkt hatten, ein ausgezeichneter Clown und ein Zauberer mit seiner Assistentin.

Richard und sein Bruder Karl, der noch vor zweieinhalb Jahren Leutnant der „großdeutschen" Armee gewesen war, nahmen in der Hierarchie der Unterhaltungsgruppe den niedrigsten Rang ein und waren als Bühnenassistenten „Mädchen für alles". Richard hatte zwar manchmal auch demütigende Erlebnisse, nachdem er aber jeden Morgen in die Wirtschaftsoberrealschule zum Unterricht ging und versuchte, dort wieder Selbstbewusstsein zu gewinnen, kam er leichter damit zurecht als sein Bruder, der einen neuen Berufsanfang finden musste. Er hielt auch nicht sehr lange die Rolle des Dieners der Artisten durch und gab nach einiger Zeit den Job auf.

Der Abend im Offiziersclub wurde wieder ein voller Erfolg, die Zuschauer der Show waren von den Darbietungen begeistert. Auch der Conferencier machte seine Sache gut und erhielt für seine Witzchen großen Beifall. Er hieß Peter Frankenfeld und sollte später einer der bekanntesten deutschen Fernsehunterhalter werden. Richard und sein Bruder waren von ihm weniger begeistert, er wirkte auf sie wie ein typisch deutscher Vorgesetzter: Bei jeder Kleinigkeit meckern und autoritären Abstand wahren. Auf der Bühne war dieser später berühmte Mann wie umgewandelt, gemütlich, schlagfertig, freundlich, ein Mensch wie du und ich.

Nach der Vorstellung wurde die gesamte Gruppe an einen Tisch zum gemütlichen Zusammensein eingeladen. Weil Thanksgiving Day gefeiert wurde, gab es ein ungewöhnlich großzügiges Angebot an Speisen und Getränken. In dieser Zeit des großen Hungerns freuten sich alle darüber, sich so richtig satt essen zu können. Den Artisten ging es aufgrund ihrer „Zigaretteneinnahmen" natürlich viel besser als den Musikern und dem Ansager; für Richard und Karl bedeuteten solche Essensgaben nahezu eine lebenserhaltende Zusatzversorgung im Überlebenskampf nach dem Kriege. Beim Trinken hielten sie sich zurück, besonders als sie sahen, wie alle anderen die vollen Whiskygläser in wenigen Sekunden geleert hatten. Außerdem waren die Brüder vom Whisky nicht begeistert und am nächsten Morgen wartete auf Richard die Schule. Auch der Conferencier und Showleiter ließ keine Runde aus und Richard und Karl erlebten zum ersten Male nach dem Kriege wie es ist, wenn alle Mitwirkende einer floor show langsam aber sicher in den Zustand eines vollkommenen Besäufnisses geraten. Es ging immer lauter und lustiger zu und die Sprechfähigkeit der Festteilnehmer ließ mehr und mehr nach. Peter Frankenfeld sagte zu Richards Bruder: „Herr Leutnant, übernehmen Sie das Kommando!"

Als alle schließlich zum Omnibus torkelten, war außer Richard und Karl niemand mehr richtig ansprechbar. Bei der Ankunft in Nürnberg verrieten die lauten Schnarchtöne, dass auf die beiden Bühnenassistenten noch Schwerarbeit zukam. Der Bus hielt in der Luitpoldstraße vor dem Hotel, aber alle Weckversuche scheiterten, obwohl sich Richard und Karl alle Mühe gaben und den Betrunkenen ins Ohr brüllten: „Aufstehen und aussteigen." Bei einigen gelang es mit der Zeit, sie in die Vorhalle des Hotels zu bugsieren. Bei fast allen männlichen Artisten blieb nichts anderes übrig, als sie an Armen und Beinen zu packen und ins Hotel zu

schleppen. Auch der besonders gewichtige Peter Frankenfeld musste auf diese Weise mühsam aus dem Bus gebracht werden.
In der Halle wurden sie vorsichtig und möglichst ordentlich nebeneinander gelegt und Karl sagte zu Richard: „Irgendwann werden sie ihren Rausch schon ausgeschlafen haben, wir schaffen es auf gar keinen Fall, sie in ihre Zimmer zu tragen.“

Die Arbeit dauerte fast bis zwei Uhr nachts, zum Glück fuhr der Bus Richtung Fürth und nahm die beiden vollkommen erschöpften Schwerarbeiter bis zur Zickstraße mit. Am nächsten Abend bedankten sich die wiederauferstandenen Whiskyleichen für die fürsorgliche Ablagerung in der Hotelhalle. Nur der Clown meckerte und meinte: „Bis ins Zimmer hättet ihr mich schon führen können.“ Er konnte es eben nicht lassen, mit Späßen verdiente er schließlich seinen Lebensunterhalt.

Mit Heiko Kistner als Showleiter und Ansager war es ein Vergnügen, in die amerikanischen Clubs zu fahren, um den Soldaten nach dem Kriege eine Art Fronttheater zu bieten. Der später hoch angesehene Nürnberger Buchhändler, der mit seinen Lese-Veranstaltungen viele prominente Persönlichkeiten nach Nürnberg lockte, hatte es in kurzer Zeit vom Tellerwäscher und Bühnenassistenten zum Kollegen von Peter Frankenfeld gebracht, weil er wie dieser ausgezeichnet amerikanisch sprach und den Soldaten gegenüber den richtigen Ton fand. Davon konnte Richard nur träumen, sein Englisch reichte 1947 nicht einmal dazu aus, eine bessere Note als befriedigend in der Wirtschaftsoberrealschule zu erzielen. Außerdem wirkte Richard mit seinen sechzehn Jahren noch so kindlich, dass er selbst bei besten Sprachkenntnissen nicht einmal Heiterkeitserfolge erzielt hätte.

Ganz anders verhielt es sich mit kindlichen Artistinnen und Artisten. Sie boten teilweise Spitzenleistungen als Athleten, als Radfahrkünstler, Jongleure und sogar als Zauberer. Ein vierzehnjähriger Junge beherrschte z. B. den Handstand so perfekt, dass er sich dabei unglaubliche Erschwernisse leisten konnte. Sein Schlusstrick bestand darin, auf einer Sektflasche, die sein Vater auf dem Kopf wie ein misslungenes Hutmodell trug, einen „einfingrigen“ Handstand vorzuführen, wobei der Vater sich langsam um die eigene Achse drehte. Der kleine großartige Artist trug das gesamte Körpergewicht auf einem Finger, der in der Flasche steckte. Der Applaus war überwältigend, die amerikanischen Zuschauer pfiffen und trampelten jedes Mal vor Begeisterung.

Trotzdem war Richard nie neidisch auf solche Kinderstars. Denn er erlebte auch, wie die Trainer, meistens die Väter, mit ihnen umgingen, wenn ein

Trick misslang. Richard musste sofort an die prügelnden Lehrer seiner Schulzeit denken, wenn er sah, dass auch junge Spitzenartisten in der Garderobe geschlagen wurden, weil ihnen ein Fehler unterlaufen war. Jähzornige Väter verhielten sich genauso wie die gewalttätigen Eltern seiner Freunde in der Zickstraße während der Nazizeit. Aus dem strahlenden Artisten auf der Bühne, der manchmal bis zu drei Vorstellungen am Abend zu bewältigen hatte, wurde ein Häufchen Elend in der Garderobe, ausgeliefert der Willkür seines ehrgeizigen Vaters. Und bei der nächsten Vorstellung hieß es trotzdem „immer nur lächeln".

Richard hasste diese „Dressur-Väter", auch andere Mitglieder der Artistengruppe waren sichtlich empört, aber niemand wagte es, sich einzumischen. Ein Jongleur aus Nürnberg, etwa 16 Jahre alt, von dem die Artistenkollegen sagten, er sei der Weltmeister unter den jugendlichen Jongleuren, bot einen spektakulären Schlusstrick: Mit dem Fuß warf er nacheinander zehn Untertassen und Tassen in die Luft und stapelte sie auf diese Weise auf seinem Kopf. Löffel und ein Zuckerstückchen landeten zum Schluss in der obersten Tasse und vollendeten die unglaubliche Leistung. Trotzdem geschah einmal das Unfassbare: Sein Vater ohrfeigte ihn sofort nach der Vorstellung, weil ihm bei seiner Darbietung ein kleines Missgeschick unterlaufen war. Die Zuschauer hatten es gar nicht bemerkt, so geschickt hatte der Kinderstar den kleinen Fehler kaschiert. Trotzdem folgte die Strafe gleich nach dem Riesenapplaus mit brutaler Härte. Richard sah es dem „Weltmeister" an, dass er solche Behandlungen gewohnt war. Später wurde dieser Kinderstar einer der besten Artisten der Welt, der 1973 die höchste Auszeichnung für Artisten erhielt, die Rastelli-Trophäe.

Sein Bruder, der als zweiter Bühnenassistent ebenfalls Zeuge des Vorfalls wurde, sagte zu Richard: „Wenn das Peter, unser Freund und Papa, mit uns probiert hätte, wäre er in echte Schwierigkeiten geraten." Worauf Richard meinte: „Wir sind aber auch keine Weltmeister im Jonglieren geworden. Haben wir Glück gehabt!"

Auch Bühnenassistenten machen Fehler, vor allem deshalb, weil alles immer unter Zeitdruck erledigt werden musste. Besonders beim Abräumen der Requisiten hieß es immer: „Schnell, schnell, die nächste Nummer wartet schon auf eine freie Bühne." Deshalb passierte Richard das Missgeschick mit der weggezauberten Taube. Am Ende seines Auftritts zerlegte ein Zauberer in Windeseile ein Holzgestell mit einer kleinen Tischplatte, auf der ein winziger Käfig mit einer lebenden Taube stand. Richard musste alle auf dem Boden liegenden Einzelteile rasch hinaus-

tragen und darauf aufpassen, dass die verschwundene Taube, die der Zauberer in einen Beutel unter die kleine Tischplatte gesteckt hatte, unsichtbar blieb. Deshalb hatte er die Taube in ihrem Versteck so zu tragen, dass sie an seinem Oberkörper anlag. Das klappte auch immer zur vollen Zufriedenheit des Zaubermeisters. Nur an einem Abend, als noch zwei weitere Vorstellungen zu absolvieren waren und alles noch schneller gehen sollte, war Richard so im Stress, dass er beim Hinausrennen die kleine Tischplatte falsch trug und der Beutel darunter für alle Zuschauer sichtbar wurde. Soviel Applaus hatte Richard noch nie erhalten, leider war das dazu gehörende Gelächter noch größer. Nur der Zauberer war nicht zum Spaßen aufgelegt und schimpfte wie ein Feldwebel aus vergangenen Zeiten. Weil aber der Schlagzeuger, ein echter bayerischer Musiker, der alle Leute in der Show stets „duzte" und ständig zum Lachen aufgelegt war, zum empörten Zauberer sagte: „Das war doch heute einmal etwas Besonderes, ein Zaubern mit Gaudi, rege dich nur wieder ab, die Taube kannst ja heute noch zweimal verstecken", entspannte sich wieder die Lage. Selbst der Showleiter nahm die Sache nicht tragisch und meinte: „Die ewige Hetzerei ist doch für alle ein Problem."
Richard gelang es während der weiteren Laufzeit der Show immer, die kleine Tischplatte richtig zu tragen und auch die weiße Taube schien damit zufrieden zu sein, denn sie machte jeden Abend in ihrem zusammenlegbaren Käfig einen recht munteren Eindruck.

In seiner Freizeit hatte Richard am meisten mit Norbert Kontakt. Sie besuchten sich gegenseitig ohne große vorherige Absprachen oder gar Anmeldungen. Eines Nachmittags wurde Richard Zeuge einer harten Auseinandersetzung. Die beiden Schachspieler vergaßen vollkommen ihre Umgebung, vor lauter Konzentration überhörten sie auch den Gruß Richards, als er zu Norbert zu Besuch kam und sich unauffällig neben seinen Freund setzte, der mit großem Interesse dem Spiel zusah. Richard wäre am liebsten gleich wieder gegangen, denn sein Interesse am Schachspiel hielt sich in Grenzen. Er kannte zwar die Spielregeln und hatte schon des öfteren gegen Norbert gespielt, gewonnen hatte er aber fast noch nie.

Als Thomas Brunner, der Kommunist und ehemalige Insasse mehrerer Konzentrationslager, nach etwa 10 Minuten das Spiel gegen „Schorsch" gewonnen hatte, erwies sich der frühere Gebirgsjäger wieder mal als schlechter Verlierer und schimpfte: „Du machst aber ganz komische Züge, das erlebt man sonst nie. Und ich bin wieder darauf hereingefallen." Thomas Brunner, der wie „Schorsch" als Zimmerherr in der Familie wohnte, erwiderte lachend: „Ich bin eben kein ‚Lehrbuch-Schachspieler', das ist gar nicht schlecht, was mir meine Kollegen beigebracht haben. Du wirst schon auch wieder mal gewinnen."

Das hätte er nicht sagen sollen. Richard sah dem manchmal aufbrausenden Schorsch an, dass er sich über die herablassende Bemerkung sehr ärgerte. „Du hast eben viel Zeit gehabt", gab dieser zurück, „wenn man durch halb Russland marschieren muss, hat man wenig Gelegenheit, die ganzen Tricks beim Schachspielen auszuprobieren."

Norbert wollte die Situation entschärfen und fragte: „Wer traut sich gegen mich zu spielen, da habt ihr sowieso keine Chancen." Der Versuch kam zu spät, denn nun hatte Thomas Brunner ein zorngerötetes Gesicht: „So ein Quatsch", rief er mit erhobener Stimme, „ jetzt brauchst du nur noch zu behaupten, das KZ war ein Sanatorium und alle hatten nichts als Freizeitunterhaltung im Kopf. In Wirklichkeit mussten wir von früh bis abends schuften. Es war die Hölle, denn Schlagen, Foltern und Morden gehörten zum Alltag. Nur einen Tag hättest du dort erleben sollen, dann würdest du nicht so dumm daherreden." Schorsch provozierte weiter: „Heute wird doch immer nur von den Verbrechen auf der einen Seite geredet, dem Iwan verdanke ich, dass ich nur noch einen Arm habe, und die Partisanen haben viele Kameraden grausam umgebracht."

Die Atmosphäre wurde immer ungemütlicher, trotzdem verfolgte Richard mit zunehmender Spannung die Auseinandersetzung. Denn einen eigenen Standpunkt hatte er noch nicht gefunden, allerdings war jede Zuneigung zu den Nazis und den Größen des „tausendjährigen Reiches" in den beiden letzten Jahren restlos geschwunden. „Was hattet ihr denn in Russland zu suchen?" erwiderte wütend Thomas, „Hitler und die anderen Naziverbrecher haben ganz Europa in Brand gesteckt und in der Sowjetunion besonders gewütet. Ohne die ´Heil-Hitler-Schreihälse` wäre das gar nicht möglich gewesen. Heute spielen alle die armen Verführten, und die Nazis sitzen schon wieder auf allen möglichen Posten."

Schorsch schrie: „Ich war nie in der Partei. Nach Polen und Russland haben sie mich geschickt, ohne zu fragen, ob ich das will. Am Krieg waren die anderen genauso schuld, weil sie die Deutschen in der Tschechei und in Polen nicht in Ruhe gelassen haben. Und die Österreicher wollten ja selber heim ins Reich. Das mit den Juden war falsch, aber man darf nur die Hälfte glauben. Jetzt machen eben die anderen ihre Propaganda. Von ihren Verbrechen in Dresden, in Hamburg aber auch bei uns hier in Nürnberg sagen sie nichts."

Thomas antwortete verblüffend ruhig: „Das glaube ich dir schon, dass du kein Abzeichen getragen hast. Aber du erzählst über den Krieg immer noch den gleichen Mist, wie ihn Goebbels verzapft hat. Das mit den Juden war nicht nur falsch, das war millionenfacher Massenmord an vollkommen unschuldigen Leuten. Und keiner hat etwas gemerkt! Weil viele immer noch so tun, als wäre gar nichts Besonderes passiert, werden die Nazis schon wieder frech! Der Bombenanschlag auf die Spruchkammer im letzten Jahr zeigt doch, dass es immer noch einen braunen Sumpf gibt."

Der Streit nahm eine überraschende Wendung als Schorsch sagte: „Die ganze Entnazifizierung ist doch ein richtiger Blödsinn. Die Mitläufer machen sie zu schlimmsten Verbrechern, an die Großen wollen sie gar nicht ran. Weil sie die wieder brauchen können, lassen sie sich so viel Zeit, bis nichts mehr dabei herauskommt." Richard war verblüfft, als Thomas sagte: „Da stimme ich mit dir ausnahmsweise überein. Die Kleinen hängt man, und die Großen lässt man laufen. Die Naziprominenz hätten sie vor allen anderen verurteilen müssen. Die Amerikaner haben offensichtlich kein großes Interesse mehr daran; ein Bekannter hat mir erzählt, die schlimmsten Nazis sind noch gar nicht drangekommen. Sogar der Oberbürgermeister soll gesagt haben, man hätte die Mitläufer laufen lassen sollen und stattdessen sofort die Naziprominenz hart bestrafen müssen."

Norberts Mutter bot allen ein Stück Kuchen an, dazu schenkte sie für jeden eine Tasse „echten" Kaffee ein. Sie meinte: „Jetzt habt ihr genug gestritten. Ich bin nur froh, dass mein Mann im Dienst ist, sonst wäre das ein fürchterliches Geschimpfe geworden. Seid wieder friedlich und trinkt den guten Kaffee." Im Frühjahr 1948 war dieses Angebot immer noch viel wirksamer als die besten politischen Argumente.

Richard und sein Freund Norbert, aber auch die beiden Streithähne, erkannten wie die meisten Deutschen noch nicht, dass sich die politische Großwetterlage dramatisch gedreht hatte. Der Kalte Krieg veränderte alles und die Frage nach der Schuld der Nazis trat immer mehr in den Hintergrund. Die nicht verurteilte Naziprominenz schien wieder für höhere Aufgaben geeignet und spielte bei der Gestaltung der Bundesrepublik Deutschland eine nicht unbedeutende Rolle.

Im Sport behielt Norbert immer die Nerven, er praktizierte keine Fehlstarts, kümmerte sich wenig um ungünstige äußere Bedingungen und ließ sich auch nicht durch noch so gute Leistungen der Mitkonkurrenten aus der Ruhe bringen. Vor Schulaufgaben dagegen glich der Banknachbar

Richards eher einem Nervenbündel, der ständig einige Sekunden hinterherhinkte. Wenn der Lehrer sagte: „Blätter herausnehmen, wir schreiben in die Mitte ..., auf die linke Seite schreiben wir ..., auf die rechte Blattseite kommt der Name“, fragte Norbert nach jeder Ansage: „Was hat er gesagt, wohin kommt das, was sollen wir schreiben?“ Dazu hatte er die seltsame Angewohnheit zu warten, bis Richard die einzelnen Daten geschrieben hatte, dann erst schrieb er alles ab. Es kam wie es kommen musste! Als der Mathematiklehrer eines Tages eine korrigierte Schulaufgabe zurückgab, sprach er noch zynischer als sonst im näselnden Tonfall: „Heute haben wir gleich zwei Löbner in unserer Klasse, der eine muss der Richtige sein, der andere schreibt sogar Namen ab.“ Die Schadenfreude der lieben Mitschüler sorgte für ein lautstarkes Gelächter und selbst Merker, allseits gefürchteter Studienprofessor für Mathematik und Physik, der nur selten die Spur einer mitfühlenden Regung zeigte, schien schwach zu schmunzeln.

Die Stimmung änderte sich rasch, als es sich wieder mal zeigte, dass außer ein paar guten und befriedigenden Noten nur Vierer und Fünfer bei der Prüfung erzielt wurden. Selbst die besten Schüler hatten in Mathematik schlechte Karten, wer von den „Vorderbänklern“ mal ein „sehr gut“ schaffte, galt bei den anderen entweder als Glückspilz oder als mathematisches Genie. Dem Lehrer schien dies alles nicht zu kümmern, in gleichbleibendem Tonfall und schwacher Lautstärke erfüllte er alle Anforderungen des Lehrplans. Auf alle Fragen, die allerdings nur selten gestellt wurden, ging er sofort in gebotener Kürze ein, um dann unverzüglich in seinem Programm fortzufahren. Manchmal reagierte er auch unwirsch: „Das müsste man doch längst begriffen haben, ich kann doch nicht jedes Mal von vorne anfangen.“ Christian, der sich sicher war, dass er das Klassenziel nicht erreichen würde, weil er in einigen Fächern miserable Noten hatte, fragte einmal forsch: „Herr Professor, wozu kann man eigentlich all diese schwierigen mathematischen Formeln in der Praxis gebrauchen?“ Es schien einen Moment, als würde Merker lautstark und wütend reagieren. Dann sagte er aber in gewohnter näselnder Sprechweise: „Das ist doch Schnee von gestern und deshalb eine dumme Frage. Ich habe das doch am Anfang immer wieder mit vielen Beispielen erklärt. Es gibt sicher ein paar Mitschüler, die es dir erklären können.“

In der Pause schimpften die meisten auf den Lehrer, der solche Antworten gab. Helmut sagte: „Fast keiner hat eine Ahnung, wozu das gut ist. Vielleicht weiß er es selbst nicht. Wir lernen doch immer nur unverstandenes Zeug für die nächste Schulaufgabe, manchmal hat man ja Glück, und man bringt etwas zustande. Ich möchte nicht wissen, wie viele wegen dem schon durchgefallen sind.“ Loni, ein gutmütiger, aber manchmal sehr eigenwilliger Mitschüler, sprach vielen aus der Seele: „Mich wundert es schon, dass ich ausgerechnet in der doofsten Klasse bin. Der Merker tut immer so, als wären wir der blödeste Verein im ganzen Schulhaus.“

Bei der Rückgabe einer Schulaufgabe herrschte eine unangenehme, gespannte Atmosphäre. Manchmal sorgten trockene Bemerkungen des Pädagogen für Minuten der Erheiterung. Als Manfred, der nur in Mathematik schlechte Ergebnisse zu verdauen hatte, einmal sogar die Note 2 auf seiner Arbeit vorfand, bemerkte der Lehrer: „Nun ja, ein blindes Huhn findet auch mal ein Korn.“ Zu Richards Ergebnis bei der Berechnung eines Aussichtsturms, fiel sogar dem Zyniker nichts mehr ein. Nach einstündiger, anstrengender Rechenarbeit hatte Richard ein Ergebnis herausgebracht, von dem er selbst keineswegs überzeugt war. Aber vielleicht war der Weg nicht ganz falsch! Deshalb unterstrich er doppelt: Der Aussichtsturm hat eine Höhe von 0,02 mm.

Der Physikunterricht beim gleichen Lehrer verursachte den meisten ebenfalls großes Kopfzerbrechen. Trotzdem gab es etwas bessere Ergebnisse als in Mathematik, der Stoff war eben doch viel weniger abstrakt und deshalb begreifbarer. Außerdem bemühte sich der Lehrer manchmal um Anschaulichkeit. Die vorgeführten Versuche verliefen meist sehr spannend, weil zur Freude der Zuschauer auch einiges schief ging. War vorher ein deutliches Pfeifen versprochen worden, hörten die Schüler stattdessen ein unangenehmes Rauschen, sollte das Experiment Lichtsignale sichtbar machen, sahen die gespannten Schüler plötzlich schwarzen Rauch aufsteigen. Studienprofessor Merker behielt jedoch bei jedem Experiment, auch wenn es etwas eigenartige Ergebnisse brachte, stets die Ruhe. Seine Erklärungen lauteten dann zum Beispiel: „Man konnte deutlich sehen, wie sich der physikalische Prozess entwickelte. Ein sehr interessanter Vorgang.“ Oder er sagte einfach: „Bei jedem Experiment gibt es ein Restrisiko, das macht die Physik so spannend. Lernen kann man daraus aber immer.“

Sichtbare Schadenfreude kam fast nie auf, nur am Anfang der Vorführung ging es manchmal lustig zu, denn dem Professor fehlte nicht selten eine Kleinigkeit für das Experiment. Daher warteten schon alle gespannt auf seine nebensächliche Frage: „Hat nicht jemand zufällig einen Bindfaden einstecken?“ Oder: „Hat nicht jemand zufällig ein paar Reißnägel dabei?“ Die Berühmteste aller Fragen, die bei jedem Klassentreffen noch Jahrzehnte später für minutenlange Erheiterung sorgte, lautete: „Hat nicht jemand zufällig eine Glühlampe einstecken?“ An jenem Montag vor

Pfingsten im Jahr der Währungsreform 1948 erzielte der Mathematik- und Physikprofessor Merker einen Heiterkeitserfolg, über den sich selbst der Conferencier Peter Frankenfeld in der abendlichen Floorshow in einem amerikanischen Soldatenclub sehr gefreut hätte.

Das Experiment Währungsreform, im Alleingang von den westlichen Militärregierungen durchgezogen, gelang reibungsloser als die Versuche im Physikunterricht. Richard und seine Freunde staunten wie alle anderen Bewohner in den westlichen Besatzungszonen, als schon unmittelbar nach dem 20. Juni 1948 die Schaufenster prall gefüllt waren. Trotzdem schimpften viele auf die Ungerechtigkeit beim Umtausch: „Die mit ihren Häusern und Grundstücken sind fein heraus“, empörte sich auch Tante Sophie, „unsere paar Mark auf dem Sparkonto sind nur noch ein Zehntel wert. Außerdem wird alles furchtbar teuer und mehr Arbeitslosigkeit soll es auch geben.“ Ihr Ehemann fügte resigniert hinzu: „Jetzt reden doch alle von den angeblich gleichen Chancen, weil jeder nur 40,-DM gegen die alte Reichsmark umtauschen konnte. Von den Fabriken, Aktienpaketen und sonstigen Reichtümern steht fast nichts in den Zeitungen. Na ja, die Großkopferten waren schon immer die Gewinner.“ Dem Aufstieg Ludwig Erhards stand nichts mehr im Wege und es begann damit eine ökonomische Entwicklung, die man später „Wirtschaftswunder“ nannte.

2. Kapitel

Die Sitzordnung im Klassenzimmer blieb für alle Schuljahre die gleiche. Helmut saß im Unterricht gleich hinter Richard. Seine Stärken lagen in Fremdsprachen und Stenographie, aber auch in den anderen Fächern lag er über dem Durchschnitt. Fritz saß weit vorne und fiel Richard durch ganz ungewöhnliche Antworten auf. Er ließ sich nicht so schnell einschüchtern und zeigte trotz seines noch fast kindlichen Aussehens ein erstaunliches Selbstbewusstsein. Richard ahnte zunächst nicht, dass die beiden Mitschüler für sein weiteres Leben von erheblicher Bedeutung sein würden.
Es stellte sich heraus, dass sich alle drei sehr für Musik interessierten und sich gerne über amerikanische Schlager, Jazzmusik, über Schallplatten und berühmte Solisten unterhielten. Helmut hatte einmal zum Schulausflug sein Akkordeon mitgebracht und überraschte seine Mitschüler mit einer Darbietung, die jedem Akkordeonsolisten zur Ehre gereicht hätte. Fritz und Richard folgten gerne seiner Einladung, ihn in seiner Wohnung Nähe Bismarckschulhaus zu besuchen, um gemeinsam Schallplatten zu hören und sich über Möglichkeiten zu unterhalten, eventuell ein Gesangstrio zu gründen. Dem ersten Besuch folgten rasch weitere, weil nach den gemeinsamen Gesangsversuchen bei allen Beteiligten die Lust zunahm, ein kleines Repertoire zusammenzustellen. Helmut spielte nicht nur ausgezeichnet Akkordeon, er verstand auch viel von Harmonielehre, und deshalb entstanden verhältnismäßig schnell hörenswerte Gesangsstücke mit Akkordeonbegleitung.
Als erste Zuhörer mussten die Verwandtschaft und verschiedene Freunde des Trios herhalten. Stücke wie „Home on the Range", „Vor einer kleinen Taverne", „La Cucaracha" riefen so viel Zustimmung und Lob hervor, dass die Motivation der drei Sänger erheblich gestärkt wurde. Über die Verteilung der einzelnen Rollen und Stimmen gab es keinen Streit, Helmut sang die Originalmelodie, Richard die zweite Stimme darüber, Fritz die Bassstimme. Stundenlang übten sie an einem einzigen Stück und freuten sich riesig, wenn es ihnen gelungen war, mit ihrem Triogesang qualitativ in die Nähe geachteter Profis, wie zu Beispiel den „3 Travellers" oder den „3 Peheiros" - zumindest nach ihrer Einschätzung - zu gelangen. Helmuts Vater, der als sehr guter Zitherspieler viel von Musik verstand, förderte die fleißig Übenden durch sachgerechte und überraschend positive Kritik. Außerdem bestärkte er sie in ihrem Vorhaben, Sprachkenntnisse aus der Schule in der musikalischen Praxis zu nutzen und mehrsprachig zu singen.

Englisch und französisch gesungene Stücke wurden ins Repertoire aufgenommen, der sachverständige Berater steuerte eine Besonderheit bei, mit der die drei angehenden Musiker später besonders viel Erfolg haben sollten: Das berühmte russische Volkslied mit dem Titel „Suliko". Melodie und Originaltext hatte Helmuts Vater aus russischer Kriegsgefangenschaft mitgebracht. Es fiel ihnen trotzdem sehr schwer, den russischen Text auswendig zu lernen. Um so mehr freuten sie sich bei späteren Auftritten darüber, dass ehemalige Kriegsgefangene zutiefst gerührt das Lied sofort erkannten und manchmal sogar leise mitsangen. Der Text stimmte also wirklich!
Fritz und Helmut sprachen immer öfter davon, dass eigentlich statt eines Gesangstrios mit Akkordeonbegleitung ein richtiges Bartrio mit drei Instrumenten, also mit Akkordeon, Bass und Gitarre, das einzig Richtige wäre. Fritz brachte bereits kurze Zeit später seine neue Gitarre mit und erzählte, dass er auch schon die ersten Stunden bei einem Gitarrenlehrer hinter sich habe. Wie durch ein Wunder gelang es Richard, eine noch bespielbare Bassgeige zu finden, die er zu einem erschwinglichen Preis erwerben konnte. Einige Stunden Bassunterricht und viele Übungshefte für das Selbststudium bestärkten ihn in der Hoffnung, mit der Zeit mit den beiden anderen mithalten zu können. Am fleißigsten übte Fritz und schaffte es erstaunlich schnell, ein guter Gitarrist zu werden, der sich auch in der Harmonielehre auskannte. Richard profitierte viel von Helmuts Fähigkeiten als Arrangeur, vor allem von seinen mit viel Sorgfalt aufgezeichneten Bassnoten. Außerdem hatte er den Vorteil, dass nur wenig Menschen die Qualität eines Bassisten sachgerecht beurteilen können, vor allem, wenn er in einer größeren Band spielt.

Und dieser Glücksfall ergab sich zu Beginn der Musikerkarriere der „3 Mikos" - so nannte sich das neu gegründete Bartrio. Helmut hatte schon seit einigen Monaten in einem 7-Mann-Orchester als Akkordeonist mitgespielt, das in großen Wirtshaussälen in Großhabersdorf, in Weinzierlein und Ammerndorf vorwiegend am Wochenende zum Tanz aufspielte. Die netten Musikerkollegen hatten nichts dagegen, dass noch ein Bassist und Gitarrist dazustoßen wollten. Sie versprachen sich auch eine zusätzliche Werbewirkung, wenn die „3 Mikos" einige Male am Abend zusätzlich als Gesangstrio etwas zum Besten geben würden. Die abendlichen Auftritte wurden von den Zuhörern mit riesigem Beifall bedacht und auch die Musikerkollegen lobten das Trio nach ihren Gesangsdarbietungen.
Die beiden Mitspieler drängten auf ein eigenes Engagement der „3 Mikos" in einem Tanzlokal; Richard stellte seine Bedenken immer mehr zurück

und entschloss sich schließlich, seinen Job als Bühnenassistent bei den Amerikanern aufzugeben, um als Musiker das nötige Geld zu verdienen. Richards gewagter Schritt, auf seine bisherige Einnahmequelle zu verzichten, führte zum Erfolg: Schule und Studium waren finanziell gesichert, auch für Eigenversorgung und Unterstützung der Eltern erwies sich die Gründung der „3 Mikos“ als ausgesprochener Glücksfall! Trotz erheblicher Doppelbelastung schafften es die drei Freunde, sowohl das Abitur zu machen, als auch ihr Studium in nur sechs Semestern zu beenden und das angestrebte Examen abzulegen. Die Arbeitswelt eines Musikers ermöglichte außerdem interessante Erfahrungen, die auch später im eigentlichen Beruf noch bedeutsam sein sollten.
Obwohl die Freunde sich nicht als absolute Pazifisten verstanden, waren sie sich aufgrund ihrer Erlebnisse mit Militär und Marschmusik während der Nazi-Herrschaft in einem Punkt vollkommen einig: Wir spielen nie einen Marsch! Selbst wenn Wirte beleidigt waren, Gäste nach vergeblichem Wunsch nach „Alte Kameraden“ schimpften, Gruppen empört im Marschrhythmus klatschten und sie sogar beleidigten - die Mikos blieben ihrem Grundsatz treu und fielen nie um. Es war eben eine Zeit, in der manche noch das gleiche dachten, wie ein gewisser Franz Josef Strauß unmittelbar nach dem Kriege: „Wer noch einmal ein Gewehr in die Hand nimmt, dem soll der Arm abfallen.“

Bis zum Abitur war es allerdings noch ein weiter Weg, und an das Studium dachte ernsthaft noch niemand. Richard war es zwar gewohnt, Nebenberuf und Schule zu vereinbaren, nach Gründung der „3 Mikos“ wurde es aber noch schwieriger, alle Interessen unter einen Hut zu bringen. Seinen beiden Freunden erging es ähnlich, allerdings fehlte bei ihnen der Druck, unbedingt Geld verdienen zu müssen, weil die finanzielle Situation im Elternhaus wesentlich günstiger als bei Richard war. Dies galt vor allem für Helmut, der wahrscheinlich auch ohne Einkünfte aus seiner musikalischen Tätigkeit Schule und Studium absolviert hätte, Fritz, der Gitarrist, dagegen konnte einen Nebenverdienst sehr gut gebrauchen. Ob die alleinerziehende Mutter in der Lage gewesen wäre, ein Studium zu finanzieren, darüber hat Fritz nie eindeutig Auskunft gegeben.
Sonderveranstaltungen in der Schule gehörten zu den eher seltenen Ereignissen. Der Besuch des Experten wurde nur einen Tag vorher angekündigt. Das Thema empfanden die Schüler ziemlich brisant: ein ihnen fremder Schularzt sollte über „Die Gefahren durch Geschlechtskrankheiten“ sprechen. Einige vermuteten, dass dabei auch über Sexualität aufgeklärt werden würde, andere meinten, über so etwas werde doch nicht in der Schule gesprochen. „Spretti“, der angesehene Schaf-Imitator,

behauptete, es ginge hauptsächlich um Scheußlichkeiten, sein Freund in der Dürer-Realschule habe schon einmal eine solche „Aufklärungsstunde“ erlebt.

Als der Arzt in der letzten Stunde des Vormittagsunterrichts mit seinen Ausführungen begann, stellte sich schnell heraus, dass „Spretti“ die Wahrheit gesagt hatte. Der Mediziner sprach über die fürchterlichen Gefahren, die durch den Geschlechtsverkehr zwischen zwei Menschen heraufbeschworen werden. Das Schlimmste sei aber, dass die jungen Menschen durch ihre Unwissenheit und Dummheit häufig in einen lebenslangen Krankheitsprozess hineinstolperten, an dessen Ende Siechtum und Tod stünden. Als er an Hand von Schautafeln die einzelnen Geschlechtskrankheiten genau darstellte und die Details des jeweiligen Krankheitsverlaufs - wieder mittels realistischen Bildmaterials - schilderte, hatten die meisten Schüler Mühe, weiter zuzuhören und zuzuschauen. Besonders ausführlich ging der Schularzt auf die Syphilis ein, er zeigte Farbbilder von hässlichen Geschwüren und Knoten an den Geschlechtsorganen von Frauen und Männern. Niemand von den Schülern hatte so etwas schon gesehen.

Als Ursachen für diese entsetzlichen, ansteckenden Krankheiten wurden in erster Linie unmoralischer Lebenswandel, zunehmende Enthemmung und Verantwortungslosigkeit, Überbewertung der Sexualität, allgemeiner Verfall der Sitten und schrankenlose Genusssucht genannt. Diese Faktoren seien besonders bei der heutigen Jugend zu beobachten. Wenn dazu noch mangelndes Wissen über die Ansteckungsgefahr komme, verbunden mit der Neigung zu möglichst häufig wechselnden Sexualbeziehungen, brauche sich niemand über die Ausbreitung dieser Volkskrankheiten zu wundern.

Die Schlussfolgerungen ergaben sich eigentlich von selbst: Rückkehr zu einer traditionellen Sexualmoral, Beherrschung und Kontrolle triebhafter Wünsche, Besinnung auf die wahren Werte im Leben und Mut zur Enthaltsamkeit bis zur Ehe. Jeder Schüler müsse begreifen, dass ein einziges Versagen genüge, um für das gesamte weitere Leben schwerste gesundheitliche Schäden davonzutragen.

Nach dem Ende des Vortrages war den Schülern ihre Betroffenheit deutlich anzusehen. In einzelnen Gruppen wurde noch heftig über das Gehörte diskutiert. Norbert sagte: „Da kann einem schon alles vergehen. So etwas Scheußliches habe ich noch nie gesehen.“ Helmut nickte zustimmend und meinte: „Wie viele wohl betroffen sind? Man könnte ja meinen, alle jungen Leute haben sich angesteckt. Ich kenne aber keinen einzigen! Vielleicht erfährt man aber auch normalerweise nichts davon." Fritz schimpfte: „Das war kein Aufklärungsvortrag, sondern eine Propagandaveranstaltung gegen Sex. Die Absicht ist doch eindeutig, alles miesmachen und jeglichen Spaß verderben. Wer darauf hereinfällt, ist selbst Schuld."

In den nächsten Wochen wurde noch viel über diese ungewöhnliche Veranstaltung gesprochen. Die Meinung unter den Schülern war sehr geteilt. Einige sprachen von gezielter Übertreibung und Panikmache, andere von interessanter Information, manche waren vollkommen verunsichert und wussten nicht, was sie davon halten sollten. Selbst die Witzerzähler in der Klasse, die mit Vorliebe ordinäre Zoten zum Besten gaben, hielten sich eine Zeitlang zurück. Einer von ihnen, der wegen seiner hohen Stimme den Spitznamen „Eunuche" trug, wusste offenbar mehr über sexuelle Praktiken und klärte die anderen in einer Pause auf: „Der Doktor Spielverderber hat überhaupt nichts darüber gesagt, dass man sich ja schützen kann. Schon als Kind haben wir ‚Pariser' aufgeblasen und uns Luftballons daraus gemacht. Wer diese Dinger für den richtigen Zweck verwendet, steckt sich bestimmt nicht an."

Richard hätte gerne eine neutrale Instanz über die Probleme ausgefragt, er wusste nur nicht, wen er dazu hätte ansprechen können. Mit seinen Geschwistern wollte er darüber nicht reden. Die hässlichen Bilder behielt er jahrelang im Kopf. Sollte es eine abschreckende Absicht gegeben haben, war sie sehr erfolgreich gewesen. Angst und ein schlechtes Gewissen verschwanden erst endgültig, als viele Jahre später offen über Sexualität diskutiert werden konnte und viele Informationen allgemein zugänglich wurden. An der Notwendigkeit einer umfassenden Aufklärung zweifelte Richard nie, wohl aber an der Methode, wie sie in der Schule angewandt worden war.

Sie trafen sich alle in Tante Sophies Wohnung in der Sulzbacher Straße. An diesem Sonntag im November 1949 gab es ein ganzes Bündel von Gründen, sich zu einem Familientreff zusammenzufinden. Großvater und Großmutter aus Wöhrd, die endlich wieder zusammen mit ihrer Tochter und deren Ehemann in der großen Wohnung mit altmodischen, hohen Zimmern lebten, begrüßten die Gäste: „Sind wir froh, dass wir nun wieder hier einziehen konnten. Ihr wisst ja alle, dass wir zuerst in der Deichslerstraße ausgebombt worden sind, dann hat es uns in dieser Wohnung durch Brandbomben erwischt. Lange hat`s gedauert, bis der

Hausherr alles einigermaßen in Ordnung bringen ließ. Jetzt haben wir wieder Platz, sogar ein Zimmerherr kann da oben im vierten Stock noch bei uns wohnen. Dann wird`s für alle billiger."

Tante Sophie sagte zu Elisabeth: „Für Dich hätten wir auch noch Platz gehabt, zwölf Jahre hast du doch bei deinen Großeltern gewohnt." Lachend fügte sie hinzu: „Und jetzt verlässt du uns wegen deines Mannsbilds und kehrst in die ‚Villa Zickstraße' zurück. Das „Mannsbild", das neben Richards Schwester Elisabeth stand, ging auf den Scherz ein: „Wäre es dir wohl lieber gewesen, die Russen hätten mich noch ein paar Jahre behalten. Mir haben die fünf vollkommen gereicht." Erst vor einigen Wochen war Otto aus russischer Kriegsgefangenschaft zurückgekehrt. Elisabeth erzählte: „Das hätten wir bei unserer Hochzeit nicht gedacht, dass wir uns jahrelang nicht mehr sehen. Ein Wunder, dass Otto alle Strapazen überlebt hat. Jetzt hat er sogar schon wieder Arbeit in der AEG gefunden, Schriftenmaler kann man eben immer wieder brauchen."

An einem großen Tisch in Tante Sophies Wohnzimmer hatten alle Platz gefunden. Nur Onkel Robert fehlte, der Bruder von Mama und Tante Sophie hatte ein Treffen mit einem ehemaligen Kriegskameraden vereinbart und wollte nicht mehr absagen. Es gab Kaffee und Kuchen und auch ein paar belegte Brote. Im Vergleich zur Zeit vor der Währungsreform wurde viel geboten. Außer beim selbstgebackenen Apfel- und Käsekuchen konnte man bei einem Gesundheitskuchen zugreifen, bei den Butterbroten merkte man sofort, dass keine Margarine verwendet wurde und der Belag mit Käse und Wurst schmeckte allen vorzüglich.

Die Familie Löbner war vollständig vertreten, das neue Familienmitglied war natürlich auch dabei. Hedi und Richards Bruder Franz hatten im Juni 1949 geheiratet und erst vor kurzem zusammenziehen können. Franz hängte sich sein Akkordeon um und erzählte, bevor er zu spielen begann: „Eine Wohnung oder ein Zimmer zu finden, ist immer noch unglaublich schwierig. Seit unserer Hochzeit haben wir jeden Tag gesucht und erst vor vier Wochen Glück gehabt. Ich war der ´Ehemann auf Besuch`, jeden Abend nach der Arbeit bin ich nach Gibitzenhof gelaufen, um meine Frau zu treffen. Jetzt haben wir in der Fürther Straße ein Zimmer gemietet, mit Toilettenbenutzung, aber ohne Zugang zur Küche. Sogar ein paar Möbel haben wir uns schon gekauft, na ja, eng geht es schon zu. Wenn ihr alle kommen wollt, müsst ihr euch einzeln anmelden. Dann kriegt ihr eine Platzkarte." Alle lachten und „Schimmele", der Ehemann Tante Sophies, rief: „Raum ist in der kleinsten Hütte."

Jetzt wurde es richtig gemütlich. Franz spielte: „Machen wir`s den Schwalben nach, bau`n wir uns ein Nest". Tante Sophie sang wie immer am lautesten mit, die anderen erreichten nur durchschnittliche Chor-Qualitäten. Sogar der Jüngste im Bunde, der zehnjährige Heinz, summte gelegentlich mit, obwohl er sicherlich ganz andere Musik mochte. Richard erging es ähnlich, aber die Klänge des Akkordeons gefielen ihm trotzdem, besonders wenn Franz gekonnt alte Seemannslieder spielte. Kurt, der älteste Bruder, saß gleich neben seinem Vater, genannt Peter, und seiner Mutter und schien ebenfalls guter Laune zu sein. Er übte seit einigen Monaten wieder den erlernten Beruf eines Werkzeugmachers aus und wohnte nach wie vor in der Zickstraße. Seit er wie Franz und Richard zum Lebensunterhalt der Eltern etwas beisteuerte, gab es keine größeren finanziellen Problem mehr und die Eltern mussten nicht nur von der Heimarbeit leben.

In einer Musikpause sagte der Großvater mit leicht spöttischem Unterton: „Einer zieht aus, zwei kommen neu hinzu. In den großen Räumen der Zickstraßenwohnung ist für alle Platz." Diesmal antwortete seine Tochter Leni selbstbewusst: „Wenn man will, geht doch alles. Wir freuen uns, dass Elisabeth und Otto jetzt bei uns wohnen. Sie haben im großen Zimmer genug Platz, uns beiden genügt das kleinere neben der Küche. Wenn jeder ein bisschen Rücksicht nimmt, fühlen sich alle wohl." Der Großvater brummte: „Kleines Zimmer, früher hat das Kammer geheißen." Die Großmutter mischte sich ein: „Die kommen sicher zurecht, das hat schon immer geklappt. Sei doch froh, dass jetzt alle wieder daheim sind." Dann wandte sie sich an Richard und fragte: „Du hast wohl heute frei und brauchst gar nicht zur Arbeit zu den Amerikanern gehen?" „Ich habe doch dort aufgehört", antwortete Richard, „ich spiele jetzt in einem Bartrio und muss heute Abend noch nach Wetzendorf. Jetzt verdiene ich viel besser als vorher und mehr Spaß macht es auch."

Die meisten Anwesenden hatten die „3 Mikos" schon erlebt und Franz erzählte den Großeltern: „Die Leute sind ganz begeistert, wenn sie die drei singen und spielen hören. Ich kenne keinen in Nürnberg, der so gut Akkordeon spielt wie Helmut und die Mikos sind jetzt schon so gut aufeinander eingespielt, dass sie eine ausgezeichnete Musik machen. Wenn wir uns wieder einmal hier treffen, muss Richard unbedingt seine beiden Freunde mitbringen, da werdet ihr staunen!" Sogar Peter, der ausgebildete Pianist ohne Berufspraxis, stimmte dem Loblied zu: „Die können überall auftreten. Vielleicht kommen sie sogar eines Tages zum Rundfunk, das würde mir besonders gefallen." Alle schmunzelten, weil sie Peters große

Leidenschaft für Radio München kannten. Tante Sophie konnte es nicht lassen: „Warum hast du denn nie irgendwo mit Musik dein Geld verdient? Frage doch mal den Richard, vielleicht nimmt er dich mit."

Diesen Scherz fand niemand lustig, Richard war froh, dass seine Mutter nicht antwortete, um ihren Mann wieder mal zu verteidigen. Beim neuen Thema Politik drohte keine größere Auseinandersetzung. Alle wussten ja, dass der Großvater ein alter Sozialdemokrat war und von der neugegründeten Bundesrepublik schon deshalb nicht viel hielt, weil ihm Konrad Adenauer nicht geficl. Seinem Kommentar mochte niemand widersprechen: „Im letzten Jahr bei der Währungsreform hat man doch wieder mal gesehen, wie die kleinen Leute benachteiligt werden. Das alte Lied, die Reichen halten zusammen und sind wieder ganz oben und keiner fragt danach, wie viel Dreck sie in der Hitlerzeit am Stecken gehabt haben. Und auch der Adenauer wird daran nichts verändern, der holt sich sogar ein paar von dem braunen Pack in seine Regierung. Den Neuanfang habe ich mir anders vorgestellt, aber schuld sind ja die Leute selbst, sonst hätten sie nicht gegen ihre eigenen Interessen gewählt."

„Schimmele" rettete die Stimmung: „Seid doch froh, dass wir heute alle gesund und gemütlich zusammensitzen können. Es wird mit der Zeit bestimmt auch noch besser, schaut euch nur die vollen Schaufenster an, vor der Währungsreform hätte man sich das gar nicht vorstellen können. Und den Adenauer haben sie ja nur mit einer Stimme Mehrheit gewählt, da kann sich schnell etwas ändern. Heuer ist unheimlich viel passiert, ich bin jedenfalls froh, dass wir jetzt wieder in einem eigenen Staat leben. Auch wenn ich mir nie mehr die Finger an der blöden Politik verbrenne. Bei mir im Amt sagen das alle."

Richard verabschiedete sich, um seinen Bass in der Zickstraße zu holen. Die Schlepperei des großen Instruments gefiel ihm zwar nicht, aber er gewöhnte sich immer mehr daran. Auch an die Sprüche mancher Leute in der Straßenbahn, wie „Ein Geigenspieler hat`s da viel besser." Der Trost seines Freundes Fritz war nicht recht überzeugend: „Du hast doch jahrelang die tragende Rolle gehabt. Dein Bass trägt sich bestimmt leichter, als die schweren Koffer fremder Leute."

Es gefiel ihnen gut bei ihrem ersten Engagement! Die „Drei Mikos" spielten jeden Samstag- und Sonntagabend im Gasthaussaal am Marktplatz in Wetzendorf und freuten sich darüber, dass viele Leute zum Tanzen kamen und ihre Musik mit großem Beifall bedachten. Sie hatten mittlerweile ein vielseitiges Programm, das Repertoire reichte für mehr als fünf Stunden. Helmut hatte für jeden der Musiker die Noten so perfekt aufgeschrieben, als wären sie gedruckt worden. Mit der Zeit spielten sie die Stücke allerdings meistens auswendig, bei den Gesangsdarbietungen konnte man sowieso keine Noten gebrauchen.

Das fleißige Üben hatte sich gelohnt. Besonders bei den gut einstudierten Gesangstücken zeigten die Zuhörer, dass sie total begeistert waren. Der Wirt des Lokals wünschte sich jedes Mal sein Lieblingslied „Vor einer kleinen Taverne" und stellte sofort die Arbeit hinter der Theke ein, wenn die Mikos damit begannen. Gerührt genoss er die eingängige Melodie und den schnulzigen Text und sagte zu seinen Stammgästen: „Das sind keine normalen Wirtshausmusikanten, das sind echte Künstler." Helmut, Fritz und Richard freuten sich über so viel Zustimmung und wurden dadurch angefeuert, dem Beifall gerecht zu werden und ihr Bestes zu geben. Weil es ihnen selbst am meisten Spaß machte, empfanden sie die abendlichen Anstrengungen nicht als unangenehme Arbeit und Belastung. Richard hatte von Anfang an eine wichtige Aufgabe übernommen: Die beiden anderen kümmerten sich nicht um die Reihenfolge der gespielten Stücke und überließen es ihm, was jeweils gespielt werden sollte. Aus nie geklärten Gründen akzeptierten Akkordeonist und Gitarrist fast immer seine Vorschläge. Die abendliche Programmgestaltung verlief problemlos, Streit darüber gab es nie.

An einem Samstagabend geschah etwas Eigenartiges, mit dem die „3 Mikos" nie gerechnet hatten: sie und ihre Instrumente gerieten in Gefahr! Zunächst herrschte die übliche angenehme Atmosphäre, auf der Tanzfläche vergnügten sich die Gäste bei Foxtrott, Swing, Slowfox, Tango, Langsamen Walzer, Rumba und auch Wiener Walzer - von Richard abwechslungsreich gemixt - und alle schienen den Tanzabend zu genießen. Fritz bemerkte das Ereignis als erster und rief während des Spielens den beiden anderen zu: „Da hinten in der Ecke wird gerauft, da gehen einige aufeinander los." Helmut und Richard bemerkten nun auch die beginnende Schlägerei. Die Musiker verständigten sich in wenigen Sekunden, dass sie weiterspielen wollten, und Helmut scherzte noch: „Musik soll doch beruhigen, jetzt brauchen wir etwas Sanftes."

Leider weitete sich der Unruheherd immer weiter aus, obwohl der Wirt längst in der Mitte des Geschehens handgreiflich zu schlichten versuchte und die Mikos eine Schnulze nach der anderen gefühlvoll spielten. Auf dem Podium wurde es immer ungemütlicher, weil auch Wurfgeschosse durch die Luft flogen. Am meisten hatte Richard um sein Instrument Angst, ähnlich ging es auch seinen Freunden. Er stellte sich schließlich schützend vor seine Bassgeige, die Saalschlacht hatte trotz besänftigender Musik ihren Höhepunkt erreicht, so blieb nur noch die Flucht übrig. Sie brachten sich und die Instrumente in der Gastwirtschaft in Sicherheit und waren froh, mit heiler Haut davongekommen zu sein.

Der Wirt sah aus, als hätte er einen Verkehrsunfall erlitten. Er hatte schließlich die Polizei gerufen, die das seltsame Vergnügen einiger Raufbolde beendete. Einen davon, den die Mikos recht gut als fleißigen Tänzer kannten, trafen sie vor der Türe. Sein Hemd bestand nur noch aus Stoffresten; mit verschwollenem Gesicht und blutiger Nase gab er folgenden Augenzeugenbericht: „Ich komme gerade von draußen, was ist los, ein Aschenbecher kommt herausgeflogen. Den habe ich natürlich sofort zurückgeschmissen. Was ist los, ein Maßkrug kommt geflogen, gleich dahinter, mein Kumpel. Was ist los, jetzt bin ich aber rein. Da wollten sie mich auch packen, da habe ich mich doch wehren müssen. Jetzt war was los, schade, dass die Polizei gekommen ist. Die waren doch heute ganz verrückt!"

Das Engagement der „3 Mikos" in Wetzendorf war bald beendet, die Saalschlacht vergaßen sie nie. Ihr Wortschatz wurde durch den Augenzeugenbericht dauerhaft bereichert, immer wenn vieles unklar blieb, verwendeten sie die Frage für Notlagen, zum Beispiel: „Was ist los? Jetzt haben wir schon drei Stunden gespielt und die wollen uns immer noch keine Pause gönnen. Vielleicht schmeißen wir mal die Noten hinter die Theke." Trotzdem waren die drei sich einig: Das erste Engagement in Wetzendorf war eine gelungene Sache, ein richtig schöner Einstieg ins Musikerleben.

An einem Samstag im Dezember 1949 spielten die „Drei Mikos" im Kalbsaal in Erlenstegen bei einer Tanzveranstaltung, an der auch Richards Bruder Karl teilnahm. Seit die Mikos öffentlich auftraten, kamen immer wieder Verwandte, um dem Trio zuzuhören oder, wie Karl, das Tanzbein zu schwingen. Der Saal war ausverkauft und es herrschte rasch die gewohnte gute Stimmung, denn die Musiker boten abwechslungsreiche Tanzmusik und spielten fleißig mit wenigen Verschnaufpausen. Obwohl sie ohne jegliche elektronische Verstärkung arbeiteten, auch nicht bei der Gitarre, schafften es die drei jungen Musiker, die nötige Lautstärke zu produzieren und den großen Raum trotz der vielen Gäste mit ihrer Musik auszufüllen. Wie immer fanden ihre Gesangseinlagen besondere Zustimmung, und bei den sentimentalen Songs hatte man den Eindruck, dass sich der Geräuschpegel im Saal deutlich senkte, um die gefühlsträchtigen Texte auch zu verstehen.

Während der ersten Pause nach etwa zwei Stunden traf Richard seinen unermüdlich tanzenden Bruder. Karl sagte: „Das ist heute wieder eine gelungene Veranstaltung. Alle, mit denen ich getanzt habe, sind von Eurer Musik begeistert; ich habe damit angegeben, dass der Bassist mein Bruder ist. Helmut ist ein phantastischer Akkordeonist, wenn der mit seinen Variationen loslegt, staunen alle. Auch Fritz ist heute wieder in Hochform, auch bei dir könnte man meinen, du wärst schon jahrelanger Profi." Richard freute sich natürlich über die Komplimente und fragte: „Wie steht`s denn mit den Schönen im Saal, hast du schon die richtige Tanzpartnerin gefunden?" „Seit einer halben Stunde tanze ich mit einer tollen Blonden aus Schwabach, schau doch mal, wie sie dir gefällt", antwortete Karl, „nach eurer Pause fordere ich sie gleich wieder auf."

Wegen der großen Zahl der Tanzenden war es für Richard gar nicht so einfach, vom Podium aus seinen Bruder und dessen Tanzpartnerin zu sehen. Schließlich tanzte Karl so nahe heran, dass Richards Neugierde befriedigt wurde. Sein Bruder hatte nicht übertrieben, die attraktive junge Frau machte einen sehr guten Eindruck und schien auch eine geübte Tänzerin zu sein. Der Bruder gab sich offensichtlich alle Mühe, ihr zu gefallen und man sah den beiden an, dass sie sich bestens verstanden und die Situation genossen.

In einer kurzen Zwischenpause sagte Richard zu Helmut und Fritz: „Habt ihr schon bemerkt, mein Bruder ist dabei, eine Eroberung zu machen. Er fordert immer die Gleiche auf und scheint auf Freiersfüßen zu sein." Fritz meinte nach der nächsten Runde: „So habe ich deinen Bruder noch gar nicht gesehen, der schwoft ja wie ein Gigolo. Und wir müssen schuften und können nur zuschauen, wie sich die anderen amüsieren. Aber gut schaut sie aus, die Blonde."

Die Tanzveranstaltung im Kalbsaal wurde für das fleißige Tanzpaar zu einem der wichtigsten Ereignisse ihres Lebens. Denn dieses erste Treffen mit Musikbegleitung durch die „Drei Mikos" führte zu einer Dauerbeziehung und mündete 1953 in einer Eheschließung in Chicago und einem gemeinsamen Leben in den USA.

Das Leben Richards hatte sich seit dem Besuch einer Oberschule, aber auch durch seine nebenberuflichen Tätigkeiten stark verändert. Dadurch ergaben sich neue Freundschaften, alte Beziehungen wurden schwächer, manche lösten sich vollkommen auf, obwohl sie in der Kindheit sehr bedeutsam waren. Heiner hatte gleich nach der Volksschule mit einem Lehrberuf als Dreher begonnen und besuchte nur noch selten die Familie

Löbner, um sich mit Richard zu unterhalten. Otmar scheiterte schon nach dem Ende der fünften Klasse Wirtschaftsoberrealschule und hatte dadurch weniger Kontakte zu seinen früheren Freunden. Zu Norbert hatte Richard die engsten Beziehungen, der Banknachbar sorgte allerdings nicht selten für Aufregung. Als Konkurrent im Sport förderte er Richards Motivation, vor allem in der Leichtathletik, mitzuhalten. Der Zeitfaktor spielte eine immer größere Rolle, weil Richard als Bassist der „Drei Mikos" durch Proben und Engagements häufig feste Termine zu beachten hatte. Außerdem entwickelten sich durch die vielen Kontakte zu Helmut und Fritz neue freundschaftliche Beziehungen, die das Verhältnis zu Norbert veränderten, allerdings ohne es schwerwiegend zu beeinträchtigen.

Von seinem Freund Heinz Ruderer, der 1945 am Rangierbahnhof aus einem Güterwaggon heraus die anderen „Organisierer" so lange mit Butter versorgt hatte, bis für ihn selbst nichts mehr übrig geblieben war, hörte er recht wenig. Richard wusste zwar, dass sein Freund mit dem erlernten Beruf eines Schriftenmalers alles andere als zufrieden war, der Kontakt riss aber mehr und mehr ab. Als er später seinen früheren Schulfreund als Straßenbahnschaffner wiedersah, erfuhr er während der fünfminütigen Pause an der Endhaltestelle Ziegelstein, wie man auch bei einer Bewerbung bei der Feuerwehr extremes Pech haben kann. Heinz Ruderer erzählte: „Weil es mir als Schriftenmaler überhaupt nicht gefallen hat, wollte ich unbedingt zur Feuerwehr. Bei der Einstellungsprüfung, die zwei Tage dauerte, habe ich alles geschafft, obwohl sie saudumme Fragen in der schriftlichen und mündlichen Prüfung gestellt haben. Am meisten Angst hatte ich vor der Prüfung im Schwimmbad. Du weißt ja, dass Schwimmen nicht meine Stärke ist, aber so um die 10 Meter bleibe ich auf jeden Fall über Wasser. Auf einmal verlangten sie von mir einen Kopfsprung vom Drei-Meter- Brett. Beinahe wäre ich ausgestiegen! Ich habe mich aber doch überwunden und bin einfach heruntergehechtet. Der Prüfer war nicht gerade begeistert, hat aber nicht groß gemeckert. Auch meinen Schwimmstil ließ er durchgehen. Ich bin aus dem Wasser herausgestiegen und war mir sicher, alles bestanden zu haben und zur Feuerwehr zu gehören. Plötzlich sagt ein anderer Prüfer: ‚Wie groß sind sie denn eigentlich?' Ich habe versucht, möglichst gelassen auszusehen und sagte ruhig: ‚Das wurde schon gestern festgestellt, genau 1,66 m'. Der unverschämte Kerl gab keine Ruhe: ‚Na, das scheint mir aber sehr hochgegriffen zu sein, stellen sie sich doch noch mal an den Maßstab dort an der Wand'. Damit war alles aus, die ganze Aufregung der zweitägigen Prüfung umsonst! Es fehlten nach zweimaliger Messung akkurat 2 cm. Damit hatte ich die Einstellungsbedingungen nicht erfüllt, so eine bodenlose Gemeinheit!"

Obwohl Richard an jedem Wochenende in irgendeinem Lokal spielte und auch an allen Proben des Trios teilnahm, sagte er doch nicht nein, als ihn Erich und andere Mitschüler fragten, ob er mit zum „Krebs“ ginge. Hugo meinte: „Das gibt doch eine richtige Gaudi, wenn wir zusammen in der Tanzstunde das Tanzbein schwingen. Außerdem kann man dabei vielleicht eine tolle Bekanntschaft machen. Die Tanzschule Krebs soll recht in Ordnung sein.“ Sie waren schließlich zu siebt, die mit anderen Gleichaltrigen in die Geheimnisse des Gesellschaftstanzes nebst dazugehörigen Benimmregeln eingeweiht wurden. Richard gefiel am besten, was die Frau des Tanzlehrers ständig kritisierte: „Meine Herrn, schwofen sie nicht“, rief sie während der Tanzübungen, wenn man sich allzu sehr mit seiner Partnerin unterhielt. Mit einer schlanken, brünetten, leichtfüßig tanzenden Kursteilnehmerin plauderte er am liebsten, sie entsprach in hohem Maße seinen Vorstellungen von einer attraktiven jungen Frau, mit der man über alles reden konnte und sich nicht ständig in Acht nehmen musste, gegen formale Regeln zu verstoßen. Erich war der Schnellere, als es darum ging, sich mit einer Partnerin für dic Schlussveranstaltung - genannt Assemblee - zu verabreden. Eine nähere Beziehung entstand zur Freude Richards dadurch nicht, denn als er Doris zufällig ein paar Wochen später wiedersah, willigte sie sofort ein, sich mit ihm zu treffen. Aus dem ersten gemeinsamen Ausgehen wurden mehrere, Richard zog alle Register und schrieb sogar - wie er später feststellte - primitive, schnulzige Liebesbriefe. Beiden wurde allmählich klar, dass sie auf dem besten Weg zu einer dauerhaften Beziehung waren. Als sich Doris auch noch als „zickstraßenfähig“ erwies und nicht gleich auf Nimmerwiedersehen verschwand, als sie Wohnung und Mitglieder der „Oase“ kennen lernte, wurde der Ausspruch des Freundes Norbert „Da kommst du bestimmt nicht mehr davon weg, ich sehe dich schon als frühzeitigen Ehekrüppel“ immer weniger absurd, obwohl an einen „Pakt fürs Leben“ zu diesem Zeitpunkt und auch noch während der nächsten Jahre weder Doris noch Richard dachten.

„Das junge Fräulein“, wie Peter sie nannte, wurde rasch von der gesamten Familie akzeptiert, zumal sich herausstellte, dass sie vor ihrem Umzug nach Moorenbrunn gar nicht weit weg in der Denisstraße in Gostenhof wohnte und Richards Mutter ihren Eltern die Zeitung geliefert hatte. Weil der Vater, der als Oberinspektor am Marktamt arbeitete, den Posten eines Gutsverwalters im städtischen Gut in Moorenbrunn übernehmen musste, bedeutete dies für Doris, jeden Tag in die Arbeit nach Nürnberg mit Bus oder Zug zu fahren. Sie absolvierte ihre kaufmännische Lehrzeit in einer angesehen Nürnberger Lebkuchenfabrik und war es mittlerweile gewohnt, zwischen ihrer Wohnung im Gutshof und der Lehrstelle in der Firma zu pendeln. Rendezvous wurden dadurch zwar etwas erschwert, aber es fanden sich doch immer genügend Gelegenheiten, miteinander auszugehen, zumal Doris bei einer Freundin übernachten konnte, wenn es abends zum Heimfahren zu spät wurde.

Ein anderes Problem wog schwerer: Richards Nebenberuf als Musiker. An den Wochenenden, später immer häufiger auch werktags, sorgte Richard und seine beiden Kollegen für angenehme musikalische Unterhaltung der Gäste in den unterschiedlichsten Tanzlokalen und konnten zusehen, wie sich alle prächtig amüsierten, für sie selbst galt der Text aus einer amerikanischen Schnulze: „No time for love". Doris wollte nie die ‚Musikerbraut' spielen und sich abends in ein Café setzen, in dem die „Drei Mikos" spielten. Deshalb hörte sie deren Musik nur bei den Proben oder ausnahmsweise bei besonderen Veranstaltungen, zu der Verwandte, Bekannte und Freunde kamen. Weil ihr aber die Musik des Trios sehr gut gefiel und sie die Notwenigkeit des Geldverdienens ihres Freundes einsah, nahm sie die vielen Stunden des Alleinseins hin und hielt dem Musikus die Treue.

Richard hatte seinen Musikerkollegen von Anfang an von Doris erzählt, sie akzeptierten seine Freundin seit dem ersten Zusammentreffen, und selbst Fritz enthielt sich jeder spöttischen Bemerkung. Obwohl der Gitarrist nach Richards Geschmack etwas zu viel Scherze, geistreiche Bemerkungen und zynische Sprüche von sich gab, entwickelte sich zu ihm ein sehr viel engeres Verhältnis als zu Helmut, dem Akkordeonisten. Mit Fritz konnte man über alles reden, selbst wenn es bei solchen Gesprächen neben Ernsthaftigkeit auch viel Blödelei und Flachs gab. Ob über Nazivergangenheit, Politiker, Bücher, Religion, soziale Verhältnisse, philosophische Probleme, Fritz war immer mit großem Interesse bei der Sache und hatte Spaß am Diskutieren. Helmut blockte zwar nicht ab, bei manchen Themen merkte man aber rasch, dass er damit wenig anfangen konnte und viel lieber über anderes gesprochen hätte. Gesellschaftliche
Aspekte, allgemeine politische Fragen, Themen aus dem „Spiegel", sprachen ihn wenig an, er interessierte sich mehr für technische und naturwissenschaftliche Besonderheiten, für neue Radio-, Schallplatten- und Tonbandgeräte, und er las mit Begeisterung statt Romane „Das Beste aus Readers Digest". Helmut mochte viel weniger als die beiden anderen etwas über sich selbst erzählen, er behielt vieles für sich, das später eher zufällig bekannt wurde. Ein Hang zu einer für seine Kollegen manchmal unbegreiflichen Geheimhaltung gehörte zu seinem Wesen ebenso wie eine gewisse Zurückhaltung gegenüber dem Publikum. Deshalb hatte Richard nicht nur

die Hauptlast der Programmgestaltung zu tragen, er musste auch alles ansagen, von der allabendlichen Begrüßung des Publikums bis zur Bekanntgabe der Pausen, weil die beiden anderen sich davor drückten und ihn in diese Rolle hineindrängten. Der Dank bestand manchmal in purer Veräppelung, wenn Fritz feixend aufforderte: „Richard, sag` doch mal den Leuten, dass es in der Pause heiße Würstchen gibt und ein Haustürschlüssel abgegeben wurde." Helmut ergänzte: „Ein Regenschirm wurde außerdem gefunden und mindestens fünf Tangos werden noch gespielt."

Insgesamt kann das Verhältnis der drei nebenberuflichen Musiker während der gesamten Zeit ihres Zusammenspiels als harmonisch bezeichnet werden, eine Gefahr des Scheiterns wegen größerer Konflikte bestand nie. Es gab auch keine hierarchischen Gruppenprobleme, obwohl oftmals nach dem „Herrn Kapellmeister" gefragt wurde und sich einige Zuhörer wunderten, dass so etwas bei den „Drei Mikos" nicht vorhanden war. Viel mehr als in der Schule verbesserte Richard allmählich seine Sprach- und Kommunikationsfähigkeit, gleichzeitig verringerten sich langsam die Minderwertigkeitsgefühle eines Jugendlichen aus ärmlichen Familienverhältnissen. Trotzdem genierte er sich jedes Mal, wenn er Helmut und Fritz nachts mit nach Hause nahm, weil es zum Heimfahren zu spät geworden war. Zum Schlafen lagen nur Matratzen und Decken auf dem Fußboden, aber Richards Mutter hatte schon Kakaoschalentee und Butterbrote für die späten Gäste vorbereitet. Beides schmeckte den Freunden und trotz der bescheidenen Verhältnisse schien es ihnen im ungewohnten Nachtquartier bestens zu gefallen.

Von der 1950 beginnenden „Fresswelle" bemerkte Richard recht wenig, auch das Ende der Lebensmittelrationierung fiel ihm nicht besonders auf. Am meisten registrierten er und seine Freunde die gefüllten Schaufenster, die für Leute mit viel Geld keinen Wunsch mehr unerfüllt ließen. Arbeitnehmer wie sein Bruder Franz, kaufmännischer Angestellter in einer renommierten Auskunftei, verdienten im Monat 170,- DM, seine Ehefrau, ebenfalls in einem Büro tätig, erhielt 140,- DM. Hätten sie damals den Ausdruck „Fresswelle" schon gekannt, wären sicherlich nur Hohn und Spott die Folge gewesen. Für die meisten Normalverdiener ging es nach wie vor um die Frage, so gut wie möglich über die Runden zu kommen. Trotzdem herrschte in der Familie Löbner eher eine hoffnungsvolle Stimmung, die ärgste Not nach dem Kriege war endgültig vorüber und die finanzielle Lage hatte sich verbessert, weil alle Einkommensbezieher etwas in Mamas Haushaltskasse einbezahlten. Die Bezüge aus der Heimarbeit hätten nie zum Überleben gereicht, denn Peters Jahreseinkommen mit rund

500,- DM und Mamas Entlohnung von 650,- DM im Jahr wären selbst für Überlebenskünstler wie Richards Eltern keine Basis für eine befriedigende Versorgung gewesen.

Peter hatte sowieso an solch primitiven Versorgungsfragen keinerlei Interesse, er war mit allem zufrieden, so lange ihn seine Leni nicht zu lange alleine ließ und höchstens einmal in der Woche ihre Eltern in Wöhrd besuchte. Wenn dazu auch noch das Klavier nicht allzu sehr verstimmt war und der Radioempfang in allen Räumen der Wohnung klappte, fühlte sich Peter ausgesprochen wohl. Sein jüngster Sohn Heinz, der noch die Volksschule besuchte und nicht über ähnliche Missstände klagte, wie sie Richard in der Zeit der Naziherrschaft erlebt hatte, wurde optimal von seinem Vater mit allem Nötigsten zum störungsfreien Radioempfang versorgt. Der Kopfhörer an seinem Bett gab ihm wie all seinen Geschwistern, die noch im Hause wohnten, bis tief in die Nacht hinein die Gewähr, keine Sendung von Radio München zu versäumen. Heinz entwickelte aufgrund dieser ungewöhnlichen Chancen frühzeitig eine beachtliche musikalische Kennerschaft. Besonders hilfreich waren dabei die Sendungen von Werner Goetze, dessen Jazzsendungen hohe Qualität boten und sich großer Beliebtheit erfreuten. Peter hatte zwar für die moderne Musik aus Amerika, die bei den Nazis als „entartet“ galt und deshalb verboten war, wenig übrig, trotzdem war er begeistert, dass sein Sohn großen Gefallen daran fand und der Kopfhörer so viel benutzt wurde.

Richard hatte zum nächtlichen Radiohören nicht mehr so viel Zeit wie früher, trotzdem passierte es ihm manchmal, dass er mit dem Kopfhörer einschlief und ihm am nächsten Vormittag in der Schule die Ohren schmerzten. Als er nach diesem Malheur einmal an einem Schulausflug teilnahm, wunderten sich seine Schulfreunde, weshalb er an beiden Ohren einen dunkelroten Sonnenbrand erlitt. Als er davon Peter erzählte, suchte dieser nach allen möglichen Erklärungen und wollte keinesfalls zugeben, dass der Druck seines Kopfhörers irgend etwas damit zu tun haben könnte. Schließlich gab er sich damit zufrieden, dass sein Sohn auch in Zukunft auf das nächtliche Radiohören nicht verzichten wollte und garantierte dafür, den Kopfhörer stets in Schuss zu halten und alle Störungen sofort - und sei es mitten in der Nacht - zuverlässig zu beheben.

Das Verhältnis Richards zu seinem Großvater war schon immer recht herzlich gewesen, und je älter er wurde, desto weniger störte ihn der raue Ton des Opas in Wöhrd. Bevor Richard an einem Samstag zum Bassspielen in den Kalbsgarten ging, besuchte er nachmittags die Großeltern in der Sulzbacher Straße, um sich in der neuen „Berufskleidung“ vorzustellen, die aus einer grauen Hose und einer weinroten Cordjacke bestand. Weißes Hemd und eine fesche Krawatte vervollständigten die von allen drei Musikern gemeinsam ausgesuchte Kombination für ihre Auftritte. Mama und Peter waren von der neuen Bekleidung so angetan, dass sie ihren Sohn drängten, die Verwandten zu besuchen. Richard hatte Bedenken, ob der Großvater seine Kostümierung nicht zu „affig“ empfand und sich über sie lustig machen würde. Zu seiner Überraschung zeigte sich der sonst so kritische Opa ganz begeistert: „Ich habe dich schon vom Fenster aus gesehen und dich gar nicht gleich erkannt, das passt aber alles gut zu dir. Du schaust ja aus wie ein echter Künstler.“ Großmutter und Tante Sophie stimmten in das Loblied mit ein: „Da werden die Leute aber schauen, so gut gekleidete Musiker werden sie noch nie gesehen haben.“

Nach dem Kaffeetrinken, als Richard mit dem Großvater allein war, wurde es doch wieder politisch, obwohl Richard an diesem Nachmittag wenig Lust verspürte, über die Vergangenheit zu reden. „Früher hätte man euch vielleicht in eurem Aufzug eingesperrt, vor allem wenn ihr amerikanische Musik gespielt hättet. Das war doch alles verbotene Negermusik.“ Richard wollte das Gespräch in eine andere Richtung bringen: „Wir spielen doch keine Jazzmusik, allerdings viele amerikanische Schlager, vor allem eben Musik zum Tanzen. Gefällt dir eigentlich so eine gemischte Musik, denn bekannte deutsche Melodien gehören ebenfalls dazu?“ Der Großvater ließ sich nicht abbringen: „Mir gefällt eigentlich fast jede gutgespielte Musik, nur wenn sie zu laut und ohne Melodie ist, mag ich sie nicht. Aber Menschen wegen Musik ins KZ zu bringen und - wenn sie Juden oder Zigeuner waren - sogar umzubringen, das gehörte zum Irrsinn der Nazibande. Was mich am meisten ärgert, ist aber, dass es heute immer noch viele gibt, die von den Verbrechen der Nazis nichts wissen wollen und so tun, als wäre Massenmord in den KZs, Kriegsverbrechen in den besetzten Gebieten und Judenvernichtung eine Erfindung von Nestbeschmutzern. Das einzige, was diesen ewig Gestrigen einfällt, sind die Autobahnen, die Hitler gebaut hat. Werden denn die Leute nie gescheiter?“

Obwohl Richard mittlerweile die Ansichten seines Großvaters teilte und ihm in den letzten Jahren immer klarer geworden war, was die Nazipropaganda aus ihm und seinen damaligen Freunden gemacht hatte, war er doch froh, als Großmutter und Tante Sophie wieder erschienen und das Gespräch eine andere Wendung nahm. Sie wollten vor allem wissen, wie es ihm in der Schule erging und Richard gab bereitwillig Auskunft: „Langsam wird es Ernst, nächstes Schuljahr kommt schon die letzte

Klasse, bis jetzt hat alles einigermaßen geklappt, ich bin froh, wenn ich das Abitur in der Tasche habe." Weil er wusste, dass auch der Großvater gerne lustige Geschichten hörte, erzählte er seinen Verwandten von der seltsamen Belagerung der „Drei Mikos" in Cadolzburg.

„Vor zwei Wochen spielten wir an einem Samstagabend im ‚Gasthaus zur Linde' in Cadolzburg, der große Saal war vollkommen ausverkauft, weil sie viel Reklame gemacht hatten. Die Anreise mit der Bahn war nicht einfach, weil zu wenig Züge fahren. Noch schwieriger war es mit der Heimreisc. Wir sollten bis nachts ein Uhr spielen, leider ging aber erst am nächsten Morgen um sechs Uhr früh ein Zug nach Fürth zurück. Der Wirt empfahl uns folgende Lösung, die wir auch annahmen, weil es keine andere Möglichkeit gab: ‚Ihr bleibt nach dem Ende der Veranstaltung einfach mit euren Instrumenten im Saal, bis euer Zug fährt. Die paar Stunden bringt ihr schon herum. Ich sperre alles ab und ihr könnt ganz einfach durch das ebenerdige Fenster, wenn es so weit ist, nach draußen.' Die Zeit nach dem Spielen verging recht schnell, auf zusammengestellten Stühlen haben wir auch ein bisschen geschlafen und außerdem viel Spaß gehabt. Es war eigentlich recht lustig! Als es Zeit für die Bahn wurde, habe ich das Fenster aufgemacht, und Helmut wollte als erster hinaussteigen. Erschrocken prallte er zurück und schloss schnell wieder das Fenster zum Hof. Ein großer Schäferhund war mit lautem Gebell auf ihn zugerast, wahrscheinlich sah er in Helmut einen Einbrecher, den es zu stellen galt. Wenn wir nur einen Spalt breit das Fenster öffneten, tobte der Hund wie ein Besessener. Wir saßen in der Falle. Wie sollten wir bei dieser Belagerung den Zug erreichen? Auch meine Bassgeige, mit der ich den beißwütigen Bewacher erschrecken wollte, erfüllte nicht ihren Zweck, sie konnte sogar durch das tobende Tier beschädigt werden. Wir hatten nur eine Chance: Wir mussten die gesamte Umgebung, einschließlich schlafenden Wirt, auf unsere missliche Situation aufmerksam machen. Deshalb schrieen wir nun unsererseits den Hund laut an, johlten und grölten, bis das zornige Gebell so laut wurde, dass der Wirt aufwachte und uns rettete. Er entschuldigte sich mürrisch und erklärte, er habe nur vergessen, seinen Schäferhund in die Wohnung mitzunehmen. Wir könnten eben nicht mit Tieren umgehen, denn sein Schäferhund habe noch keinem Menschen etwas zu Leide getan. Mit Mühe und Not erreichten wir noch unseren Zug, in Cadolzburg spielen wir bestimmt nie wieder."

Den Zuhörern gefiel die Geschichte und Tante Sophie sagte: „Ja, die Leute mit ihren großen Hunden. Ich glaube, wenn ihr Liebling einem schon fast den halben Hintern abgebissen hat, behaupten sie immer noch, das brave

Tier ist ganz zahm; Schuld hat immer das Opfer." Der Großvater philosophierte: „Überall lauern Gefahren, das ganze Leben ist von der Geburt an lebensgefährlich."

Nicht selten setzen manche Menschen mutwillig ihr Leben aufs Spiel. Loni, ein etwas schwergewichtiger, rundlicher und meist sehr gemütlicher Mitschüler aus Richards Klasse, spielte seinen Schulfreunden oben auf der Burg manchmal einen zirkusreifen Balanceakt vor. Fiel eine Stunde aus irgendeinem Grunde aus, spazierte die halbe Klasse auf die Burg, vorbei an der Stelle, von der aus Eppelein von Gailingen in die Freiheit gesprungen sein soll. Zwei eingemeiselte Hufeisen zeigen dem Ortsunkundigen genau die Stelle des Absprungs des Pferdes. Bei seiner Vorführung hüpfte Loni mit einem Satz auf die oben beängstigend schmale mittelalterliche Mauer und spazierte ohne jegliche Sicherung umher, als bestünde keinerlei Absturzgefahr in den 20 m tiefen Burggraben. Er genoss die Bewunderung der Klassenkameraden, obwohl ihn fast alle flehentlich aufforderten, sofort wieder herunter zu kommen. Ein Absturz hätte zweifellos seinen Tod bedeutet, niemand begriff, weshalb er dieses hohe Risiko einging.

Ähnlichen Gefahren war Loni im Geschichtsunterricht zwar nicht ausgesetzt, sein ungewöhnliches Verhalten behielten aber die meisten seiner Mitschüler lange in Erinnerung. Studienprofessor Knoll wollte an diesem Vormittag in die verschiedenen Baustile einführen, die an den Nürnberger Kirchen zu beobachten sind. Er beabsichtigte, durch eine lockere Einführung allmählich zu seinen inhaltlichen Schwerpunkten zu gelangen und hatte dabei das Pech, ausgerechnet Loni aufzurufen. Seine erste Frage an den grantig dreinschauenden Schüler lautete: „Sie waren doch bestimmt schon in unserer herrlichen Lorenzkirche, was ist ihnen denn dabei so aufgefallen?" Loni kurz: „Da war ich noch nie drin." Der Geschichtslehrer ahnte noch nichts Böses: „Dann haben Sie sich bestimmt die eindrucksvolle Kirche von außen angesehen?" Loni: „Die habe ich mir noch nie angeschaut." Der Lehrer fasste nach: „Nun, das ist zwar eigenartig, Sie kommen aber auf ihrem Schulweg bestimmt an einer Kirche vorbei, über welche wollen sie uns etwas berichten?" Der missmutige Loni machte jetzt kurzen Prozess: „Ich komme auch an keiner Kirche vorbei, und überhaupt, der ganze Krampf interessiert mich nicht." Nach dieser denkwürdigen Aussage setzte er sich, für ihn war damit die Angelegenheit erledigt. Der Studienprofessor schluckte ein paar Mal, alle warteten auf einen Wutausbruch. Mit bewundernswürdiger Beherrschung enthielt er sich jeglichen Kommentars und begann seinen Vortrag über Baustile, verdeutlicht an Nürnberger Kirchen. Die Schüler benötigten zwar einige Zeit, um den Unterricht mit der nötigen Aufmerksamkeit zu verfolgen, insgesamt verlief nach dem missglückten Einstieg die Geschichtsstunde recht ordentlich.

Im Sommer 1950 heiratete Onkel Otto, der Bruder von Tante Sophie und Richards Mutter, und lud alle Verwandten zur Hochzeit ein. Seine Braut Hildegard stammte aus Wöhrd und arbeitete als kaufmännische Angestellte in den Faunwerken. Richard hatte zu seinem Onkel wenig Kontakt gehabt, weil dieser viele Jahre seines privaten und beruflichen Lebens für Führer, Volk und Vaterland opfern musste: zuerst Arbeitsdienst, dann Militärzeit und anschließend bis 1947 Gefangenschaft in Frankreich. In den Nachkriegsjahren hatte er ihn bei Familienzusammenkünften öfters gesehen und Onkel Otto hatte ihm von seinem jahrelangen Aufenthalt in Norwegen erzählt. Der Artillerist im Range eines Stabsfeldwebels hatte das große Glück, erst nach dem Feldzug in einem Fjord eingesetzt zu werden und war nie in Kampfhandlungen verwickelt. Nach dem Ende der Besatzungszeit geriet er sofort in französische Gefangenschaft und erlebte dort schlimme Hungerjahre.

Nach der Rückkehr arbeitete er wieder in seinem erlernten Beruf als Steindrucker in der gleichen Firma wie sein Vater. Richard hatte sie beide schon ein paar Mal zur Mittagzeit am Arbeitsplatz besucht und ihnen im Auftrag der Großmutter das Essen gebracht, denn das „Essentragen“ war in dieser Fabrik seit Jahrzehnten alltägliche Praxis zur Versorgung der arbeitenden Angehörigen.

Die Hochzeitsfeier fand in der Wohnung der Brauteltern statt. Seit dem verheerenden Luftangriff auf Wöhrd im Jahr 1943, bei dem sie ausgebombt worden waren, lebte die Familie in einem Behelfsheim, das sie in den Nachkriegsjahren etwas ausgebaut und vergrößert hatten. Richard staunte, dass die rund 20 Hochzeitsgäste alle unterkamen und sogar Platz zum Essen, Trinken und gemütlichen Zusammensein hatten. Dem Brautpaar sah man an, wie sie ihren großen Tag genossen, und Tante Sophie sagte zu Richard: „So etwas habe ich noch nie erlebt. Seit über einem Jahr lassen die sich nicht mehr aus den Augen, die turteln ja wie Sechzehnjährige. Die Liebe ist eben eine Himmelsmacht, da wird`s einem ganz anders.“

Als Franz zum Akkordeon griff, kam auch die große Stunde für den Bräutigam. Jeder in der Verwandtschaft kannte seine stimmliche Begabung und freute sich auf die Darbietung. Mit seiner wunderbaren Tenorstimme unterhielt er das Hochzeitspublikum, das fleißig Applaus spendete, fast eine Stunde lang. Das Repertoire bestand aus Glanzstücken der Operette

wie „Dein ist mein ganzes Herz“ oder „Schau einer schönen Frau nie zu tief in die Augen“. Vom Wolgalied mit dem rührseligen Text „Es steht ein Soldat am Wolgastrand ...“ waren Sänger und Publikum gleichermaßen ergriffen und Tante Sophie wischte sich unauffällig eine Träne aus den Augen. Die Begleitung mit dem Akkordeon klappte ebenfalls, so dass auch Franz zu seinem wohlverdienten Schlussapplaus kam. Richards Mutter sagte zum Abschluss zu ihrem Bruder: „Es ist nur schade, dass du dir nie eine Gesangsausbildung leisten konntest, du hättest es bei deiner Stimme mit jedem Tenor im Opernhaus aufgenommen.“ Alle nickten zustimmend, obwohl sie diesen Satz im Laufe der Jahre schon oft gehört hatten.
Weil Richard abends noch ins Café am Ring zum Spielen musste, verabschiedete er sich vorzeitig. Das Brautpaar fuhr am nächsten Morgen zur Hochzeitsreise mit dem Zug etwa 45 km nach Velden im Pegnitztal.

Leider wurde es häufig nachts sehr spät, so dass nur wenige Stunden Schlaf blieben. Am liebsten hätten die „Drei Mikos“ in besonders krassen Situationen gemeinsam die Schule geschwänzt, eine Entschuldigung durch die jeweilige Mutter wäre schon möglich gewesen. Es genügte ja ein Zettel mit der Aufschrift: „Mein Sohn hatte leider Halsschmerzen“. Nachdem mittlerweile aber fast alle Lehrer wussten, dass sie nebenberuflich als Musiker arbeiteten, wollten sie das Fehlen des gesamten Trios vermeiden. Fritz war der Erfinder des „Knobelsystems“, damit zumindest einer am nächsten Tag ausschlafen konnte. Wenn es nachts extrem spät wurde, entschied das „Knobelglück“, wessen Mutter den Sohn mit einer Notlüge vom Unterricht befreien würde. Das Unrechtsbewusstsein der Mütter hielt sich in Grenzen, denn in den letzten beiden Schuljahren wurden sie zu Wiederholungstäterinnen.

Trotz großer Müdigkeit konnte Richard manchmal schwer einschlafen. Das passierte immer dann, wenn er über seine Erlebnisse in der Kindheit, besonders während der Kriegszeit, nachdachte. Obwohl er die Gefahr stundenlangen Grübelns genau kannte, fand er meist kein Mittel, rechtzeitig abzuschalten. Es tauchten immer wieder die gleichen Bilder auf: Der bis zum Hals im Kellerschutt steckende Freund Kurt, sein Bruder Erwin beim Basteln mit Richards Vater Peter, die völlig verängstigten betenden Hausbewohner im Keller des Eckhauses Zickstraße/Bärenschanzstraße, die einstürzende brennende Hausfront in der Fürther Straße, der Elendszug aus KZ-Häftlingen in der Bärenschanzstraße und schließlich die kaltblütige Erschießung der beiden amerikanischen Soldaten in Ziegelstein. Es erschienen aber auch Gesichter von jähzornigen, prügelnden Lehrern, herrischen Vorgesetzten aus der Zeit beim Jungvolk, fanatischen Lagermannschaftsführern, von Nazigrößen wie Hitler, Goebbels und Göring.

Noch mehr machten Richard wirre Albträume mitten in der Nacht zu schaffen. Dabei explodierten riesige Bomben, Menschenpyramiden brannten lichterloh, er wurde von schwarz Uniformierten durch unterirdische, halbdunkle Kellergänge gejagt, in der Trümmerstadt Nürnberg lebten nur noch Tiere: riesige Hunde, Ratten und Tausende von schwarzen Schlangen. Von seinem Freund Kurt träumte Richard fast immer das Gleiche: Er besuchte ihn in seinem Zimmer im unzerstörten Haus in der Fürther Straße, Kurt saß schweigend auf einem Stuhl neben seinem Bett. Er sah wie ein gläserner Mensch aus, manchmal auch wie eine Wachspuppe. Fragte ihn Richard, ob er mitkomme, gab er keine Antwort, sondern schüttelte nur den Kopf. Einmal sagte er etwas, sprach aber so leise, dass Richard nichts verstand. Dieser Traum wiederholte sich in den nächsten Jahren mit leichten Veränderungen, meist endete er damit, dass Richard seinen Freund verließ und zu ihm etwas sagte, wie: „Du musst dich ja erst wieder eingewöhnen, du warst doch sehr lange von uns weg."

Es hatte keinen Sinn, mit Norbert über solche Störungen zu sprechen. Richard unternahm einmal den Versuch, von den hässlichen Gedanken beim Einschlafen zu reden. Norbert antwortete spöttisch: „Dir fehlt doch nur deine Doris, die würde dir deine Spinnereien schon austreiben." Im Gegensatz zu Helmut, der sich ebenfalls an der Thematik vollkommen uninteressiert zeigte, äußerte sich Fritz sehr mitfühlend und meinte: „Da wirst du nicht so schnell davon wegkommen. Vielleicht hat manches Erlebnis in der Kriegszeit bei dir wie ein Schock gewirkt, ich habe erst vor kurzem gelesen, dass sehr viele Kriegsteilnehmer, KZ-Häftlinge, Ausgebombte und Flüchtlinge ihre scheußlichen Erlebnisse nur schwer vergessen können."

Mit einem neuen Mitschüler, der zu Beginn des letzten Schuljahres in die 12. Klasse gekommen war, lohnte es sich auch, über Gott und die Welt zu reden. Der selbstbewusste, mittelgroße, schlanke junge Mann mit markantem Gesicht kam aus dem schwäbischen Kirchheim. Sein Vater war Bürgermeister dieser Kleinstadt; Uli Wiegand, so hieß das neue Klassenmitglied, hatte schnell Kontakt zu seinen Nürnberger Mitschülern gefunden. Uli benahm sich zu allen sehr freundlich, so dass er trotz einer gewissen Fremdartigkeit, manche empfanden ihn auch als arrogant, nach wenigen Wochen akzeptiert war.

Der Neue imponierte den meisten mit sicherem Auftreten, eigenartig kurz gefassten Aussagen und kühler Gelassenheit. Den Lehrern gegenüber reagierte er bei nachgewiesenem Unwissen mit Antworten wie „Das sind Wissenslücken, die es noch auszufüllen gilt“ oder „Das hat mein bisheriger Lehrplan so nicht beinhaltet.“ Eine andere Erwiderung lautete: „So viel Wert wurde in meiner bisherigen schulischen Laufbahn nicht auf diese Problematik gelegt.“ Die Herren Studienräte und Professoren wussten meist wenig auf solche Einlassungen zu sagen, nur in Mathematik sagte Merker im näselnden Tonfall: „Wenn Sie das in die Abiturarbeit hineinschreiben, habe ich nicht viel zu korrigieren.“
Als Richard nach ein paar Wochen zum ersten Mal bei Uli zu Besuch war, staunte er über dessen gemütliche „sturmfreie“ Bude, ausgestattet mit vielen Unterrichtsmaterialien und Büchern, die den Eindruck erweckten, als hätte Uli längst mit dem Studium begonnen. Nach dem Genuss einer Flasche Bier und einer Dose Ölsardinen - Uli teilte alles brüderlich mit seinem Besucher - zündete sich Uli nach längerer intensiver Vorbereitung seine Pfeife an und fragte Richard, ob er auch eine genießen wolle, er hätte eine ganz neue auf Vorrat. Richard lehnte dankend ab und begnügte sich mit einer Zigarette. So umfangreiche Pfeifenutensilien hatte Richard noch nie in seinem Leben gesehen, und wie Uli damit umzugehen wusste, beeindruckte Richard ungemein. Er fragte: „Hast du denn die ganzen Bücher schon gelesen?“ Uli: „Ich konnte ja nur einen Teil mitnehmen, zur Zeit befasse ich mich vorwiegend mit der Psychologie von Eysenk, wohl das Beste auf diesem Gebiet. Das musst du unbedingt lesen! Dann verstehst du alles viel besser.“ Richard erwiderte: „Meine Freundin Doris hat mir erst vor kurzem ‚Elmer Gantry’ von Sinclair Lewis geschenkt, das Buch hat mich unheimlich berührt. Da begreift man erst, weshalb Billy Graham, das ‚Maschinengewehr Gottes’, bei seinen Massenveranstaltungen wie ein Erlöser gefeiert wird.“

Uli bat Richard, mit zur Post zu gehen, weil sein Geld von zu Hause noch nicht angekommen sei. Er vermutete eine Schlamperei sei im Spiel und klagte über allmählichen Geldmangel. Richard wurde Zeuge, wie selbstbewusst Uli mit dem einfachen Postbeamten umging. Er argumentierte so aufgebracht, als ginge es um Sein oder Nichtsein. Richard hätte sich am liebsten davongeschlichen, als Uli auch noch den Chef des Postamtes sprechen wollte. In seinem gesamten Verwandten-, Bekannten- und Freundeskreis kannte er niemand, der versuchen würde, so mit Amtspersonen umzuspringen. Statt einer schroffen Zurückweisung passierte das Gegenteil, auch der Amtsvorsteher zeigte Respekt gegenüber dem jugendlichen Beschwerdeführer und sicherte rasche Erledigung der

Angelegenheit zu. Da dämmerte es Richard, dass der Sohn eines Bürgermeisters nicht nur monatliche Schecks erhielt, sondern von seinen Eltern mit einem Durchsetzungsvermögen ausgestattet worden war, das Kinder einfacher Eltern nie erwerben können, selbst wenn sie hundert Jahre alt werden.

Gleichaltrigen gegenüber hatte Richard keinerlei Minderwertigkeitsgefühle, deshalb staunte er zwar über das Auftreten Ulis, verspürte aber nicht die geringsten Hemmungen beim Umgang mit ihm. Fritz, Helmut, Erich, Hugo und Norbert, die auch engere Beziehungen zu Uli eingingen, wunderten sich eher darüber, dass Uli im Abiturjahr alle möglichen Bücher zu Hilfe nahm, die mit dem Unterrichtsstoff nur indirekt etwas zu tun hatten. Uli vertraute seinem eigenen Weg, deshalb scheiterten alle Versuche, ihn zu beraten. Sein Banknachbar behauptete allerdings, er habe noch nie so perfekt geschriebene Spicker gesehen wie beim Klassenneuling.

Beim letzten Deutschaufsatz vor dem Abitur lautete das Thema: „Nicht für die Schule, sondern für das Leben lernen wir“. Studienprofessor Pfeufer legte Wert auf eindeutige moralische Aussagen, philosophische Aspekte und zukunftsweisende, hoffnungsvolle Schlussgedanken. Weil in vorangegangenen Arbeiten gelungene Sätze mit roter Tinte unterstrichen worden waren und am Rand ein „sehr gut“ oder sogar „ausgezeichnet“ stand, bemühte sich jeder, zum Schluss wieder etwas Besonderes zu Papier zu bringen. Ein paar Mal hatte Richard solche Treffer erzielt, ein Schlusssatz lautete zum Beispiel: „Möge die Menschheit die Zukunft mit dem festen Willen zu Friedfertigkeit und Nächstenliebe meistern.“ Seinem Banknachbarn Norbert hatte er diktiert: „Erst wenn Menschlichkeit das Maß aller Dinge geworden ist, wird die Welt zum ewigen Frieden finden.“ Richard musste bei solchen Sätzen nicht gegen die eigene Überzeugung schreiben, die schwulstige Vereinfachung dagegen war das Ergebnis der allgemein üblichen Spekulation auf eine gute Note.
Nach der zweistündigen Deutschschulaufgabe fiel eine Stunde aus. Es regnete draußen, viele Schüler blieben im Klassenzimmer sitzen und erzählten sich gegenseitig, wie sie das Thema bearbeitet hatten. Daraus ergab sich eine heftige Diskussion, was man eigentlich in der Schule gelernt hatte. Viele Äußerungen tauchten auch bei späteren Klassentreffen wieder auf. Erich meinte: „In Chemie war es am wenigsten, und auch in Mathematik und Physik war es nur ein Hürdenlauf, nichts hat man wirklich begriffen. Am meisten brachten die Wirtschaftsfächer.“ Ähnlich äußerten sich die anderen guten Schüler, manche aus diesem ‚Oberhaus’ lobten mehr den Sprachenunterricht, manche hatten in Buchführung am meisten

gelernt. Im Großen und Ganzen überwog bei diesen Schülern das Positive. Eine andere Gruppe, zu der besonders die Hinterbänkler gehörten, äußerten sich viel negativer. Norbert beklagte: „Acht Jahre lang haben wir Auswendiglernen trainiert, wer weiß denn heute noch etwas aus der zehnten Klasse.“ Loni ergänzte: „Nicht für das Leben, nicht für die Schule haben wir gelernt, immer nur für die nächste Schulaufgabe.“ Fritz spottete: „Vergesst nur nicht das oberste Ziel, das Abitur will doch jeder haben, alles andere waren doch nur Treppchen.“ Uli nickte: „Das Abitur ist entscheidend, das allein zählt. Darauf ist alles ausgerichtet.“ Helmut sagte: „Ich habe von den Sprachen am meisten gehabt, aber die dauernden Schulaufgaben und der Notendruck vergiften das Klima und machen vieles kaputt.“ Fritz konnte es nicht lassen: „Das Wichtigste habt ihr vergessen, wer mit allen Tricksereien die Schule geschafft hat, ist bestens trainiert für den Konkurrenzkampf. Da haben wir schon etwas zu bieten!“

Bei der Heimfahrt kam Norbert nochmals auf das Thema „Schule“ zurück: „Warum hast du eigentlich nichts dazu gesagt? Wir haben doch schon öfter darüber geredet?“ „Das ging mir alles zu schnell“, antwortete Richard, „ich hätte länger gebraucht. Mich störte in all den Jahren am meisten, dass die menschlichen Beziehungen zwischen Lehrern und Schülern vollkommen unterentwickelt waren. Die ‚sehr guten' und ‚guten' Schüler wurden akzeptiert, die mittleren übersehen, die leistungsschwachen verachtet und häufig aussortiert. Statt Ermutigung, Förderung oder gar Mitgefühl erlebte man im Schulalltag oft nur Drohung mit schlechten Noten, Angstmacherei vor der nächsten Schulaufgabe, Zynismus, Hohn und sogar Verachtung. Wie soll man auf diese Weise eigene Stärken finden und Selbstvertrauen gewinnen? Einige unserer Studienräte und Professoren hätten in Pädagogik und Menschenführung eine glatte ‚Fünf' verdient.“

Norbert und Richard bereiteten sich gemeinsam auf das Abitur vor. Richard wusste schon lange, dass er nicht ein „Alleinlerner“ war und in kleinen Gruppen oder zu zweit die besten Lernerfolge erzielte. Außerdem fehlte zu Hause eine ruhige Lernecke, so dass er froh war, zu seinem Freund gehen zu können. Norberts Mutter unterstützte die ‚fleißigen Kinder' und stellte des öfteren Leckerbissen zur Förderung der Gehirnleistung auf den Arbeitstisch.

Norbert liebte immer noch ausgefallene Scherze. Als Richard wegen einer Nachfrage in Mathematik eines Abends seinen Bruder Heinz mit einem Zettel zu seinem Freund schickte, kam dieser lange Zeit nicht zurück, so dass seine Mutter schon Angst wegen des langen Ausbleibens hatte. Endlich kam Heinz zusammengeschnürt wie ein Paket nach Hause, nur die

Füße unterhalb der Waden waren nicht gefesselt. Der Bruder schien aber wenig verängstigt und lächelte sogar: „Norbert hat unheimlich lange gebraucht, bis er mich so verpackt hat. Er hat mir aber etwas zu trinken und auch ein Stück Kuchen gegeben."

Das Abitur ging problemloser über die Bühne, als die meisten gedacht hatten. Richard freute sich, als er am 17. Juli 1951 das „Reife-Zeugnis" in Händen hielt und den wichtigsten Satz las: „Auf Grund seines Prüfungsergebnisses ist Richard Löbner als befähigt zum Übertritt an die Hochschule erklärt worden." Die Schlussbemerkung störte ihn wenig, nach der er mit „befriedigendem Fleiß" in den meisten Fächern „recht brauchbare Leistungen" erzielt hatte. Schließlich konnte er im Turnen ein „sehr gut" vorweisen! War das nichts? Auch Norbert zeigte sich zufrieden und meinte: „Das hätten wir geschafft! An der Uni legen wir erst richtig los!" Helmut und Fritz freuten sich auf das Studium, wie Richard wollten sie Wirtschaftswissenschaften studieren. „Jetzt können wir auch Monatsengagements annehmen", sagte Helmut, „manche gehen ja sogar während des Studiums als Werkstudenten in eine Fabrik, da haben wir es schon besser! Außerdem spiele ich viel lieber Akkordeon als am Fließband zu stehen."

Nur wenige Tage später, am 31. Juli 1951, erhielt Doris nach bestandener Kaufmannsgehilfenprüfung den Kaufmannsgehilfenbrief. Sie wollte noch bis auf weiteres als kaufmännische Angestellte in der Lehrfirma bleiben und war auf das erste Gehalt gespannt. Die Lehrlingsvergütung hatte während der drei Jahre Taschengeldcharakter gehabt: Im ersten Lehrjahr monatlich 25,- DM, im zweiten 35,- DM,- im dritten 45,- DM. Bei den Anforderungen am Arbeitsplatz war man dagegen nicht so sparsam gewesen, nicht selten ersetzte der Lehrling eine normale Arbeitskraft. Für alle Misslichkeiten stand eine besänftigende Erklärung zur Verfügung: „Lehrjahre sind keine Herrenjahre."

In Richards Abschlussklasse fiel niemand durch, die Stimmung nach der letzten Prüfung litt auch nicht darunter, dass einer um den Gesamterfolg noch kämpfen musste. Die Leistung, die bei dieser Auseinandersetzung zu erbringen war, ging über normale Prüfungsanforderungen weit hinaus. Nur einer in der Klasse war zu diesem besonderen Kraftakt befähigt: der selbstbewusste, durchsetzungsfähige, kampferprobte Bürgermeistersohn aus dem Schwabenlande. Seine Arbeit in Mathematik wurde vom gefürchteten Merker mit „mangelhaft" bewertet. Jeder andere in der Klasse hätte sich wahrscheinlich in sein Schicksal gefügt und eine „Ehrenrunde" gedreht. Nicht so Uli, er setzte alle Hebel in Bewegung, sich von Merker nicht seinen Studienbeginn vermasseln zu lassen und wenn schon nicht den Reifenachweis, so doch wenigstens die Erlaubnis zum Studium zu erhalten. Was keiner in der Klasse für möglich gehalten hätte, geschah tatsächlich: Uli hatte den zuständigen Ministerialbeauftragten überzeugt und durfte wie seine Mitschüler im Herbst mit dem Studium der Wirtschaftswissenschaften beginnen. Die Mathematikprüfung musste er im nächsten Jahr wiederholen, damit war die Angelegenheit erledigt. Bewundernd sagte Norbert zu Uli: „Das hast du aber toll hingekriegt."

Richards Eltern, seine Geschwister und die gesamte Verwandtschaft gratulierten zum Abitur. Peter sagte: „Jetzt steht dir die Welt offen, ich hätte nie gedacht, dass es einer meiner Söhne so weit bringt." Das klang so, als hätte Richard schon eine große Karriere gemacht. Deshalb dämpfte er die Begeisterung: „Das Schwierigste kommt erst noch. Das Studium wird nicht einfach sein. Außerdem wollen Fritz, Helmut und ich weiterhin das nötige Geld mit Musik verdienen; ob sich das mit dem Studium vereinbaren lässt, wissen wir noch nicht."

Zunächst hatte Richard ein näher liegendes Ziel, er wollte mit seiner Freundin Doris ein paar Tage Urlaub im Zugspitzdorf Grainau verbringen. Die einfachere Arbeit hatte er schon geleistet, nach längeren Bemühungen war es ihm gelungen, Doris zum Mitfahren zu überreden. Sollte aus der Fahrt etwas werden, musste nun seine Freundin ihre Mutter von der Harmlosigkeit dieser Reise überzeugen. Große Hoffnungen hegte Richard nicht, dass Doris es schaffen würde. Denn die Mutter war von ihm nicht sehr begeistert, dieses Gefühl hatte er bei der ersten Begegnung deutlich gehabt. Vielleicht hatte das bestandene Abitur die Skepsis etwas gemildert, vielleicht hatte er auch die Überredungskunst von Doris unterschätzt, denn die Urlaubsreise kam tatsächlich zustande. Trotz knapper Kasse verbrachte das noch recht jugendlich aussehende Paar eine wunderbare Zeit in der herrlichen Gebirgslandschaft. Doris und Richard leisteten sich sogar mit einem Kleinbus eine Rundfahrt um das Wettersteingebirge. Ein älteres Ehepaar unterhielt sich öfter mit ihnen, Doris flüsterte ihm während eines kurzen Besichtigungsaufenthalts zu: „Ich glaube, wir sind den alten Leuten aus irgendeinem Grunde besonders sympathisch." Richard war ziemlich entsetzt, als die freundliche Frau ihm zum Abschied 10 DM in die Hand drückte und dazu murmelte: „Dafür kauft ihr euch mal was Gutes zum Essen." Es ging alles so schnell, dass er das überraschende Geschenk nicht ablehnen konnte. Nachdem sich die jungen Urlauber wieder gefasst hatten, lachten sie schallend, und Doris stellte fest: „Jetzt erregen wir schon öffentliches Mitleid, wir müssen ja ganz verhungert aussehen. Den

Gefallen tun wir der netten älteren Dame, heute Abend gibt es was Feines.“ Der erste gemeinsame Urlaub verging viel zu schnell, Richard hoffte auf eine Fortsetzung in nicht zu ferner Zukunft.

Zu Hause erzählte ihm sein Bruder Franz eine besondere Geschichte. Peters Freund Willi, Klavierlehrer und nebenberuflicher Musiker in verschiedenen Kneipen und in amerikanischen Clubs, hatte sich nach einem Besuch bei den „Drei Mikos“ im Café etwas abfällig über die ‚Amateure’ geäußert. Darüber ärgerte sich Franz so sehr, dass er sich einen Streich ausdachte, um am ‚Altfreund’ seines Vaters, der auch den Namen Peter kreiert hatte, Rache zu nehmen. Er konnte eine Geschäftskollegin dazu überreden, ihm dabei zu helfen. Sie rief beim Musiklehrer Willi an, um die Bedingungen für Klavierunterricht zu erfragen. Nachdem sie ihm eine Adresse Nähe der Stadtgrenze nannte, sagte er zu, vorbeizukommen. Eine Woche später rief Franz beim Klavierlehrer an und fragte, wie sich denn die neue Schülerin mache! Willi reagierte völlig verärgert und schrie ins Telefon: „Du kleiner Peter, lass` dich bloß nicht erwischen von mir.“ Franz sagte zu Richard: „Sein Zorn hat mir richtig gefallen, jetzt bin ich zufrieden.“

Der älteste Bruder Richards hatte als Werkzeugmacher zunächst in einer kleineren Firma gearbeitet und schließlich eine Stelle bei Grundig gefunden. Er wohnte immer noch in der Zickstraße in Nürnberg, seine Freundin in Schwabach. Deshalb erstand er als erste größere Anschaffung ein 175 Kubikzentimeter starkes Motorrad und verbesserte damit seine Beweglichkeit erheblich. Jedes Familienmitglied durfte auf dem Beifahrersitz eine Runde drehen, Mama war ganz begeistert und selbst Peter wagte nach längerem Zögern und ausführlichen Verhaltenshinweisen durch seinen Sohn das in seinen Augen höchst gefährliche Experiment. Anschließend sagte er stolz: „Ich habe mich fest angehalten und hatte gar keine Angst. Vielleicht mache ich das irgendwann noch einmal.“ Mit dem Motorrad unternahmen Marianne und Karl sogar mit Hedi und Franz kleinere gemeinsame Ausflüge in die Umgebung Nürnbergs. An einer Endhaltstelle der Straßenbahn begann der Einzeltransport der Teilnehmer zum vereinbarten Ziel, zuerst wurde die Freundin befördert, diese wartete dann, bis nacheinander die beiden anderen Wandermitglieder an Ort und Stelle waren. Alle hatten ihren Spaß daran, das Motorrad leistete außerordentlich gute Dienste. Das wertvolle Gerät wurde deshalb auch besonders behütet und zum Überwintern mit vereinten Kräften in den 2. Stock geschleppt und vor der Wohnungstüre abgestellt. Ein paar Gäste wunderten sich zwar über das Kraftrad auf dem Vorplatz der Wohnung,

Karl freute sich dagegen beim Kommen und Gehen über sein schönes Motorrad und den sicheren Abstellplatz.

Die nächtliche Ruhe in der „Oase“ ließ seit einem Jahr zu wünschen übrig. Elisabeth hatte am 24. Juni 1950 einen Sohn geboren, der auf die anderen Mitbewohner wenig Rücksicht nahm und fleißig seine Stimmbänder trainierte. Zwischen Tag und Nacht machte Bernhard keinen großen Unterschied, trotzdem nahm ihm niemand das Babygeschrei übel. Im Gegenteil, alle freuten sich über die Anwesenheit des neuen Familienmitglieds und versuchten, sich bei ihm beliebt zu machen. Peter spielte ihm am Klavier etwas vor, Heinz stemmte ihn in die Höhe, bis er laut auflachte, Richard probierte es mit freundlichen Grimassen, die stolze Mutter Elisabeth und Mama, die von niemandem Großmutter genannt werden wollte, waren jederzeit einsatzbereit, um es dem Kleinen an nichts fehlen zu lassen. Der Vater fand nach seiner Heimkehr aus der Arbeit einen rundum bestens versorgten Sohn vor. Seine Sorgen gingen in die andere Richtung: „Hoffentlich verhätschelt ihr ihn nicht zu viel, das soll ja auch nicht so gut sein.“ Dass er dabei zu seinem Schwiegervater geblickt hat, bildete sich Richard vielleicht nur ein!

Mit dem Einschlafen tat sich Bernhard öfter schwer. Vielleicht hatte er tagsüber zu viele Streicheleinheiten und Vergnügungen überstehen müssen, so dass eine längere Beruhigungsphase nötig wurde. Die Methoden, ihm dabei zu helfen, fand Richard allerdings richtig lustig. Im Doppelbett auf der rechten Seite lag seine Schwester neben ihrem Baby, auf der anderen Seite übernahm Mama die Beruhigungsposition. Wenn alles glatt verlief, kamen beide nach einer Viertelstunde zufrieden aus dem Zimmer und Bernhard hatte seinen Schlaf gefunden. Manchmal kostete die Einschlafzeremonie allerdings viel mehr Zeit, und Peter wurde schon unruhig, weil Radiohören ohne seine Leni immer einen kaputten Abend bedeutete. Einmal schlich sich nach längerem Warten Richard ins Wohn-/ Schlafzimmer nebenan und fand ein waches, ruhiges, strampelndes Baby und zwei schlafende Betreuerinnen. Bernhard hatte eindeutig das Spiel gewonnen!

Vielleicht hatte der Einjährige auch instinktiv eine bedrohliche Veränderung wahrgenommen, von der die „Oase“ seit ein paar Wochen betroffen war. Hedi und Franz waren eines Abends zu Besuch gekommen und hatten ziemlich aufgeregt erzählt: „Seit gestern wissen wir nicht, was wir tun sollen. Wir haben wie jeden Mittwoch den jetzt allein lebenden Vater besucht und uns nichts Besonderes dabei gedacht, dass ein Onkel aus

Amerika zu Besuch gekommen war, der seit langer Zeit mit seiner Frau, einer Schwester des Vaters, in Chicago lebt. Der Amerikaner schwärmte von seinem Leben in Amerika, alles sei viel freier dort, Arbeit gebe es in Hülle und Fülle, jeder könne vorwärtskommen und sich etwas leisten, er müsse nur fleißig sein. Und dann bot er an, uns zu helfen, wenn wir auswandern wollten. Er würde für uns die Bürgschaft von 5000 Dollar pro Person stellen, die Chancen in Amerika seien doch um ein Vielfaches größer als in Deutschland." Dieses Angebot brachte eine bisher nicht gekannte Unruhe in die Familie Löbner. Peter formulierte drastisch: „Hedi und ihr Onkel aus Amerika haben wie eine Atombombe für die Familie gewirkt." Sehr rasch stellte sich heraus, dass Franz den Schritt nur unternehmen würde, wenn auch sein Bruder Karl mitginge. Der war nicht abgeneigt, wollte aber nichts ohne die Zustimmung seiner Freundin tun. Zunächst müsse aber geklärt werden, ob der Onkel aus Amerika auch für ihn eine Bürgschaft übernehme und auch für die später nachkommende Braut.

Am unglücklichsten war Mama. Sie hoffte, das Ganze würde wie eine Seifenblase zerplatzen, weil der Onkel nur ein Angeber sei. Andererseits wollte sie dem Glück ihrer Kinder nicht im Wege stehen, sollte es sich tatsächlich um eine einmalige Chance handeln. Es überraschte sie auch, dass Elisabeth das Angebot des Amerikaners so positiv beurteilte. „Das wäre doch eine ausgezeichnete Sache. Bei uns in Deutschland gibt es doch für die einfachen Leute keine Aufstiegsmöglichkeiten. Ich glaube nicht, dass sich daran irgendetwas ändert. Auch in meinem Geschäft schwärmen alle von Amerika. Ich würde das sofort machen."

Schon am übernächsten Tag kam Franz mit der Nachricht vom Besucher aus Amerika zurück, sein Bruder Karl könne mitkommen, er werde auch für ihn die Bürgschaft übernehmen. Außerdem erzählte er, dass Hedis Bruder, der auch Werkzeugmacher sei, schon Ende 1951 nach Amerika auswandern werde. Damit waren die Würfel gefallen und es begann ein langes Jahr des Hoffens und Bangens sowohl für die Auswanderer als auch für die anderen Familienmitglieder. Mama hoffte immer noch, dass sich die Wirtschaftslage so rasch ändern würde, dass ihre zwei ältesten Söhne und die Schwiegertochter doch in Nürnberg bleiben würden. Aber wenn Franz die Arbeits- und Lebenssituation schilderte, zeigte sich seine ganze Unzufriedenheit: „Wir verdienen viel zu wenig, um uns jemals eine normale Wohnung leisten zu können. Auf Dauer will ich nicht in einem Zimmer hausen, das nicht einmal über ein eigenes Bad mit Toilette verfügt. Und in der ‚Kreditreform' gefällt es mir überhaupt nicht. Die Arbeit ginge ja in Ordnung, aber die ständige Überwachung, Kontrolle und

Nörgelei durch den Chef geht mir auf die Nerven. Das letzte Mal hat er mich kommen lassen, weil ich wegen einer Auskunftseinholung zehn Minuten mit Hamburg telefoniert habe. In Zukunft müsse ich das in fünf Minuten hinbekommen. Er weiß genau, dass dies bei korrekter Arbeit unmöglich ist. Also meckert er nur aus Schikane! Ich freue mich schon darauf, ihm die Kündigung auf den Schreibtisch zu legen."

Auch Karl sah keine positive Entwicklung in der Bundesrepublik und glaubte, in Amerika sei alles viel besser. Von einem Arbeitskollegen hatte er gehört, dass Werkzeugmacher in den USA sehr gesucht seien und hohe Stundenlöhne bekämen. „Marianne und ich können uns bestimmt zusammen in wenigen Jahren eine sichere Existenz aufbauen und es zu etwas bringen", meinte er, „hier schaffen wir es vielleicht irgendwann, eine kleine Wohnung zu mieten, mehr ist nicht drin. In Amerika fährt jeder Arbeiter sein Auto, bei uns ist ja schon ein einfaches Motorrad ausgesprochener Luxus."

Richard verstand zwar die Motive seiner Brüder, er selbst hätte aber an ihrer Stelle niemals diesen Schritt unternommen. Dazu fühlte er sich trotz aller Mängel viel zu wohl daheim. Er versuchte aber nie, seine Brüder zu beeinflussen, weil er wusste, dass seine Urteilsfähigkeit in dieser Angelegenheit sehr eingeschränkt war. Sein jüngerer Bruder Heinz und er hatten viel mehr Chancen als ihre Brüder und die Schwester gehabt, weil sie zu einer Zeit geboren wurden, als die finanziellen und wirtschaftlichen Bedingungen in der Familie sich allmählich besserten. Der mittlerweile zwölfjährige Heinz, der die drohenden Veränderungen sehr bewusst wahrnahm und erstaunlich vernünftig mitdiskutierte, urteilte ähnlich wie Richard: „Schade, dass sie wahrscheinlich nach Amerika auswandern. Vielleicht ist dort drüben wirklich alles besser als bei uns. Die amerikanischen Jazzmusiker sind bestimmt die besten der Welt. Aber wer weiß schon, wie es dort wirklich ist? Ich selbst möchte nie auswandern."

Ein Jahr später verließen Hedi, Franz und Karl die Heimat, Marianne sollte zwei Jahre später nachkommen. Ob es der Schritt zum großen Glück war, davon wird später zu berichten sein.

3. Kapitel

Während seine beiden Brüder sowie Hedi und Marianne ständig darüber nachdachten, ob sie tatsächlich den großen Schritt wagen und in der ‚Neuen Welt' die vom Onkel verheißene große Chance wahrnehmen sollten, begann auch für Richard eine bedeutsame Umstellung. Am 26. Oktober 1951 wurde er immatrikuliert und erhielt das Studienbuch der Hochschule für Wirtschafts- und Sozialwissenschaften in Nürnberg und dazu eine Ausweiskarte als Bestätigung, dass er ab dem Wintersemester 51/52 ordentlicher Student ist. Mit ihm begannen viele seiner Freunde aus der Abiturientenklasse der Wirtschaftsoberschule das Studium, dazu gehörten Norbert, die beiden Musikerkollegen Helmut und Fritz, ferner Erich, Manfred, Loni und auch Uli, der Studienberechtigte besonderer Art.

Alle Studienanfänger hatten ein gemeinsames Problem: Sie wollten alles von Anfang an richtig machen, wussten aber nicht, wie das zu bewerkstelligen sei. Sie empfanden die Fülle der Angebote an Vorlesungen und Seminare als undurchdringbares Chaos, durch das es keinen Wegweiser gab. Loni sagte, „Da kennt sich doch kein Schwein aus, am besten setzen wir uns im ‚Trichter' zusammen, da gibt es auch etwas zu trinken, und spielen einen richtigen Skat." Manfred wollte erst mal genau herumhören, um keine falschen Schwerpunkte zu belegen. Erich meinte, Sprachen, Recht und Buchführung sowie alle ‚Einführungen' passten bestimmt, man müsse ja durch Prüfungen verschiedene Scheine erwerben. Helmut hatte die Idee, ältere Kollegen um eine Aufstellung zu bitten, woran Fritz zweifelte: „Die werden uns etwas husten, für die sind wir doch primitive Anfänger." Hinzu kam noch, dass manche an ein Examen in Volkswirtschaft gedacht hatten, andere wollten den Abschluss als Betriebswirt erreichen. Richards Vorstellungen gingen in eine spezielle Richtung; er hatte davon gehört, dass auch das Fach ‚Zeitungswissenschaften' belegt werden könne. Mutig ging er als Einziger in eine Vorlesung des Prof. Weyer, genannt „Zeitungsweyer". Nach zweimaligem Besuch wusste er, dass er in dieser Veranstaltung vollkommen fehl am Platze war. Außer statistischen Begriffen und Daten war nichts zu hören, nicht die kleinste Information für jemand, der eines Tages Journalist werden wollte. Damit war schon nach vier Stunden der Traum eines zeitungswissenschaftlichen Studiums ausgeträumt.

Er schloss sich wieder seinen immer noch nach Orientierung suchenden Freunden an und handelte wie diese: Es wurde einfach die vorgeschriebene Stundenzahl belegt, wenn auch mit einer seltsamen Mischung. Vorlesungen für Anfänger mit Übungen für Fortgeschrittene, Buchführung Teil 2, ohne etwas von Teil 1 gehört zu haben, Spanisch für Anfänger, obwohl alle an der Schule zwei Jahre lang den besonderen Unterricht von „Kobel", dem Spanischlehrer, genossen hatten. Rasch stellte sich heraus, dass sich niemand darum kümmerte, ob man eine Vorlesung besuchte oder nicht; entscheidend war offensichtlich nur, die Eintragungen ins Studienbuch korrekt vorzunehmen und sonstige Formalien termingerecht zu erledigen.
Helmut meinte schon nach vier Wochen: „Manche sieht man überhaupt nicht mehr. Ich glaube, die besorgen sich nur Skripten von den Vorlesungen und verzichten auf die Teilnahme." Fritz wunderte das nicht: „Bei vielen lohnt sich auch das Zuhören nicht. Ich habe aber gehört, dass man sich vor den Prüfungen unbedingt zeigen muss, sonst kann es schief gehen, besonders in mündlichen Prüfungen. Die ‚Gesichtspolitik' scheint etwas ganz Wichtiges zu sein."

Loni kam jeden Tag pünktlich um 8 Uhr in die Hochschule. Statt in einen Hörsaal, lenkte er seine Schritte in den ‚Trichter', wo schon zwei andere ‚fleißig' Studierende auf ihn warteten, um sich im Studentencafé in Theorie und Praxis des Kartenspiels zu vervollkommnen. Ob alle drei diese anstrengende geistige Tätigkeit acht Semester lang durchhielten, wurde Richard nicht bekannt. Nur von Loni wusste er, dass dieser keine einzige Vorlesung besuchte, keinen Schein erwarb und sich auch nie einem Examen unterzog. Seine Pünktlichkeit hielt er aber acht Semester lange durch, so dass seine Tante, die das Studium finanzierte, während der gesamten Zeit nicht den kleinsten Verdacht schöpfte. Das Studium war schließlich von jedem in völliger Freiheit zu gestalten, und später konnte man immer noch erzählen, man habe acht Semester studiert.

Die „Drei Mikos" profitierten von dieser Studienfreiheit. Sie mussten sich jetzt nicht mehr für jedes Fernbleiben entschuldigen, sondern konnten sich auf die Musik konzentrieren und gleichzeitig das Studium so organisieren, dass am Ende ein erfolgreicher Abschluss stand. Sie versprachen sich am chaotischen Anfang feierlich, Informationen auszutauschen, wichtiges Lernmaterial zu sammeln und zur Vorbereitung des Examens gegen Ende eine gemeinsame Lerngruppe zu bilden. Sie wollten auf alle Fälle trotz ihrer nebenberuflichen Belastung mit der Mindestzahl an Semestern -

damals waren sechs Semester vorgeschrieben - den Titel „Diplom-Kaufmann“ in der Tasche haben.

Das Studium verlangte offensichtlich vollkommen andere Lernstrategien, als sie in der vorausgegangenen Oberschule erforderlich waren. Die Karten waren neu gemischt, gute Schüler mussten nicht unbedingt auch leistungsstarke Studierende sein. Richard fand die neue Situation eher vorteilhaft und versuchte, das Beste aus den zunächst verwirrenden Angeboten zu machen. Norbert erging es ähnlich wie ihm. Wenn sie an Seminaren teilnahmen, staunten sie über die Redegewandtheit einzelner Studenten, die sich immer wieder zu Wort meldeten und meist aus West- oder Norddeutschland kamen. Norbert sagte einmal: „Ja die Preußen, mit ihrer Schnauze haben sie schon große Vorteile gegenüber uns schlichten Franken.“ Richard äußerte den Verdacht: „Inhaltlich haben sie eigentlich auch nichts Besonderes zu bieten, sie sind bloß vollkommen unbekümmert und verlassen sich auf ihr wohlklingendes Gerede.“ Gegen Ende des ersten Semesters versprachen sich die beiden Anfänger, in Zukunft den inneren Schweinehund zu überwinden und sich an den Diskussionen zu beteiligen. Richard fasste die Vereinbarung zusammen: „Jeder passt auf den anderen auf, in den Seminaren melden wir uns so oft wie möglich. Darauf geben wir uns gegenseitig das Wort!“ Die Vereinbarung sollte mehr Erfolg während des Studiums bringen, als viele auswendig gelernten Inhalte aus Fachbüchern und Vorlesungen. Allmählich wurde die Angst vor großen Gruppen zu sprechen etwas geringer. Es gelang mit der Zeit immer häufiger, sich an einer Diskussion zu beteiligen. Es kostete zwar nach wie vor viel Mut, sich zu überwinden und den Arm zur Wortmeldung zu heben, aber meistens schafften es die beiden Freunde aus Gostenhof, die Feigheit vor dem Publikum zu besiegen. Norbert freute sich über jede Beteiligung und gab sich nicht die geringste Mühe, seinen Stolz vor Richard zu verstecken: „Hast du gesehen, keiner hat etwas zu meckern gehabt. Das habe ich heute wieder gut hingekriegt. Ich war aber auch ganz weit vorne gesessen, da hat man alle im Rücken und es redet sich viel leichter.“

Vom ‚lustigen Studentenleben’ bemerkte Richard wenig. Es fehlte einfach die Zeit, sich an abendlichen Treffs zu beteiligen, denn die ‚Dienststunden’ nahmen zu. Die „Drei Mikos“ spielten teilweise täglich, z. B. im ’Café im Hallplatz’, und hatten dort sogar am Samstag- und Sonntagnachmittag mit leichter Konzertmusik die Gäste zu unterhalten. Für diese Musikdarbietungen musste an anderen Tagen noch fleißig geprobt werden. Das Repertoire wurde erweitert, um auch im Caféhaus den Ansprüchen der etwas älteren Besucher zu entsprechen. Das Publikum schien sehr zufrieden zu sein und geizte auch nicht beim „Brot für den Künstler", indem es fleißig Applaus spendete.

Nur der Ober war manchmal unzufrieden, weil sich die Gäste bei ihm beschwerten, dass die Musiker nie einen Marsch spielten. Ein paar Mal hatte er schon versucht, den Chef zu beeinflussen, damit dieser Druck auf die sturen Musiker ausübe. Der hatte es aber längst aufgeben, und Richard hörte, wie er zum Ober sagte: „Sie wissen doch, dass da nichts zu machen ist. Ich kann da auch nichts tun, das ist für die eine Frage der Ehre." Einmal hatte Fritz versucht, dem Ober ihre Einstellung zu erklären: „Marschmusik ist schon immer für Propagandazwecke benutzt worden. Bei den Nazis hörte man jeden Tag im Radio und bei den Aufmärschen diese zackige Musik. Es wird Zeit, dass sich die Leute an friedliche Töne gewöhnen." Der Ober schüttelte verständnislos den Kopf: „Was hat denn eine mitreißende, zünftige Musik mit dem Hitler zu tun. Die gab`s doch schon immer. Und marschiert sind wir auch im Turnverein, bei der freiwilligen Feuerwehr und sogar im Gesangsverein." Richard versuchte es noch einmal: „Das ist es ja! Alle sind im Gleichschritt marschiert und haben sich mitreißen lassen. Die markige Musik hat zusätzlich gewirkt. Der Unterschied zu den eigentlichen Naziliedern fiel gar nicht mehr auf. Ich habe auch mitgesungen ‚Wir werden weitermarschieren, bis alles in Scherben fällt, denn heute gehört uns Deutschland, und morgen die ganze Welt'".

In den letzten Jahren hatte Richard allmählich die Folgen der Gehirnwäsche durch die Nazipropaganda - verbreitet durch Lehrer, Jungvolk- und HJ-Führer, Pfarrer, Nachbarn und natürlich durch die Nazigrößen selbst bei ihren Ansprachen im Radio - überwunden. Eine bedeutsame Rolle spielten dabei Personen wie sein Großvater, ferner der KZ-Insasse, den er als Zimmerherrn bei Norbert kennen gelernt hatte, Zeitungsberichte und Rundfunksendungen nach dem Kriege, Dutzende von Diskussionen mit seinen verschiedenen Freunden. Vor allem beeindruckten Richard Bücher wie „Der SS-Staat" von Eugen Kogon und sorgten für die Überwindung eines Weltbildes, das ihm während seiner Kindheit eingetrichtert worden war. Er hatte mittlerweile so viel verstanden, dass ihm seine eigene Verblendung deutlich wurde und er die Grundzüge des verbrecherischen Systems der Nazis begriff. Damit hatte er eine Teilstrecke zurückgelegt, der größere Rest sollte ihn ein Leben lang beschäftigen.

Wer waren die wirklich Schuldigen? Waren es tatsächlich nur die Spitzenleute um Hitler und ihre unmittelbaren Helfer, die das gesamte deutsche Volk betrogen, beherrscht und unterdrückt hatten? Welche Rolle spielten die Führungskräfte der Wirtschaft, des Militärs, der Kirchen und der bürgerlichen Parteien? Wie verhielten sich Wissenschaftler, Professoren, Ärzte, Journalisten, Künstler? Wer wusste von den Massenmorden, wie viele Deutsche haben bewusst die Augen zugemacht? Wer wusste nichts, weil er es nicht wissen wollte? Gab es vielleicht Hunderttausende von ähnlichen Szenen, wie er eine davon als Kind in der eigenen Küche erlebt hatte, als seine Mutter von einer Bekannten erzählte, die von Morden an den Juden in Krakau gehört hatte? In der Opferrolle fühlten sich die meisten am wohlsten, und eine Standardforderung tauchte sehr bald nach dem Kriege auf: „Hört endlich auf mit der Vergangenheitsbewältigung, mit der ewigen Suche nach den Schuldigen! Jetzt muss es um den Wiederaufbau und um die Zukunft Deutschlands gehen.“ Nach der Teilung Deutschlands und der Gründung der so genannten „DDR“ hieß es: „Im Mittelpunkt jeder Politik muss die Wiedervereinigung stehen, das deutsche Volk hat genug gebüßt.“ Mit solchen Parolen holten sich viele Politiker genügend Wählerstimmen, um eine jahrzehntelange erfolgreiche Politikerkarriere starten zu können und die Entwicklung in der Bundesrepublik Deutschland nachhaltig zu beeinflussen.

Seit einigen Monaten hatte Richard auch Kontakt zu Doris’ Eltern. Die Mutter, eine lebenslustige, adrett aussehende Frau mittleren Alters, hatte ihm gegenüber ihre anfängliche Skepsis teilweise abgelegt und schien ihn mittlerweile zu akzeptieren. Vielleicht waren es das bestandene Abitur, sein Status als Student der Betriebswirtschaft, die Erfolge als ‚Musikus’? Er glaubte zu bemerken, dass sie sich mit der Wahl ihrer Tochter abgefunden hatte. Richards Selbstbewusstsein war mittlerweile so weit gewachsen, dass er in den Unterhaltungen mit seiner künftigen Schwiegermutter auch dann seinen Standpunkt vertrat, wenn er bemerkte, dass sie einen Sachverhalt völlig anders beurteilte. Seinem künftigen Schwiegervater gegenüber verhielt er sich genauso, obwohl dazu häufig viel Geschick und Geduld erforderlich war. Der allseits geachtete städtische Gutsverwalter, zehn Jahre älter als seine Frau, mittelgroß und von untersetzter Statur, kam aus einem Bauernhof in der Nähe von Gunzenhausen und verfügte über feste Überzeugungen. Seine Gutmütigkeit und auch eine spezielle Art von Humor erleichterte zwar den Umgang mit ihm; wenn es aber um die Vergangenheit ging und seine Meinung über die politischen Größen und ihre verhängnisvollen Taten in der Nazizeit, wurde es manchmal schwierig für Richard, die nötige Ruhe und Gelassenheit zu bewahren.

Die Argumente seines Gesprächspartners hatte Richard in den letzten Jahren alle schon gehört: Die anderen haben auch Kriegsverbrechen begangen, nur die Deutschen werden an den Pranger gestellt; von den Untaten der Nazis haben die Menschen in Deutschland nichts gewusst, selbst Hitler ist von den eigentlichen Verbrechern betrogen worden. Wer weiß, wie viele Juden in Wirklichkeit umgebracht worden sind, es wird ja alles maßlos übertrieben. Dass Hitler die fürchterliche Arbeitslosigkeit überwunden hat und die in der Welt einmaligen Autobahnen gebaut hat, diese positiven Seiten erwähnt niemand mehr. Karl, so hieß Doris Vater, vergaß eingangs nie, auf die eigenen Erfahrungen hinzuweisen: „Ich habe ja alles mit eigenen Augen gesehen. Wer sich bei uns im Dorf anständig benommen hat, dem ist nichts passiert. Viele meiner Freunde waren im Krieg, kein einziger war an irgendwelchen Morden beteiligt. Sie haben eben ihre Pflicht erfüllt und die Heimat verteidigt. Viele davon sind gefallen. Und ich als kleines Parteimitglied habe während der gesamten Zeit keinen Kameraden kennen gelernt, der wehrlose Menschen angegriffen, geschlagen oder gar umgebracht hätte. Wir sind ja selbst alle hinters Licht geführt worden. Und heute sollen alle schuldig sein!"

Richard wollte sich eigentlich gar nicht auf solche Gespräche einlassen. Aber es waren meistens Kleinigkeiten, die ein Ausweichen nicht mehr ermöglichten. Er eignete sich dabei eine Methode an, die er in den nächsten Jahrzehnten verfeinerte und „Verbhart" nannte: „Verbindlich in der Form, hart in der Sache!" Viele Trainingsstunden verdankte er seinem Schwiegervater; insofern war manche bedrückende Diskussion doch sinnvoll, zumal es ihm immer häufiger gelang, seinen Gesprächspartner weitgehend davon zu überzeugen, dass er sich über das Nazisystem getäuscht hatte. Einmal sagte der spätere Schwiegervater sogar am Ende des Gesprächs: „So eine Gemeinheit, Millionen von unschuldigen Menschen umzubringen. Aber ich habe wirklich nichts davon gewusst." Leider konnte es passieren, dass der Geläuterte während der Woche von Gleichaltrigen „zurückgeholt" wurde und alles von Neuem begann. Dann sagte er zu Richard: „Vorgestern habe ich den Friedrich getroffen, der war selbst zwei Jahre lang in Russland. Der hat gesagt, dass ich doch recht habe und alles nur Propaganda ist. Deine Bücher können nicht stimmen."

Selbst Doris riet Richard, endlich aufzugeben. Ihr Vater würde sich eines Tages schon selbst ein richtiges Bild über die Vergangenheit machen. Denn so ein gutmütiger Mensch, der buchstäblich keiner Fliege etwas zu Leide tun könne und von allen Leuten geschätzt werde, begreife eines Tages sicherlich, was wirklich geschehen war. Es sei eben nicht einfach, erkennen zu müssen, dass man sich viele Jahre vollkommen geirrt und ein Verbrechersystem unterstützt habe. Richard sagte daraufhin meistens: „Ich verstehe ja, dass es auch vielen Erwachsenen so ergangen ist wie mir. Selbst meine Mutter und mein Vater haben am Volksempfänger begeistert den Hitlerreden gelauscht. Einfache Leute hatten in der Diktatur keine Chancen, sich der Propaganda und natürlich auch der Angst vor der Gewalt zu entziehen. Aber heute, mehr als fünf Jahre danach, könnte jeder wissen, welche mörderischen Untaten die Nazis begangen haben. Die Beweise sind so eindeutig, dass es für mich keine Entschuldigung mehr für ewig Gestrige gibt. Auch wenn ich zugestehe, dass es für manchen Enttäuschten und Betrogenen, der Jahre seines Lebens opfern musste, sehr schwierig ist, sein Fehlverhalten zuzugeben. Weil ich damals noch ein Kind war, habe ich es heute viel leichter, meine Verdummung durch die Nazis einzugestehen."

Jeder, der Doris Vater kannte, schätzte neben seiner Gutmütigkeit seine besondere Form des Humors, die ihre Besonderheit durch Wiederholungen erzeugte. Man hörte ein Dutzend Mal dieselbe Kurzgeschichte oder die gleichen Sprüche, wodurch der Erzähler eine ‚Nachhaltigkeit' erzielte, die den späteren Erfindern des Begriffes meist versagt blieb. Alle Verwandten, Freunde und Bekannten lachten über den Bauern aus Oberbayern, den der spätere Schwiegervater nach den Namen der vielen schönen Berge gefragt hatte: „Na, Wiesenbauer, wie heißt denn der schöne Berg direkt vor der Haustüre?" „I t`scheiß Berg oh", war die erhellende Antwort. Ein anderer freundlicher Bauer aus der gleichen Gegend fragte nach der Herkunft des Pferdeinteressierten: „Ich komme aus Nürnberg", gab der Gutsverwalter aus Moorenbrunn bereitwillig Auskunft. Daraufhin der Einheimische: „Da waht aber scho a kolter Wind von der See her." Eine befreundete Bäuerin aus der Forchheimer Gegend ging in das Sprüchereservoir dadurch ein, dass sie alle ihre Kinder extrem hoch einschätzte: „So g`scheit sind meine Kinder gwest. Alle war`n ja so g`scheit. Und der Heiner war so g`scheit, und die Maria war so g`scheit, am allerg`scheitesten war aber der Joseph." Richard gefiel besonders gut die Geschichte vom Zusammenhalt der jungen Männer aus Gundelsheim bei Gunzenhausen. Der künftige Schwiegervater erzählte: „Schorsch und Willi aus Oberasbach gingen an einem schönen Sonntagmorgen spazieren und sahen auf ihrem Weg in Richtung Gundelsheim eine Ansammlung von schwärzlichen Gestalten. Daraufhin sagte Schorsch voller Bewunderung: ‚Da siehgstas wieder, die Gundelshamer Buam, die halten zam'. Beim Näherkommen wurde aus den ‚Buam' eine Vogelschar: Auf Telefondrähten saßen eng zusammengekauert Dutzende von Saatkrähen, das besondere Zusammengehörigkeitsgefühl entpuppte sich als Fata Morgana."

In der Familie Löbner ging es im Jahre 1952 häufig nicht so lustig zu, denn der Auswanderungstermin für Hedi, Franz und Karl rückte immer näher. Mama hatte sich zwar damit abgefunden, man merkte aber an ihren Fragen, wie sehr sie darunter litt: „Ob ihr wohl bald eine Wohnung finden werdet? Hat euch der Onkel auch gesagt, wie teuer es in Amerika ist? Würde er euch im Notfall helfen, etwas zu essen und zu trinken zu bekommen? Was geschieht denn, wenn einer krank wird?" Franz tröstete seine Mutter: „Du brauchst dir überhaupt keine Sorgen zu machen, Hedis Onkel würde uns immer helfen, wenn wir irgendein Problem hätten. Alles ist in Amerika unglaublich billig und Arbeit gibt es für jeden. Einen Tag nach der Ankunft fange ich mit einem Job an, eine Wohnung finden wir dann leicht. Wenn alles schief geht, pumpen wir uns das Geld für die Heimfahrt. Außerdem schreiben wir euch jede Woche einen Brief und erzählen, wie es uns geht. In spätestens drei Jahren kommen wir zum ersten Mal zu Besuch." Karl ergänzte das optimistische Zukunftsbild: „Als gelernter Werkzeugmacher finde ich ganz leicht eine Arbeit. Ein Kollege in der Triumph hat mir von seinem Bruder in Los Angeles erzählt, der verdient als Werkzeugmacher ein Schweinegeld. Zudem hat der amerikanische Boss gesagt, er kann so viel Werkzeugmacher aus Deutschland nachkommen lassen, wie er will. Also brauchst du überhaupt keine Angst um uns zu haben. Und Marianne kommt in einem Jahr nach und braucht wahrscheinlich nie mehr in ihrem Leben zu arbeiten. Aber in drei Jahren machen wir auf jeden Fall eine Deutschlandreise."

Mama und Peter hätten noch viel mehr Sorgen gehabt, wenn sie gewusst hätten, dass ihre beiden Söhne und die Schwiegertochter nahezu mittellos abfuhren und der Onkel aus Amerika ihnen die Schiffspassage gepumpt hatte. Im Laufe eines Jahres sollten die Kosten der Überfahrt zurückbezahlt werden. Bei Karl stimmten viele Vorhersagen. Als Werkzeugmacher verdiente er tatsächlich von Anfang an 7 bis 8 Dollar in der Stunde; allerdings musste er sich an die hohen Anforderungen und die Selbstverständlichkeit von Überstunden erst gewöhnen. Auch seine mangelhaften Sprachkenntnisse machten ihm anfangs schwer zu schaffen. Bei ihm passte sonst alles, was in Amerika Voraussetzung für Erfolg war: weiße Hautfarbe, richtiger (handwerklicher) Beruf, hohe Leistungsfähigkeit und beste Gesundheit.

Franz konnte nicht den richtigen Beruf vorweisen und musste einen Job annehmen, den ihm der Onkel besorgte. Als Hilfsarbeiter in einer Fabrik arbeitete er zwei Tage nach der Ankunft an einer Stanze zu einem Stundenlohn von 1,25 Dollar. Er lernte schnell, worauf es ankam: Sofort den Job wechseln, wenn 5 Cents mehr in einer anderen Fabrik bezahlt werden. Ob er jemals ausgewandert wäre, wenn er die extremen Schwierigkeiten seines Arbeitslebens in den USA vorausgesehen hätte? Der „Onkel aus Amerika" war zweifellos ein sehr hilfreicher Mensch. Bei der Schilderung der wirtschaftlichen und sozialen Verhältnisse in Chicago ist das Wort „Schönfärberei" aber keinesfalls unangemessen, auch seine eigene wirtschaftliche Lage sah er in einem verblüffend rosigen Licht, denn er arbeitete selbst nur als Hilfsarbeiter in einer Teppichfabrik und sein Stundenlohn dürfte nicht einmal die Hälfte eines Facharbeiterlohnes betragen haben. Über die ungewöhnliche Durchhalte- und Anpassungsfähigkeit von Franz soll später erzählt werden; ohne die absolute Verlässlichkeit seiner Hedi, die schon nach wenigen Jahren zwei Mädchen gebar und die Mutterrolle glänzend meisterte, wäre alles noch viel schwieriger geworden und hätte vielleicht zum Scheitern geführt.

Die Eltern und Geschwister freuten sich über jede Nachricht von den Ausgewanderten, und Mama las allen die Briefe vor. In ihnen stand nichts, was zu irgendeiner Sorge Anlass gegeben hätte: Jeder hatte Arbeit gefunden und eine Wohnung gemietet; die Leute waren alle sehr nett zu den Neuankömmlingen, Karl hatte schon bald ein Auto zur Verfügung, die Wolkenkratzer in Chicago beeindruckten immer wieder aufs Neue, in den riesigen Kaufhäusern war alles zu finden, was das Herz begehrte, gesundheitlich gab es auch nichts zu klagen. Schon bald lagen ein paar Dollarscheine in den Briefen, Mama und die Familie sollten ja - wie versprochen - weiterhin finanziell unterstützt werden.

Marianne bekam von Karl noch gesonderte Briefe, sie freute sich besonders darüber, dass es bei ihrem Bräutigam beruflich bestens geklappt hatte und sie schon in einem Jahr nachkommen sollte. Sie wohnte seit der Abreise des „Quartiermachers" nun ebenfalls in der Zickstraße und kam mit den Wohnverhältnissen gut zurecht. Richard und Heinz wussten wie alle anderen bestens über alle Neuigkeiten Bescheid und schrieben auch manchmal einige Zeilen und Grüße in die Briefe, die Mama jede Woche erstellte. Sie war eindeutig die fleißigste Schreiberin und wusste immer etwas zu berichten. Dabei wurde deutlich, dass nicht nur Peter seine Leni nach wie vor dringend in allen Lebenslagen benötigte, auch umgekehrt war dies der Fall. Richard hörte immer wieder seine Mutter zu ihrem Mann sagen: „Komm setz dich neben mich, ich muss einen Brief nach Amerika schreiben." Nachdem er wunschgemäß die Radiomusik aus München etwas leiser gestellt hatte, setzte sich Papa - als einzige in der Familie sagte sie nie Peter zu ihrem Ehemann - neben die Briefschreiberin, damit das Werk optimal gelingen konnte. Er selbst begnügte sich mit herzlichen Grüßen an die Empfänger.

Auch Tante Sophie schrieb fleißig Briefe nach Amerika. Sie versprach ihren Neffen, sie in den nächsten Jahren zu besuchen. Mit Richards Mutter plauderte sie im Jahr 1952 vorwiegend über das Eheglück des Bruders Otto, der Vater geworden war: „Wenn du die zwei siehst, meinst du immer noch, sie haben erst letzte Woche geheiratet. Jetzt haben sie auch noch einen Sohn bekommen, der wird bestimmt wie ein Prinz behandelt. Nun sind die Glücklichen noch mehr verschmust, die sind noch schlimmer als dein Franz und seine Hedi.“ Mama versuchte sanft zu wiedersprechen. „Es ist doch wunderbar, dass sich die beiden so gut verstehen. Dem Kleinen geht`s dadurch bestimmt besonders gut, dem wird es an nichts fehlen. Die Hildegard ist sicher eine gute Mutter und unser Bruder ist sowieso ein weicher, verständnisvoller Mensch.“ Der neue Erdenbürger hieß Gerhard und sollte leider nur wenige Jahre die optimale Betreuung durch seine Eltern erfahren dürfen.

Die „Drei Mikos“ hatten weiterhin genug zu tun. Nach der ‚Saalschlacht-Gaststätte’ in Wetzendorf, nach einem Engagement im Café Wägemann in der Fürtherstraße, im Café Andler am Kopernikusplatz und im Café am Hallplatz spielten sie längere Zeit im Café am Ring. Jede Spielstätte hatte ihr besonderes Publikum und stellte andere Anforderungen an die Musiker.

Im Café Wägemann verkehrten nahezu ausschließlich Amerikaner, ihre Tanzpartnerinnen nannten viele Zeitgenossen „Ami-Fräuleins“oder boshafter „Ami-Schicksen“. Das Bartrio hatte es nicht leicht, die geforderten Rhythmen für den Jitterbug so perfekt zu liefern, dass die teilweise wie Profis tanzenden Paare ihre erstaunliche Körperbeherrschung optimal vorführen konnten. Richard staunte über die Kunstfertigkeit der Paare ein bisschen weniger als seine beiden Kollegen, er hatte ähnliche Akrobatik des öfteren in den amerikanischen Clubs gesehen. Zur Erholung waren dann gefühlvolle Slows am Platze, wie „I’m in the mood for love“ oder „Twilight-Time“. Nachdem auf der kleinen Bühne ein Mikrophon zur Verfügung stand, probierten die Musiker auch den Sologesang, wobei jeder sein Lieblingsstück zum Besten gab. Vor den ersten Versuchen hatte Fritz geflachst: „Damit warten wir bis nachts ein Uhr, damit sich das Café rasch leert und wir schneller zum Kakaoschalentee in die Zickstraße kommen.“ Die nur im Triogesang geübten Musiker erhielten sogar freundlichen Beifall, wenn sie als Solisten auftraten, für jeden Sänger waren deshalb diese Auftritte ein besonderes Erlebnis. Helmut hatte Recht: „Ohne Mikrofon könnten wir uns das nicht erlauben, aber so lange sie nicht pfeifen, ist es auch für uns ein Vergnügen."

Im Café am Hallplatz saßen nachmittags typische Caféhausbesucher beiderlei Geschlechts und lauschten ganz anderen Klängen, wie Operettenmelodien, dem „Kaiserwalzer", „Huckepack", „Ramona" und „Irgendwann blüh`n wieder rote Rosen". Helmut hatte optimale Arbeit geleistet und alles bestens arrangiert. Richard bemühte sich bei der Programmgestaltung um Abwechslung und seriöse Vielseitigkeit. Auf den Triogesang wurde nicht verzichtet; die Besucher verlangten sogar solche Einlagen, denn die dreistimmigen Gesangsstücke waren gewissermaßen das Markenzeichen der Mikos. Die Wünsche einiger Zuhörer hatten manchmal auch absurden Charakter. Ein älterer Herr sagte freundlich zu den Musikern: „Ihr singt so schön. Ich habe den Wunsch, dass ich von euch die Donkosaken höre! Ihr kennt bestimmt ihre schönen Lieder, vielleicht singt ihr das mit dem Glöcklein." Ein anderer wünschte sich „Die Liebe vom Zigeuner stammt" aus der Oper „Carmen", denn dreistimmig müsste das ausgezeichnet klingen. Helmut äußerte jedes Mal ernsthaft sein Bedauern über die Unmöglichkeit, diese Wünsche zu erfüllen. Fritz und Richard bewunderten ihn wegen seiner schauspielerischen Leistung. Nur einmal verlor auch der Ruhige, den alle für den Kapellmeister hielten, die Fassung, als ein Gast im feschen Trachtenlook fragte, ob die Mikos das Lied von Weißferdl „Ein Wagen von der Linie acht" zum Besten geben könnten und schnauzte als Antwort: „Das haben wir leider seit gestern nicht mehr auf Lager und kriegen es auch nicht mehr herein."

Das Café am Ring hatte nicht nur ein besonderes Publikum, sondern auch einen außergewöhnlichen Chef. Der ehemalige Clubspieler und begeisterte Fußballfan zog nicht nur die Clubmannschaft und viele Anhänger an, er mochte auch die Musik der „Drei Mikos" und engagierte sie immer wieder. So erlebten die Musiker Fußballprominenz in entspannter Atmosphäre, wie sie sich beim Tanzen vergnügte und teilweise bei ihren Melodien mitsang. Bundesweit angesehene Fußballkünstler wie Max Morlock oder Schorsch Kennemann vergnügten sich auf der Tanzfläche, und niemand hätte damals gedacht, dass solche Sportsleute in späteren Jahren Millionen verdienen und steinreich würden. Max Morlock war als Anerkennung und Belohnung für seine außerordentlichen Verdienste um den deutschen Fußball mit einer Lottoannahmestelle zufrieden, mit der er nach der aktiven Zeit seinen Lebensunterhalt verdiente. Die Mitglieder der Clubmannschaft waren sehr freundlich zu den jungen Musikern, und weil ihnen ihre Musik gut gefiel, sorgten sie beim Vorstand des 1. FCN dafür, dass die Mikos - als sie gegen Ende des Studiums nur noch an Wochenenden auftraten - an Sonntagabenden im Clubheim in Zabo zum Tanz aufspielten. Nach verlorenen Spielen war allerdings die Stimmung manchmal gedrückt. Dann taten sich die Mikos schwer, mit ihrer Musik für bessere Stimmung zu sorgen. Als Nichtbetroffene - keiner von den Musikanten war ein Fußballfan - fanden sie manche Situation an solchen Sonntagabenden auch recht amüsant. Wer erlebt denn schon als Außenstehender, wenn Spitzenfußballer lautstark über verpasste und verpatzte Gelegenheiten streiten? Besonders kompliziert wurde es immer dann, wenn die Spielerfrauen sich einschalteten und gegenseitige Vorwürfe erhoben: „Dein Fritz hat wieder alles selbst machen wollen“ oder „Wenn heute Dein Hans nicht dauernd hinten stehen geblieben wäre, hätte es anders ausgesehen.“ Dann vergaßen die männlichen Streithähne meistens allen Streit und widmeten sich rasch der Schlichtung, um den Brand noch zu löschen, bevor er unbeherrschbar wurde.

Freddy war Stammgast beim fußballbegeisterten Wirt des Cafés am Ring. Nach jedem Musikstück klatschte er begeistert Beifall, schon nach wenigen Tagen war er mit jedem Musiker per „Du“. Bereits beim ersten Gespräch fragte er: „Habt ihr bemerkt, dass der frühere Stopper beim Club, unser Wirt, seinen schwarzen Anzug an hat? Das ist das Zeichen, dass seine ruhmreichen Lieblinge heute verloren haben.“ Freddy wusste das längst, denn er lebte als Gehilfe beim allseits anerkannten Pressefotografen Schmidtpeter auch vom Sport. Sein Chef hatte ihm eine Leica zur Verfügung gestellt und er knippste als Sportfotograf bei den Clubspielen meist mit beachtlichem Erfolg. Die Mikos erkannten schnell, dass ihr neuer Freund ein riesengroßes Problem hatte: Eine halbe Bier verschwand in seinem Rachen, als nähme er an einem Wettkampf teil, bereits während der ersten Pause erzählte er: „Zehn habe ich heute schon, ein paar brauche ich bestimmt noch.“ Dazu rauchte er in kurzen Abständen eine Zigarette nach der anderen, selten sah man ihn etwas verzehren. Freddy sprach zwar manchmal langsamer und seine Augen glänzten eigenartig, aber einen betrunkenen Eindruck machte er nie.

Fritz meinte einmal: „Der Fotograf ist ein biologisches Wunder, er ist immun gegen Alkohol und könnte in jedem Zirkus auftreten. Selbst mit 15 Bieren schwankt der nicht im geringsten.“ Richard konnte dies bestätigen, denn Freddy ging fast jeden Abend mit ihm nach Hause. Er wohnte in Johannis und begleitete Richard bis in die Zickstraße. Dann begann der Kampf: „Komm, geh doch noch ein Stück mit bis zur Sielstraße, die gute Nachtluft tut dir bestimmt gut“, forderte Freddy jedes Mal. Wenn Richard nachgab und mit Freddy weiterging, kehrte dieser prompt in der Sielstraße um und begleitete Richard erneut vors Haus. Es kostete selbst dann noch Mühe, die Prozedur nicht nochmals zu wiederholen. Richard brauchte nur zuzuhören und manchmal beifällig zu brummen. Freddy erzählte von seinen Heldentaten im bisherigen Leben, schimpfte über Gott und die Welt, schwärmte von seinen Chancen bei Frauen, den unzähligen Eroberungen und ungewöhnlichen Leistungen im Sexualleben. Wäre Richard noch nicht aufgeklärt gewesen, in diesen „Heimgehnächten“ mit Freddy wäre keine Frage unbeantwortet geblieben. Am nächsten Tag in der Vorlesung, wenn er seine Musikerkollegen traf, sagte er einmal: „So lange wir im Café am Ring spielen, muss ich einen ‚Betreuungszuschuss’ bekommen, schließlich leiste ich therapeutische Schwerarbeit.“ Fritz feixte: „Erst wenn wir den Erfolg sehen, können wir darüber reden, bis jetzt verschwinden die Bierchen nach wie vor wie bei einem Wettsäufer.“

Auch bei einem anderen Gast war Richard für ein paar Tage der „Beichtvater“, vielleicht auch der „Müllabladeplatz“. Der deutschstämmige Geschäftsmann aus Argentinien wollte die Mikos sogar in seine Heimat mitnehmen: „Ich kann euch in jeder Stadt eine Engagement besorgen. In den deutschen Vereinen werdet ihr mit offenen Armen empfangen und ihr habt eine glänzende Karriere vor euch“, lockte der Fabrikant aus Südamerika. Die Mikos lehnten dankend ab und verwiesen auf ihr Studium und das angestrebte Examen. Leider lag das Hotel des besonderen Gastes im Westen der Stadt. Erneut wartete dieser ungewöhnliche ‚Mikos-Fan’ auf das Ende der Musik und ging mit Richard Richtung Gostenhof. Unter einer Laterne entnahm er seiner Brieftasche das Foto einer jüngeren Frau und sprach pathetisch: „Das ist meine Geliebte, mein größtes Glück auf dieser Welt. Wegen dieser herrlichen Dame werfe ich meine beiden Fabriken weg, wenn meine Frau in die Scheidung nicht einwilligt.“ Richard wusste weder Rat noch Tröstung, kam aber wieder extrem spät ins Bett. Die Geschichte der großen Liebe und die Einzelheiten der sexuellen Vorzüge der Geliebten des schon etwas angegrauten Mannes aus Argentinien wurden temperamentvoll erzählt, dauerten aber mindestens eine Stunde. Aufgewühlt vom Gehörten hatte Richard noch dazu deutliche Einschlafstörungen.
Auf sein Gejammer bei Helmut und Fritz erntete er nur Hohn und Spott: „Du nimmst hautnah am Leben reicher Menschen teil und beklagst dich auch noch über weniger Schlaf! Das nächste Mal wollen wir die schönen pornographischen Geschichten auch hören.“

Das zweite Angebot für eine fantastische Karriere als Musiker bezog sich auf Casablanca. Ein nach seiner Selbstbeschreibung reicher und einflussreicher Mann aus Marokko, der als Deutscher seit vielen Jahren dort lebte, wollte die „Drei Mikos“ für eine dortige Bar sofort engagieren. Er war sichtlich enttäuscht, dass die jungen Musiker diese einmalige Chance nicht wahrnahmen. Eineinhalb Jahre später, während der anstrengenden gemeinsamen Vorbereitungen aufs Examen, sagte immer mal einer von den Dreien: „Ach, wären wir doch nach Casablanca gegangen, dann müssten wir jetzt nicht so büffeln.“ Und der noch ohne weiblichen Anhang lebende Fritz seufzte: „Und in irgendeinen Harem hätten sie uns bestimmt mal eingeladen.“

Der Kontakt zu Norbert war zwar etwas schwächer geworden, es gab aber während der gesamten Studienzeit viele gemeinsame Versuche, gute Ergebnisse bei Zwischenprüfungen zu erzielen. Norberts Mutter freute sich über jeden Besuch Richards, weil sie wertvolle Unterstützung für ihren Sohn erhoffte. „Zu zweit schafft ihr doch alles viel leichter“, vermutete sie und fügte zur Freude Richards nicht selten hinzu: „Ich bringe euch auch gleich ein paar Stückchen Kuchen und einen guten Kaffee, wer sich geistig so anstrengen muss, braucht Gehirnnahrung.“ Die große Belastung artete manchmal in Geblödel aus, glücklicherweise merkte die besorgte Mutter Norberts nie etwas davon, weil sie alle Störungen der schwer Schaffenden sorgsam vermied.

Eine besondere Art der Unterbrechung der Lernenden ergab sich eines Nachmittags durch den früheren Zimmerherrn Thomas Brunner, der Norberts Mutter bei seinem Besuch nicht antraf. Der langjährige KZ-Insasse legte gleich los: „Mit einer Stimme Mehrheit, und zwar mit seiner eigenen, ist er Kanzler geworden. Und jetzt kümmert er sich einen Dreck um die Volksmeinung. Dafür versammelt er die alte Garde aus Industrie und Hochfinanz um sich, sogar Größen aus dem tausendjährigen Reich wie Abs und Pferdmenges sind seine engsten Berater. Adenauer ist doch nichts anderes als ein Kanzler der Alliierten, denen er die Wiederaufrüstung versprochen hat. Dafür gibt’s jetzt schon Ehrenerklärungen für die Wehrmacht, und immer mehr verurteilte Kriegsverbrecher werden entlassen. Der Hauptfeind ist plötzlich die Sowjetunion. Von den Nazis, deren Krieg 50 Millionen das Leben gekostet hat, wird bald niemand mehr reden. Künftig wird es bei uns so verrückt zugehen wie in Amerika, wo die McCarthy-Anhänger hinter jedem selbstständig Denkenden einen Kommunisten wittern und zur Hexenjagd aufgerufen haben.“

Norbert beschwichtigte: „So schlimm wird`s schon nicht werden, schließlich will Adenauer eine soziale Marktwirtschaft aufbauen, da können die Reichen nicht machen, was sie wollen.“
Richard merkte, dass er von den aktuellen politischen Problemen noch zu wenig verstand und nicht mitreden konnte. Er war deshalb froh, dass Thomas Brunner fragte: „Ihr studiert doch Wirtschafts- und Sozialwissenschaften, was wird denn bei diesem Studium besprochen?“ Norbert zählte auf: „Grundlagen des Finanzwesens, Allgemeine Volkswirtschaftslehre, Wirtschaftspolitik, Staatslehre, Verfassungsrecht und vieles andere.“

„Da müsst ihr ja Experten auch für Politik sein“, meinte der Besucher. Norbert wehrte ab: „Über Politik reden wir in den Vorlesungen überhaupt nicht, zu solchen Problemen, wie du sie genannt hast, sagt kein einziger Professor irgendetwas.“ Als Richard bestätigend mit dem Kopf nickte, wurde der sonst freundliche ehemalige Zimmerherr ziemlich ungemütlich: „Wirtschaft ist doch Politik, Eure feinen Professoren bleiben wohl lieber in ihren schönen Theoriegebäuden, als dass sie auf die heutige Praxis eingehen. Hat das nichts mit Wirtschaftspolitik zu tun, wenn die früheren Größen wieder Spitzenpositionen besetzen und 150000 Beamte aus der Nazizeit, darunter nicht nur Mitläufer, sondern auch Gestapoleute, SS-Führer und ehemalige Staatsanwälte an Sondergerichten entweder eine fette Pension einstecken oder wieder im Staatsdienst arbeiten? Und Globke, einer der Hauptverantwortlichen für den Massenmord, sitzt im Bundeskanzleramt und ist Leiter der Personalabteilung. Der sorgt schon für die richtigen, erfahrenen Fachleute aus seinem früheren Freundeskreis.“

Richard war froh, dass Norberts Mutter heimkam und damit das beunruhigende Gespräch beendete. Er nahm sich vor, seinen Großvater in Wöhrd bei nächster Gelegenheit zu fragen, ob er mehr über alte Nazis in wichtigen Positionen wusste.

Am nächsten Tag erzählte er Helmut und Fritz von den Angriffen auf Adenauer und dessen Freunde aus der Vergangenheit. Helmut winkte gleich ab, ihn interessierte das Thema überhaupt nicht: „Die Politik ist und bleibt ein schmutziges Geschäft“, sagte er nur. Fritz meinte: „In Bonn passieren schon eigenartige Dinge. Warum sich Adenauer mit solchen Leuten umgibt, weiß ich aber auch nicht. Einen Staat ohne Militär können sich diese Superdemokraten wohl gar nicht vorstellen. Und die Amis drücken beide Augen zu, wenn es um militärische und andere ehemalige ‚Experten' geht. Deshalb kommt die Wiederbewaffnung mit Sicherheit, außerdem ist es ein Riesengeschäft.“ Richard erwiderte: „Wir müssen uns

doch öfter den ‚Spiegel' kaufen, wo soll man denn sonst etwas über Hintergründe und unbequeme Wahrheiten erfahren?"
Das von vielen gehasste politische Wochenmagazin spielte in der Medienlandschaft der Bundesrepublik eine immer größere Rolle. Eines Tages fand Richard darin eine Bestätigung der Angriffe des ehemaligen KZ-Gefangenen, der lange bei Norbert gewohnt hatte, auf die Personalpolitik des ersten Bundeskanzlers: „Dr. Globke war damals - und blieb es bis zum Ende der Ära Adenauer - der mit Abstand einflussreichste und mächtigste Mann in Bonn nach dem Kanzler. ...Es ist nicht zuviel gesagt, wenn man feststellt, dass die Entwicklung der Bundesrepublik Deutschland entscheidend mitgeprägt wurde von diesem Mann, dessen Name unter Hunderten von Gesetzen und Verordnungen, Richtlinien und Kommentaren stand, mit deren Hilfe die furchtbarsten Verbrechen der deutschen Geschichte verübt, ja erst möglich wurden...".

Im gleichen Jahr der äußerst umstrittenen Ernennung eines der bedeutendsten Schreibtischtäter aus der Nazizeit zum Staatssekretär, im Jahr 1953, beschlossen Doris und Richard, sich zu verloben. Richard sagte eines Abends im April zu seinem Vater: „Jetzt musst du dir einen Smoking kaufen und die Noten für festliche Klaviermusik zusammenstellen, denn wir laden dich zu unserer Verlobung am 1. Mai nach Gut Moorenbrunn ein. Peter mochte solche Scherze und antwortete: „Wenn ich meine Frau auch mitbringen darf, komme ich gerne und sollte ein Klavier im Haus sein, biete ich ein einmaliges Konzert. Mein dunkler Anzug wird euren hohen Ansprüchen schon genügen." Mama freute sich auch über die Einladung, wollte aber gleich wissen, wann mit der Hochzeit zu rechnen sei. Richard antwortete: „Weil wir das nicht wissen, verloben wir uns einstweilen. Ich will zwar nächstes Jahr im Herbst ins Examen gehen, ob ich das aber wirklich am Ende von sechs Semestern schaffe, ist nicht so sicher. Außerdem brauche ich dann erst die passende Anstellung mit entsprechendem Gehalt. Das kann sich alles noch eine Weile hinziehen."

Am „Tag der Arbeit" zeigte sich das Wetter von seiner besten Seite und bot sommerliche Temperaturen. Die Besucher, u. a. Schwester Elisabeth mit Mann und Kind, Tante Frieda und der Opa aus Gräfenberg, Bruder Heinz und natürlich Mama und Peter, mussten unter der ungewöhnlichen Hitze ziemlich leiden, bis sie mit den öffentlichen Verkehrsmitteln den Familientreff in Moorenbrunn erreichten. Es wurde dann aber eine sehr gelungene Verlobungsfeier, Doris und ihre Eltern sorgten mit allerlei Schmankerln für das leibliche Wohl der Gäste, Peter glänzte als Alleinunterhalter auf dem Klavier, das er zu seiner Freude im Wohnzimmer vorfand, und spätestens nach einem Glas Wein sang die gesamte Verlobungsgesellschaft altvertraute Weisen aus dem deutschen Liedgut und den populärsten Operetten. Vor dem Abendessen fand noch eine Führung durch das Gut statt, Richards künftiger Schwiegervater bewies dabei imponierenden Sachverstand über Landwirtschaft und Viehzucht.

Heinz unterhielt sich viel mit Horst, dem 15-jährigen Bruder von Doris. Die beiden schienen sich gut zu verstehen, später sollten sie einige gemeinsame Radtouren unternehmen - davon eine bis nach Venedig, von der sie halbverhungert zurückkehrten. Auch Richard fand an diesem Nachmittag in Horst einen interessierten Zuhörer, vor allem, als er ihm von seinen früheren Versuchen als Kunstspringer bei den „46ern“ erzählte, die er aus Zeitmangel nicht fortführen konnte. Er vergaß dabei auch nicht, ganz nebenbei zu erwähnen, dass er gerne vom 10-Meter-Turm im Stadionbad springe. „Bei diesen Kopfsprüngen muss man schon aufpassen, einen ‚Bauchplatscher' kann man sich dabei nicht erlauben“, betonte Richard. Zur Freude Richards bestätigte Heinz: „Das schaut ganz toll aus, vielleicht gehst du mal mit ins Stadionbad.“

Bei dieser Unterhaltung schlug Richard seinem acht Jahre jüngeren Gesprächspartner auch vor, er solle doch irgendeine körperliche Aktivität praktizieren, z. B. Holzhacken, damit er sportlich durchtrainiert, muskulös und insgesamt körperlich leistungsstark werde. Richard erzielte wohl mit keiner anderen Empfehlung in seinem Leben einen derart durchschlagenden Erfolg wie mit diesem Vorschlag. Horst begann schon am nächsten Tag mit dem täglichen Holzhacken, zum Erstaunen seiner Eltern nahm er sein körperliches Training so ernst, dass er nie darauf verzichtete. Holzhacken war nur der Einstieg. Horst entwickelte sein individuelles Trainingsprogramm und baute es immer weiter aus. Er hielt diese anstrengenden Aktivitäten während der gesamten Schulzeit, in allen Studienjahren und auch im jahrzehntelangen Berufsleben als Jurist konsequent durch. Hätte Richard an seinem Verlobungstag gewusst, welche Wirkung seine leicht hingesprochene Empfehlung für seinen späteren Schwager ein Leben lang haben sollte, vielleicht wäre er etwas vorsichtiger mit seinem Rat zur Körperertüchtigung umgegangen. Andererseits konnte Richard auch mit Genugtuung beobachten, dass er zum Auslöser für eine sportliche Leistungsfähigkeit wurde, die es eines Tages noch dem 65-jährigen Richter am Bayerischen Oberlandesgericht gestatten würde, mit seinem Mountainbike schwierige Bergstrecken in Südtirol zu befahren. Allein schon deshalb hatte sich die Verlobungsfeier gelohnt.

Doris und Richard waren aus anderen Gründen mit der Festlichkeit zufrieden. Ihrem geplanten einwöchigen Urlaub am Wörther See in Kärnten stand nun nichts mehr im Wege. Maria, eine Geschäftskollegin von Doris, und deren Freund Werner, Werkzeugmacher bei Diehl, waren mit von der Partie. Alle freuten sich auf die kleine Familienpension oberhalb des Wörther Sees, etwa vierzig Minuten von Velden entfernt. Mit der Bahn fuhren sie zum Zielort, anschließend mit einem uralten Taxi zum alten Bauernhaus. Der eigene Badesteg lag nur 15 Minuten entfernt am See, ein kleines Bootshaus gehörte auch dazu. Der Weg war zweimal am Tag zu bewältigen. Aber Ab- und Aufstiege über grüne Wiesenflächen mit Blick zum berühmtesten Kärntner Badesee und zu den Karawanken wurden als herrliches Spazieren empfunden. Weil die Villa Potutschnig etwas abseits lag, kostete die Vollpension pro Person und Tag genau 35 Schilling, umgerechnet 5,- DM.

Die vier Urlauber aus Nürnberg waren die einzigen Gäste Anfang Juni, die Wirtin kochte mittags und abends solche Mengen an schmackhaften Gerichten, als wären mindestens doppelt so viel Gäste zu versorgen. Obwohl Schwimmen und Laufen hungrig machten, waren die Portionen, bestehend aus viel Fleisch, Knödel, ‚Kasnockerln' Mehlspeisen und anderen Leckerbissen aus der Kärntner Küche, selbst mit bestem Willen unmöglich zu schaffen. Zum Glück saß immer ein mittelgroßer, freundlicher grauer Allerweltshund als Zuschauer am Tisch. Er erfüllte eine wichtige Hilfsfunktion für die überforderten Nürnberger Normalesser: Knödelhälften, ganze Pfannkuchen, halbe Schnitzel und gebratene Würste verschwanden mit einem „Happ" in seinem Schlund. Der liebenswerte Haushund genoss die Urlaubswoche, als wäre er auf Verlobungsreise und müsste noch lange von den Köstlichkeiten zehren. Wenn sogar die Fresskraft des Tieres erlahmte, blieb nur noch das Einpacken der Reste übrig, dann kamen die Fische im See zu Sonderzuteilungen. Einmal blieb eine große Menge Tomatensoße übrig, die ausgerechnet dann den blauen See rötlich färbte, als der Sohn überraschend zum Badesteg kam. Glücklicherweise sorgte die Reinigungskraft des klaren Wassers mit angeblicher Trinkwasserqualität in kurzer Zeit dafür, dass die Spuren rasch verschwanden. Ein kleines Risiko musste man schon eingehen, um die Wirtsleute nicht zu enttäuschen!

Der tägliche Badebetrieb machte viel Spaß, zumal die Wassertemperaturen schon über 20 Grad lagen. Der alte Kahn im Bootshaus stand zwar zur freien Verfügung, konnte aber nur noch bei risikofreudiger Doppelbesatzung verwendet werden: Einer musste mit aller Kraft rudern, der andere mittels eines kleinen Eimers mit hoher Geschwindigkeit Wasser schöpfen. Bei einem Überquerungsversuch hatten Richard und Werner beinahe das andere Ufer erreicht, leider lief der Kahn kurz vorher voll. Die beiden benötigten lange Zeit, um ihr umgekipptes Boot schwimmend und stoßend wieder an den heimischen Steg zurückzubringen. Dabei wollte sie ein Ausflugsschiff aus vermeintlicher Seenot retten, sie mussten überzeugend abwinken und laut dazu lachen und Sorglosigkeit mimen, sonst hätte der Kapitän beigedreht. Die beiden Frauen schimpften, weil sie große Angst um ihre Wasserhelden ausgestanden hatten.

Die Zeit verging wie im Flug. Wegen des günstigen Pensionspreises gestattete die Reisekasse auch noch einen Busausflug zum Großglockner und ein nachmittägliches Tanzvergnügen im Schloss Velden auf der wunderbaren Seeterrasse. Leider wurde diese romantische, einmalige Tanzidylle Jahre später zerstört, weil ein Playboy namens Gunther Sachs das Schloss kaufte und in ein Luxushotel umwandelte.

Ein anderes Vergnügen ist dagegen immer in Velden erhalten geblieben: der Wasserskilauf. Seit Werner gesehen hatte, dass um 5,- DM eine Runde versucht werden konnte, hatte er keine Ruhe mehr. „Das wäre doch gelacht, das muss ich doch hinkriegen. So schwierig schaut das gar nicht aus." Der große Nachmittag kam. Im Zentrum von Velden, direkt bei den Parkbänken am Bootshafen, entledigte sich Werner bis auf die Badehose der Kleidung und bezahlte beim Bootsführer seine 5 DM. Er hatte drei Startversuche, dann hieß es aufgeben. Nach einer kurzen Erklärung durch den Eigentümer des Motorboots wurden die ungewohnten Skier angezogen und der Bügel des Zugseils fest in die Hand genommen. Richard stand mit dem Foto bereit, Doris, Maria und eine Schar fremder Zuschauer blickten gespannt auf den ersten Versuch. Das Motorboot startete zügig, das Seil straffte sich, Werner stand zwei Meter, dann wurde er im Wasser liegend noch ein Stück mitgezogen. Abbruch, typischer Fall von Fehlstart. Zweiter Versuch! Diesmal stand Werner mindestens fünf Meter, wenn auch halb im Wasser, dann bot er das gleiche Bild wie vorher. Der Bootsmann kehrte zum dritten Versuch zurück. „Sie müssen früher aufstehen und sich mit ausgestreckten Armen ziehen lassen", meinte er. Werners Gesicht entsprach nicht mehr dem eines fröhlichen Urlaubers. Diesmal stand er früher auf. Leider zu früh. Richard fiel angesichts der Misere die Parodie auf das Gedicht von Friedrich Schillers „Taucher" ein: „Gluck, gluck, weg war er." „Aber schön war es doch", sagte Werner als wieder angezogener Normaltourist. „Das schaffe ich bestimmt noch, den Trick bringe ich irgendwann heraus", fügte er hinzu. Die drei anderen bewunderten gebührend seinen Mut, Doris tröstete: „Das ist bestimmt nur Übungssache, das können andere beim ersten Mal auch nicht.“

Der Urlaub am Wörther See blieb allen lebenslang in Erinnerung. Besonders Doris und Richard kamen in späteren Jahren noch oft zurück, um - wenn auch zu viel höheren Preisen - die besondere Atmosphäre des Sees zu genießen.

Zu Hause war alle Urlaubsstimmung schnell verschwunden. Durch die Ereignisse am 17. Juni 1953 wurde schlagartig aus dem kalten Krieg die Gefahr einer weltweiten Kriegskatastrophe. Nicht nur Richard empfand zum ersten Male nach dem verheerenden zweiten Weltkrieg Angst vor dem Untergang, viele seiner Freunde, aber auch angesehene Schriftsteller und Politiker, meinten ebenfalls, es könne sich aus dem Konflikt ein dritter Weltkrieg entwickeln. Was in der DDR wirklich geschah, darüber streiten je nach politischem Lager die Menschen in Deutschland bis heute. Für die einen war es nur Arbeiterprotest aufgrund berechtigter Unzufriedenheit mit realen Lohnkürzungen, die anderen verwendeten den Begriff „Arbeiteraufstand“, manche sprachen von „Volksaufstand“, „Freiheitskampf“ und sogar von „Revolution“. Richard glaubte damals weder an einen einfachen Protest und Streik der Bauarbeiter wegen der Normerhöhungen, noch an einen von außen gesteuerten Umsturzversuch durch westliche Agenten im Auftrag des amerikanischen Außenministers Dulles. Ihn störte aber auch die Hochstilisierung des Arbeiteraufstands zu einer Art Neuauflage der Französischen Revolution mit dem Versuch der Abschaffung der DDR. Die meisten Freunde teilten seine Meinung und vermuteten wie er, dass die anfänglichen Proteste, Streiks und Aufmärsche eine Eigendynamik entwickelt hatten, die tatsächlich die DDR an den Rand des Zusammenbruchs trieb.

Richards Mutter hatte wieder einmal den besten Kontakt zur Meinung des einfachen Volkes: „Beim Metzger sagen alle Leute, hoffentlich gibt`s keinen Krieg. Der Herr Baumgärtner, ein ruhiger Mann, der bei der Stadt beschäftigt ist, hat sich laut über die Kriegstreiber aufgeregt. Fast alle haben die armen Leute da drüben bedauert und auf die Russen geschimpft. Die meisten vermuten, dass sich die DDR nicht mehr lange halten wird. Frau Schweiger hat aber gemeint, die Russen geben nie mehr her, was sie einmal haben. Daran ändert auch der Tod von Stalin nichts.“

Karl schrieb ein paar Tage später aus Chicago, dass er sich Sorgen wegen des Aufstandes in der DDR mache. Bei ihm sei beruflich alles in Ordnung und Marianne könne jetzt sofort kommen. Peter sagte zu Marianne: „In

Chicago ist es bestimmt viel sicherer als bei uns. Ganz Europa würde bei einem Atomkrieg zerstört. Hoffentlich kommt es nie so weit."

Kurz darauf flog Marianne in die Neue Welt, schon wenig später wurde geheiratet. Zum Abschied hatte sie versprochen „Wir kommen schon in wenigen Jahren zu Besuch. Das hat auch Karl in seinen Briefen an mich immer geschrieben." Der Abschied fiel allen schwer. Nur Elisabeth nahm die Abreise der künftigen Schwägerin sehr gelassen und sagte: „Vielleicht kommen wir auch bald nach. Wenn Hedis Onkel für uns ebenfalls eine Bürgschaft abgibt, sehen wir uns schon nächstes Jahr in Amerika." Der vierzehnjährige Heinz bemerkte die Wirkung dieser Ankündigung auf seine Mutter und tröstete sie: „Richard und ich bleiben auf jeden Fall hier, ein paar müssen schließlich die Stellung halten."

Eine allmähliche Verbesserung der Lebensbedingungen bemerkte man auch in der Familie Löbner. Heinz erzählte Richard, was er seinen Freunden über den Beruf seines Vaters vorschwindelt: „Früher hat mein Vater vorwiegend als Pianist gearbeitet und sich intensiv mit den Problemen der Radiotechnik befasst. Jetzt ist er in die Hubschrauberproduktion eingestiegen und meine Mutter hilft ihm dabei." Er hatte die Lacher auf seiner Seite, wenn er die Wahrheit über die neue Heimarbeit schilderte. Mama und Peter fertigten jeden Tag Dutzende von kleinen, farbigen Blechhubschraubern und brachten es bei entsprechendem Fleiß zu einem höheren Einkommen als bei all den früheren Heimarbeits-Produkten. Eine Überlebenschance hätten sie auch mit der neuen Arbeit nicht gehabt, dazu war die Entlohnung trotz manchmal 10-stündiger Beschäftigung immer noch viel zu niedrig. Von 70 - 80 DM im Monat konnte niemand leben. Aber alle verdienenden Kinder, auch die jetzt in Amerika lebten, zahlten in die Haushaltskasse ein.

Einen nicht unbedeutenden Anteil konnte Richard zum kleinen Wirtschaftswunder in der Zickstraße beisteuern. Die „Drei Mikos" stiegen rund eineinhalb Jahre vor dem geplanten Schlussexamen in die Oberliga der Barmusiker auf. Sie erhielten zuerst ein Engagement in der Rigoletto Bar, später schafften sie auch noch den Sprung in die Carlton Bar. Für Kenner gehörten beide Etablissements zum Feinsten, Besseres wurde nicht geboten. Jetzt wurde ihr ständiges wöchentliches Üben und Einstudieren neuer Musikstücke belohnt, Helmut stellte nüchtern fest: „Das hätten wir nie geschafft, wenn wir musikalisch stehen geblieben wären. Mit 1,50 DM in der Stunde haben wir angefangen, mit 2 – 3 DM ging es weiter, jetzt sind wir schon bei 5 – 6 DM, wenn man die Trinkgelder dazu rechnet." Richard beurteilte es genauso, wobei der Hauptanteil des Erfolgs ohne jeden Zweifel beim Akkordeonisten lag. Aber auch Fritz hatte erstaunliche Fortschritte erzielt und es zum ausgezeichneten Gitarristen gebracht. Richard war damit zufrieden, dass er als Bassist mithalten konnte und alle vollkommen gleichberechtigt waren. Außerdem übte er ja die wichtige Funktion des Programmgestalters aus. Die allabendliche Ansage „Es spielen für Sie die Drei Mikos“ und sonstigen Bekanntgaben hatten die beiden anderen ihm wohl aus Bequemlichkeit zugeschoben.

Die Arbeit in der vornehm eingerichteten Rigoletto - Nachtbar war gewöhnungsbedürftig. Wenn die drei Musiker um 21 Uhr zu spielen begannen, befanden sich meist außer den beiden Bardamen und dem gut gekleideten Ober noch keine Zuhörer im Raum. Fritz meinte: „Dann spielen wir eben für uns, die ‚Capri-Fischer' und ‚La Paloma' heben wir für die feinen Leute auf. Eine Übung, die auch noch gut bezahlt wird, schadet nie.“ Manchmal kamen auch in den nächsten Stunden wenig Besucher. Die Musiker begriffen aber schnell, dass es nicht auf die Zahl, sondern auf die Qualität der Anwesenden ankam. Einmal saßen insgesamt 6 Personen im Raum, davon zwei an der Bar, und der Ober grinste und flüsterte: „Legt eure besten Sachen auf, heute passt`s mal wieder.“ Der Umsatz schien zu stimmen. Die ausgabefreudigen Herren verhielten sich auch den Musikern gegenüber sehr großzügig. Einfache Wunscherfüllungen, z. B. „Ich tanze mit dir in den Himmel hinein“, wurden sofort mit Trinkgeld honoriert. Manche spendierten auch eine Runde Cognac oder Whisky. Dazu gab es mit dem Ober und den Bardamen eine günstige Vereinbarung: Die Gläser wurden mit billigstem alkoholfreiem Ersatzgetränk gefüllt, damit sich die Musiker durch Zuprosten auch ordnungsgemäß bedanken konnten. Der Preis für das teure alkoholische Getränk wurde nach Dienstende bar als Trinkgeld ausbezahlt. Der Ober meinte einmal spöttisch: „Die Geschäftsleitung will eben verhindern, dass die Qualität der Musik durch die Besoffenheit der Musiker leidet.“ Diese zynische Bemerkung hatte zweifellos einen richtigen Kern. Denn die Trinkfestigkeit der Mikos war im Vergleich zu der des durchtrainierten Obers vollkommen unterentwickelt. Richard beobachtete oft, dass der Ober nicht nur an guten Tagen stundenlang teuren Sekt verkaufte, er sah wie der flotte Bediener dieses Edelgetränk häufig selbst genoss. Aus welchen Flaschen der Sekt für die abendliche Versorgung des Obers stammte, das wollten die Mikos gar nicht so genau wissen. Sie wunderten sich manchmal nur, wie schnell die Leute bei fortgeschrittener Stimmung ihre Gläser leer hatten und Nachschub benötigten.

Ein besonderer Gast tauchte eines Tages zu später Stunde in der Bar auf. Der Professor für Privatrecht Bleicher erkannte seine Studenten nicht, er hätte sicherlich auch nicht vermutet, dass das Bartrio in der Rigoletto-Bar in den Vormittagsstunden seinen Vorlesungen lauschte. Nach einer halben Stunde bestellte er sein Lieblingslied „Ramona" und die Mikos erfüllten mit besonders viel musikalischem Gefühl offensichtlich zur Zufriedenheit des Überraschungsgastes diesen Wunsch. Glücklicherweise verhielten sie sich richtig und gaben sich nie als Studenten der Wirtschaftswissenschaften zu erkennen, die einen ihrer wichtigsten Dozenten erkannten. Denn sie waren gewarnt: Es war allgemein unter den Studenten eine lustige Begegnung des Rechtsprofessors mit einem Studenten in einem öffentlichen Pissoir bekannt. Der verlegene Student wollte alles richtig machen und grüßte sehr ehrerbietig mit „Guten Tag, Herr Professor Bleicher". Die ernüchternde Antwort des so freundlich Gegrüßten war kurz und scharf: „Zu mir brauchen Sie nie mehr in eine Prüfung zu kommen."

Als einige Tage später der Professor für Rechtswissenschaften wieder gegen Mitternacht in der Bar auftauchte, spielten die Musiker unverzüglich seine Lieblingsmelodie „Ramona". Er freute sich sichtlich und bedankte sich herzlich. Seine gute Laune führte dazu, dass er sie fragte, wie lange sie schon in der Bar spielten. Schließlich gestanden sie sogar, dass sie im vierten Semester studierten und von seinen Vorlesungen begeistert seien. Wider Erwarten reagierte er sehr gnädig und meinte: „Dann können Sie ja auch bei meiner Seminarabschlussfeier spielen, regeln Sie die Einzelheiten doch mit meinem Assistenten." So geschah das auch, und die „Drei Mikos" sorgten ein paar Wochen später für die musikalische Gestaltung des Abschlussfests beim gefürchteten Professor. „Ramona" spielten sie bei dieser studentischen Festlichkeit mindestens dreimal, und alle waren zufrieden.

Nicht nur die Mikos benötigten nach Dienstschluss um zwei Uhr oder auch drei Uhr noch ein Getränk in einer gemütlichen Atmosphäre. Beides war in der „Wacht am Rhein" zu haben, jahrelang d e r Treffpunkt für Bedienungspersonal, Bardamen, wahrscheinlich auch Prostituierte und Musiker. Trotz Müdigkeit und weniger Stunden bis zum Aufstehen, auf die Stunde zum Abschalten wollte man nicht verzichten. Manche Ober gingen lieber zum Stehausschank am Bahnhof und fanden dort ihre gewohnte Plauderrunde. Als eines Abends die Mikos pünktlich um 20.45 Uhr ihre Instrumente auspackten, fehlte der sonst noch ein paar Minuten früher ankommende Ober. Fünf Minuten vor dem offiziellen Beginn war er aber zur Stelle. Richard hatte den Eindruck, er sah anders als sonst aus. Deshalb fragte er: „Es ist doch alles in Ordnung?" Der Ober brummte mürrisch: „Was soll schon sein, ich bin nur hängen geblieben." Erst allmählich wurde deutlich, was dies bedeutete. Er war seit letzter Nacht um 3 Uhr am Stehausschank im Bahnhof gestanden und hatte ein „Bierchen" nach dem anderen in fröhlicher Runde zu sich genommen. Die Mikos staunten über die Nehmerqualitäten des tadellosen Kellners. Obwohl diesmal reger Betrieb herrschte und deshalb viel zu tun war, bemerkte niemand, wie lange der Mann im schwarzen Frack schon auf den Beinen stand. Fritz meinte: „Das macht ihm so leicht keiner nach, hoffentlich macht er morgen früh nicht weiter!"

In der Rigoletto-Bar stellte sich endgültig heraus, dass die Mikos es nie zu richtigen Musikern bringen würden. Es fehlten einfach die Voraussetzungen, um den notwendigen „Stallgeruch" zu erwerben. Die paar Zigaretten, die sie rauchten, und die kleinen Biere nebst Whisky, die sie tranken, all das reichte nicht für standesgemäßes Verhalten. Sie beherrschten auch nicht annähernd so gelungen „Smalltalk" wie „echte" Berufsmusiker. Trotzdem fühlten sie sich einigermaßen wohl, obwohl Richard manchmal empfand, dass diese Form des Musizierens in der Nachtbar mit Spaß und Vergnügen nur noch phasenweise zu tun hatte.

Auch in der Beurteilung der Gäste täuschten sich die unerfahrenen Studenten-Musiker anfangs erheblich. Wenn sie vornehm gekleidete Herren im tadellosen Abendanzug für hochrangige Geldausgeber hielten, schmunzelte der abgebrühte Ober nur. Sein Urteil schien sich an anderen Kriterien zu orientieren. Die Mikos konnten offensichtlich den Wert von „Klamotten" nicht beurteilen, denn was sie als einfach und billig beurteilten, löste beim Ober tiefe Verbeugungen und Vorzugsbehandlung aus. Während Richard primitives Schuhwerk und abgenutzte Kleidung registrierte, verbunden mit lässigem Auftreten und lockerem Umgang, erkannten Barfrauen und Ober sofort: Der Mann hat Geld. Das Prinzip „mehr Schein als Sein" befolgten offensichtlich nur die Nachahmer, die mit den großen Scheinen in der Tasche hatten es nicht nötig, besonders vornehm zu erscheinen. Fritz meinte: „Auch das sinnlose Geldausgeben will offenbar von klein auf gelernt sein. Die Imitatoren haben`s schon schwer im Nachtleben."

Großes Mitleid hatten die „Werkstudenten der besonderen Art" weder mit dem Original noch mit der billigeren Ausgabe. Bei den Bardamen kamen beide nicht ans Ziel, obwohl viel Sekt spendiert wurde. Helmut erzählte den beiden anderen von seinen Beobachtungen: „Viele wollen mit ihren Abendbekanntschaften den Rest der Nacht verbringen. Die denken aber trotz aller Sympathiebezeugung gegenüber dem geschätzten Gast nicht im Traum daran, den Wünschen der spendablen Kundschaft nachzukommen. Beide Bardamen haben feste Freunde, der eine davon kommt jede Nacht zum Abholen mit einem schweren Motorrad."

Es fiel schon schwer, am nächsten Vormittag in eine Vorlesung zum Thema: „Die Bedeutung der Liquidität für mittelständische Betriebe" zu gehen. Die studentischen Musiker gehörten mittlerweile schon zu den erfahrenen Semestern und wussten, worauf man verzichten konnte. Außerdem hatten sie längst erkannt, dass es nicht nur eine verlässliche wissenschaftliche Erkenntnis, z.B. in Betriebswirtschafts- und Volkswirtschaftslehre, gab. Es kam eben auf die Zahl der Experten an. In der Nationalökonomie konkurrierten gleich drei Dozenten um allgemeingültige Aussagen. Jeder schwor auf die Richtigkeit seiner Theorie, über die er auch ein dickes Lehrbuch verfasst hatte. Über seine Kollegen äußerte er sich so, dass sich selbst jeder Anfänger darüber im Klaren war, wie bedeutungslos die Ansätze der Konkurrenz waren. Allerdings hatten die meisten Lehrstuhlinhaber im Laufe der Zeit beachtliches methodisches Geschick entwickelt, die Herabsetzung ihrer Kollegen so feinsinnig zu formulieren, dass es manchmal wie Lob und Anerkennung klang.

Die Mikos hatten vereinbart, bis zur heißen Phase der Vorbereitung im letzten Semester dreimal „S" zu beachten: Sichten, Sammeln, Speichern. Bei den von Mitstudenten zum Verkauf angebotenen Skripten gab es viel Unbrauchbares, beim Sammeln des interessanten Materials konnte man eine gewisse Arbeitsteilung praktizieren. Und für das Aufbewahren und Einordnen in die einzelnen Problemgebiete war Helmut bestens geeignet. Er hatte schließlich auch seine Notensammlungen optimal registriert. Richard ließ an seinen Schätzen auch Norbert teilhaben, umgekehrt verhielt es sich genauso. Die meisten studentischen Freunde waren nicht egoistisch und tauschten gegenseitig Materialien aus. Auch Uli bot seine Schätze an. Er besaß Bücher und Skripten von fremden Wissenschaftlern, die niemand kannte. Seine Argumente waren kurz und bündig: „Wer das nicht hat, stößt nicht zum Kern des Problems vor." Fritz hielt dagegen: „Wer die hiesigen Leute nicht kennt, braucht gar nicht erst in die Prüfung zu gehen."

Zum näheren Freundeskreis gehörte auch bald eine Kollegin, zu der Uli eine engere Beziehung eingegangen war. Renate hieß die selbstbewusste, voll im Studienbetrieb integrierte Studentin, die Jung und Alt bekannt war und beachtliches Ansehen genoss. Ihrer Kommunikationsfähigkeit verdankte sie es, dass sie mit einigen Professoren viel mehr Kontakt hatte als die meisten Studierenden. Bald sah man Uli und Renate häufig gemeinsam an Vorlesungen und Seminaren teilnehmen. Eine Besonderheit war nicht zu übersehen: Zuneigung und scharfe Auseinandersetzungen gehörten offensichtlich zu ihrer Alltagsbeziehung. Ein Kommilitone aus Würzburg sagte einmal: „Da fliegen eben jetzt schon die Fetzen, damit sie später ihre Ruhe haben." Trotz aller Streitereien passte Uli auf, dass seiner Auserwählten niemand zu nahe trat. Bei einer Seminarfeier am Semesterende rückte der Rektor, ein älterer gemütlicher Professor, in Weinlaune nach Meinung Ulis zu eng an seine Freundin heran und redete dazu noch dummes Zeug. Daraufhin drohte der eifersüchtige Student „seiner Magnifizenz" ein paar tüchtige Watsch`n an. Am nächsten Morgen löste sich alles in Wohlgefallen auf, weil sich „seine Magnifizenz" beim Freund der Studentin höflich für sein Verhalten entschuldigte.

Eine immer größere Rolle spielten die Repetitoren. Sie lebten von der Unübersichtlichkeit des Studiums und der Unfähigkeit der Dozenten, die Studieninhalte so aufzubereiten, dass sie verstanden werden konnten. Gegen entsprechende Bezahlung nahmen die meisten Studierenden in den letzten Semestern an solchen „Nachhilfekursen" teil, und viele ältere Semester behaupteten, ohne diese Prüfungsvorbereitungen durch geschäftstüchtige Assistenten, nebenamtliche Dozenten und sonstiges Lehrpersonal hätte man keine Chancen, einen Abschluss zu schaffen. Fritz hatte sich einen solchen Kurs probeweise in Volkswirtschaftslehre angesehen und berichtete seinen Freunden: „Irgendwie ist das schon komisch. Da steht ein junger Mann am Eingang eines Seminarraums und lässt nur den herein, der ihm die zwei DM Kursgebühr in die geöffnete Hand legt. Innerhalb von zwei Stunden behandelt er verblüffend konzentriert Stoffmengen, für die ein Professor ein halbes Semester braucht. Dazu schildert er noch die Lehrmeinung der verschieden Professoren zu diesen Themen, so dass man einen tollen Überblick erhält. Am wichtigsten sind aber die Tipps für die Prüfung, der Durchblicker kennt alle Fragen aus den letzten fünf Jahren. Sein Gedächtnis muss phänomenal sein, entsprechend arrogant tritt er auch auf. Ich glaube, im nächsten Semester müssen wir in den sauren Apfel beißen und dieses Training mitmachen."

Im September 1953 fanden Bundestagswahlen statt. Anfänge des „Wirtschaftswunders" und die Kalte-Kriegs-Atmosphäre schafften günstige Voraussetzungen für Konrad Adenauer. Richard staunte über die raffinierten Wahlslogans der CDU, wie z. B „Alle Wege des Marxismus führen nach Moskau. Darum CDU." Auch die FDP spielte die Angstkarte aus „Wo Ollenhauer pflügt, sät Moskau! Darum wählt FDP." Die SPD hatte als Trumpf viel weniger zu bieten: „Alle Millionäre wählen CDU-FDP. Alle übrigen Millionen Deutsche die SPD." Adenauer schaffte die absolute Mehrheit, der „alte Indianer", wie ihn Heinz nannte, konnte seine Hauptziele Westintegration und Wiederbewaffnung durchsetzen und den „rheinischen Kapitalismus", werbewirksamer „Soziale Marktwirtschaft" genannt, für lange Zeit installieren. Wenn damals jemand gesagt hätte, eines Tages werden nicht die Linken dieses mit dem Namen Ludwig Erhard eng verbundene Erfolgsmodell kippen, sondern die Neoliberalen in allen Parteien den Sozialstaat bis zur Unkenntlichkeit „reformieren", so dass selbst ein Sozi namens Helmut Schmidt verächtlich vom „Haifischkapitalismus" sprechen würde, ein Hohngelächter wäre ihm sicher gewesen.

Einem anderen alten Mann, zu dem Richard eine ganz besondere Beziehung hatte, war es nicht mehr lange vergönnt, den Weg der Bundesrepublik kritisch zu begleiten und auch manchmal wütend zu kommentieren. Am 18. November 1953 starb überraschend der Großvater in Wöhrd. Zwei Tage nach seiner Einlieferung ins Krankenhaus wurde seiner Frau der Tod - Ursache Darmverschluss - mitgeteilt. Als er die Treppen vom vierten Stock zum Sanitätsauto hinabging - er weigerte sich strikt, sich tragen zu lassen - sagte er zu seiner Babette: „Ich glaube, das ist das Ende. Ich komme nicht mehr zurück." Nach seinem Tode zeigte sich deutlicher als je zuvor, wie gerne ihn alle mochten, trotz seiner raubeinigen Späße, vor denen sich Richard als Kind manchmal gefürchtet hatte. In der Nacht nach dem Tode des Großvaters konnte Richard bis in die Morgenstunden nicht schlafen, weil er traurig war und ihm so viel einfiel, z. B wie seine Großmutter, genannt Olle, drei Knödel an einem Sonntagmittag verdrückte, obwohl sie vorher behauptet hatte, vollkommen satt zu sein. Er erinnerte sich an den Spaziergang mit dem Großvater durch das vollkommen zerstörte Wöhrd nach seiner Rückkehr aus der Kinderland-Verschickung und er dachte daran, wie oft der stolze Arbeiter und Sozi auf den „Maulaffen" Hitler geschimpft hatte, so dass alle befürchteten, er werde eines Tages im KZ landen oder gleich von den Nazis umgebracht. Richard vergaß einen Moment allen Kummer, als er sich vorstellte, was der Großvater zu seinem plötzlichen Lebensende sagen würde: „Einem Großkopferten wäre das nicht passiert. Wegen eines saudummen Darmverschlusses hätten sie den bestimmt nicht abkratzen lassen. Aber auf die kleinen Leute kommt es ja nicht an."

Peters Fähigkeiten, seiner Frau Leni Trost zu spenden, hielten sich schon immer in Grenzen. Richard hörte ihn beim Frühstück sagen: „Er war eben doch schon 72 Jahre. Ein Glück, dass er nicht lange leiden musste. Deine

Mutter hat ja Gott sei Dank ihre Tochter im Haus, dadurch ist sie nie alleine.“ Dann stellte er eine scheinbar harmlose Frage, die seine Frau wütend reagieren ließ: „Ob du wohl in Zukunft auch noch jeden Montag in die Sulzbacher Straße fahren wirst, vielleicht kommt deine Mutter jetzt lieber zu uns?“ „Das täte dir so passen“, empörte sich Richards Mutter, „die paar freien Stunden in der Woche sind dir ja von Anfang an ein Dorn im Auge. Und das alles nur, damit du nicht für ein paar Stunden allein Radiohören musst. Es bleibt alles so, wie es ist. Das habe ich mit meiner Schwester und meiner Mutter schon ausgemacht.“

Es änderte sich tatsächlich nichts am Wochenverlauf. Peter musste am Montag weiterhin allein mit Klavier und Radio auskommen, erst gegen 13 Uhr wurde der Ungeduldige erlöst. Spätestens ab 12 Uhr stand er am Fenster, oder er öffnete die Wohnungstür, um die Rückkehr seiner Leni so früh wie möglich zu bemerken.

Das Weihnachtsfest wurde nicht nur vom Tod des Großvaters überschattet, Richards Mutter wusste seit einigen Wochen, dass auch Tochter und Schwiegersohn mit dem Enkelkind im Frühjahr nach Amerika auswandern würden. Richard und Heinz hatten schon öfter darüber gerätselt, weshalb der fremde „Onkel aus Amerika“ so viele Bürgschaften stellte und dadurch die halbe Familie Löbner in die USA lockte. Sie konnten die Frage nie eindeutig beantworten, die Brüder in Chicago hatten nur einmal angedeutet, dass ihr Gönner sich davon einen größeren Freundeskreis und damit mehr Unterhaltung versprach. Auch diesmal kamen noch die Kosten der Überfahrt hinzu, Elisabeth und Otto mussten nur versprechen, alles bis zum Jahresende 1954 zurückzuzahlen.

Der kleine Bernhard freute sich schon auf das Meer, die neue Welt und die Indianer. Zu Doris sagte er, als sie zum grünen Kleid einen breiten Ledergürtel trug: „Und einen Gürtel hat sie, wie ein Indianer.“ Richard hatte im Sommer mit dem ungewöhnlich vertrauensvollen und verblüffend mutigen Kind viel Spaß gehabt. Wenn er im Stadionbad zu ihm sagte: „Jetzt setzt du dich auf meinen Rücken und wir schwimmen ein bisschen im tiefen Wasser“, folgte der Kleine dieser Anordnung ohne eine Sekunde zu zögern und jauchzte vor Vergnügen über den Ausflug außerhalb des Planschbeckens. Das gleiche Verfahren wandte Richard auch in der Donau in Regensburg an. Der Neffe schwamm mit ihm ein paar hundert Meter im Fluss, dazwischen sagte Richard: „Das ist ein Vergnügen, du hast bestimmt keine Angst, sonst schwimme ich gleich ans Ufer.“ Elisabeth und Otto hatten viel größere Sorgen beim Zuschauen als ihr mutiges Kind, das sich lachend an den Hals seines Onkels klammerte und sich um die Wassertiefe nicht im Geringsten kümmerte. Als Belohnung erstellte Richard ein Zeugnis, worin zu lesen stand: „Bernhard erhält hiermit höchstes Lob und größte Anerkennung für Mut und Tapferkeit beim Schwimmen in der Donau." Die Urkunde landete mit ihrem stolzen Besitzer wenige Monate später in New York, danach in Chicago, der Stadt der Wolkenkratzer. Die Eltern konnten erst einige Monate später ihrem Sohn einen echten Indianer zeigen. In Devil`s Lake, drei Autostunden von Chicago entfernt, verdienten einige Ureinwohner ihr Geld damit, sich in vollem Federschmuck den Touristen als furchterregende Krieger zu zeigen. Zu diesem Zeitpunkt war der Vierjährige schon zum Hausdolmetscher geworden. Denn er lernte mindestens dreimal so schnell wie seine Eltern die amerikanische Sprache, und wenn der Milchmann, Postbote oder ein Hausierer klingelte, riefen Mutter und Vater: „Bernhard, gehe doch bitte mal an die Tür und frage, was die Leute wollen." Bernhard hatte in wenigen Wochen durch seine Kontakte zu Nachbarskindern gelernt, was man als Übersetzer für ein nur deutsch sprechendes Elternpaar benötigt.

Im Berufsleben lief bei Otto nicht alles so glatt. Weil er keine 1000 Dollar an die Gewerkschaften zahlen konnte, durfte er nicht als Schriftenmaler arbeiten. Deshalb übte er während seines gesamten Arbeitslebens in Amerika den Beruf eines Malers aus. Er verdiente als fleißiger weißer Handwerker so gut, dass er die Schiffspassage sogar vorzeitig zurückzahlen konnte.

Für Richard und seine Studienkollegen, die mit ihm das Abitur gemacht hatten, begann die letzte Phase des Studiums. Schon im vergangenen Herbst waren alle zu einem Professor ihrer Wahl in die Sprechstunde gegangen, um sich das selbst ausgesuchte Thema für eine Diplomarbeit genehmigen zu lassen. Untereinander sprachen sie von ihren Betreuern nie mit deren Titel, es hieß nur: „Ich probiere es beim Schäfer" oder „Der Weddigen soll bei Diplomarbeiten recht kulant sein", vielleicht auch „Mein Thema passt am besten für den Bergler". Richard hatte sich für Lehmann entschieden, ein bei manchen Studenten gefürchteter Systematiker. Weil man bei diesem Professor für Betriebswirtschaft trotz aller komplizierten Gliederungen viel leichter den Überblick behalten konnte als bei manchem chaotischen Vortragenden, entschied sich Richard für diesen Wissenschaftler. Tatsächlich wurde sein Thema genehmigt, das alle seine Freunde und auch seine Braut Doris, nach gezieltem Training durch Richard, korrekt zitieren konnten: „Die Konsolidierung der Kapitalvorstellungen - unter besonderer Berücksichtigung von Schmalenbach, Lehmann und Preiser."

Im Vergleich zu Norbert verhielt sich Richard nahezu zurückhaltend bei seinen Erzählungen über das geplante Wissenschaftswerk. Selbst dessen Mutter, die jedes Lernen ihres Sohne begeistert würdigte, jammerte bei Richard darüber, dass sie sich jeden Tag die neuesten Texte aus seiner Diplomarbeit anhören müsse. „Dann will er auch noch, dass ich dazu was Lobendes sage. Dabei verstehe ich kein einziges Wort. Bin ich froh, wenn er damit fertig ist." Bei seinen Freunden wurde Norbert ebenfalls zum gefürchteten Vorleser. Denn er kannte keinen Pardon: „Setz dich doch ein paar Minuten hin", sagte er bei Richards Besuch. Dann rieb er sich mit dem rechten Handballen wie immer, wenn er etwas Bedeutendes mitzuteilen hatte, nervös unter der Nase, und las die neuesten Seiten seiner Diplomarbeit vor. Dazwischen machte er Pausen, blickte triumphierend auf seinen Zuhörer und bemerkte: „Das habe ich doch wieder toll hingekriegt, was sagst du denn dazu?" Oder noch schlimmer: „An dieser Stelle bräuchte ich noch eine sprachliche Verbesserung. Vielleicht kannst du dir bis morgen etwas überlegen. Ich gebe dir die Seite gleich mit."

Jeder bemühte sich um eine optimale Erstellung seiner Diplomarbeit. Ein Repetitor hatte bei seinen Empfehlungen für solche Arbeiten gesagt: „Am wichtigsten ist es, die Position des Betreuers genau zu kennen. Wer dann in seiner Arbeit beweisen kann, dass sein Professor die bedeutendste Lehrmeinung vertritt, hat schon gewonnen. Zu dick darf man mit Lob aber auch nicht auftragen, das nehmen die Prüfer übel." Fritz lästerte daraufhin: „Der Richard hat es doch am leichtesten, er braucht nur zu beweisen, dass der Lehmann den besten Kapitalbegriff von allen entwickelt hat, schon kriegt er seinen Einser."

Die „Drei Mikos" hatten beschlossen, so lange wie möglich vor dem Examen Geld zu verdienen, vor allem die Faschingszeit 1954 wollten sie noch nutzen. Helmut sprach den beiden anderen aus der Seele: „Das Angebot, in der Carlton Bar zu spielen, nehmen wir auf jeden Fall an. Die Prüfungsvorbereitung muss eben noch ein bisschen warten."

Das Engagement im Carlton lohnte sich zwar, verlangte aber nochmals viel Einsatz von jedem der drei Musiker. Vor allem bei den großen Faschingsbällen - das Bartrio spielte entweder in der Bar oder einem der kleineren Räume des Hotels - ‚bei denen bis in die Morgenstunden getanzt wurde, musste stundenlang für Stimmung gesorgt werden. Richard erlebte dabei, wie leicht es ist, durch die Programmgestaltung auch „feinere" Leute musikalisch zu manipulieren. Wenn er bei Helmut und Fritz ankündigte: „Jetzt machen wir sie verrückt, die wollen doch Stimmung und ‚Remmidemmi'", dauerte es nur wenige Minuten, und die Tanzenden sangen, johlten und gerieten außer Rand und Band. Die gesammelten Werke aus dem Schatzkästlein der Karnevalsschnulzen wurden zu Potpourries aneinander gehängt, die Musiker sangen kräftig mit, und schon tobten die Gäste im Raum, als müssten sie sich gegenseitig überbieten und alle Hemmungen ablegen. Nach einer halben Stunde, mit „Einmal am Rhein“, „Kornblumenblau“, „Nach Hause geh`n wir nicht“ und ähnlichen Köstlichkeiten der Stimmungsmusik hielt es Richard für angemessen, die Anwesenden in den Genuss sentimentaler Melodien zum Ausruhen kommen zu lassen. Dann wiegten sich die Paare eng aneinandergeschmiegt auf der Tanzfläche zu „Bewitched“, „Once in a while“, „Armer Gigolo“, „Sing, Nachtigall, sing“ und flüsterten sich etwas Schönes ins Ohr. Richard hatte im Laufe seiner Musikerkarriere gelernt, das Publikum buchstäblich nach seiner Pfeife tanzen zu lassen. Je mehr die Mischung gefiel, desto besser verlief der Abend, desto größer war die Anerkennung für die Mikos.

In einem gesonderten Raum des Carltons veranstaltete an einem Freitagabend der Vorstand der AEG die Geburtstagsfeier für eine bedeutende Persönlichkeit aus dem erlauchten Gremium. Der Direktor des Hotels hatte die „Drei Mikos“ aufgefordert, bei dieser Festlichkeit die musikalische Unterhaltung zu übernehmen. Zunächst hatten die Musiker leichte Arbeit, weil viele Tischreden gehalten wurden und sie nur Zuhörer waren. An gegenseitigem Lob fehlte es nicht, und Richard, der solche Tischreden noch nie gehört hatte, staunte besonders über eine „Damenrede“. Ein Blick zu seinen Kollegen genügte, um zu bemerken, dass auch sie eine gewisse Überraschung nur schwer verbergen konnten. Der Redner sprach von den anwesenden Damen so, als hätte jede einzelne vor kurzem einen Schönheitswettbewerb gewonnen. Er verwendete Wörter wie „herrlich, einmalig, umwerfend und außergewöhnlich.“ Weder Helmut noch Fritz, und ebenso Richard, hatten aber unter all den vornehm gekleideten Damen eine entdeckt, auf die solche Beschreibung nur annähernd zutraf. Es handelte sich meist um saturiert aussehende Damen mittleren Alters, denen man ansah, dass sie sich im Leben behauptet hatten und gewohnt waren, in den besten Kreisen zu verkehren.

Am Anfang gab sich die vornehme Gesellschaft sehr reserviert gegenüber den Musikern. Der Chef des Hauses kam in der Pause, um wie immer nach dem Rechten zu sehen. Offensichtlich erzählte er dabei einer Dame, dass es sich bei den Musikern um Studenten handelte. Plötzlich verhielten sich die Anwesenden äußerst freundlich zu den Musikanten und fragten sie nach allem möglichen. Fritz flüsterte in einer kurzen Pause den anderen zu: „Auf einmal haben sie uns ins Herz geschlossen, vorher waren wir Luft für sie. Jetzt bräuchte einer von uns nur noch einen Schmiss im Gesicht zu haben, dann würden sie Brüderschaft mit uns trinken." Nach dem Ende des Fests verabschiedete sich sogar eine Dame von den Musikern und sagte: „Mein Sohn studiert auch. Kommen Sie doch einmal bei uns vorbei, dann könnten wir uns in Ruhe unterhalten. Mein Sohn würde sich bestimmt auch sehr über Ihren Besuch freuen." Sie bedankte sich nochmals sehr freundlich für die gute Musik und gab Helmut ihre Visitenkarte. Für Richard und Fritz war vollkommen klar, dass es sich um eine Laune der vornehmen Dame handelte und sie bestimmt peinlich berührt wäre, würde man die Einladung annehmen und sie besuchen. Wie Helmut darüber dachte, war nicht klar. Fritz meinte später, Helmut sei allein hingegangen, denn er hatte sofort nach dem Studium einen Arbeitsplatz gefunden und blieb ein Berufsleben lang in „seiner" Firma: der AEG.

Die Auftritte der Mikos wurden immer seltener, dafür trafen sie sich um so öfter, um sich auf das Examen vorzubereiten. Nachdem in der Zickstraße nun mehr Platz als jemals zuvor war, konnten sie sich auch dort zusammensetzen. Richards Mutter kam nur schwer mit der neuen Situation zurecht. „Es ist ja so schade, dass sie nach Amerika ausgewandert sind. Vielleicht gefällt es ihnen gar nicht auf Dauer und sie kommen eines Tages wieder zurück", sagte sie hoffnungsvoll zu Helmut und Fritz. Die beiden Freunde nickten zwar verständnisvoll, sie meinten aber wie Richard, dass eine Rückkehr sehr unwahrscheinlich sei. Als sie allein im Zimmer waren, vermutete Helmut: „So eine große Veränderung wird man wohl nur einmal im Leben wagen. Deshalb glaube ich nicht, dass Franz oder Karl oder deine Schwester nochmals alles rückgängig machen. Deine Mutter wird sich daran gewöhnen müssen, dass außer Urlaubsbesuchen in der alten Heimat nichts mehr drin ist." „Vergesst nicht, dass meine Mutter bestimmt eines Tages zu ihren Kindern fliegt. Wie sie allerdings Peter in ein Flugzeug bringt, ist mir schleierhaft", schloss Richard das Thema ab.

Die drei Lernenden hatten sich gegenseitig versprochen, nicht zu blödeln, nicht zu lange abzuschweifen und in Form einer vereinbarten Arbeitsteilung die Themenschwerpunkte zu behandeln. Jeder bereitete sich auf ein Thema vor, das er den anderen erläuterte. Durch Frage- und Antwortspiele probierten sie, die Inhalte zu vertiefen. Helmut setzte auch sein Tonband ein, um ohne viel Mühe wichtige Gesichtspunkte festzuhalten. Bei Aufzählungen, die man auswendig lernen musste, bildeten sie aus den Anfangsbuchstaben mehr zum Spaß ein absurdes Wortungetüm, das man sich leichter merken konnte. Wer das Ungetüm im Kopf hatte, fand dann, anhand der Anfangsbuchstaben, z. B. zu den einzelnen

Funktionen der Werbung. War es nicht eine schöne Wortschöpfung: „Quaquagruneulehrschritt“? In der Prüfung brauchte der Professor nur noch das Richtige zu fragen.

Meistens hielten sich die Lernenden an ihre Vereinbarungen. Nur bei besonderen Ereignissen blieben sie manchmal längere Zeit beim „Ratschen“ hängen. Als am 4. Juli 1954 die deutsche Fußballmannschaft in Bern gegen Ungarn 3:2 gewann und der Radioreporter „Tor! Tor! Tor für Deutschland“ schrie und dann „Deutschland ist Weltmeister“ brüllte, kam es in den nächsten Tagen unter den drei Freunden zu einer lebhaften Diskussion, obwohl keiner von ihnen größeren Sachverstand beim Thema Fußball besaß. Richard meinte: „Der Morlock hat bestens gespielt, wenn wir wieder im Clubheim Musik machen, müssen wir ihm unbedingt gratulieren. Habe ich euch schon erzählt, dass mein Onkel vor dem Krieg in der ersten Mannschaft beim Club gespielt hat?“ Helmut antwortete: „Damit hast du schon mindestens dreimal angegeben. Das entscheidende Tor hat aber Helmut Rahn geschossen. Der ist der große Held.“

Darauf hatte Fritz nur gewartet: „Jetzt darf wieder gejubelt werden, und bloß wegen des einen Tors meinen die Leute, sie gehören wieder zu den Allergrößten. Der idiotische Nationalismus stirbt bei uns doch nie aus.“ Richard wusste, dass Fritz, wie er selbst, von Tucholsky begeistert war, ergänzte: „Man meint, Kurt Tucholsky hätte seine Satiren, z. B. ‚Worauf man in Europa stolz ist’, erst in der letzten Woche geschrieben. Oder über die Fahne ‚ ...jeder Mensch hat eine Leber, eine Milz, eine Lunge und eine Fahne; sämtliche vier Organe sind lebenswichtig. Es soll Menschen ohne Leber, ohne Milz und mit halber Lunge geben; Menschen ohne Fahne gibt es nicht.’ Seit es die rororo-Taschenbücher gibt, kann man sich tolle Sachen zum Lesen kaufen.“ „Jetzt übertreibst du aber“, antwortete Helmut, „lass` doch den Leuten ihren Spaß am harmlosen Fußball.“ Fritz unterstützte Richard: „Das Problem ist ja nicht der sportliche Erfolg, sondern was von Politikern und manchen Journalisten daraus gemacht wird. Bloß weil die Ungarn ein Tor weniger geschossen haben, heißt es ‚Jetzt sind wir wieder wer’ oder gar ‚Durch den deutschen Fußball wurde in Bern die überlegene politische Lebensordnung demonstriert’. In einem anderen Blatt habe ich gelesen, der westdeutsche Staat habe sich freigeschossen und werde dadurch zu alter weltpolitischer Bedeutung zurückkehren. Nazis, Krieg, 50 Millionen Tote, größter Massenmord aller Zeiten – kann man jetzt endlich alles vergessen, unsere Fußballer haben schließlich das Wunder von Bern vollbracht.“ Helmut reagierte ungehalten: „Das sind doch nur ein paar Gestrige, die so daherreden und die Freude der

Menschen über die gewonnene Weltmeisterschaft missbrauchen. Die große Mehrheit bleibt bestimmt auf dem Teppich." Vielleicht hätte Helmut die Bedeutung des Ereignisses anders beurteilt, wenn er gewusst hätte, dass vierzig Jahre später ein angesehener Historiker feststellte, die Gründung der Bundesrepublik sei eigentlich im Wankdorf-Stadion zu Bern erfolgt.

Helmut verabschiedete sich etwas früher als sonst, weil er noch manches zu erledigen hatte. Fritz und Richard sprachen noch längere Zeit über Bücher, die sie in den letzten Jahren gelesen hatten, und stellten fest, dass sie nicht nur über Tucholsky ähnliche Ansichten hatten. Das gleiche galt für Bertrand Russell, Kurt Hiller, Karl Kraus, Erich Kästner, Eugen Kogon, Heinrich Mann bis hin zu Camus, Tolstoi und Faulkner. Fritz las wie Richard bei jeder passenden und unpassenden Gelegenheit, sogar auch noch mitten in der Nacht nach der Arbeit als Musiker. Richard meinte: „Hoffentlich haben wir später im Beruf auch noch Zeit, interessante Bücher zu lesen. Ich bin mir nicht sicher, ob unsere Dozenten manchmal auch etwas anderes lesen als ihre Fachliteratur. Vielleicht kommt einem deshalb manches so weltfremd vor." „Das wird auch eine Zeitfrage sein", vermutete Fritz, „wer von Früh bis Abend in seiner Arbeit steckt, wird fast zwangsläufig froh sein, dass er zu Hause seine Ruhe hat. Jetzt kommt auch noch das Fernsehen dazu, ich möchte wetten, dass sich dadurch noch mehr Leute in die Unterhaltung nach Feierabend fallen lassen." „Dabei wird es immer schwieriger zu durchschauen, was wirklich vor sich geht", antwortete Richard. Darauf Fritz: „Da helfen nur Misstrauen und Zweifel. In manchen Fällen wird man erst nach Jahren oder Jahrzehnten erfahren, was wirklich geschehen ist. Und wenn wir eines Tages davon überzeugt sind, jetzt alles zu wissen und endlich den großen Durchblick zu haben, dann sind wir vielleicht erst die allergrößten Idioten." Auf diese Feststellung konnten sich Fritz und Richard sofort einigen.

Richards Mutter bemühte sich, es den Lernenden so gemütlich wie möglich zu machen und bot auch immer wieder Kleinigkeiten zur Stärkung an. Sie hatte großes Mitleid mit den geistigen Schwerarbeitern, natürlich besonders mit Richard, der sich darüber amüsierte. Sie meinte: „Vergesse nur nicht, viel an die frische Luft zu gehen, damit auch das Gehirn richtig durchblutet wird. Der Apotheker hat erst gesagt, viele junge Leute haben großen Sauerstoffmangel." Es begann für Mama die „Bilderzeit", sie verließ nicht mehr das Haus, ohne Fotos ihrer Angehörigen in Amerika einzustecken, um sie jederzeit vorzeigen zu können. Heinz erzählte Richard, dass er beim Bäcker dabei war, als Mama mindestens fünf Fotos herumgezeigt und der Bäckerin und allen Kunden erzählt habe, wie gut es ihren Kindern in Chicago gehe. Als krönenden Abschluss berichtete sie von den Absichten der Auswanderer, bereits im Jahr 1955 für vier Wochen heimzukommen. Richard kannte den Brief, in dem Karl diese Absichten äußerte, allerdings schrieb er auch, das ginge nur, wenn er und Franz unbezahlten Urlaub nähmen. Denn mehr als vier Tage Urlaub sei keinesfalls nach vierjähriger Betriebszugehörigkeit denkbar, und Franz, der schon mehrmals die Firma gewechselt hatte, stünde überhaupt kein Urlaub zu. Mama sagte nur: „Das machen die schon, die hängen doch an ihrem Zuhause und an Nürnberg." Sie sollte Recht behalten.

Wollte man mit Erfolgsaussichten ins Examen gehen, galt es nicht nur allein oder in Kleingruppen zu „büffeln", besonders wichtig waren häufigere Vorlesungs- und Seminarbesuche. Ein Repetitor erläuterte die Gründe: „Der Prüfer muss euch kennen. Wer als Fremder in eine mündliche Prüfung geht, hat schlechte Karten. Am deutlichsten sieht man das beim Dozenten für Staatslehre, dem Professor Kohlrast. Der begrüßt jeden Prüfling mit Handschlag und sagt entweder ‚Wir haben uns aber noch nicht gesehen' oder ‚Wir kennen uns ja'. Im ersten Fall wird der Prüfling mit komplizierten Fragen konfrontiert, im zweiten Fall heißt es großzügig: ‚Auf welches Thema haben Sie sich vorbereitet?' Nach der Themenbenennung folgt der erlösende Satz: ‚Bitte beginnen Sie mit ihrem Vortrag'. Ein unschätzbarer Vorteil!"

Niedrig war der Preis nicht, der für diese Bevorzugung zu bezahlen war. In den Seminaren wurden Themen an die Studenten verteilt, und wer Pech hatte, musste ein Referat halten. Die Schwierigkeit zeigte sich aber erst zu Beginn des Vortrags. Dann sagte der Herr Professor, der irgendwann im diplomatischen Dienst gearbeitet hatte: „Stellen Sie sich vor, wir haben heute Gäste im Raum. Ein Minister befindet sich unter uns, außerdem Fürst Kolbenstein, ferner der Oberbürgermeister unserer schönen Stadt und auch der Bischof aus Regensburg ist anwesend. Bitte beginnen Sie mit Ihrem interessanten Vortrag!" Die nächsten Minuten waren für die Zuhörer höchst amüsant, meist scheiterte der Referent bei seinem Versuch, alle Anwesenden korrekt zu begrüßen. Er musste ja nicht nur die richtige Rangfolge beachten, er benötigte zur Begrüßung auch die Titel. Deshalb gaben manche gleich auf und begrüßten unbekümmert: „Sehr geehrter Herr Bischof, sehr geehrter Herr Fürst Kolbenstein, sehr geehrter Herr Minister, sehr geehrter Herr Oberbürgermeister, sehr geehrter Herr Professor, liebe Anwesende." Der Professor benötigte manchmal viel Zeit, die kniggegerechte Begrüßung darzustellen und auch zu begründen, vor allem wenn er vorher unter den Gästen des Seminars eine „Durchlaucht", eine

„Exzellenz“, „Magnifizenz“ oder „königliche Hoheit“ entdeckt hatte. Richard kam ungeschoren davon, seine Rolle als Zuschauer empfand er allerdings manchmal als peinlich. Es erging ihm ähnlich wie früher, als er miterlebte, wie Jongleure weder Bälle noch Ringe festhalten konnten oder Zauberer sich blamierten. Die meisten Studenten ließen diese „Begrüßungsshow“ nur aus Gründen der „Gesichtspolitik“ über sich ergehen und hatten sich schon ein Thema ausgesucht, von dem sie hofften, es in der mündlichen Prüfung anzubringen. Ein Student motzte nach einer besonders aufregenden Sitzung: „Wenn er das in der Prüfung auch so macht, kann ich gleich wieder heimgehen. Ich habe gedacht, die Zeit der Adeligen, der Hoheiten, Durchlauchten und sonstigen Erleuchteten ist endgültig vorüber, dieser Schwachsinn interessiert mich wirklich überhaupt nicht.“ Niemand widersprach ihm, nur einer sagte, das bringe wenigstens Spaß in den langweiligen Lehrbetrieb.

Trotz aller Belastungen trafen sich die Freunde aus der Abiturklasse der Wirtschaftsoberrealschule manchmal zum gemütlichen Zusammensitzen und „Tratschen.“ An einem Donnerstag im Spätsommer kamen Renate und Uli, Norbert und seine neue Eroberung namens Lenchen, Manfred und Erich sowie Fritz, Richard und Doris im „Mausloch“ zusammen. Man leistete sich zwei Halbe Bier und eventuell eine Portion Stadtwurst oder Pressack mit Senf und Brot. Manfred fand: „Heute sind wir aber wieder schwer an der Fresswelle beteiligt.“ Uli rauchte seine Pfeife und meinte, er kenne ein Lokal in Nürnberg, da gäbe es Originalspätzle aus Schwaben, da könne man richtig schlemmen. Der Trollinger dazu sei angenehm süß und süffig. Renate widersprach: „Es geht doch nichts über einen gehaltvollen Frankenwein, dazu eine fränkische Brotzeit und man vergisst alle verkochten Spätzle.“ Lenchen meinte, dass sie und Norbert am liebsten immer noch ein würziges dunkles Bier tränken, worauf Erich einen Gasthof bei Reichelsdorf nennen konnte, der wohl das beste Bier in der Umgebung Nürnbergs zu bieten habe. „Ihr müsst aber noch großen Hunger haben, weil alle nur vom Essen und Trinken reden“, bemerkte Doris, worauf Fritz lästerte: „Wenn Gefahren drohen, haben die Menschen schon immer so viel wie möglich gefuttert. Schau sie nur an, wie ihnen die Examensangst im Gesicht steht.“

Die Unterhaltung wurde langsam spannender, als darüber geredet wurde, was die Einzelnen nach dem Examen eigentlich vorhaben. Richard war beruhigt, dass es den meisten genauso erging wie ihm und noch recht allgemeine Vorstellungen vorherrschten. Von Erich wussten allerdings alle, dass er ins Großhandelsgeschäft seines Vaters eintreten würde. Renate wollte als Diplom-Handelslehrerin abschließen und sofort im Schuldienst anfangen. Manfred war sich nicht sicher, ob er nicht promovieren sollte. Das überlegten sich auch andere. Norbert sagte dazu: „Ob ein Doktortitel was bringt, weiß kein Mensch. Dafür müssen aber mindestens noch zwei Jahre geopfert werden. Ich schicke lieber gleich anschließend meine Bewerbungen los. Hauptsache, die Kasse stimmt." Lenchen nickte zustimmend und Fritz fragte: „Wann stimmt denn bei dir die Kasse? Wieviel darf`s denn sein, Herr Diplom-Kaufmann?" Uli sprach von mindestens 500 DM, Erich hielt das für überzogen, Richard sagte: „Ich schreibe mal 450 in meine Bewerbungsschreiben, für den Anfang fände ich das nicht schlecht." Fritz wollte wahrscheinlich promovieren und sich auf alle Fälle noch die Welt anschauen: „Wenn ich dann einsteige, muss sich das schon rentieren, andere machen ja auch das große Geld." Uli fand die Idee nicht schlecht: „Mit einem Boot um die Welt zu segeln, das kann man nur in unserem Alter. Dann hat man auch den richtigen Horizont für große berufliche Leistungen." Renate verzog das Gesicht und grinste: „Und alle Firmen in Deutschland warten mit offenen Armen auf die Weltvagabunden, um ihnen höchstbezahlte Posten anzubieten." Manfred kommentierte trocken: „Ich wollte auch schon mal Lokomotivführer werden." Fritz konterte: „Wer nicht mehr träumt, hat schon verloren und landet in der Tretmühle."

Richard gab zu bedenken, dass die Politik alle Pläne zerstören könnte: „Bei der Wiederbewaffnung braucht man 500 000 gesunde junge Menschen wie Norbert und den Weltumsegler Uli. Seid ihr sicher, dass man uns nicht alle die Ehre eines Wehrdienstes angedeihen lässt?" Ganz ernst hatte Richard das nicht gemeint, denn er wusste schon aus Zeitungen, dass es Ausnahmeregelungen geben würde. Erich kannte sich gut aus: „Auf uns wollen sie verzichten, wir werden zu den ‚weißen Jahrgängen' gehören, die man nicht einzieht. In dieser Hinsicht braucht sich niemand Sorgen zu machen, erst ab dem Jahrgang 1937 werden die Jugendlichen zu den Fahnen gerufen." Fritz reagierte zornig „Mich hätten sie sowieso nicht gekriegt, jahrelang haben sogar die Konservativen nie wieder Waffen in die Hand nehmen wollen. Seit die Amerikaner Verbündete brauchen und die kurze Freundschaft mit den Russen endgültig aus und vorbei ist, erinnert man sich an die glorreiche deutsche Wehrmacht. Den alten Generälen ist ein neuer Job sicher. Wie heißt`s bei Tucholsky: ‚Seid ihr alle wieder da'?" Norbert meinte: „Als Verweigerer hättest du bestimmt in Deutschland große Schwierigkeiten, da könntest du gleich mit Uli nach Hawaii segeln und mit deiner Gitarre die schönen Mädchen beim Hula-

Hula begleiten.“ Alle lachten, als Lenchen spottete: „Das gefiele dir auch, das wäre für dich ein wichtiger Grund, den Wehrdienst zu verweigern.“

Dem Treffen im Mausloch an einem Donnerstagabend sollten bei wechselnder Teilnahme und unterschiedlichen Lokalitäten noch Hunderte andere folgen. Trotz krisenhafter Entwicklungen in den 68er Jahren und dem zeitweiligen Ausscheiden einzelner Teilnehmer wurde die „Donnerstagsrunde“ eine stammtischähnliche Institution, obwohl im Lauf der Jahre die Vorstellungen über Politik , erstrebenwertes Leben, über Gott und die Welt, immer weiter auseinander gingen. Lenchen hatte schon damals die Lösung des Problems erkannt: „Warum müsst ihr euch denn ausgerechnet am Donnerstagabend zerfleischen? Redet über was G`scheits und pfeift auf Politik, Weltanschauung und den Sinn des Lebens. Es gibt Wichtigeres auf der Welt: die Liebe, das Reisen, gutes Essen und Trinken, Bücher und Filme, Reden über andere Leute - und Gesundheit und Krankheit bieten immer besten Gesprächsstoff.“ Die meisten Stammtische in aller Welt müssen ein Lenchen in ihren Reihen haben.

Die Tage der Bewährung rückten schnell näher. Richard war froh, als es endlich so weit war und die schriftlichen Prüfungen begannen. Als er den Prüfungsraum nach Ziehung einer Platznummer betrat, wurde seine Nervosität immer geringer, eine verblüffende Gelassenheit stellte sich ein. Diesen Gefühlswechsel erlebte er noch häufig in seinem Leben: Unangenehmes Lampenfieber vor dem als bedrohlich empfundenen Ereignis, Unbekümmertheit und „Wurschtigkeit“, wenn sowieso nichts mehr abzuwenden ist und es gilt, das Beste aus der Situation zu machen. Eine Gefahr für seine Ruhe und Sicherheit stellten manchmal seine Kolleginnen und Kollegen dar, die direkt neben ihm saßen. Eine aufgeregte Studentin flüsterte ihm zu: „Hoffentlich nehmen Sie das gleiche Thema wie ich, dann könnten wir manches vergleichen. Ich hatte nämlich nicht so viel Zeit für die Vorbereitung“. Ein anderer Mitleidender ordnete so offensichtlich seine Spickzettel in allen Taschen seines Anzugs, dass Richard Angst hatte, die Aufsicht würde etwas bemerken. In der Rechtsprüfung saß neben ihm eine schon etwas ältere Studentin mit langem, extrem weitem Rock. Sie lächelte ihm zu und deutete an, wo ihre Stärke lag: Im Rocksaum befanden sich eingenähte Taschen, in welchen sie ausgewählte Fachliteratur versteckte. Ihre Versuche während der Prüfung, an ihre Schätze heranzukommen, regten Richard mehr auf als der zu lösende Rechtsfall. Zumal sie Richard mehrmals signalisierte, dass sein Lösungsweg total falsch sei. Gottseidank ließ sich Richard trotz ihrer imponierenden Hilfsmittel-Ausstattung nicht von seinem Pfad abbringen, denn eine halbe Stunden vor Ablauf der

Prüfungszeit hörte er neben sich ein verzweifeltes Geflüster: „Jetzt stecke ich in einer Sackgasse, so eine Katastrophe.“ Am liebsten hätte sie seine Blätter zu sich hinübergezogen. Sie schrieb so ungeniert ab, dass die Aufsicht an diesem Tag offensichtlich von einem Blinden ausgeübt wurde. Fritz hatte an diesem Tag großes Glück, denn der Professor hatte wahlweise zum Rechtsfall ein Thema angeboten, über das er seine Diplomarbeit geschrieben hatte, die mit „sehr gut“ bewertet worden war. Auch Helmut wurde vom Glück begünstigt, denn er saß genau neben Fritz! Anschließend sagte ein Kollege: „Das war das Dankeschön vom Bleicher für die musikalische Beglückung durch ‚Ramona‘.“ Dabei hätte es für Helmut total schief gehen können, denn seine Arbeit war verblüffend kenntnisreich, so dass ein Assistent Verdacht schöpfte. Aber der Professor winkte ab, er kannte schließlich den tüchtigen Studenten. Es gab keinerlei Probleme. War vielleicht doch die bezaubernde ‚Ramona‘ zu einem Schutzengel geworden?

Nach den Prüfungen wurde auf den Gängen oder im „Trichter“ noch lebhaft darüber diskutiert, was man alles zu Papier gebracht hatte. Als einer der Eifrigsten erwies sich Norbert, der am liebsten allen Prüflingen mitgeteilt hätte, wie er an die Problematik herangegangen war. Die ihn näher kannten, flüchteten, die Opfer seiner Selbstberuhigungs-Sucht mussten Fragen beantworten wie: „Das kann man doch gar nicht anders behandeln, findest du nicht auch?“ Oder: „Ich habe einfach alles hingeschrieben, was mir dazu eingefallen ist. Damit treffe ich bestimmt auch die Substanz der Thematik. Ist doch keine schlechte Methode?“ Richard wunderte sich bei der Heimfahrt über das Gedächtnis seines Freundes. Nach der Prüfung im Fach Allgemeine Betriebswirtschaft erzählte dieser ohne Pause den gesamten Text seiner Prüfungsarbeit und wollte auch noch wissen, welche Note er zu erwarten habe. Mit der Bemerkung Richards, das sei bestimmt viel besser als „befriedigend“, war er nicht recht zufrieden, schon gar nicht mit dem Zusatz: „Letztlich kommt es ja noch auf die mündliche Prüfung an, und damit auf Glück und nochmals Glück. Vielleicht erwischen wir gutgelaunte Prüfer und die richtigen Fragen!“

Die Aufregung vor den Prüfungsräumen am Tag der mündlichen Prüfungen war nicht nur spürbar, sondern auch sichtbar. Sie beruhte nicht zuletzt darauf, dass niemand wusste, was er im Schriftlichen geschafft hatte. Weil sie völlig im Dunklen tappten, waren alle nervös. Ein Student ging ständig auf und ab, als müsste er einen Tiger im Käfig imitieren, ein anderer zog aus seiner geöffneten Aktentasche ein Blatt nach dem anderen, um es in Windeseile zu lesen und wieder verschwinden zu lassen. Seine Prüfungsvorbereitung endete erst mit dem Betreten des Zimmers, in dem der Prüfer, sein Assistent und einige Zuschauer saßen. Eine Studentin musste die zu erwartenden Fragen vorausahnen, denn sie hielt sich einen kleinen Zettel vors Gesicht und las minutenlang nur diese besondere handgeschriebene Zusammenfassung. Uli stand neben Richard und bemerkte verächtlich: „Die Leutchen haben eben nicht gelernt, mit solchen Situationen umzugehen. Das kann man schließlich trainieren." Seine blasse Gesichtsfarbe und die leicht zittrige Sprache zeugten allerdings nicht von einem sehr erfolgreichen Abschluss seines Spezialtrainings.

Als vollkommen unberechenbarer Prüfer galt Professor Bleicher. Bei ihm hatte die Fragerei am meisten Ähnlichkeit mit einem Lotteriespiel. Wer ein günstiges Los zog, wurde tatsächlich aus einem behandelten Rechtsgebiet abgefragt. Die weniger Glücklichen mussten z. B. die Frage beantworten: „Was steht auf dem Forum Romanum in Rom?" Wenn sich der Prüfer vor kurzem wieder mal über die Autofahrer geärgert hatte, gab es Fragen, die normalerweise in Führerscheinprüfungen auftauchten. Die Zuhörer sollen viel Spaß bei solchen Prüfungen gehabt haben, aber selbst die geschicktesten Redner unter den Prüflingen hatten erhebliche Probleme, die außergewöhnliche Situation zu meistern und nicht völlig zu scheitern.

Volkswirtschaftslehre gehörte ebenfalls zu den Fächern, die als schwierige Hürde angesehen wurde, obwohl der Prüfer, Prof. Weddigen, als fairer Fragesteller galt. Neben Richard saßen noch drei andere Prüflinge, die Atmosphäre wurde durch ein halbes Dutzend Zuschauer nicht gerade verbessert. Der Student neben Richard wurde als Erster gefragt: „Ein schönes Abendessen, ein Gläschen Wein dazu, hat das denn auch etwas mit dem Thema Wirtschaft zu tun?" Die Antwort war vollkommen unbefriedigend, und der Prüfer kam zum nächsten. Leider hatte er bis dahin die schöne Frage vergessen und fragte Richard etwas Schwieriges aus dem Kleingedruckten seines Buches. Richard dachte: „Versuchen muss ich es" und sagte: „Gestatten Sie, dass ich, bevor ich zur jetzigen Frage komme, noch kurz die vorherige beantworte." Er redete gleich weiter und wartete nicht auf die Entscheidung des Prüfers. „Es handelt sich beim vorher genannten Tatbestand eindeutig um die von Ihnen entwickelte Theorie der biologisch-organischen Produktion." Dann zählte er noch ein paar andere Beispiele auf, war sich aber in keiner Sekunde sicher, ob der Herr Professor das nicht alles als Verhöhnung auffassen könnte. Weddigen holte tief Luft und sprach: „Das ist die beste Antwort, die ich seit langem gehört habe.“ Damit war für Richard die mündliche Prüfung gelaufen, bei den weiteren Fragen wurden nur noch die anderen Prüflinge angesprochen.

Bei der anschließenden „Manöverkritik“ klopften ihm die anderen auf die Schulter, und Norbert nannte ihn einen „Duselknecht“: „Da hast du aber dick aufgetragen. Das hätte auch schief gehen können. Na ja, von ihrer eigenen Theorie sind sie eben alle begeistert.“

Auch bei Professor Kohlrast lief die Sache gut. Er begrüßte tatsächlich die drei Prüflinge mit Handschlag und sagte zu Richard: „Wir kennen uns ja“. Dann durfte Richard sein Thema nennen: „Die Kontrolle der Regierung durch das Parlament.“ Der Prüfer sagte: „Sehr interessant, bitte informieren Sie uns.“ Nachdem Richard schon nach wenigen Sätzen Professor Kohlrasts markante Feststellung aus den Vorlesungen: „Das Parlament herrscht über Leben und Tod der Regierung“ untergebracht hatte, winkte der Prüfer ab und wandte sich den beiden anderen Studierenden zu. Auch in diesen Fällen stimmte die Vorankündigung. Offensichtlich kannte er sie nicht und stellte deshalb verschiedene Fragen. Richard hörte gelassen zu und bemerkte sofort den Fehler, den ein Prüfling beging. Er sagte nämlich während des Gesprächs: „Wie mein Kollege eben dargestellt hat...“. Der Beherrscher aller Kniggeregeln unterbrach sofort: „Sie meinen wohl den Kommilitonen an Ihrer Seite. Wir sind hier schließlich nicht bei den Gewerkschaften.“ Wären die beiden Prüflinge ein paar Mal im Seminar gewesen, hätten sie diese Korrektur schon öfter gehört. Draußen vor der Türe sagte der überraschte Prüfling: „So ein Unsinn, der lebt doch in einer anderen Welt. Glücklicherweise waren die Fragen kein Problem.“ Richard hatte ebenfalls den Eindruck, dass es für alle gut gegangen war.

Am 3. November 1954 war es endlich so weit, Richard erhielt es schwarz auf weiß, die Diplomprüfung für Kaufleute war bestanden: „Auf Grund dieser Prüfung wird ihm der akademische Grad Diplom-Kaufmann verliehen.“ Am nächsten Donnerstag feierte die Runde der ehemaligen Wirtschaftsoberrealschüler das Ereignis beim Chinesen in der Himpfelshofstraße. Allerdings waren noch nicht alle zum Examen angetreten. Jeder „Titelträger“ hatte nochmals Gelegenheit, über seine Heldentaten während des Studiums und vor allem bei den Prüfungen zu erzählen. Nach zwei „Halben“ machte sich Norbert über alle lustig, die Angst vor der Prüfung hatten und behauptete, selbst immer vollkommen gelassen gewesen zu sein, worauf Uli fragte, weshalb er die Hälfte der Studierenden mit seiner Diplom-Arbeit genervt habe. Nach dem Gelächter wurde es ernst, denn Fritz wollte wissen, was sie nach all den Anstrengungen außer einem schönen Titel nunmehr wirklich zu bieten hätten. Er fing gleich selbst mit der Beantwortung an und meinte: „Ich bin ein trainierter Prüfungsschreiber, ich kann Stoffe so lange speichern, bis ich sie wieder ausspucken muss. Ist das nicht ein toller Erfolg?“ Manfred ergänzte: „Aber einen Überblick haben wir doch bekommen, jetzt kommt es auf die Feinarbeit in der Praxis an.“ „Aber seid doch mal ehrlich“, begann Erich, „ohne die Paukerei in den Wirtschaftsfächern an der Schule hätten wir alt ausgesehen. Wer vom normalen Gymnasium gekommen ist, wird mit dem theoretischen Kram wenig anfangen können.“ Helmut stimmte zu: „Ich bin froh, dass ich mir alle Unterlagen von damals aufgehoben habe. Die Spitzfindigkeiten über ‚Grenznutzentheorien', ‚Preisgestaltung' und ‚Risikoprobleme' haben mir gar nichts gebracht, und ich kann mir nicht vorstellen, dass ich so etwas jemals in der Praxis brauche.“ Alle lachten, als Fritz sagte: „Aber imponieren kannst du damit deinen künftigen Mitarbeitern, vielleicht sogar deinen Chefs, und ‚mehr scheinen als sein' hat in der Wirtschaft schon manchem beim Aufstieg geholfen.“

Richard ging der nicht sehr ernst gemeinte Versuch einer Bestandaufnahme am Ende des Studiums lange nicht aus dem Kopf. Er hatte nichts dazu gesagt, weil er sich ziemlich unsicher fühlte. Was hatte er wirklich gelernt? Auf welche Fähigkeiten konnte er bei der Suche nach einem Arbeitsplatz bauen? Was hatte er an Faktenwissen zu bieten, und wie stand es mit der Anwendung in der Praxis? Er war froh, dass er sich über all diese Fragen noch mit einem Studenten unterhalten konnte, den er erst im letzten Semester kennen gelernt hatte. Der selbstbewusste Kollege aus der Gegend um Hannover hieß Georg Beckmann und hatte Richard zur feierlichen Entgegennahme des Diploms durch den Rektor seinen Zweitanzug geliehen. Als Richard das standesgemäße Kleidungsstück zurückgab und sich herzlich bedankte, kam es noch zu einem sehr interessanten längeren Gespräch. Georg Beckmann, der es später zum Vorstandsmitglied bei der AEG bringen sollte, wusste ganz genau, was er dem Studium zu verdanken hatte: „Ich kann mir viel besser als vorher benötigtes Wissen aneignen. Vor allem kann ich mit Büchern umgehen und das Entscheidende herausfinden. Wichtiges vom Unwichtigen zu trennen, darauf wird es immer ankommen. Dadurch habe ich auch die nötige Selbstsicherheit gewonnen und mich gut in den Prüfungen behauptet. Die auswendig gelernten Inhalte sind gar nicht so wichtig, man muss auf dem Laufenden bleiben können. Es ändert sich doch alles rasend schnell. Außerdem wird man in der Praxis daran gemessen, wie man sich verkaufen kann, und reden und diskutieren konnte ich recht gut während des Studiums trainieren.“ Richard antwortete: „Hast du das wirklich alles dem Studium zu verdanken? Warst du überhaupt jemals unsicher oder ängstlich? Vielleicht bist du in einer Familie aufgewachsen, in der du von klein auf deine Selbstsicherheit mitbekommen hast? Was hat denn dein Vater gemacht?“ Georg gab bereitwillig Auskunft: „Mein Vater ist Direktor in einer großen Bank. Er hatte aber nie Zeit für meine Geschwister und mich. Aber du kannst Recht haben! Wir haben frühzeitig gelernt, uns mit den Besuchern zu unterhalten und wie Erwachsene zu benehmen. Minderwertigkeitsgefühle hatte ich tatsächlich noch nie. Das Studium hat mir trotzdem viel gebracht, außerdem ist ja der Titel auch nicht zu verachten. Vielleicht schreibe ich noch eine Doktorarbeit.“

Einige Tage später wurde das bestandene Examen in der Familie Löbner gefeiert. Mama hatte während des ganzen Tages Fleischküchle gebraten und zwei große Schüsseln Kartoffelsalat vorbereitet. Auch der beliebte Gurkensalat durfte nicht fehlen. Außerdem gab es eine gutschmeckende Brotsuppe, ebenfalls eine Spezialität aus Mamas Küche. Für Bier und Limo hatte Richard gesorgt und sogar drei Flaschen milder Weißwein aus Rheinhessen standen zur Feier der Tages den Gästen zur Verfügung. Neben der Großmutter waren Tante Sophie nebst Ehemann „Schimmele“ anwesend. Onkel Robert mit Frau Hildegard, die sich immer noch so benahmen, als hätten sie erst vor kurzem geheiratet, hatten ihren zweijährigen Sohn Gerhard mitgebracht, der wie eine Puppe von einem zum anderen gereicht wurde. Doris war gleich nach der Arbeit in die Zickstraße gekommen, um bei den Vorbereitungen zu helfen. Mama sagte zur Begrüßung der Gäste: „So gefällt es mir, endlich ist wieder mal Betrieb bei uns. Früher, als noch alle da waren, ist das jeden Tag der Fall gewesen. Schade, dass Amerika so weit weg ist, die Ausreißer wären heute bestimmt auch gerne hier. Ich zeige euch gleich die Fotos, die ich vorgestern erst bekommen habe.“ Tante Sophie lästerte: „Du mit deinen Bildchen, vielleicht gibt’s doch vorher noch etwas zu essen und zu trinken. Denn das Anschauen zieht sich bestimmt länger hin.“ Sogar Peter hielt zum Staunen aller Anwesenden eine kleine Ansprache: „Mein Sohn Richard hat ein schweres Examen bestanden. Jetzt haben wir ein ganz großes Tier in der Familie. Deshalb spiele ich als erstes den Triumphmarsch aus Aida.“ Mama sagte nach dem Applaus: „Spiel nur nicht gar so laut, sonst schimpfen vielleicht die Nachbarn.“

Nach dem Abendessen wurde es immer gemütlicher. Es erhob sich nur leichter Protest, als der mittlerweile fünfzehnjährige Heinz anbot: „Jetzt lege ich meine schönste Jazzplatte auf, zu Richards Ehren darf`s schon etwas Besonderes sein.“ Nach der allgemeinen Ablehnung durch die Verwandtschaft, von der Heinz sicherlich nicht überrascht war, forderte er von Onkel Robert als Ersatz eine Gesangseinlage. Der ließ sich nicht zwei Mal bitten und sang eine halbe Stunde lang die Glanzstücke aus seinem Repertoire, wobei Peter sich wieder mal als einfühlsamer Begleiter auf dem Klavier hervortun konnte. Dabei störte ein wenig der kleine Gerhard, weil er laut mitsang und mit seinen beiden noch winzigen Fäusten unbedingt die Klaviertastatur bearbeiten wollte.

Leider musste Doris schon bald gehen, denn sie hatte zu Hause versprochen, nicht zu spät heimzukommen. Deshalb entgingen ihr auch die Lobreden auf ihren Bräutigam, in denen es nur so wimmelte von Ausdrücken wie „fleißig, strebsam, tüchtig, gescheit“. Fast alle bewunderten die jahrelange Doppelbelastung als Bühnenassistent, Musiker und Schüler bzw. Student, und „Schimmele“ wies besonders auf die verlässliche finanzielle Unterstützung der Familie durch Richard hin. Dem Bejubelten wurde das Gerede immer peinlicher, deshalb scherzte er: „Hebt euch doch den Beifall für das Ende der Veranstaltung auf. Das kommt erst, wenn ich mit meinen Bewerbungsschreiben Erfolg habe und irgendwo unterkomme.“ Peter übertrumpfte alle mit seiner Zuversicht: „Die werden dich bestimmt sofort einstellen, wenn sie erfahren, was du schon alles gemacht hast. So etwas sucht man doch.“ Darauf bemerkte Tante Sophie: „Wenn du das sagst, stimmt es sicher. Bei deiner Berufserfahrung kann man sich einfach nicht irren.“ Der Lacherfolg hielt sich in Grenzen, die Häme kam an diesem Abend eher schlecht an.

Obwohl Richard wenig Alkohol getrunken hatte, lag er noch lange wach im Bett. Ihm fiel wieder mal zu viel ein. Sein Bruder Heinz schlief schon lange im zweiten Bett in der kleinen Schlafkammer, als Richard immer noch von der Erinnerung an die Vergangenheit am Einschlafen gehindert wurde. Zunächst musste er an seine Großmutter denken, bei der er als Kind im gleichen Bett gelegen war, in dem Heinz so beneidenswert schlief. Wunderbare Geschichten hatte sie erzählt, keine einzige davon hatte er vergessen. Erwin und Kurt, die durch Bombardierungen grausam getöteten Freunde, tauchten immer auf, wenn er ins Grübeln kam. Wie sie wohl heute aussehen würden? Die Lobeshymnen der Verwandtschaft stimmten nicht annähernd mit seiner eigenen Bilanz überein, diese fiel viel nüchterner aus. Er dachte: „Als mittelmäßiger Oberschüler, oft gedemütigter Kofferträger bei den Amis, mittelmäßiger Bassist und Sänger in einem Bartrio, meist übermüdeter Schüler und Student, habe ich es mit viel Glück zu einem guten Abschluss gebracht. Die Belastungen waren manchmal schon extrem, geschenkt wurde mir nichts. Wie es weitergeht, wird sich erst zeigen. Der Norbert hat mit seiner Einschätzung ‚Duselknecht’ doch

Recht, denn ohne riesiges Schwein hätte ich weder den Krieg überlebt, noch Möglichkeiten gefunden, ein Studium zu finanzieren. Zufälle und Glück waren in meinem bisherigen Leben das Allerwichtigste. Sonst hätte ich auch nicht Doris kennen gelernt. Wenn es so weitergeht, finde ich auch die richtige Anstellung." Durch diese Überlegungen fand Richard die nötige Gelassenheit, um nach den Aufregungen des Tages endlich einzuschlafen.

4. Kapitel

Alle „Amerikaner“ hatten Richard zum bestandenen Examen gratuliert. Mama drängte seit Tagen: „Du solltest dich bald dafür bedanken. Die warten bestimmt schon lange darauf.“ „Zuerst habe ich jede Menge Bewerbungsschreiben geschrieben“, verteidigte sich Richard, „dann passierte die Pleite bei ‚Eisen und Stahl', und jetzt muss ich wieder jeden Tag zu den Vorlesungen. Aber wenn du morgen deinen Brief an Elisabeth schickst, lege ich meine Zeilen bei. Sie gibt ja immer alles weiter.“ Es wurde ein längerer Brief. Richard schrieb:

„Meine Lieben, ein gescheiter Mann soll einmal gesagt haben ‚Ich schreibe heute einen langen Brief, zu einem kurzen habe ich leider keine Zeit.' So ähnlich geht es mir heute. Zunächst herzlichen Dank für eure Glückwünsche, über die ich mich sehr gefreut habe. Zweifellos ist ein Lebensabschnitt zu Ende gegangen, wenn auch jetzt die Entwicklung etwas anders verläuft, als ich noch vor wenigen Wochen gedacht habe. Gleich nach dem bestandenen Examen haben meine Freunde und ich stoßweise Bewerbungsschreiben losgelassen. Ich schrieb z.B. an die Stadt Nürnberg, zusätzlich an den Oberbürgermeister, außerdem an die MAN und an ein paar andere Großbetriebe. Außer freundlichen Absagen kam nichts.

Bei einigen dagegen hat es auf Anhieb geklappt; Helmut arbeitet bereits in der AEG, ein anderer Freund wurde in einer Bank angestellt, und Norbert ist schon seit drei Wochen bei einer großen Ölgesellschaft untergekommen. Er erzählt mir fast jeden Abend, was er so alles macht. Die Namen seines Direktors, seines Prokuristen und insbesondere seiner Abteilungsleiterin sind uns allen geläufig. Seine Mutter jammert schon wieder wie zu Zeiten der Diplomarbeit, weil sie an jedem Feierabend nichts mehr anderes hört als Geschichten aus dem Innenleben eines Ölkonzerns.

Jetzt kommt meine Geschichte. Wie ihr wisst, arbeitet Doris seit einiger Zeit im Büro der Firma ‚Eisen & Stahl'. Sie hatte eines Tages gehört, dass ein Direktionsassistent gesucht wird, und mir das am gleichen Abend erzählt. Wir beschlossen, dass ich bei einer Bewerbung nichts von unserer Beziehung sagen sollte, denn es könnte ja auch schief gehen. Tatsächlich wurde meine Bewerbung akzeptiert, und ich fing nach wenigen Tagen dort an. Schneller als ich gedacht hatte, saß ich gar nicht weit entfernt von Doris in einem kleinen Büro, um mich einzuarbeiten. Der Herr Direktor erwies sich als cholerischer Alleinherrscher, der bei jeder Kleinigkeit seine Untergebenen anschrie. Genau der richtige Mann für mich, der ich schon während der Schulzeit meinen Bedarf an solch abstoßenden Schreihälsen fürs Leben gedeckt hatte. Zu mir verhielt er sich allerdings recht zuvorkommend und erläuterte mir in einem längeren Gespräch, was meine Aufgabe als Direktionsassistent sein werde. Ab diesem Moment wusste ich, dass ich den völlig falschen Dampfer erwischt hatte. Die Firma war dabei, ein großes neues Verwaltungsgebäude zu bauen, und ich sollte mich ausschließlich um dieses Projekt kümmern. Als er mir die Baupläne, Kostenvoranschläge und Finanzierungskonzepte zeigte, saß ich davor wie ein Analphabet vor einem Meisterwerk der Literatur. Am nächsten Tag schrieb ich dem Herrn Direktor einen freundlichen Brief und bat um sein Verständnis, dass ich aufgrund totaler Unfähigkeit für diese Aufgabe mit sofortiger Wirkung kündigen müsse, um von mir und seiner Firma unabsehbaren Schaden abzuwenden.

Doris war natürlich völlig überrascht und auch enttäuscht, dass ich so schnell das Handtuch geworfen hatte. Glücklicherweise hatte ich mich bereits in den Semesterferien für das Wintersemester eingeschrieben, weil ich nicht wusste, ob ich mich nicht doch um eine Dissertation bei Professor Lehmann oder Weddigen kümmern sollte. Gleich am nächsten Tag ging ich deshalb in die Uni, um nicht noch mehr Zeit zu verlieren. Und jetzt passierte es, das Schicksal trat mir in Gestalt des mir völlig fremden Studienkollegen Ferdinand Köfler entgegen. Auf dem Gang sprach er mich an und machte mir folgendes überraschendes Angebot: ‚Ich kann ihnen alle Unterlagen für Pädagogik zur Verfügung stellen, wenn Sie mir dafür ihre Materialien für Volkswirtschaft geben und sich mit mir einmal in der Woche auf die Prüfung vorbereiten'. Er erzählte, dass er bei meiner mündlichen Prüfung in Volkswirtschaftslehre als Zuschauer dabei gewesen sei und von meinen Kenntnissen beeindruckt war. Ich bemühte mich nicht, diese völlige Überschätzung zu korrigieren, und akzeptierte kurz entschlossen seinen Vorschlag.

Dann ging alles sehr schnell. Mein neuer Studienfreund Köfler half mir bei meinen Eintragungen ins Studienbuch für das siebte Semester. Neben Wirtschaftsfächern drehte es sich jetzt um Pädagogik, Didaktik des Wirtschaftsunterrichts, Psychologie und Methodenlehre. Auf einmal war ich wieder Student mit dem völlig neuen Berufsziel Handelslehrer an einer kaufmännischen Schule. In nur zwei Semestern will ich das schaffen, schon nächstes Jahr könnte ich dann mit der Arbeit als Lehrer beginnen.

Und da sagen manche immer noch, schon Kinder und Jugendliche fühlten frühzeitig ihre Neigung zum Wunschberuf und die spätere lebenslange Tätigkeit hätte nichts mit Zufälligkeiten und spontanen Entscheidungen zu tun. Hättet ihr jemals gedacht, dass ausgerechnet ich freiwillig ein Kollege von Paukern werden und ständig Schulhäuser von innen sehen möchte? Ich hoffe, meine Neuigkeiten erzeugen keine allzu großen Verwunderungen oder gar Schockwirkungen und grüße euch alle recht herzlich

Euer Richard".

Beim nächsten Treffen an einem Donnerstag in der Kronfleischküche brachte Richard mit seinen Neuigkeiten alle zum Staunen. Ein bisschen Häme war natürlich auch dabei, als sie wissen wollten, weshalb er sich als Direktionsassistent nicht auf das Bauprojekt eingelassen hatte. Doris urteilte realistisch: „Davon hatte er doch keine Ahnung, und ihr alle übrigens auch nicht. Das wäre Zeitvergeudung gewesen und hätte wahrscheinlich zu fürchterlichen Enttäuschungen geführt. Ich bin froh, dass er schnell abgesprungen ist." Beim Thema „Handelslehrer" überwogen Verblüffung, gemischt mit Hohn und Spott. Norbert vermutete: „Wenn Richard in eine überfüllte Klasse mit mehr als dreißig Schülern hinein muss, wird er noch schneller die Flucht ergreifen als bei seinem glorreichen Start in die Wirtschaft." Fritz legte noch eins drauf: „Die Flucht ins Beamtendasein hat schon manchem geholfen, ein risikofreies Leben zu führen. Du wirst vor Neid erblassen, wenn wir erst unsere Welttour machen." Das bot Richard eine gute Chance zum Kontern: „Eure Weltreise findet offensichtlich zur Zeit im Raum Nürnberg statt. Uli und du entdecken gegenwärtig die große weite Kneipenwelt. Eure Trauminsel wird von einer Dame namens ‚Mary' verwaltet, und statt Palmenmilch schüttet ihr billigen Whisky in euch hinein." Diesmal hatte Richard die Lacher auf seiner Seite, denn alle wussten von den nächtlichen Barbesuchen. Fritz, noch unschlüssig, ob er promovieren sollte, hatte es nicht eilig, ins Berufsleben einzusteigen, und Uli ließ sich Zeit mit dem Examen.

Die „Drei Mikos" spielten nur noch selten und nur bei besonderen Anlässen. Seit Helmut berufstätig war, trafen sie sich auch viel weniger als vorher. Außerdem hatte Helmut eine feste Freundin, und man munkelte, dass die Zeichen auf Ehe stünden. Die Wirtstochter Steffi fiel jedem sofort wegen ihrer südländischen Erscheinung auf, und einer in der Donnerstagsrunde hatte gespottet: „Der schöne Helmut hat sich eine temperamentvolle Carmen ausgesucht." Als Doris und Richard eines Abends Steffi und Helmut im „Waldgarten" besuchten, wurden sie mit einem Ehepaar bekannt, mit dem sie sich in den nächsten Jahren noch häufig treffen sollten. Rosi arbeitete als Bedienung bei ihrer Freundin Steffi, und ihr Ehemann Gustl holte sie meistens nach Ende der Arbeit ab. Schon bei dieser ersten Begegnung staunte Richard über das breitgefächerte Interesse des kaufmännischen Angestellten in einer Versicherung, der über beachtliche Kenntnisse in der Literatur verfügte, politisch auf dem Laufenden war und als Hobbymaler über Kunst reden konnte wie keiner von Richards bisherigen Freunden. Am meisten waren aber Doris und Richard von der angenehmen Persönlichkeit des neuen Bekannten beeindruckt. Auf der Heimfahrt meinte Doris: „Ich habe selten jemand getroffen, der mir so schnell sympathisch war wie dieser Gustl. Er redet ohne anzugeben, ist lustig und gleichzeitig nachdenklich und hat sich offensichtlich alles selbst angeeignet. Diese Art von Bildung erwirbt man auf keiner Uni.“

Gustl hatte begeistert über den Wiederaufbau in Nürnberg geredet. Ihm gefielen besonders die Versuche, neu mit alt zu kombinieren. Worüber viele Nürnberger schimpften, Gustl gefielen die Neubauten: Das Hochhaus am Plärrer, der Kaufhof und auch die Staatsbank direkt gegenüber der Lorenzkirche. Während sich Richard über die vielen Baustellen am Egidienberg, am Plärrer und in Langwasser eher negativ äußerte, meinte Gustl: „Das sind doch gute Zeichen, dass es aufwärts geht. Es fehlen ja immer noch fast 50000 Wohnungen, höchste Zeit, dass die Leute aus ihren Behelfsunterkünften, Barackenlagern und Bunkern herauskommen. Das sollen noch fast 10 000 Leute sein. Andererseits gefällt mir auch, dass im letzten Jahr das „Männleinlaufen“ auf dem Hauptmarkt wieder eingeweiht worden ist. Ich finde den Nürnberger Weg richtig, beim Wiederaufbau sowohl das Alte als auch die Bedürfnisse einer modernen Großstadt zu berücksichtigen.“ Richard verstand zu wenig von diesen städtebaulichen Problemen, um sachkundig mitreden zu können. Er bemerkte nicht zum ersten Mal, dass er in den vergangen Jahren viel zu sehr mit seinen eigenen Problemen beschäftigt war, um über die politische Entwicklung einigermaßen Bescheid zu wissen. Das galt auch für die nächste Einschätzung Gustls: „Die baulichen Verbesserungen und der steigende Konsum genügen natürlich nicht. Es wird Zeit, dass Ludwig Erhard sein Versprechen, 'Wohlstand für alle' einlöst und etwas gegen die großen sozialen Ungerechtigkeiten in der Bundesrepublik unternimmt. Sonst war der große Metallarbeiterstreik in diesem Jahr bestimmt nicht der letzte.“ Das Gespräch machte Richard deutlich, wie wenig die Dozenten während des Studiums auf allgemeine gesellschaftliche und politische Probleme eingegangen waren. Sein Gesprächspartner mit Volksschulabschluss war ihm und wahrscheinlich den meisten seiner Freunde und Kollegen in diesen Fragen haushoch überlegen.

In finanzieller Hinsicht brachte das Ende der Nebenbeschäftigung als Musiker neue Probleme, obwohl Richard einiges gespart hatte. Ferdinand Höfler, sein neuer Partner und Studienkollege, gab ihm den Tipp, vor Weihnachten im Versandhaus „Quelle" anzuheuern, denn dort würden immer Hilfskräfte gesucht. Richard wurde auch gleich für diesen Job am Fließband eingestellt und erlebte 14 Tage lang eine Arbeitswelt, von der er bisher keine Ahnung gehabt hatte. Zunächst schien alles ganz einfach: Man musste aus Regalen die mit Waren gefüllten Körbchen herausnehmen und in nummerierte Fächer des langsam vorbeiziehenden Bandes entleeren. Der kleinste Verzug führte sofort zur großen Hetzerei, denn dann hatte man dem Band hinterher zu rennen oder auf den Stoppknopf zu drücken. Weil das nur im äußersten Notfall geschehen sollte, bediente fast niemand diesen ominösen Knopf. Richard war heilfroh, als er diese Arbeitserfahrung hinter sich gebracht hatte und die Saison vorüber war. Jetzt wusste er erst genau, was ihm erspart geblieben war und welch großes Glück er gehabt hatte, dass er lange als Musiker seinen Lebensunterhalt verdienen konnte.

Im Wintersemester 1954/55 tat sich Richard leicht, sich auf die Fächer zu konzentrieren, die für den Abschluss als Diplom-Handelslehrer gefordert waren. Er besuchte gerne das Lehrfach Psychologie, und auch in den Seminaren Pädagogik und Didaktik gefiel es ihm recht gut. Dabei lernte er einige neue Kollegen kennen, die ihr ganzes Studium von Anfang an auf den Lehrberuf ausgerichtet hatten. Einer von ihnen fiel ihm besonders auf, weil er sich häufig zu Wort meldete und fast immer sehr sachkundig argumentierte. Er hieß Günter Fiebig, sprach leicht unterfränkischen Dialekt und konnte beim Gehen und Stehen trotz Prothese nicht verbergen, dass ihm ein Bein fehlte. Der gut aussehende, mittelgroße Studienkollege aus Würzburg strotzte vor Selbstbewusstsein und Richard freute sich darüber, ihm mit der Zeit näher zu kommen.

Der außergewöhnlich ehrgeizige Student wollte wissen, ob Richard auch Ende des Sommersemesters in die Prüfung gehen wollte. Als der bejahte, bot er ein gemeinsames Vorgehen an, worauf Richard zu bedenken gab, dass er schon mit dem Kollegen Höfler eine Art „Lernabkommen" geschlossen hatte. „Meinst du die ‚Kartuffel aus Pulen', der statt ‚o' immer ‚u'" verwendet? Den kenne ich gut. Der hat bestimmt nichts dagegen, wenn wir zu Dritt unsere Geisteskraft verbinden, um ein Spitzenexamen hinzulegen." So wurde in Zukunft auch verfahren, leider litt „Kartuffel" im weiteren Verlauf immer mehr unter extremen Prüfungsängsten, scherte aus der Gruppe aus und ging erst vier Semester später ins Examen.

Zum Weihnachtsfest erhielt Mama neben vielen neuen Fotos aus Amerika ihr wohl schönstes Weihnachtsgeschenk: Karl und Franz schrieben in einem längeren Brief, dass sie ihr Versprechen vom Tag der Auswanderung wahr machen würden und im Sommer 1955 vier Wochen unbezahlten Urlaub nehmen würden, um nach Hause zu kommen. In ihrem Schreiben standen nur erfreuliche Berichte, so dass Peter meinte: „Die neue Welt hat ihnen Glück gebracht, von Elisabeth hört man ja auch nur Gutes."

Silvester hatten Doris und Richard mit Freunden in der Denisstraße gefeiert, deshalb unternahmen sie am 1. Januar 1955 nur einen kleinen Spaziergang über den Ledererssteg ins Pegnitztal. Richard fragte: „Ob es im Fasching wieder losgeht zwischen den Gostenhofern und Johannislern? Mir haben sie als Fünfjährigem übel mitgespielt; die Quälerei mit dem Luftgewehr im Hof des Sielschulhauses vergesse ich bestimmt nie in meinem Leben. Vielleicht verhalten sie sich heutzutage nicht mehr ganz so brutal, damals wollten ja schon die Kinder harte deutsche Helden sein." „Die Geschichte hast du mir schon öfter erzählt", antwortete Doris, „warum hast du auch bei allem mitmachen wollen?" „Morgen werden es zehn Jahre, dass ich meine schlimmsten Stunden erlebte", sinnierte Richard weiter, „viele haben ähnliches mitgemacht. Deshalb werden am 2. Januar die meisten Nürnberger an diese Katastrophe denken. Am damaligen Neujahrstag unterhielt ich mich zum letzten Mal mit der Mutter meiner Freunde Erwin und Kurt. Ich traf sie in der Fürther Straße, sie erzählte mir begeistert vom Film ‚Die Frau meiner Träume' mit Marikka Rökk, den sie eben gesehen hatte. Einen Tag später war sie tot. Seltsamerweise denke ich fast so häufig an diese Begegnung wie an das grauenhafte Bild, als ich Erwin bis zur Brust eingeklemmt im Durchbruch seines eingestürzten Kellers sitzen sah und er leise zu mir sagte: ‚Alle sind tot, meine Großmutter liegt unten an meinen Füßen'. So oft sind die beiden bei uns im Keller geblieben, warum sind sie ausgerechnet am schlimmsten Angriff des gesamten Krieges heimgegangen? Das frage ich mich immer wieder!" Doris unterbrach ihn: „Du musst versuchen, nicht mehr so oft daran zu denken. Es ist furchtbar, was mit den Menschen und der Stadt damals passiert ist. Auch ich erschrecke manchmal noch, wenn ich ein Flugzeug höre. Vielleicht verblasst mit der Zeit die Erinnerung an die Schreckensnacht."

Ein ähnliches Gespräch über die mörderische Zeit führte Richard am nächsten Tag mit seinem neuen Freund Gustl, der 1922 geboren wurde und während des gesamten Krieges an der Front war. Wie durch ein Wunder überlebte er auch den Russlandfeldzug. Er erzählte ihm eine entsetzliche Geschichte: „Seit Monaten waren wir auf dem Rückmarsch aus Russland, jeder wusste, dass der Krieg verloren war. Im Januar 1945 ging es nur noch ums eigene Überleben. Manche in meiner Kompanie hatten einen unbändigen Hass auf die Russen, und als wir einen großen Trupp von Gefangenen beim Rückzug bewachen mussten, befolgten sie bereitwillig den Befehl, jeden zu erschießen, der vor Erschöpfung nicht mehr weiter konnte und hinfiel. Das ging so weit, dass sich ein paar darum stritten, wer schießen durfte. Ein sonst gemütlicher Kamerad schrie seinen Kumpel an: ‚Beim Nächsten komme ich dran, das sag' ich dir'." An Gustls Glaubwürdigkeit zweifelte keiner der Zuhörer, man sah seinem Gesichtsausdruck an, dass er die Wahrheit sagte. Er schüttelte nur stumm den Kopf, als Doris trotzdem wissen wollte, ob er damals auch geschossen habe.

Richard fragte nach: „Du kanntest doch die Leute. Wie kann jemand einen hilflosen, am Boden liegenden Gefangenen abknallen und sich sogar darum reißen, einen völlig fremden Menschen umzubringen und zum Mörder zu werden?" Gustl antwortete zögernd: „Ich habe seit damals immer wieder darüber nachgedacht. Zumal es ja nicht das einzige grauenhafte Kriegserlebnis war, das sich in meinem Gedächtnis für alle Zeiten eingegraben hat. Ich vermute, der Plan der Nazis zur Entmenschlichung der freiwilligen oder unter Zwang beteiligten Helfer hat funktioniert. In vielen Familien ging es mit der Gewalt schon los, in den Schulen halfen die meisten Lehrer mit, Hitlers Idealbild vom zähen, harten, rücksichtslosen deutschen Jungen zu verwirklichen. Im Jungvolk und bei der Hitlerjugend begann schon die vormilitärische Ausbildung, Arbeitsdienst und Militär sorgten für den letzten Schliff durch irrsinnigen Drill. Irgendwann ist dann das Ziel der vollkommenen Abstumpfung erreicht. Dann erst sind blinder Gehorsam und Willenlosigkeit gewährleistet." Richard hatte das Gefühl, dass Gustl einer allgemeingültigen Erklärung für unmenschliches Verhalten in der braunen Diktatur sehr nahe kam. Er selbst war in den letzten Jahren zu ähnlichen Beurteilungen gekommen und staunte darüber, wie Gustl solche Einsichten zusammenfassen konnte.

Seine beiden Studienfreunde in der gemeinsamen Lerngruppe hielten beim nächsten Treffen von derartigen Gedanken wenig. Ferdinand Höfler wollte über die Vergangenheit gar nicht mehr reden und meinte: „Das bringt doch alles nichts mehr, die jungen Leute haben heutzutage andere Sorgen und haben auch allen Grund zum Optimismus, denn es geht stetig aufwärts." Günter Fiebig argumentierte ähnlich: „Man kann auch übertreiben. Die

Schuldigen sind doch erkannt, die Deutschen insgesamt sind so hineingeschlittert, wie die Amerikaner, Engländer und die Franzosen. Das Verhängnis waren Hitler und seine engsten Vertrauten und verbrecherischen Helfershelfer. Wir haben schließlich unter der Naziclique auch ganz schön gelitten." Richard musste dazu einfach noch etwas sagen, obwohl er es nicht zum Streit oder gar zum Bruch kommen lassen wollte: „Der Freispruch ist viel zu allgemein, ein paar teuflische Nazis können doch nicht Millionen von Menschen umgebracht und die Welt mit Krieg überzogen haben. Zweifellos hat es Hunderttausende von Tätern in der SS und bei den anderen Naziorganisationen gegeben. Aber auch die Spitzenleute in der Wirtschaft, beim Militär, bei der Justiz und sogar unter den Wissenschaftlern waren Beteiligte oder müssen zumindest viel gewusst haben. Von den einfachen Mitläufern und folgsamen Erfüllungsgehilfen gar nicht zu reden. Ich halte nichts von der Kollektivschuld der Deutschen, aber noch weniger von einer kollektiven Unschuld."

Günter Fiebig entgegnete aufgebracht: „Ich habe jedenfalls nichts davon gewusst, meine Eltern und meine gesamte Verwandtschaft auch nicht. Selbst wenn mehr Deutsche als bisher bekannt an Schandtaten beteiligt waren, irgendwann muss Schluss sein, die anderen waren ja auch keine Waisenknaben." ‚Kartuffel' nickte eifrig und meinte: „Wir haben heute ein großes Kapitel in Volkswirtschaftslehre zu besprechen, lasst uns doch jetzt endlich damit anfangen." Während der nächsten Stunden verlief alles nach Plan, Günter bewies wieder mal seine Kennerschaft, so dass Ferdinand Höfler beim Schreiben gar nicht mehr mitkam. Richard war nicht ganz bei der Sache, weil er sich ärgerte, dass so ein fähiger Student wie Günter solche Stammtischparolen von sich geben konnte, die fast bei jedem Gespräch über die Vergangenheit auftauchten. Nach der konzentrierten Arbeit kam der Würzburger zu seinem Lieblingsthema: Wie schafft man die Note ‚sehr gut'. Richard meinte: „Dafür gibt es keine Garantie, weil in jeder Prüfung zu viele Zufälligkeiten eine Rolle spielen. Selbst ein solch tüchtiger Ehrgeizling wie du braucht nicht nur solides Wissen, sondern auch viel Glück."

Davon wollte Günter nichts wissen: „Mich kennen schon die Professoren, so leicht werden sie mich nicht in die Pfanne hauen. Ich will ja nicht umsonst büffeln." Richard wunderte sich nicht zum ersten Mal, wie sein Kollege, der außergewöhnlich lustig, unterhaltsam und zuvorkommend sein konnte, nahezu verbissen an seinem Ziel, der Gesamtnote ‚Eins', bei ihm hieß das der ‚Enser', festhielt.

Bei einem anderen Thema gingen ebenfalls die Meinungen weit auseinander - bei Geld und Karriere. Sie saßen im ‚Mausloch' bei einem Glas Bier, als Günter seine Zukunftspläne offen legte: „Ich bleibe bestimmt nicht ein Leben lang in irgendeiner Schulstube sitzen. So bald wie möglich mache ich nebenbei meinen Steuerberater und später vielleicht den Wirtschaftsprüfer. Damit kommt man erst an das große Geld heran. Alle Titel helfen doch nichts, wenn du ein armer Teufel bleibst. Mit den paar Kröten, die als Handelslehrer zu verdienen sind, schaffst du doch nicht einmal ein akzeptables Haus."

Richard waren solche Überlegungen vollkommen fremd. Er erwiderte: „So schlecht werden Studienräte nicht bezahlt. Mir wird das Einkommen genügen, zumal man ja sicher auch mit Beförderungen im Laufe der Dienstjahre rechnen kann. Es ist für mich viel wichtiger, vom Beruf nicht aufgefressen zu werden und auch noch für andere Interessen Zeit zu haben. Demnächst wird das sowieso sehr schwierig sein, denn die Staatsprüfung in zwei Jahren schenken sie uns bestimmt nicht. Die schöne Aufsatzfrage ‚Lebt der Mensch um zu arbeiten oder arbeitet der Mensch um zu leben?' habe ich schon vor einigen Jahren zugunsten eines sinnvollen Lebens beantwortet. Dabei darf das Geld nicht die wichtigste Rolle spielen."

Günter lachte: „Ich weiß schon, woher du deine Philosophie hast. Du hast zuviel Tucholsky gelesen. Ich möchte nicht als großer Durchblicker mein Leben in einem Reihenhaus verbringen." Richard erwiderte ebenfalls gut aufgelegt: „Es kommt überhaupt nicht darauf an, in welchem Haus man wohnt. Welches Leben man in seinen vier Wänden und draußen verbringt, das ist das Entscheidende."

Im Frühjahr drückte der strebsame Günter, der manchmal abends ausflippte und zu viel Alkohol konsumierte, so aufs Tempo, dass Ferdinand Höfler ausstieg: „Ich habe es mir überlegt", sagte er eines Tages, „ich werde erst im nächsten Semester ins Examen gehen." Richard meinte: „Das bringt doch keine Vorteile, jetzt sind wird gemeinsam in der Vorbereitung, besser wird`s später für dich bestimmt nicht." Er sollte Recht behalten. „Kartuffel" wartete ganze vier Semester, bis er seine Prüfungsangst überwunden hatte und sich zum Examen anmeldete.

Richards Mutter erzählte eines Tages beim Mittagessen, dass sie beim Bäcker gehört hatte, Norbert fahre ein Lieferauto von Coca Cola und beliefere Geschäfte und Gaststätten. Am gleichen Abend besuchte Richard seinen Freund, um Näheres zu erfahren. Er traf ein begeistertes Firmen-

mitglied des Weltkonzerns Coca Cola, der ihm Folgendes erzählte: „Im Ölgeschäft hast du als Diplom-Kaufmann keine Chancen mehr.
Alle höheren Positionen sind auf Jahre hinaus besetzt. Deshalb habe ich das Angebot von Coca Cola angenommen, in wenigen Jahren Fabrikleiter in Nürnberg zu werden, wenn ich die ‚Ochsentour' akzeptiere und vom Verkaufsfahrer über Gebietsleiter bis zum Filialchef alles durchmache. Später steht mir der Weg in die Zentrale nach Essen offen und damit die ganz große Karriere. So eine Chance erhält man nur einmal im Leben!"

Alle Freunde und ehemaligen Studienkollegen staunten über den neuen Weg, den Norbert zielstrebig beschritt. Wie schon früher ließ Norbert alle an seinem Alltag teilnehmen. So viel hatte Richard noch nie über das berühmte bräunliche Getränk gewusst wie zu dieser Zeit. „Als Verkaufsfahrer musst du auf alle Fragen antworten können", erklärte Norbert, „du musst einfach ‚argumentensicher' sein. Warum kann man Cola eiskalt trinken? Weshalb schadet es dem Magen nicht? Warum ist es so außergewöhnlich verträglich? Wieso kann man es nicht einfach nachmachen?"

Selbst Norberts Mutter konnte alle diese Fragen mühelos beantworten, und seine Freundin Lenchen lächelte nur verächtlich, wenn sie jemand fragte, ob zu viel Cola süchtig machen könne. Richard störte am meisten, dass sein alter Freund Norbert mit der Sachkenntnis auch eine neue Sprache erwarb. Er sagte plötzlich Sätze wie: „Nicht wahr, die Leutchen müssen perfekt informiert werden, nöch, ist doch klar!" Als ihn darauf Richard fragte, ob er sich nicht wohl fühle, weil er so ganz anders daherrede, bekam er die Antwort: „Männecken, das ist eben die Geschäftssprache. Als dynamischer Mitarbeiter brauchst du Pepp, da kommst du mit Nürnberger Kauderwelsch nicht weiter."

Für Richard spielte die Sprache keine besondere Rolle, er hatte im Sommer 1955 ein anderes Problem und schrieb deshalb an seine Magnifizenz, den Rektor der Hochschule für Wirtschafts- und Sozialwissenschaften, einen Brief:

„Im Oktober des vergangenen Jahres legte ich die Prüfung für Diplom-Kaufleute ab. Daran anschließend belegte ich zwei weitere Semester, um das Diplom für Handelslehre zu erwerben.
Meine Bitte, mich schon im Juli zur Diplomprüfung zuzulassen, geschieht aus folgenden Gründen: Ein späterer Termin würde bedeuten, dass ich nicht mehr zu Beginn des neuen Schuljahres meine berufliche Tätigkeit aufnehmen könnte. Da sich meine Familie in einer sehr schlechten finanziellen Lage befindet, war ich von jeher gezwungen, neben der Beschaf-

fung der Mittel für das Studium, auch meine Familie zu unterstützen. Dies wurde aber immer schwieriger, so dass es mir sehr zustatten käme, könnte ich im September meine Tätigkeit als Handelslehrer aufnehmen."

Nachdem dieser Bitte entsprochen wurde, war der Weg frei für den neuen Versuch, ein möglichst gutes Ergebnis in einer akademischen Prüfung zu erzielen. Richard erging es noch besser als beim ersten Mal. Im Fach „Betriebswirtschaftliche Werbelehre" zog er das große Los, weil der Herr Professor genau das fragte, wofür er sich das schöne Wort „quaquagruneulehrschritt" eingeprägt hatte. Er brachte so viele Funktionen der Werbung zusammen, dass der Fragesteller nur staunte und den Prüfling mit einem „Ausgezeichnet" belohnte. Als er die Geschichte seinen ehemaligen Musikerkollegen Helmut und Fritz erzählte, die an dem Schlüsselwort mitgebastelt hatten, meinte Fritz: „So viel Glück kannst nur du haben, mir hat keiner so angenehme Fragen gestellt. Na ja, dafür wirst du in Kürze zu lebenslanger Schulhaft verurteilt."

Am Tag der Verkündung der gesamten Prüfungsergebnisse war nur einer in Weltuntergangsstimmung: der superfleißige Würzburger Günter Fiebig. Er hatte knapp den „Enser" verpasst und war beim Durchschnitt nur um eine Zehntelnote besser als Richard. Als sie abends mit ein paar anderen Kollegen im Heilig Geist Spital zusammensaßen, ertränkte der „Gescheiterte" seinen Kummer in Weißwein und ließ sich von keinem trösten. Richard konnte die Stimmung auch nicht verbessern: „Mit deiner Note bist du doch überall willkommen. Sei doch froh, dass alles vorüber ist und die Büffelei ein Ende hat."

Der Ehrgeiz brachte dem aufstiegsorientierten Kollegen, den Richard verhältnismäßig rasch aus den Augen verlor, einige Jahre später noch viel mehr Kummer. Er legte zusätzlich wie geplant die Prüfung zum Steuerberater ab und schaffte es mittels politischer Beziehungen sogar, neben seiner Tätigkeit als Handelslehrer eine Beraterpraxis führen zu dürfen. Diese wurde ihm zum Verhängnis, denn wegen wirtschaftskrimineller Handlungen kam er vor Gericht und musste eine zweijährige Strafe abbüßen.

Kurz bevor seine Brüder Karl und Franz zum ersten Besuch aus Amerika eintrafen, bekam Richard ein kurzes Schreiben, das den Start für eine lebenslange pädagogische Tätigkeit bedeutete. Der Direktor der kaufmännischen Berufsschule schrieb: „Wir bitten Sie, falls Sie das Diplom-Handelslehrerexamen abgelegt haben und an der Ableistung des Seminarjahres an unserer Schule interessiert sind, Ende der Woche bei uns vorzusprechen." Die Weichen waren gestellt, jetzt kam es darauf an, sich zu behaupten, um nach Referendarzeit und ‚Anstellungsprüfung für das Lehramt an kaufmännischen Schulen' im übernächsten Jahr von der Stadt auf Dauer übernommen zu werden. Seine Freude über die günstige Entwicklung wäre erheblich getrübt gewesen, hätte er nur die Spur einer Ahnung vom Ausmaß des Praxisschocks gehabt, den er zu Beginn des neuen Schuljahres erleiden sollte.

Seine Familie, Doris und der „Vielgeprüfte“ verbrachten ungetrübte Tage mit den Besuchern aus Amerika. Während der vier Wochen wurde fast vergessen, wie weit Karl und Franz bald wieder entfernt sein würden, und Mama genoss jede Stunde des Heimaturlaubs. Am liebsten hätte sie die beiden Söhne in alle Geschäfte mitgenommen und allen Nachbarn gezeigt. Richard bildete sich ein, seine Mutter in den letzten Jahren nie so glücklich und zufrieden gesehen zu haben wie im Sommer 1955.
Große Verwandtschaftstreffen fanden statt, Peter bewies seinen Söhnen, dass er nichts auf dem Klavier verlernt hatte, Onkel Robert schmetterte wie in alten Tagen „Dein ist mein ganzes Herz“, und Mama briet „Krautwickerle“, als wären ihre Kinder aus Amerika vom Verhungern bedroht. Heinz, der 16-jährige Fachmann für Jazz, der für die aktuelle Rock'n'Roll-Welle nicht das Geringste übrig hatte, konnte es gar nicht glauben: Seine Brüder aus Amerika kauften ihm ein nagelneues Fahrrad. Das erste neue Rad in seinem Leben! Doris und Richard wurden ein paar Mal zu einem Drink in eine feine Bar in der Innenstadt eingeladen, und Franz bedauerte nur, dass die „Drei Mikos“ nicht die Hintergrundmusik lieferten.

Es schien den beiden ausgezeichnet zu gehen, sie hatten offensichtlich Fuß gefasst in der Neuen Welt, wenngleich sie nicht verschwiegen, welche harten Arbeitsbedingungen dort herrschten und wie vollkommen anders sich das Leben dort abspielte. Franz sagte: „Wenn du nicht untergehen willst, musst du einiges in Kauf nehmen und darfst nicht an einem Arbeitsplatz hängen. Ist irgendwo mehr zu verdienen, sollte man nicht zögern, auch wenn es bequemer wäre, in seiner Firma zu bleiben.“ Karl besaß die günstigeren Karten, seine solide Ausbildung als Facharbeiter machte sich vom ersten Tag an bezahlt. Trotzdem verheimlichte er Doris und Richard nicht, sehr hohen Anforderungen ausgesetzt zu sein: „Bei den sozialen Verhältnissen gibt es riesigen Nachholbedarf, z. B. bei Kündigung, Urlaub und Krankheiten. Aber niemand glaubt, dass sich daran jemals etwas verändert. Das Schwierigste an unserer Reise war, dass wir überhaupt unbezahlten Urlaub bekommen haben. Bei vier Wochen Urlaub schütteln doch alle Amerikaner nur ungläubig den Kopf.“

Sogar zwei Leihautos leisteten sich die Urlauber und luden so viele Verwandte ein, wie gerade noch hineinpassten. Peter fühlte sich zwar zunächst nicht recht wohl in solchen „gefährlichen Vehikeln", nachdem seine Leni vom Autofahren aber gar nicht genug bekommen konnte, fügte er sich in sein Schicksal und warnte nur des Öfteren seine Söhne, ja nicht zu schnell zu fahren. Rundreisen durch die Fränkische Schweiz, ein Ausflug ins Gebirge und noch andere erlebnisreiche Fahrten standen auf dem Programm, und Mama freute sich besonders darüber, dass alles mit einer kleinen Filmkamera aufgenommen wurde. Franz und Karl versprachen, so bald wie möglich den fertigen Film zu schicken. Richard müsse sich dann nur ein Vorführgerät ausleihen und schon könne man alles noch mal erleben.

Der Abschied ging allen an die Nieren, Mama und Peter mussten versprechen, in den nächsten Jahren zu Besuch zu kommen. Selbstverständlich bräuchten sie dazu keinen Pfennig Geld, alle ausgewanderten Familienmitglieder würden zusammenlegen und die Besuchsreise finanzieren. Die Heimreisenden wollten der Heimat und den Verwandten so oft wie möglich einen Besuch abstatten. Richard versprach: „Doris und ich kommen bestimmt eines Tages, vielleicht hinwärts mit dem Flugzeug, zurück wäre mir eine Seereise am liebsten." Es dauerte sieben Jahre, bis dieser Plan in die Tat umgesetzt wurde.

Dazwischen sollten die anstrengendsten Berufszeiten liegen, die Richard in seinem Leben zu bestehen hatte. Die mühevolle Lehrzeit als Pädagoge an kaufmännischen Schulen begann mit dem neuen Schuljahr im September. Richard ahnte zwar, dass er ins Wasser ohne ausreichende Schwimmkenntnisse geworfen würde. Er und seine mit ihm beginnenden jungen Kollegen wussten nicht, dass ihre Schwimmversuche durch zusätzliche Bleigewichte erschwert werden sollten. Sie rechneten mit Anfangsproblemen infolge mangelhafter Praxiserfahrungen in Buchführung, kaufmännischem Rechnen und Betriebslehre. Dass sie aber in Fächern unterrichten mussten, von denen sie wenig bis gar nichts verstanden, war eine Angst erzeugende Überraschung. Richard fand nicht nur Schreibmaschinenunterricht und Steno in seinem persönlichen Stundenplan, auch für Plakatschreiben und Warenkunde hielt man ihn für so kompetent, dass er aus dem Stegreif unterrichten könnte. In der Klasse saßen Einzelhandelslehrlinge aus der Lebensmittel-, Bekleidungs-, Papier- und Schreibwarenbranche, zwei Lehrlinge kamen aus einem Schuhgeschäft.

Außerdem fand er in seinem Fach drei dicke Ordner mit Schülerbogen vor und erfuhr in der ersten Lehrerkonferenz vom Schulleiter, dass er damit ‚die Ehre' einer dreifachen Klassleitung übertragen bekommen hatte. Es sei außerordentlich wichtig, die Schülerbogen immer auf den neuesten Stand zu bringen und am Ende jedes Halbjahres alle Noten einzutragen. Dass beim Schreiben der Zeugnisse höchste Sorgfalt angewandt werden müsse, sei ja wohl eine Selbstverständlichkeit. Neben 20 Stunden Unterricht in drei verschiedenen Klassen und ebenso vielen Schulhäusern hätten Referendare noch die Verpflichtung, sechs Stunden in der Woche zu hospitieren, das sei im Stundenplan schon eingezeichnet. Ab März kämen dann noch die Seminarveranstaltungen hinzu, jeweils sechs Stunden pro Monat an einem Samstag.

Bereits am nächsten Tag stand Richard im Schnieglinger Schulhaus zum ersten Mal in seinem Leben vor einer Schulklasse. Glücklicherweise waren die etwa 30 Lehrlinge, zwei Drittel davon weiblichen Geschlechts, mindestens genauso unsicher wie ihr Lehrer. Schüchtern und brav saßen sie in ihren Bänken, Richard hätte am liebsten einen Nichtangriffspakt mit ihnen geschlossen. Er ließ sich Zeit mit den vielen Bekanntgaben, die Schülerinnen und Schüler schrieben alles willig mit und so verging die erste Stunde. Als er alle ermutigte, etwas über ihre Lehrstelle zu berichten, kam er rasch mit einigen von ihnen ins Gespräch. Richard hielt eine kleine Einführungsrede und gewann den Eindruck, er würde mit den 15-Jährigen keine Probleme haben. Dadurch nahm seine Sicherheit zu und er probierte eine erste Einführung in einfache betriebswirtschaftliche Probleme. Zu seiner Freude meldeten sich viele, wenn er z. B. fragte, was denn ein Einzelhandelsbetrieb sei, wodurch er sich von einer Großhandelsfirma unterscheide, und er glaubte allmählich daran, trotz aller Schwierigkeiten über die Runden zu kommen. Am Ende der zwei Stunden entließ er die freundlichen Schülerinnen und Schüler, am ersten Schultag war dies gestattet.

Am Abend sagte er zu Doris: „Du kennst doch den Film ‚Der große Bluff', heute habe ich darin die Hauptrolle gespielt. Morgen läuft Teil 2." „Dann ist wohl alles gut gegangen"? fragte Doris, „das ist alles nur eine Frage der Eingewöhnung", ergänzte sie. „Jetzt geht es erst los, wie ich es in Warenkunde und Plakatschreiben hinbekomme, weiß ich noch nicht. Maschinenschreiben und Steno habe ich an der Wirtschaftsoberrealschule gelernt. Davor habe ich wenig Angst", antwortete Richard.

Am nächsten Tag lernte er einen der beiden Betreuungslehrer kennen, bei denen er jeweils drei Stunden Hospitation abzuleisten hatte. Der sympathische Kollege mittleren Alters begrüßte ihn sehr freundlich: „Setzen Sie sich bitte am besten in die hinterste Bank, ich werde mir Mühe geben, dass Sie etwas für Ihren Unterricht profitieren. Wir können uns über alles anschließend unterhalten." Richard verlor sein Herzklopfen und fühlte sich von Anfang bei „Kotschi“ - wie ihn seine Freunde nannten - wohl. Man merkte sofort, dass der Lehrer einige Jahre Berufserfahrung besaß und sich um ein angenehmes Unterrichtsklima bemühte. Er sprach alle Lehrlinge mit dem Vornamen, aber per „Sie“ an, Richard nahm sich vor, genauso zu verfahren. Die allgemein bevorzugte Methode „entwickelnder Unterricht“ beherrschte der Betreuungslehrer nach Richards Gefühl sehr gut, das Frage- und Antwortspiel verlief zügig und führte wie geplant zum Ziel, das „Kotschi“ vorher an die Tafel geschrieben hatte. Die drei Stunden mit den Fächern Buchführung, Sozialkunde und Betriebswirtschaftslehre vergingen sehr rasch. Richard bedankte sich und hatte keinen Grund zu heuchlerischem Lob, als er sagte: „So weit ich es schon beurteilen kann, waren dies sehr gelungene Stunden. Am besten hat mir Ihr Umgang mit den Schülern gefallen. Wenn es mir gelingt, will ich es genauso machen.“

Schon am Nachmittag musste Richard wieder selbst vor einer Klasse stehen. Alle Schülerinnen und Schüler waren damit einverstanden, dass er sie „siezte“ und mit dem Vornamen ansprach. In der letzten Stunde wollte er mit dem Plakatschreiben beginnen. In der Pause gab ihm der ältere Kollege des Nachbarzimmers den ‚goldenen’ Tipp: „Nichts ist einfacher als das Plakatschreiben. Ich gebe Ihnen meine Vorlage. Dann zerbrechen Sie eine Kreide in drei Stücke und verwenden ein Stück davon, indem sie es quer halten. Fangen Sie mit dem ‚i’ an. Einfach ein schöner breiter Strich und ein dicker runder Punkt darauf! Die Schülerinnen und Schüler sind bestimmt froh darüber, dass sie eine Stunde Zeit haben, eine Seite des schönen Buchstabens in ihre Hefte zu malen. In der nächsten Woche machen Sie dann mit dem ‚L’ weiter. Bis Sie zu runden Buchstaben oder gar kurzen Texten kommen, haben Sie genug Zeit zum Üben. Sie wissen ja, ein guter Lehrer ist seinen Schülern immer um eine Stunde voraus.“

Der Kollege Marker von nebenan ahnte bestimmt nie in seinem Leben, welche ermutigenden und rettenden Ratschläge er einem jungen Kollegen gegeben hatte. Denn Richard gewann jeden Tag mehr den Eindruck, den entscheidenden einstündigen Vorsprung vor seinen Schülern zu schaffen. Steno und Maschinenschreiben konnten mit List gemeistert werden, man musste ja nicht selbst vorschreiben und die Schüler freuten sich über Wettschreiben und kleine Spielchen. In den anderen Fächern hatte Richard viel aus seiner eigenen Schul- und Hochschulzeit auf Lager, außerdem gab es für jedes Fach Schulbücher. Besonders wichtig: In den Fächern Buchführung und kaufmännisches Rechnen lagen Lösungshefte vor, natürlich nur für die Hand des Lehrers. Wenn Richard die Klagen der jungen Kollegen aus den Gymnasien hörte, die während ihrer Schulzeit keinerlei

Ausbildung in kaufmännischen Fächern hatten, erinnerte er sich mit Dankbarkeit an seinen etwas skurrilen Lehrer Schauer an der Wirtschaftsoberrealschule, der immer nur Fahrräder und Käse in seiner Musterfirma verkaufte. Der „Kinstler auf der Biehne“, wie er sich selbst genannt hatte, war doch erfolgreich gewesen.

Am Freitag lernte Richard seinen zweiten Betreuungslehrer kennen. Eine stattliche, Erscheinung, um die sechzig Jahre alt, grauhaarig und elegant gekleidet, gab ihm die Hand und stellte sich als Dr. Kreisel vor. Er unterrichtete Industrielehrlinge, und zwar eine erste Klasse, die schon zum zweiten Male zum Unterricht kam.

Welch ein Unterschied zu Richards erster Hospitationsstunde! Ein eisiges Klima herrschte im Klassenzimmer! Dr. Kreisel stand kerzengerade vor den 15-Jährigen und sagte: „Ich kann nur hoffen, dass Sie meinen Anweisungen gefolgt sind und sich alles beschafft haben, was ich angeordnet habe. Das werden wir schnell sehen und dann geht es los. Legen Sie alles auf die Bank, ich komme zur Kontrolle bei Ihnen vorbei.“ Es ging um Hefte, Notizblöcke, Bleistifte und Füllfederhalter. Jetzt erlebte Richard ein Schimpfen, wie er es seit seiner Volksschulzeit nicht mehr gehört hatte. Der Lehrer ließ keine Entschuldigung gelten: „Das ist eine Unverschämtheit“, schrie er etwa beim Fehlen eines Schreibblocks, „ich hasse Unzuverlässigkeit und werde sie euch austreiben. Ein ordentlicher Kaufmann befolgt die Anweisungen seines Vorgesetzten. Das gehört zu den entscheidenden Tugenden! Schlamper und Versager können wir hier nicht gebrauchen.“ Einer Schülerin befahl er, neben ihm durch die Reihen zu gehen und alle Namen der „Nieten“ aufzuschreiben.

Richard hatte das Gefühl, als wäre die Zeit stehen geblieben. 1937, im Sielschulhaus bei seinem damaligen Lehrer Mottler, herrschte die gleiche Atmosphäre. Da war sie wieder: Die Mischung aus Angst, Wut und Ausweglosigkeit. Am liebsten wäre er aufgesprungen und hätte geschrien: „Was soll dieser Unsinn, Ihre Wut steht in keinem Verhältnis zum Anlass. Sehen Sie denn nicht, wie verängstigt alle auf ihren Stühlen sitzen? Soll ich als Referendar ein Training in Unmenschlichkeit absolvieren. Das sind doch harmlose Jugendliche, die eben erst ihre Lehrzeit begonnen haben.“

Während der gesamten drei Stunden musste sich Richard immer einreden, dass er nur Zuschauer in einem schlechten Stück war. Ihm konnte ja nichts passieren! Er überlegte sich allerdings ständig, wie er reagieren würde, wenn er von seinem „Lehrmeister“ aufgefordert würde, sich negativ über die ‚Unzuverlässigen’ zu äußern. Zu seiner Überraschung zeigte Dr.

Kreisel nach dem Unterricht nicht die Spur von Erregung oder gar emotionaler Betroffenheit. Er meinte leicht lächelnd: „Besonders am Anfang muss man ihnen zeigen, wer der Herr im Hause ist. Sie müssen so hergerichtet werden, dass sie keinen Mucks mehr wagen. Was der Lehrer in den ersten Stunden und Tagen formt und gestaltet, bestimmt die gesamte Schulzeit. Vergessen Sie nie, in Gruppen können selbst die Sanftesten gefährlich werden. Wir haben es hier - wie bei allen Menschen - mit Raubtieren zu tun.“ Richard war entsetzt, dass er gleich zu Beginn seiner schulischen Praxis mit solch autoritären, menschenverachtenden Praktiken konfrontiert wurde. Ein halbes Jahr musste er durchhalten - welch grauenhafte Perspektive!

Am nächsten Tag waren Doris und Richard bei der Familie Gunst zu Gast. Rosi und Gustl wollten als Erstes wissen, wie es dem künftigen Studienrat bisher ergangen sei. „Wäre der Freitag nicht gewesen“, erzählte Richard, „könnte ich einigermaßen zufrieden sein. Seit gestern muss ich mir Mühe geben, nicht alles hinzuschmeißen. Ich befinde mich in einer blödsinnigen Lage.“ Es war für Richard ein befreiendes Gefühl, den widerwärtigen Auftritt des Betreuungslehrers Kreisel zu schildern. Während Doris hoffte: „Vielleicht bessert er sich, wenn er sein Ziel erreicht hat“, äußerte sich Gustl viel pessimistischer: „Solche Figuren mit wahrscheinlich brauner Vergangenheit können sich nicht mehr verändern. Sie brauchen das Gefühl absoluter Herrschaft und Macht und genießen die Unterwerfung der Schwächeren. Bei mir im Geschäft gibt es solche Herrenmenschen auch noch. Man kann ihnen eigentlich nur deutlich machen, dass man mit ihnen nichts zu tun haben will. Aber ja keine Schwäche zeigen, sonst beißen sie zu und wollen die totale Unterwerfung erreichen.“

Richard wunderte sich erneut, woher Gustl so viele allgemeine Kenntnisse besaß. Seine Beschreibung des autoritären Charakters traf genau zu. Zu große Nachgiebigkeit reizt Menschen, die das ‚Radfahrer-Prinzip’ verinnerlicht haben und deshalb stets nach unten treten und sich nach oben bücken. Das erlebte Richard auch im weiteren Verlauf seiner unerfreulichen Kontakte zu Dr. Kreisel. Als einmal Oberstudiendirektor Dr. Panzer ins Zimmer kam, um irgendeine Frage zu klären, zeigte der Betreuungslehrer eine verblüffende Unterwürfigkeit und stand während der gesamten Zeit dem Schulleiter in gebückter, devoter Haltung gegenüber. Auch während der Konferenzen verhielt sich der sonst so selbstbewusst Auftretende sehr vorsichtig und zurückhaltend gegenüber dem Chef im Hause.

In den Anfangswochen musste Richard zwar extrem viel arbeiten, um in den Unterrichtsstunden genügend Material zur Verfügung zu haben, mit den Schülerinnen und Schülern selbst hatte er wenig Probleme. Fast alles, was er vorher gehört hatte oder im Lehrerzimmer von manchen Kollegen an Ratschlägen erfuhr, stellte sich als nicht brauchbar heraus. Freundlichkeit werde ausgenutzt, zu viel Nähe schade dem Respekt, falsch verstandene Menschlichkeit werde als Schwäche ausgelegt, Jugendliche neigten nun mal zu Bequemlichkeit und müssten zu ‚ihrem Glück' gezwungen werden. Richard erlebte in seinen Klassen das Gegenteil. Ja, man brauchte Geduld, hatte immer wieder zu erklären und Überzeugungsarbeit zu leisten. Auf keinen Fall durfte man aber das gegenseitige Vertrauensverhältnis durch autoritäres Gehabe zerstören. Die meisten Ratschläge der pessimistischen Kollegen waren deshalb schlicht falsch!

Den Beweis, dass Richards pädagogische Vorstellungen richtig waren, lieferte immer wieder der Betreuer mit dem Spitznamen „Kotschi". Er blieb stets sachlich und freundlich zu den Schülerinnen und Schülern. Wenn es mal kleinere Schwierigkeiten gab, flüchtete er weder in die nachgiebige „Trottelrolle" noch in die des hart durchgreifenden Vorgesetzten. Den Unterrichtsstoff beherrschte er, so dass er sich auf die Vermittlung der Inhalte, also auf die Methode, konzentrieren konnte. Er setzte sich auch nicht ständig unter Zeitdruck, um noch das letzte Komma im Lehrplan zu beachten. Deshalb war es ihm auch möglich, auf aktuelle Ereignisse einzugehen.

Im Oktober fragte er: „Warum waren neulich so viel Menschen am Nürnberger Hauptbahnhof?" Mehrere meldeten sich sofort, und ein Aufgerufener sagte: „Es sind doch Kriegsgefangene heimgekommen, die Familienmitglieder haben sie abgeholt." ‚Kotschi' fragte nach: „Warum sind diese ehemaligen Soldaten aus Nürnberg gerade jetzt zurückgekehrt?" Auch diese Frage wurde richtig beantwortet: „Adenauer war in Moskau, das hat man ihm dort versprochen." Ein anderer wusste sogar: „Wir haben jetzt diplomatische Beziehungen zu den Russen." „Zur Sowjetunion", berichtigte der Lehrer.

Leider musste Richard im Gespräch mit Kolleginnen und Kollegen im Lehrerzimmer oder bei kurzem Plausch auf den Gängen feststellen, dass es nicht nur unter den Älteren mehrere Lehrer des „alten Schlags" gab. Zwei junge Studienräte, erst drei Jahre im Dienst, vertraten rigoros die harte Schule. Als er ihrer Auffassung widersprach, betonte einer von den Beiden: „Sie werden schon auch noch ihre Meinung ändern. Ohne Härte geht es nun mal nicht. Wer im Unterricht Ruhe und Disziplin als Voraussetzung für Lernerfolge haben will, muss rücksichtslos durchgreifen.“ „In den pädagogischen und methodischen Vorlesungen habe ich aber etwas ganz anderes gehört“, antwortete Richard, „da traut man den Schülern heutzutage schon mehr zu.“ „Die Herrn Professoren haben doch keine Ahnung von der Praxis“, antwortete der zweite Kollege, „die basteln sich Idealschüler und überlassen alles Weitere dem Praxisschock, den ihre Studenten verdauen müssen.“ Richard leistete sich eine spöttische Antwort: „Den einzigen Schock, den ich bisher erlebt habe, verdanke ich nicht den Schülerinnen und Schülern.“

Von den üblen Erlebnissen bei seinem Betreuungslehrer Dr. Kreisel erzählte er den jungen Kollegen nichts. Richard war nach jeder Hospitation vollkommen erledigt. Es brachte nur wenig Erleichterung, wenn er Doris abends berichtete: „Jetzt kenne ich allmählich seine Methoden, Angst und Schrecken zu verbreiten. Am häufigsten holt er einzelne Schülerinnen oder Schüler an die Tafel und blamiert sie vor der Klasse. Das ist ja ganz einfach, in Buchführung oder Rechnen kann man jeden hereinlegen. Das letzte Mal war der Grund ein angebliches Flüstern mit der Nachbarin. Nach zehn Minuten hat das Mädchen geheult. Dann hat er - zufrieden lächelnd - sie sich wieder setzen lassen. Am Anfang der Stunde ein paar schlechte Noten im Mündlichen zu verteilen, das gehört auch zu seinen Tricks. Besonders fies finde ich die Sache mit dem Kopfrechnen. Da wird minutenlang addiert, subtrahiert, multipliziert, vielleicht auch noch dividiert, und plötzlich wird einer aufgerufen, der das Ergebnis sagen muss. Das geht natürlich fast immer schief, Hohn und Spott sind die Folgen. Man riecht buchstäblich die Angst im Klassenzimmer. Mir hat er das Kopfrechnen als ‚Dauermedizin‘ empfohlen, das würde alle zum Kuschen bringen.“

Doris meinte: „Wie viele Lehrlinge ein solcher Sadist wohl schon in seiner Laufbahn drangsaliert hat?“ Und Richard ergänzte: „Wie viele Kreisels gibt es an meiner Schule oder gar in Nürnberg? Ich kenne mittlerweile fast ein halbes Dutzend Kollegen, von denen ich vermute, dass sie ähnlich unmenschliche Praktiken anwenden. Heute hat mir mein großer Lehrmeister erzählt, dass er jetzt seine Klasse ‚gereinigt‘ habe. Ein paar Telefonanrufe beim Personalchef hätten genügt, und schon seien zwei ‚Versager‘ entlassen worden.“

Die größte Weihnachtsfreude bedeutete für Richard die Nachricht der Schulleitung, dass er ab Januar 1956 zwei anderen Betreuern zugeteilt werde. Zu Doris sagte er: „Bei ‚Kotschi‘ wäre ich gerne noch geblieben, der andere hätte mir beinahe alles vermasselt. Jetzt werde ich sicherlich im übernächsten Jahr das Staatsexamen ablegen! Mein schlechtes Gewissen bleibt, dass ich zu wenig mit diesem Steinzeit-Pädagogen gestritten habe."

Doris und Richard hatten in den letzten Wochen öfter darüber gesprochen, ob sie mit dem Heiraten warten sollten, bis der geplante Neubau eines Hauses in Eibach fertig sein werde. Richards künftige Schwiegereltern hatten den Verlobten angeboten, sie könnten im Parterre wohnen und sie selbst im ersten Stock des Reihenhauses. Allerdings hatte Richard von vornherein ausgeschlossen, sich an den Baukosten zu beteiligen. „Zur Zeit verdiene ich rund 400 DM im Monat, damit kommen wir schon zurecht", hatte er Doris erklärt, „dein Einkommen bei Eisen & Stahl macht uns auch nicht reich, aber Miete können wir leicht bezahlen. Urlaub wollen wir uns schließlich auch gönnen."

Während der Weihnachtsferien beschlossen sie, zu Beginn der Sommerferien zu heiraten. Doris akzeptierte die vorübergehende „Einzimmerlösung" in der Zickstraße. Mama war begeistert und Peter bot seine Dienste als Radiofachmann an. Außerdem schwärmte er: „Vielleicht habe ich schon bald das Geld für ein Fernsehgerät zusammen, dann können wir abends gemeinsam alles anschauen." Mama lachte: „Da werden sich die zwei aber freuen, wenn sie abends mit dir vor dem Kasten sitzen dürfen. Außerdem brauchst du noch einige Jahre, bevor du dieses überflüssige Gerät anschaffen kannst."

Gustl bot sich als Innenarchitekt an, sein Risiko war allerdings sehr hoch: Seine Ehre als fähiger, moderner Raumgestalter stand auf dem Spiel. Schließlich waren alle mit seiner Leistung zufrieden und in den nächsten Monaten wurde von vielen Freunden bestätigt, dass Doris und Richard einen ungewöhnlich befähigten Ratgeber hatten. Mama meinte: „Bin ich froh, dass ihr nicht wie Elisabeth und Otto eines Tages dieses Zimmer aufgebt und nach Chicago auswandert. Vielleicht wird das Haus in Eibach doch nicht so schnell fertig und ihr bleibt länger bei uns." Zu Doris' Kummer sollte sie recht behalten!

Die Hochzeit am 14. Juli 1956 wurde zu einem gelungenen Fest. Tante Sophie stellte ihr großes Wohnzimmer in der Sulzbacher Straße zur Verfügung, verschiedene Frauen aus der näheren und weiteren Verwandtschaft bereiteten das Hochzeitsessen für die mehr als 25 Hochzeitsgäste. Viele Freunde waren gekommen, und alle genossen die feine Schwemmklößchen-Suppe, die Kalbshaxe mit rohen Klößen und verschiedenen Salaten; eine gelungene Nachspeise rundete das Menü ab. Der Johannisberger Erntebringer, Jahrgang 1953 zum Preis von 2,35 DM pro Flasche, war mild genug, um auch den ungeübten Weintrinkern zu schmecken. Zu diesen gehörten schätzungsweise 99% aller Anwesenden. Es ging recht lustig zu, immer wieder versuchte jemand in der Runde, das Gewitter mit Donner und Blitzschlag während der kirchlichen Trauung scherzhaft zu deuten. Onkel Albert, den Eingeweihten als „Schimmele“ bekannt, witzelte: „Da hat euch jemand den Urlaub am Wörther See als Unverheiratete nicht verziehen.“ Worauf Tante Sophie behauptete: „Wenn es während der Hochzeit blitzt und donnert, herrscht im ganzen weiteren Leben Harmonie und Freude.“ Ein Geschichtskenner meinte: „Wer am 14. Juli, am Tag des ‚Sturms auf die Bastille’, heiratet, muss mit solchem Lärm rechnen.“

Die Hochzeitsreise nach Torbole am Gardasee führte nach der Ankunft zu einer großen Enttäuschung, denn im Haupthaus des Hotels war trotz monatelanger Vorausbuchung kein Zimmer frei. Das Brautpaar musste mit dem Nebenhaus - einem umgebauten Bauernhaus - zufrieden sein. Trotzdem wurde der erste Italienurlaub zu einem wunderbaren Erlebnis, das Doris und Richard immer wieder in den nächsten Jahren zum Gardasee zurückzog. Bei verschiedenen Tagesausflügen genossen sie den Reiz der kleinen, geschichtsträchtigen Städtchen, die angenehmen Wassertemperaturen und die üppige Vegetation rund um den See.

In Gardone, an der Riviera des Gardasees, musste Richard feststellen, dass er für ein hochgelobtes Gesamtkunstwerk, geschaffen vom Dichter und Kriegshelden Gabriele D’Annunzio, keinerlei Bewunderung empfand. Im Touristenführer war für den Besuch des Vittoriale (der Ruhmesstätte der Italiener) mit den Worten geworben worden: „...einsames Eden, wo der Künstler Kunst und Natur, nach seinem raffinierten Geschmack, als Ästhet und Dichter, fabelhaft zu vereinen wusste“. Das seltsame Schiff ‚Puglia’ auf dem Berg, die vaterländischen Symbole und überall Zeugnisse von Ruhmestaten des großen Dichters - Richard sagte zu Doris: „Ich kann mir nicht helfen, alles riecht hier nach Heldenverehrung, Mussolini und Faschismus. So viel Kriegskitsch habe ich noch nie gesehen. Vielleicht verstehe ich aber nur nichts davon. Die gesamte Gartenanlage ist allerdings herrlich. Woher der nur das viele Geld gehabt hat?“

An den Abenden saßen Doris und Richard mit angenehmen Leuten aus dem Hotel im kleinen Zentrum von Torbole und genossen die warmen Sommernächte. Das Getränk des Hochzeitsurlaubs hieß „Moscato“, ein süßlicher Lustigmacher mit gefährlicher Wirkung bei Überschreitung einer gewissen Dosis. Leider kam es manchmal durch Stimmungshochs zu Fehleinschätzungen, so dass der Kater am nächsten Morgen nicht einfach zu vertreiben war. Das neu entdeckte Getränk hatten sich die ‚Hochzeiter’ während der Flitterwochen an- und gleichzeitig wieder abgewöhnt, denn Doris und Richard tranken nie mehr in ihrem Leben diesen „köstlichen" Billigsekt.

Daheim in der Zickstraße bedurfte es vor allem für Doris eine gewisse Zeit der Eingewöhnung. Richard fand das gemeinsame Wohn-/Schlafzimmer ausgesprochen gemütlich, bestens eingerichtet und sah darin einen erheblichen Fortschritt gegenüber seiner bisherigen Wohnsituation. Doris dagegen bemängelte: „Wir haben schöne Möbel vom angesehenen Möbelhaus Prasser, Gustl hat alles genau ausgerechnet und es passt gut zusammen. An den roten und blauen Sessel kann ich mich gewöhnen, und der Tisch mit Glasplatte stört mich auch weiter nicht. Die 18 Quadratmeter sind sicherlich optimal ausgenutzt. Aber mit dem Plumpsklo eine Treppe tiefer und dem Wasserhahn in der Küche als einzige Wasserquelle werde ich mich nie abfinden. Ohne eigenes Bad zu leben ist schon verteufelt schwierig, daran ändern auch die schönsten Porzellan-Waschschüsseln wenig." Richard probierte es mit Gelassenheit: „Denke doch an die Reichen und Geistesgrößen der Vergangenheit. Selbst Fürsten, Grafen und die bedeutendsten Dichter, Musiker und Philosophen lebten teilweise unter ähnlichen hygienischen Verhältnissen." Doris konterte: „Bei manchem Künstler kann's schon stimmen, außerdem ist es lange her und deshalb ein schwacher Trost. Ich hoffe lieber auf den baldigen Umzug ins neue Haus!"

Die Besuche der vielen Freunde erschwerten noch die Wohnsituation, denn die meisten rauchten bis spät in die Nacht Zigaretten oder sogar Pfeife und trotz aller Lüftungsbemühungen blieb einiges vom blauen Dunst im Wohn-/Schlafzimmer hängen. Außerdem ließ die Stärke der Wände in der Zickstraße schon immer zu wünschen übrig, und wenn Heinz seine neuesten Jazzplatten anhörte, konnte es schon passieren, dass Doris und Richard unfreiwillige Teilnehmer des Jazzkonzerts wurden. Richard störte spätabendliche Musik weniger als Doris, als trainierter Kopfhörerbenutzer konnte er mit solchen Nebengeräuschen bestens umgehen.

Mehr Probleme entstanden für ihn durch den eingeengten Arbeitsplatz. Es galt Bücher, Hefte, Schülerbogen, Arbeitsblätter usw. unterzubringen und noch Platz zum Schreiben und Korrigieren zu finden. Die Arbeit hatte im zweiten Schuljahr noch zugenommen, wenn auch sein Wissensvorsprung gegenüber den Schülerinnen und Schülern beruhigend groß geworden war. Gleich nach der Rückkehr vom schönen Gardasee hatte er sich dazu gezwungen, seine Kenntnisse in allen Fächern zu erweitern, um beim Schulbeginn entsprechend gerüstet zu sein.

Seine Freunde meinten allerdings, er habe als Lehrer ja nur Halbtagsarbeit und Doris sei die einzige in der Familie, die wirklich arbeite. Zu Fritz, der nach einem längeren Frankreichaufenthalt wieder zurückgekommen war und immer noch den optimalen Job suchte, sagte er einmal: „Als Referendar ist man wirklich ein armer Hund, der von zwei Seiten gefährdet wird. Von unten lauern die Schüler auf die Schwächen des Anfängers, von oben droht der Seminarlehrer mit Lehrvorführungen vor einer völlig fremden Klasse und warnt ständig vor dem Staatsexamen. Wenn ich alle Stunden zusammenzähle, komme ich auf weit über fünfzig." Fritz grinste nur: „Ja, ja, die armen Lehrer, vor lauter Ferien verlernen sie die Arbeit und brauchen dann zu allem die doppelte Zeit."

Die beiden neuen Betreuungslehrer kümmerten sich wenig um ihren Hospitanten, der während der sechs Stunden in der Woche sogar Hefte und Schulaufgaben korrigieren konnte. Richard lernte in dieser Zeit auch, wie Kollegen den Unterricht als Vorlesestunden gestalteten. Vor allem in Gemeinschaftskunde hieß es zum Beispiel: „Wir nehmen das Buch heraus und schlagen Seite 23 auf. Dort sind wir in der letzten Stunde stehen geblieben. Wer liest vor?" Nachdem sich eine Schülerin gemeldet hatte, sagte der Kollege Zintler: „Bitte lesen Sie den letzten Absatz." Die Fortsetzungslesung begann: „Hitler war einem krankhaften Machtrausch verfallen. Seine Absichten hat er in seinem Buch ‚Mein Kampf' offen dargelegt. ...Der Antisemitismus Hitlers entsprang einer von blindwütigem, dämonischem Hass getragenen Wahnvorstellung." Manchmal erkundigte sich der Lehrer: „Gibt es dazu Fragen?" Meist meldete sich niemand. Als einmal ein Schüler die Zahl von sechs Millionen getöteter Juden anzweifelte, verblüffte die Antwort Richard doch sehr: „Da schauen wir nochmals genau im Lehrbuch nach, bitte lesen Sie den entscheidenden Satz langsam vor." „Also stimmt es tatsächlich", sagte der Studienrat anschließend, „dieses Lehrbuch ist vom Ministerium genehmigt worden, man kann sich auf den Inhalt verlassen." Am Ende der Stunde hieß es: „Damit haben wir jetzt den Stoff bis Seite 27 behandelt, schaut euch zu Hause alles nochmals genau an, denn in der nächsten Schulaufgabe könnten entsprechende Fragen auftauchen."

Obwohl alle Freunde Richards meinten, er hätte das große Los gezogen, empfand er die zu bewältigende Stoffmenge bedrohlich und zeitraubend. Die „Vorlesemethode" lehnte er vollkommen ab und versuchte auch nie, sich damit über die Stunden zu retten. An einem Donnerstagabend erzählte er im Freundeskreis von seinen bisherigen Erfahrungen: „Jetzt weiß ich erst, was ich alles noch nicht weiß. Aber ich mache in allen Fächern

Fortschritte und bin dabei, Buchführung, Rechnen, Betriebslehre und Sozialkunde so zu begreifen wie nie in all den Jahren vorher. Ich hätte nicht gedacht, dass man beim Vorbereiten und Unterrichten so viel selbst lernt. Denn was man weitergeben will, muss man vorher begriffen haben. Am besten gefällt mir alles, was mit politischer Bildung zusammenhängt. Zwei Jahre noch, und ich habe den Gesamtstoff auf Lager. Wenn nächstes Jahr die hoffentlich letzte Prüfung in meinem Leben vorüber ist, gebe ich eine Runde aus, dann geht es nur noch aufwärts."

Uli sagte säuerlich: „Du willst wohl damit sagen, dass wir anderen alle blöd geblieben sind und keine Hoffnung auf Besserung haben?" Seine Freundin Renate, seit einigen Wochen in Würzburg als Diplom-Handelslehrerin beschäftigt, unterstützte Richard: „Das erlebe ich genauso, wenn man einen guten Unterricht abhalten will, muss man sich verdammt gut vorbereiten. Und dabei lernt man selbst eine Menge. Vielleicht geht es dir und Fritz eines Tages genauso, wenn ihr nach der Weltumsegelung in einer Firma arbeitet. Da muss man ja auch jeden Tag hinzu lernen." Fritz blieb skeptisch: „Ich möchte nur wissen, weshalb unsere früheren Lehrer nicht solche gescheiten Leute gewesen sind. Haben die sich vielleicht dauernd nur verstellt, um uns zu ärgern? Fortschritte habe ich bei keinem bemerkt!"

Manfred, der immer an der Donnerstagsrunde teilnahm, wollte wissen, ob es in Richards Klassen viele Halbstarke gebe, denn in den Zeitungen werde viel von Jugendprotest, Krawallen, Brutalität und sogar von Terror der Halbwüchsigen gesprochen. Manchmal stünden ja auch seltsame Typen mit Lederjacken und Jeans in der Straßenbahn, die außer Unsinn nichts im Kopf hätten. Richard musste passen: „In meinen Klassen ist davon nichts zu sehen. Ich habe auch meinen Bruder Heinz gefragt, er vermutet, das werde in den einschlägigen Blättern hochgejubelt." Uli meinte: „Nürnberg ist eben Provinz, in München, Frankfurt, Hamburg und Berlin schaut es bestimmt anders aus, da zerlegen Halbstarke schon mal einen Konzertsaal oder eine Freilichtbühne."

Die sechsstündigen Seminare, die einmal im Monat samstags stattfanden, bedeuteten in erster Linie Zeitverlust. Am interessantesten empfand Richard noch die Lehrproben, die anschließend ausführlich besprochen wurden. Wer Pech hatte, musste vor einer fremden Klasse eine Unterrichtsstunde vorführen, zu der auch eine Lehrskizze gehörte. Später entwickelten sich solche Ablaufdarstellungen zu mehrseitigen Ungetümen, in welchen alle gestellten Fragen und die zu erwartenden Antworten aufgeführt waren. Diese „entwickelnde Methode" empfand Richard von

Anfang an als ziemlich manipulativ, weil den Schülerinnen und Schülern vorgegaukelt wurde, es handele sich in hohem Maße um selbstbestimmtes Lernen. In Wirklichkeit waren sogar die kleinsten Lernschritte und Zwischenstationen vorher festgelegt, an den Zielen, Wegen und am Gesamtergebnis war nicht zu rütteln.

Dieses enge Korsett führte teilweise zu absurden Frage- und Antwortspielchen. Eingangs erzählte der Lehrer eine kleine Geschichte, z. B. er habe ein Grundstück in Gräfenberg. Jetzt wolle er darauf ein Haus bauen. Frage: „Was brauche ich dazu?“ Eine Schülerin sagt: „Viel Geld.“ „Richtig“, antwortet der Lehrer. Er wollte aber nicht über Geld und dessen Bedeutung reden. Also macht er weiter: „Wie nennt man denn Geld noch, vor allem wenn viel benötigt wird?“ Die Antworten lauten: „Vermögen“, „Reichtum“, vielleicht auch „Erspartes“. Ein guter Lehrer nimmt dankbar und freundlich lächelnd alles an, bis er irgendwann das Wort „Kapital“ hört. „Genau richtig“, freut sich der Pädagoge, „das ist ein Volltreffer“. Dann ging er an die Tafel und schrieb das Ziel der Unterrichtsstunde an: „Der Produktionsfaktor Kapital“.

Im Laufe der Stunde entstand so unter steter Beteiligung der Schülerinnen und Schüler das gesamte Tafelbild. Besonders in den Lehrproben kam es darauf an, möglichst zahlreiche Wortmeldungen zu haben. Richard entwickelte darin so viel Übung, dass er sowohl im ‚Ernstfall‘, d. h. in den beiden Prüfungslehrproben, als auch bei Unterrichtsbesuchen durch den Schulleiter, immer eine großartige „Stimmung“ vom Anfang bis zum Ende aufrecht erhalten konnte. Das brachte Punkte und damit positive Beurteilungen.

Sein Freund Fritz blieb skeptisch, als Richard ihm erzählte, wonach Lehrer beurteilt werden. Fritz berichtete: „Ich hatte in der Volksschule einen Pfarrer, der diese moderne Methode damals schon beherrschte. Wir hatten viel Spaß dabei! Einmal begann er: ‚Auf dem Weg nach Bethlehem ging an Josephs Seite ... na wer ging denn da?‘ Alle Schüler ließen ihn zappeln. Er bohrte weiter: ‚Ihr wisst doch, sie hieß M...M...Ma‘ ! Dann schrie die ganze Klasse: ‚ria‘. Freudig sagte der Pfarrer: ‚Genau richtig, sie hieß Maria. An ihrer Seite lief ein ... E...E..., ein Es...‘ lockte der geduldige Pfarrer, und nochmals ‚ein Es...‘ jetzt kam die Lösung durch die Kinder ‚elchen‘. Alle waren zufrieden und freuten sich, der Religionslehrer fasste das erste Teilergebnis zusammen: ‚Joseph, Maria und ein Eselchen gingen nach Bethlehem.‘“

Richard gefiel die Geschichte so gut, dass er sie auch seinen jungen Kollegen an der Schule erzählte. Mit diesen Referendaren, von denen er einige schon vom Studium her kannte, verband ihn ein nahezu freundschaftliches Verhältnis. Ob vor Schulbeginn oder während der Pausen, es gab viel Erfahrungsaustausch, und natürlich blieben die Sorgen der Einzelnen nicht verborgen. Mit der Zeit entwickelte sich sogar eine Wandergruppe von vier bis sechs Kollegen, die manchmal im Sommer an Spätnachmittagen noch in die Hersbrucker Schweiz fuhr, um z. B. durch den Norissteig zu klettern. Dieter, Wolfgang, Hermann und Richard genossen solche Freizeitaktivitäten, auch wenn sie dann bis spät in die Nacht ihre Vorbereitungen für den Unterricht zu erledigen hatten.

Eine besondere Rolle spielte dabei Hermann Roth. Ein Mann von großer Gestalt, immer gut aufgelegt, zu allen freundlich, Volkswagenbesitzer, rasanter Autofahrer, Experte im Kartenlesen (manchmal auch während der Fahrt), Schwärmer für Exkursionen zu Landes- und Staatsgrenzen in näherer und weiterer Umgebung, aber auch juristisch besonders interessiert, Schwerpunkt Verwaltungsrecht. Er sollte später als Vorsitzender des Diplom-Handelslehrer-Verbandes noch eine herausragende Funktion ausüben. Seine Frau Traude unterstützte die Hobbys ihres Ehemannes, interessante Wanderungen, Naturerlebnisse und Reisen aller Art, aus eigener Motivation. In den nächsten Jahren erkundeten sie große Teile der Welt und sahen sich schon zu einer Zeit in China um, als dies noch ausgesprochen abenteuerlichen Charakter hatte. Als Wanderführer in der Fränkischen und Hersbrucker Schweiz leistete Hermann hervorragende Dienste, er scheute keinen beschwerlichen Weg, keinen Klettersteig, und auch Höhlen standen auf seinem Programm.

Ein Ausflug blieb Richard für immer in Erinnerung. Weil Hermann wieder mal zur tschechischen Grenze wollte und nach der Wanderung noch genügend Zeit blieb, wurde nachmittags auch noch das ehemalige Konzentrationslager Flossenbürg besucht. Das KZ mit Häftlingsbaracken, Unterkünften für das Wachpersonal und Steinbruch lag zu Richards Verwunderung gar nicht so weit von der Ortschaft Flossenbürg entfernt. Tausende von Menschen waren hier erschossen worden, und Richard dachte, das müssen doch die Bewohner im Ort und in der Umgebung gehört haben. Dieser Massenmord konnte nicht unbemerkt geschehen!

Hermann wusste von früheren Besuchen her schon Bescheid. Er erklärte: „Die meisten Opfer starben durch die unvorstellbaren Haftbedingungen. Ständige Quälerei, unzureichende Ernährung, Schwerarbeit gehörten zum Programm ‚Vernichtung durch Arbeit'. Obwohl in Flossenbürg auch gezielte und systematische Vernichtungsaktionen stattfanden, z. B. wurden sowjetische Kriegsgefangene massenweise als Folge von Hitlers ‚Kommissarbefehl' ermordet, hatte es nicht den Charakter eines reinen Vernichtungslagers. Nach dem Kriege wurde bekannt, dass auch prominente ‚Sonderhäftlinge', wie Dietrich Bonhoeffer und Wilhelm Canaris, im Gefängnishof exekutiert wurden."

Richard sagte zu seinen Kollegen: „Wie die Täter wohl gelebt haben? Vielleicht führte so ein SS-Mörder in seiner Wohnbaracke am Feierabend ein ganz normales Leben. Er hörte wahrscheinlich im Radio Lale Andersen, Zarah Leander, Marikka Röck, Johannes Heesters und genoss bei einem Glas Bier die beliebten Schlager, wie alle anderen deutschen Volksgenossen. Eventuell ging er etwas früher zu Bett, weil am nächsten Tag ein schwerer Tag auf ihn wartete. Es war ja möglich, dass er zu mehreren Massenerschießungen eingeteilt worden war. Erst nach einem langen Arbeitstag, mit Foltern und Morden, wird er sich's abends gemütlich gemacht haben. Noch heute wird der Mörder gerührt sein, wenn er im Radio das Lied ‚Lili Marlen' wieder hört. Diesen Text kannte Jung und Alt: ‚Vor der Kaserne, vor dem großen Tor...'. Denn passiert ist ihm wahrscheinlich nichts."

Wenn sich Richard die Normalität solcher Mörder vorstellte und an das Leiden ihrer Opfer dachte, empfand er tiefen Abscheu vor den Verharmlosern der Vergangenheit. Am meisten störte ihn, dass unzählige Verantwortliche, vor allem die Befehlsgeber und Schreibtischtäter, immer noch frei in Deutschland herumliefen oder ins Ausland geflüchtet waren. Die Justiz schien im Jahr 1957 andere Sorgen zu haben, als mit den Schuldigen der Naziherrschaft abzurechnen. Der Bevölkerung ging es ähnlich, sie hatte Fress-, Anschaffungs- und Reisewellen zu bewältigen. Gedanken an die Vergangenheit störten nur beim Weg in eine glücklichere Zukunft.

Das politische Klima im Jahr 1957 wurde durch Antikommunismus und „Kalten Krieg" bestimmt. Selbst der „Göttinger Appell" von 18 prominenten Naturwissenschaftlern, unter ihnen Friedrich von Weizsäcker, Otto Hahn, Werner Heisenberg, mit dem vor der Aufrüstung der Bundeswehr mit Atomwaffen gewarnt wurde, führte nicht zu einem massenhaften Protest gegen die Atombewaffnung. Einerseits gab es viel Zustimmung in den Medien und durch prominente Politiker, andererseits sahen sich die Gegner der atomaren Bewaffnung boshaften Vorwürfen, wie Unterhöhlung der Verteidigungsbereitschaft und Unterstützung des Kommunismus, ausgesetzt. In einem Land, in dem ein Jahr vorher die KPD verboten worden war, bedeuteten solche Anfeindungen eine erhebliche Diskriminierung der Atomwaffengegner. Trotzdem nahm der „Kampf gegen den Atomtod“ in den nächsten Jahren an Stärke zu und förderte eine sich allmählich entwickelnde Protesthaltung. Die einseitige Wohlstandsorientierung, verbunden mit einer weitverbreiteten Ideologie der „Heilen Welt“, geriet nicht nur bei Jugendlichen immer mehr in Misskredit.

Durch seine berufliche Belastung und die zeitintensive Vorbereitung auf die Staatsprüfung blieb Richard nur Zuschauer des politischen Geschehens. Allerdings registrierte er bei seinen Schülerinnen und Schülern, wenn im Gemeinschaftskundeunterricht über aktuelle Ereignisse gesprochen wurde, starke Vorbehalte gegenüber der Wiederbewaffnung und empörte Ablehnung einer atomaren Aufrüstung. Sein Bruder Heinz, der mittlerweile die Wirtschaftsoberrealschule besuchte, berichtete: „In meiner Klasse sind alle gegen Atomwaffen für die Bundeswehr. Am meisten wird über Franz Joseph Strauß geschimpft. Aber selbst die Verehrer von Adenauer sind verärgert, dass er taktische Atomwaffen verharmlosend als Weiterentwicklung der Artillerie bezeichnet hat.“

Bei den Bundestagswahlen erzielten CDU und CSU trotzdem die absolute Mehrheit, offensichtlich sah die Mehrheit der Bürger der Bundesrepublik keinen Grund zu einer Kursänderung. In diesen Tagen der politischen Weichenstellung schaffte Richard die letzte Hürde: Er bestand das Staatsexamen mit gutem Ergebnis. Vor allem in den beiden wichtigen Lehrproben verlief alles wunschgemäß. Die Schülerinnen und Schüler beteiligten sich lebhaft, mehr als die Hälfte meldete sich ständig, so dass eine lebendige Unterrichtsstunde gelang. Es schien, als hätten die beiden fremden Klassen den ‚Notzustand’ Richards vollkommen durchschaut und wollten alles daransetzen, ihm zu helfen.

Jetzt ging es nur noch darum, fest angestellt zu werden. Das war 1957 gar nicht so einfach, denn die „131er“ drängten zurück in den Beruf. Dabei handelte es sich um Flüchtlinge, Vertriebene und ehemalige „belastete“ Beamte aus verschiedenen Dienstbereichen, also frühere Parteimitglieder, die von den Gemeinden bevorrechtigt eingestellt werden mussten. Natürlich waren darunter auch viele Lehrer. Richard vertraute auf sein Glück und seine guten Examensergebnisse und kümmerte sich nicht weiter um seinen Status als Assessor. Schließlich lief alles glatt und er wurde von der Stadt Nürnberg übernommen.

Schon vorher hatte er eine andere schwierige Prüfung bestanden: Es gelang der Erwerb des Führerscheins. Neben einigen Kollegen nahmen auch zwei

Damen teil, deren Ehemänner Richard jeden Tag in der Schule traf. Frau Panzer war die Frau des Schulleiters, die andere Fahrschülerin, Frau Keilmann, die des Direktorstellvertreters. Oberstudienrat Keilmann war nicht nur bei den Schülern gefürchtet, er trug auch manchen Streit mit Kollegen aus, vor allem wenn nach seiner Meinung die Reinlichkeit in den Klassenzimmern zu wünschen übrig ließ. Richard fand die beiden Fahrschülerinnen sehr aufgeschlossen und freundlich, er hatte sehr schnell gute Kontakte zu ihnen. Frau Panzer freute sich über jeden Scherz, und ihre Bekannte war ebenfalls für eine Auflockerung dankbar. Die beiden Frauen hatten wahrscheinlich auch mit ihren Ehemännern über die Fahrschule gesprochen, denn sowohl der Schulleiter wie auch der Stellvertreter sprachen Richard auf die bevorstehende Fahrprüfung an.

War es Zufall oder eine Folge der Lehrgangs-Bekanntschaft? Die zwei Vorgesetzten verhielten sich recht kollegial und ließen sich auch auf private Gespräche ein. Allerdings hatte Richard spätestens seit seiner Zeit als Musiker keinem Menschen gegenüber mehr irgendwelche Gesprächsängste und war auch in der Lage, zurückhaltende Leute durch Fragen und Bemerkungen zu einem kleinen „Plausch“ zu veranlassen. Übertriebener Respekt und untertänige Achtung vor Vorgesetzten oder formal höher gestellten Persönlichkeiten gehörten nicht zu Richards Tugenden.

Im Lehrerzimmer und am runden Tisch auf dem Gang davor, den beiden „Treffs“ des Lehrerkollegiums, gab es jüngere und ältere Kolleginnen und Kollegen, die nie mit der „Obrigkeit“ freiwillig ein Wort wechselten. Manche hatten einfach keine Lust dazu, anderen aber sah man ihre Befangenheit an. Richard fragte sich, welche Lebensregeln solche unterwürfigen Pädagogen an ihre Schüler weitergaben. Vielleicht die Weisheit seiner Großmutter aus der Zickstraße: „Mit dem Hut in der Hand kommt man durch das ganze Land.“

Leider verhielt sich auch der Personalrat, Herr Dr. Mückler, sehr betulich und vorsichtig, stets darauf bedacht, vor allen möglichen Gefahren zu warnen. Als ihn Richard fragte, was es denn mit den Besuchen des Schulleiters auf sich habe und welchen Stellenwert die damit zusammenhängenden Beurteilungen hätten, erhielt er folgende Auskunft: „Jeder Lehrer muss alle zwei Jahre durch den Schulleiter beurteilt werden. Außerdem wird bei besonderen Anlässen, wie Festanstellung, Verbeamtung auf Lebenszeit oder Beförderung, eine Beurteilung fällig. Der Oberstudiendirektor kommt ohne Voranmeldung in den Unterricht, setzt sich auf eine der hinteren Bänke und bleibt meistens eine Stunde. Er kontrolliert aber auch die Eintragungen ins Klassenbuch und lässt sich die Hefte der Schüler zeigen. Die Bedeutung der Beurteilungen darf nicht unterschätzt werden, es sind Verzögerungen in der Berufslaufbahn möglich, das Ansehen des Betreffenden kann großen Schaden erleiden und geradlinige Entwicklungen werden eventuell gestört. Besonders junge Kollegen sollten sich deshalb unbedingt sorgfältig auf jede Stunde vorbereiten, denn ein Besuch durch den Schulleiter ist immer möglich."

Ein älterer Kollege aus dem Nachbarzimmer sah die Angelegenheit viel nüchterner: „Es ist mir unerklärlich, weshalb Beamte solche Angsthasen sind. Dabei gibt es eigentlich überhaupt keinen Grund dafür. Ein Beamter auf Lebenszeit kann genau genommen auf so eine Beurteilung pfeifen, passieren kann ihm letztlich gar nichts. Der Schulleiter hat doch selbst große Probleme mit diesem bürokratischen Kontrollinstrument. Er braucht nämlich für das jeweilige Kollegium Durchschnittswerte; denn wenn er ein insgesamt zu gutes Ergebnis abliefert, bekommt er von seinem Vorgesetzten, dem ‚Städtischen Schuldirektor für das berufliche Schulwesen' seine Liste zurück. Bei einem ‚Zweier' für einen Beurteilten benötigt er eine Vier oder eine Fünf im anderen Falle. Nachdem jeder Kollege das Ergebnis unterschreiben muss, kann das ganz schönen Ärger geben. Das verstaubte Beurteilungssystem ist doch eine Schande für erwachsene Menschen, sie werden wie kleine Kinder benotet und entwickeln auch noch Angst vor der Obrigkeit. Mich kümmert der ganze Quatsch überhaupt nicht, wenn mir eine Beurteilung nicht entspricht, lasse ich sie mir nicht gefallen. Außerdem ist doch klar, dass die schlechten Noten die Anfänger bekommen, damit für die älteren Kollegen, soweit sie Spezis des Schulleiters sind, die guten Bewertungen möglich werden. Sonst hapert es beim Durchschnitt."

In den nächsten Jahren erlebte Richard einige Male solche Unterrichtsbesuche. Er wollte unter keinen Umständen bei seinen Schülerinnen und Schülern den Eindruck erwecken, ängstlich oder gar unterwürfig in solchen Situationen zu sein. Deshalb gestaltete er die jeweilige Unterrichtsstunde in gewohnter Weise, vielleicht mit etwas mehr Showelementen als sonst. Richard überraschte es immer wieder, wie schnell die Schüler/innen die Situation erfassten und voll mitspielten. Es ging lebhaft zu, wie üblich wurde auch gelacht, und die Schülerbeteiligung ließ nichts zu wünschen übrig. Einmal sagte ein besonders eifriger „Melder", nachdem der Schulleiter sich freundlich verabschiedet hatte: „Dem haben wir es aber gezeigt." Richard hatte etwas Mühe, das Gelächter auf Zimmerlautstärke zu reduzieren.

In der Donnerstagsrunde saßen Ende 1957 nur noch Berufstätige. Auch Fritz und Uli sahen plötzlich ihre Zukunft nicht mehr auf den Weltmeeren und in fernen Ländern, sondern gingen auf berufliche Entdeckungsfahrt. Der eine bestieg den Karrieredampfer in Stadeln bei Fürth, ein aufstrebender Mittelbetrieb schien zu passen, der andere versuchte sein Glück bei der Weltfirma IBM. Beide hatten aber nicht vergessen, dass sie eigentlich zusammen etwas unternehmen wollten. Fritz sollte dafür sorgen, dass sie nach getrenntem Start später eine Zeit lang in einem Boot saßen, um gemeinsam die großen Ziele anzusteuern: Unabhängigkeit und möglichst hohen finanziellen Erfolg.

Beim Treffen in der Kronfleischküche oder im Heilig Geist Spital gab es stets viel zu erzählen, allerdings ließen die Kontakte zu manchen Freunden aus der Schul- und Studienzeit immer mehr nach. Fritz sagte einmal: „Der eine ist bei Coca Cola versumpft, den anderen hat die AEG geschluckt, mancher ist ohne Abmeldung verschwunden, auch die Heiraterei ist Gift für alle Freundeskreise. Der Ernst des Lebens hat mit voller Wucht zugeschlagen."

Der schöne Kontrabass, dem Richard so viel zu verdanken hatte, stand nun ungenutzt in der Zickstraße. Heinz fragte eines Tages: „Könnte ich den Bass übernehmen? Ich möchte gerne in den nächsten Monaten das Spielen lernen, einen Basslehrer hätte ich schon. Ein paar Bekannte wollen eine Band gründen, vielleicht kann ich später dort mitmachen. Bei den Amis und in Tanzcafés wird nicht schlecht bezahlt." Richard fand die Idee ausgezeichnet und meinte: „Ich habe es ja schon ausprobiert, so ein Instrument ermöglicht Abitur und danach sogar das Studium. Außerdem steigst du dann zum Mitfinanzier der Familie auf." Heinz antwortete: „In der Wirtschaftsoberrealschule, die auch du genossen hast, ginge es mir nicht schlecht, wenn nur nicht immer noch der Mathematiker Merker sein Unwesen dort triebe. Gott sei Dank konnte ich bis jetzt mit der Deutschnote ausgleichen. Die Deutschlehrer Glaser und Dreykorn sind schwer in Ordnung. Leider gibt es zu wenige von dieser Sorte." Richards Hoffnungen sollten sich erfüllen. Heinz wurde der zweite in der Familie, der nicht zuletzt dem Kontrabass eine akademische Laufbahn verdankte. Die Investition von 600 DM im Jahr 1950 in das bauchige Instrument, hergestellt vom angesehenen Geigen- und Gitarrenbauer Strohmer in Wöhrd, hatte sich gelohnt.

Am 27. Mai 1958 sagte Hildegard zu ihrem Ehemann Robert: „Ich muss heute schon zehn Minuten früher zur Straßenbahn, denn der Brief ist noch fertig zu schreiben, den ich gestern nicht mehr geschafft habe." Deshalb verließ sie schon kurz vor 7.00 Uhr die Wohnung in Wöhrd, um wie jeden Tag mit der Straßenbahn nach Gibitzenhof zur Firma zu fahren, in der sie als kaufmännische Angestellte arbeitete. Normalerweise begleitete Onkel Robert seine Frau bis zur Straßenbahn, denn seine Fabrik lag gleich neben der Haltestelle in der Sulzbacher Straße. Wie schon sein Vater übte er den Beruf des Steindruckers aus. Nur an diesem Morgen ging er allein von zu Hause weg. Der fünfjährige Sohn Gerhard konnte noch ein bisschen weiterschlafen, die in der Nähe wohnende Oma würde in wenigen Minuten kommen, um sich um ihn zu kümmern.

Als Onkel Robert die Hauptstraße erreicht hatte, sah er auf der anderen Seite an der Haltestelle die Straßenbahn stehen. Es musste irgendetwas passiert sein! Erst als er am Führerstand der Straßenbahn vorbei zur anderen Straßenseite kam, sah er die vielen Gaffer, die einen Halbkreis um einen am Boden liegenden Menschen bildeten. Einige Meter entfernt lag ein Motorrad am Boden. Mit den Ellbogen bahnte sich Richards Onkel einen Weg durch die Neugierigen. Blutend lag seine Frau neben dem mittleren Straßenbahneinstieg. Er schrie: „Hildegard, was ist passiert?“ Und: „Sanitäter, Sanitäter!“ Die ärztliche Hilfe kam sehr rasch, die Bewusstlose wurde in den Rettungswagen gebracht, der weinende Ehemann durfte mitfahren. Der Rettungsversuch kam zu spät, Hildegard starb noch auf dem Weg ins Krankenhaus.

Der tragische Unfalltod löste bei allen Angehörigen Entsetzen aus. Tante Sophie brachte noch am gleichen Vormittag die unfassbare Meldung in die Zickstraße. Sie berichtete mühsam unter Tränen: „Ein Motorradfahrer hat Hildegard umgebracht. Er hat nicht gehalten, als die wartenden Leute einsteigen wollten. Der gemeine Kerl hätte mehrere erwischen können, aber nur Hildegard wurde direkt umgefahren. An dieser verdammten Haltestelle ist schon so viel passiert, und nichts haben sie verändert.“ Richards Mutter stand unter Schock: „Das überlebt mein Bruder nicht, alles bricht für ihn zusammen. Was soll denn aus dem kleinen Gerhard werden, jetzt hat er keine Mutter mehr.“

Leider sollten die schlimmsten Befürchtungen eintreten. Onkel Robert kümmerte sich zwar so gut er konnte um seinen Sohn, verwand aber nie den Verlust seiner Frau. Trotz aller Hilfsversuche der gesamten Verwandtschaft, vor allem seiner Mutter und Schwiegereltern, ging es mit ihm immer weiter abwärts. Vielleicht spielten auch die Umstellungen in seiner Firma eine zusätzliche verhängnisvolle Rolle. Denn der Steindruck wurde durch andere Verfahren ersetzt, mit denen sich Onkel Robert nie anfreunden konnte. Tante Sophie hatte vielleicht nicht ganz Unrecht, als sie einmal sagte: „Der Motorrad-Rowdy hat gleich zwei Menschen umgebracht, meine Schwägerin und meinen Bruder." Zunehmender Alkoholkonsum beschleunigten den seelischen und körperlichen Verfall, Robert Röder starb am 10. Februar 1967 im Alter von 48 Jahren an einem unentdeckten Magengeschwür. Sein Sohn Gerhard wuchs bei seinen Großeltern in Wöhrd auf, die sich liebevoll um ihn kümmerten. Wie durch ein Wunder schaffte er es trotz seiner schlimmen kindlichen Leidenserfahrungen, eine lebenstüchtige, charakterstarke Persönlichkeit zu werden.

Selbst während des Unterrichts fiel Richard das tragische Ende Hildegards ein und er hatte Mühe, sich auf den Lehrstoff zu konzentrieren. Im Fach Gemeinschaftskunde erzählte er den Schülern vom Unfallgeschehen und fand große Zustimmung, als er vor der Unbekümmertheit mancher Motorrad- und Autofahrer warnte. Eine Schülerin berichtete: „Mein Bruder ist mit 21 Jahren im Ailsbachtal ums Leben gekommen, weil er mit dem Motorrad zu schnell gefahren ist und eine Kurve nicht erwischt hat." Das Thema „Die Gefahren des Straßenverkehrs" stand auch im Lehrplan. Es stieß auf großes Interesse bei den Jugendlichen, und viele diskutierten lebhaft mit. Eine Schülerin äußerte mit ihren Worten eines der wichtigsten Prinzipien jeglicher Bildungsarbeit: „Man sollte nicht nur etwas über die Gefahren wissen, sondern sich auch entsprechend verhalten." Richard ergänzte: „Das ist ein ausgezeichneter Beitrag. Denn notwendiges Wissen muss Konsequenzen haben, sonst ist es nur für Prüfungen und Sonntagsreden brauchbar. Auf das Handeln jedes Einzelnen kommt es an." Es tat Richard Leid, dass die Stunde so schnell vorüber war, denn er hätte gerne das Thema noch vertieft. Ob Rassismus, Gewalttätigkeit, Vorurteile, autoritäres Verhalten: Es gab so viele kluge Leute, die gut informiert, aber leider zu keinem entsprechenden Handeln im Alltag fähig waren. Diese Problematik sollte Richard und einige seiner Freunde ein Leben lang beschäftigen und ihr Verständnis von Bildung und Politik prägen.

Weil Richard von seinen älteren Kollegen besondere Vorsicht bei den Schulausflügen empfohlen worden war, suchte er nach einem Weg, die Abschlussfahrt möglichst risikolos zu organisieren. Eine Woche vor dem Ausflug mit einem Omnibus in die Fränkische Schweiz schloss er mit der Klasse eine Art Abkommen, das im Wesentlichen darauf abzielte, einen harmonischen, konfliktfreien und sehr vergnüglichen Tag miteinander zu verbringen. Er stellte einige wichtige Regeln auf, etwa Verzicht auf „scharfe" Getränke, Beschränkung des Bierkonsums auf ein Bier, keine gefährlichen Einzelaktionen und Mutbeweise, und ließ sich alles durch eine Abstimmung bestätigen. Alle waren dafür, und Richard sagte zum

Schluss: „Jetzt brauchen wir nur noch einigermaßen schönes Wetter, und ihr und auch ich genießen einen erlebnisreichen Ausflugstag in der Fränkischen Schweiz.“

Richard war fast ein wenig überrascht, wie vernünftig sich die jungen Leute verhielten und die Vereinbarung beachteten. Es ging von Anfang an sehr lustig zu. Im Bus wurde viel gesungen, und während der Wanderung herrschte ebenfalls beste Stimmung. Nach dem Mittagessen wurde Völkerball gespielt, und der Busfahrer fuhr anschließend zu einem Lokal, in dessen Nebenzimmer auch getanzt werden konnte. Ein Schüler spielte auf einem alten Akkordeon einen Walzer nach dem anderen. Fast alle probierten, sich im Takt zu drehen. Richard tanzte fleißig mit und erinnerte sich an seine ersten Tanzversuche nach dem Kriege im Jahr 1945 in der Bauernstube in Tiefenbach bei Ellingen. Alle bedauerten, dass die Zeit so rasch verging und der Busfahrer zum Aufbruch drängte.

Ein einziges Mal erlebte Richard nach einer Brauereibesichtigung am Ende des Schuljahres eine Enttäuschung. Es war vereinbart und von allen Schülerinnen und Schülern versprochen worden, nur ein Bier zu trinken. Richard traute seinen Augen nicht, als er eine sehr ruhige, zuverlässige Schülerin beim Verlassen der Brauerei leicht taumeln sah. Er fragte sofort: „Gisela, haben Sie zu viel getrunken, warum haben Sie sich nicht an die Vereinbarung gehalten?“ Die Schülerin sagte mit weinerlicher Stimme: „Ich habe doch nur ein Bier getrunken, es war aber das erste in meinem Leben.“ Richard blieb nichts anderes übrig, als die alkoholgeschädigte Schülerin nach Hause zu bringen und sich bei ihren Eltern zu entschuldigen. Er war froh, dass sie ihm keine Vorwürfe machten und nahm sich vor, in Zukunft bei Brauereibesuchen vorher zu verdeutlichen, dass schon ein einziges Bier üble Folgen haben kann, wenn man keinen Alkohol gewohnt ist. Niemand brauche sich zu schämen, wenn er das Volksgetränk nicht ausprobieren wolle.

In der Familie Löbner sorgte eine Neuanschaffung für einige Aufregung. Peter hatte es endlich geschafft, ein Fernsehgerät zu erwerben. Seine Frau Leni war nicht sehr begeistert: „Wenn ich schon während des ganzen Tages Radio hören soll, wird mir das abendliche Schauen in den Kasten einfach zu viel. Außerdem kann man beim Hören immer noch die Heimarbeit erledigen, der Fernseher dagegen lenkt total ab.“ Peter störte an diesem Vorbehalt nicht nur das abwertende Wort ‚Kasten’ für seinen wertvollen Erwerb, er sah nur Vorteile: „Wir haben doch auch ein Recht auf Feierabend. Andere gehen ins Kino oder ins Theater, wir können gemütlich zu Hause bleiben. Doris und Richard, aber auch Heinz, schauen bestimmt auch gerne zu, dann wird es richtig gemütlich. Die Sendungen werden immer besser, schon jetzt gibt es viele alte Filme zu sehen. Die Schauspieler von damals gefallen dir bestimmt."

Die Fähigkeit zum Ein- und Ausschalten oder gar zur Bildeinstellung traute Peter nur sich selbst zu. Seine Leni macht gar nicht den Versuch, das Fernsehgerät zu bedienen, die diversen Radiogeräte hatte sie ja auch nie angetastet. Selbst wenn Heinz oder Richard einschalten wollten, sagte Peter rasch: „Das mache ich schon, ihr braucht nur zu sagen, was ihr sehen wollt." Richards Mutter hatte immerhin durchgesetzt, dass vor 18 Uhr der Bildschirm dunkel blieb. Im Laufe der Jahre überflügelte sie allerdings mit ihrem Interesse an Fernsehsendungen sogar ihren Ehemann.

Grobe pädagogische Fehler können nicht nur Anfängern unterlaufen. Als in einer Unterrichtsstunde über Ideologien im Alltag gesprochen wurde und die Schülerinnen und Schüler lebhaftes Interesse am Thema „Das Geschäft mit den Schlagern" zeigten, ließ Richard viele zu Wort kommen. Es ging sehr lebhaft zu, und am Beispiel der Erfolge Freddy Quinns wurden Schlagertexte analysiert und nach Gründen für große Bewunderung, Verehrung und für Millionenumsätze gefragt. Ein Schüler kannte viele Texte auswendig; sehr ernst wurden sie nicht genommen, und auch Richard scherzte über Freddy und seine Kollegen aus der Schnulzenzunft. Plötzlich fiel ihm auf, dass Monika, die in der vorletzten Bank saß, weinte. Richard fragte vorsichtig: „Haben Sie Schmerzen, gibt es irgendein Problem, können wir helfen?" Die sonst sehr lebhafte Schülerin sagte stockend: „Sie brauchen den Freddy nicht so zu beleidigen, der singt viele wunderbare Lieder. Meine Freundinnen und ich im Fanclub Freddy Quinn sind alle von ihm begeistert."

Es war Richard sofort klar, dass er ungewollt eine Schülerin schwer beleidigt und sie vor der Klasse bloßgestellt hatte. Sicherlich wussten die meisten in der Klasse, dass sie einem Fanclub angehörte. In aller Öffentlichkeit war ihr Idol lächerlich gemacht worden, es musste für sie eine schwere Demütigung bedeuten. Richard entschuldigte sich augenblicklich für seine gedankenlosen Späße und versuchte zu retten, was noch zu retten war: „Natürlich verstehe ich nicht so viel von Freddy Quinn wie Sie, weil Sie sich ja intensiv mit seiner Musik beschäftigen. Es tut mir Leid, wenn ich Ihre Gefühle verletzt habe. Wir waren eben gerade in einer etwas ausgelassenen Diskussionsatmosphäre, in der auch satirische Übertreibungen passieren. Wenn Sie Lust haben, erzählen Sie uns bei Gelegenheit, was in einem Fanclub abläuft, das wissen bestimmt die Wenigsten von uns.“ Nach dem Unterricht sprach Richard nochmals mit der Schülerin, es schien ihm gelungen zu sein, seinen Fehler einigermaßen zu korrigieren.

Am Abend erzählte er Doris von der Bloßstellung einer Schülerin, sie meinte auch, er habe das Mädchen ziemlich blamiert. Allerdings wusste sie keinen Rat, wie man so etwas in Zukunft vermeiden könne. Rosi und Gustl, die eine halbe Stunde später zu Besuch kamen, fanden es gut, dass sich Richard gleich entschuldigt hatte. Gustl meinte: „Ich habe nie einen Lehrer erlebt, der sich wegen einer Beleidigung entschuldigt hat. Zu deiner Zeit hat es das bestimmt auch nicht gegeben.“ „Das ist es ja“, antwortete Richard, „die abschreckenden Beispiele aus meiner Schulzeit während der Nazizeit, aber sogar noch zum Teil nach 1945, vergesse ich nie. Auch nicht die scheußlichen Stunden bei meinem ‚Lehrmeister' und Kollegen Kreisel in meinen ersten Wochen an der Schule. Ich habe mir fest vorgenommen und will es auch durchhalten, mich nie wie diese autoritären Pauker zu verhalten.“

Gustl fragte: „Wird dir das nicht von manchen Schülern als Schwäche ausgelegt? Erst gestern hat ein Lehrling in meiner Abteilung erzählt, dass es in der Schule manchmal chaotisch zugeht.“ Richard versuchte, nicht zu theoretisch zu antworten: „Das ist mir noch nie passiert! Wer von Anfang an vernünftig mit Jugendlichen umgeht, wird von ihnen akzeptiert und respektiert. Er muss sich allerdings um Kompetenz bemühen und die Schülerinnen und Schüler davon überzeugen, dass er an ihrem Weiterkommen und an einem erfolgreichen Abschluss persönlich interessiert ist. Trotz aller Warnungen haben sich bis jetzt meine selbstgebastelten Grundsätze bewährt: Ermutigen, keine Demütigungen, auch die Schwachen akzeptieren, sich um Gleichbehandlung bemühen, jeden Ernst nehmen, viel Teilnahme ermöglichen, für eine freundschaftliche Atmosphäre sorgen. Neben der Ermutigung ist für mich das Zuhören am wichtigsten. Dadurch habe ich schon viel von meinen Schülern gelernt.“ Doris äußerte trotzdem Zweifel: „Ob sie aber bei dir genauso viel lernen wie bei deinen Kollegen, die auch die Faulen zur Leistung zwingen? Brauchen nicht manche diesen Druck, um etwas zustande zu bringen?“ Richard kannte diese Bedenken und hatte schon oft darüber diskutiert: „Zureden, erklären, Einzelgespräche führen, wiederholen, immer wieder Mut machen bringt für echte Lernerfolge viel mehr als primitiver Druck. Außerdem kann man sich auch bei den Methoden etwas einfallen lassen, um den Schwachen zu helfen und auch die Stärkeren nicht zu enttäuschen. Ich habe übrigens den Beweis auf Lager: In der kaufmännischen Gehilfenprüfung schneiden meine Klassen ebenso gut ab wie die der harten

Kollegen. Der Schulleiter gibt ja nach jeder Prüfung die Durchschnittsergebnisse bekannt. Damit übt er Druck aus und verunsichert manche erheblich."

Rosi hatte genug von pädagogischen Erörterungen: „Jetzt könnten wir mal über den Zeitpunkt eures Umzugs nach Eibach reden, der Gustl wartet ja schon darauf, als Innenarchitekt sein Können zu zeigen." Doris meinte: „Im nächsten Jahr ist es bestimmt so weit, mein Vater hat gesagt, es wird jetzt alles bald fertig sein. Ich bin schon gespannt, was Gustl wieder alles einfällt. Bald kann er seine Kreativität in drei Zimmern, einer Küche und meinetwegen auch im Treppenhaus walten lassen."

Bis zum großen Umzug im Herbst 1959 dauerte es dann doch noch fast ein Jahr. Im Sommer davor kamen Elisabeth und ihr Sohn Reinhold für vier Wochen zu Besuch aus Chicago. Doris und Richard fuhren mit ihnen bis nach Wien und zum Neusiedler See, der neuerworbene VW, der berühmte „Käfer", machte es möglich. Auch die Hersbrucker und Fränkische Schweiz wurden - wie schon so oft - zu lohnenden Ausflugszielen. An verwandtschaftlichen Teilnehmern fehlte es nie, wie bei jedem Amerikabesuch wollten immer alle dabei sein.

Reinhold war im Juni 1959 neun Jahre alt geworden, und Hermann, der begeisterte Wanderer und Kenner aller landschaftlichen Glanzpunkte in der Umgebung Nürnbergs, machte einen besonderen Vorschlag: „Wir können doch mit den Kollegen beim nächsten Nachmittagsausflug in die Bismarckgrotte gehen. Den Reinhold nehmen wir mit, das wird für ihn ein einmaliges Erlebnis, an das er noch lange in Amerika denken wird." Selten dürfte eine Vermutung so zutreffend gewesen sein wie diese Äußerung Hermanns!

Außer dem kundigen Führer wollten Richard, Dieter, Wolfgang und der kleine Besucher aus Amerika die besondere Tour unternehmen. Bis auf Hermann kannte niemand den Weg durch die Höhle, alle folgten seinem Rat und trugen alte Kleidung, festes Schuhwerk und um den Hals eine Taschenlampe. Schon beim Einstieg staunte Richard über die auftretenden Schwierigkeiten. Trotz Taschenlampen war es ziemlich dunkel beim vorsichtigen Abwärtsklettern in einem Kamin, dessen Ende man von oben nicht erkennen konnte. Reinhold wurde von einem zum anderen nach unten weitergereicht und alle überboten sich mit Worten, wie: „Das gefällt dir doch, das ist mal was Zünftiges, Angst brauchst du überhaupt nicht zu haben, wir passen alle auf dich auf." Richard hielt ständigen Kontakt zu seinem Schützling, zumal Reinhold keine eigene Taschenlampe dabei hatte.

Unten angekommen, begann der eigentliche Weg durch die Höhle, der nicht viel einfacher als der Einstieg war. Man musste meist tief gebückt gehen, manchmal auch krabbeln und sich durch enge Passagen zwängen. Beim Kriechen hieß es immer aufzupassen, sich nicht irgendwo anzustoßen. Sturzhelme wären sicher angebracht gewesen. Um keine Angst aufkommen zu lassen, redeten Richard und vor allem auch Hermann ständig auf den kleinsten Teilnehmer des Abenteuers ein: „Da kannst du deinen Freunden daheim etwas erzählen, ganz toll wie du das machst, jetzt dauert es nicht mehr lange, deine Mutter wird auch staunen." Reinhold war recht still geworden, wenn ihn Richard fragte, ob es ihm noch so gut wie am Anfang gefalle, kam nur ein leises „Ja" und die Frage: „Kommen wir schon bald zum Ausgang?" Das wollten die anderen Teilnehmer auch vom Fremdenführer wissen, doch der sagte nur: „Jetzt brauchen wir nicht mehr allzu lange, genießt nur die phantastischen Felsformationen.

Das ist doch einmalig." Mit dem Genießen hatte Richard gewisse Schwierigkeiten; er hoffte nur, dass sein Neffe weniger Angst hatte als er selbst und versuchte, durch scherzhaftes Geplauder seinen wirklichen Seelenzustand zu verheimlichen: „Wenn uns Hermann an die Oberfläche gebracht hat, muss er in der nächsten Wirtschaft eine Runde ausgeben. Wer andere in die Unterwelt lockt, darf nicht ungeschoren davonkommen." Alle bis auf den Betroffenen stimmten zu, nur einer meinte: „Verlangt nicht zu viel, sonst lässt er uns da unten verkommen." Zu Reinhold sagte Hermann: „Ist das herrlich, das hättest du bestimmt nicht gedacht, wie toll es in einer Höhle ausschaut. Du hast doch überhaupt keine Angst. Das ist schon bewundernswert."

Der endlich erreichte Ausstieg stellte nochmals ein beachtliches Problem dar. Wie schafft man als nicht geübter Kletterer eine etwa vier Meter hohe Wand zu erklimmen, die fast keine Griffe aufweist? Mit Hilfe eines alten Baumstammes und unter sachkundiger Leitung des stets gut gelaunten Höhlenführers kamen schließlich alle wieder ans Tageslicht, der Neunjährige wurde mit vereinten Kräften nach oben gehoben und geschoben. Es versuchte niemand, seine Erleichterung zu verbergen, und selbst Hermann sagte: „Das war heute nicht ganz einfach. Aber unsere Taschenlampen haben ja durchgehalten. Den Reinhold ernennen wir zum Höhlenhelden, kein einziges Mal hat er gejammert, das macht ihm so leicht keiner nach."

Etwa zwanzig Jahre später unternahm Richard mit vier Kollegen des Studienganges Jugend- und Erwachsenenbildung im Rahmen eines erlebnispädagogischen Versuchs zum Semesterbeginn die gleiche Tour noch einmal. Fünfzehn Studierende, darunter sechs Frauen, gehörten zur Gruppe, außerdem zwei erfahrene Höhlen- und Bergführer aus Erlangen, die für sachkundige Führung, Sicherheit und perfekte Ausrüstung zuständig waren. Dazu gehörten Seile, Helme und große Taschenlampen zum Umhängen. Alle Kollegen und Studenten fanden das Abenteuer ziemlich aufregend und anstrengend und glaubten Richard kein Wort, als er erzählte: „Die Tour haben wir vor zwei Jahrzehnten schon zu viert mit einem neunjährigen Jungen ausprobiert, unsere einzige Ausrüstung bestand aus je einer Taschenlampe. Wo wir diesmal hinabgeseilt wurden, sind wir damals herausgeklettert. Sicherungen wurden durch Optimismus ersetzt, unser Höhlenführer hat das öfters gemacht und kannte sich deshalb bestens aus."

Beim Umzug ins neue Haus in Eibach gab es keinerlei böse Überraschungen. Richards Mutter fand es sehr traurig, dass Doris und Richard auszogen: „Jetzt sind wir nur noch zu dritt in der Wohnung, früher haben sieben Personen Platz gehabt. Hoffentlich bleibt Heinz noch recht lange da. Kommt nur so oft wie möglich bei uns vorbei." Gustl hatte tadellose Vorarbeit geleistet, deshalb verlief alles planmäßig. Die Maler hatten kräftige Farben für die einzelnen Zimmer zu verwenden, sie taten ihre Arbeit eher widerwillig, weil ihnen alles zu bunt und modern erschien. Das Wohnzimmer war durch eine Lichtwand in Form bunter Würfel in zwei Bereiche geteilt worden. Gustl, Konstrukteur und Hersteller in einer Person, freute sich am meisten über das gelungene Werk. Eine ähnlich kreative Lösung fand der Künstler fürs Arbeitszimmer, sein selbst gemauertes Bücherregal gefiel allen späteren Besuchern. Sämtliche innenarchitektonischen Leistungen wurden zum Nulltarif erbracht, Gustl wies alle Honorarangebote mit dem Argument zurück: „Ich mache das doch alles, weil es für mich Spaß und Vergnügen ist. So viel Gelegenheit zum Experimentieren hatte ich noch nie. Schade, dass ich so selten zum Zuge komme. Das wäre eine Beschäftigung fürs Leben."

Renate, Uli und Fritz kamen natürlich auch zu Besuch in die neue Wohnung. Dabei erfuhren Doris und Richard erstaunliche Neuigkeiten. Nachdem Uli seinen Job bei IBM aufgegeben hatte, war der Weg frei, eine Idee seines Freundes Fritz in die Tat umzusetzen. Dieser hatte seinen Chef überredet, ein Nebengeschäft der Leichtmetallwerke, und zwar den Verkauf von Absaugapparaten, auszugliedern und eine eigene Firma mit drei Teilhabern zu gründen. Dafür würde Fritz sich für längere Zeit an die Unternehmung binden.

Der Inhaber Glöckner, Fritz und Uli gründeten deshalb eine Firma, Uli sollte die Geschäftsführung übernehmen. Die beiden anderen hatten für sich die Rolle der gewinnbeteiligten Gesellschafter vorgesehen. Ein paar Mitarbeiter, die sich bisher schon mit dem Verkauf der Geräte befasst hatten, wurden von der neuen Firma übernommen, so dass vom ersten Tag an die Geschäfte weitergingen. Der selbstbewusste Uli schlüpfte in kürzester Zeit in die Unternehmerrolle und dokumentierte die Ernsthaftigkeit seiner Erfolgsorientierung durch den Kauf eines großen Mercedes, denn ohne Repräsentation wird man schließlich als aufstrebender Jungunternehmer nicht ernst genommen.

Richard konnte seine theoretischen Kenntnisse in Buchführung in praktisches Handeln umsetzen. Er übernahm in der neuen Firma die notwendigen Buchhaltungsarbeiten. Glücklicherweise stand ihm eine erfahrene Buchhalterin zur Seite. Vor allem auch wenn es darum ging, Uli immer wieder daran zu erinnern, Belege aller Art, die er irgendwo in seinen Anzugstaschen verstaut hatte, herauszurücken, um sie der korrekten Buchung und damit Kostenerfassung zuzuführen. Uli hielt nichts von unbedeutenden Kleinigkeiten, er war von Anfang an der Macher und Gestalter, der Mann für den Aufbau, alleine zuständig für das Wichtige, das Große, das Zukunftsweisende. Sein Bedarf an Beratung und Diskussion hielt sich in engen Grenzen, am liebsten verließ er sich auf seine eigenen Erkenntnisse. Wenn Risikofreudigkeit ein wichtiges Merkmal des Unternehmers ist, dann erfüllte Uli diesen Anspruch in hohem Maße.

Die fleißigste Briefschreiberin war in all den Jahren Richards Mutter, jede Woche wurde ein längerer Brief nach Amerika zur Post gebracht. Richards Leistung blieb weit dahinter zurück. Dafür schrieb er manchmal an alle eine längere Nachricht, mit der Bitte um Weitergabe. Im November war es wieder so weit:

„Meine Lieben,
wie Ihr ja schon wisst, wohnen wir nun im neuen Haus in Eibach. Wir sind froh, dass jetzt auch alles eingerichtet und die Eingewöhnungszeit schon vorüber ist. Doris genießt noch mehr als ich die veränderte Wohnsituation. Als fast dreißigjähriger ‚Nesthocker' muss ich mich erst umstellen. Denn nun kann ich nicht mehr die Luxuswohnung in der Zickstraße genießen, mit Beschallung sämtlicher Räume, mit Klavierkonzerten, Sologesängen des Papas, Einladungen von Mama zu Abendmenüs mit Fleischküchle oder Krautwickerl. Dazu gab es manchmal als Dreingabe ein Jazzkonzert unter Mitwirkung des Bassisten Heinz. All dies kann ich jetzt nur noch als Besucher erleben, so wie ihr, nur ist euer Anreiseweg ein Stückchen weiter als meiner.

Der Vorteil der neuen Wohnung wiegt natürlich schwer. Meine Bücher, Unterrichtsmaterialien, korrigierte Schülerarbeiten, Schülerbogen usw. liegen nicht mehr im gemischten Wohn-Schlafzimmer auf dem Esstisch oder gar auf den Betten herum, sie sind jetzt ordentlich im Arbeitszimmer untergebracht und ich kann alles am Schreibtisch erledigen. Das Badezimmer erspart den häufigen Gang zum Volksbad, und am wenigsten vermisse ich im Bedarfsfalle die einfache Toilette. Die gesamte Wohnung ist nach unseren Wünschen eingerichtet worden, wobei der Fachmann für zeitgemäßes Wohnen Gustl schon ziemlichen Anteil an unserer Geschmacksbildung hatte. Das Wohnzimmer ist zweigeteilt, am Fenster befindet sich die Essecke, der eigentliche Wohnbereich ist mit einer Couchgarnitur, Wohnzimmerschrank und einem schönen Sessel namens ‚Madam' ausgestattet. Den meisten Besuchern gefallen Gustls farbige Beleuchtungswürfel besonders gut, die der Abgrenzung beider Bereiche dienen.

Die Schwiegereltern und der Bruder von Doris wohnen im ersten Stock des Zweifamilienhauses. Es gibt bestimmt auch in Zukunft keinerlei Probleme, die Wohnungen sind vollkommen getrennt und wir haben von Anfang an vereinbart, bei Kontakten die Wünsche der jeweils anderen Familie zu respektieren. Nachdem wir uns alle seit Jahren gut verstehen, wollen wir das auch durch die neue Wohnsituation nicht gefährden.

Nach vierjähriger Berufserfahrung nähert sich meine pädagogische Lehrzeit langsam dem Ende zu, ich unterrichte jetzt nur noch in Industrieklassen und rechne damit, im nächsten Jahr Beamter auf Lebenszeit zu werden. Ich habe mittlerweile so viel Material erarbeitet, dass ich den Lehrlingen meilenweit voraus bin und ihnen das notwendige Wissen für die Kaufmannsgehilfen-Prüfung beibringen kann. Die nötige Sicherheit im Unterricht ist dadurch vorhanden und ich kann mich noch mehr auf die Methoden der Vermittlung konzentrieren. Es gibt auch keine Schwierigkeiten mehr, ständig auf dem Laufenden zu sein.

Am besten gefällt mir das Fach Gemeinschaftskunde. So viel über soziale und politische Probleme habe ich während meiner gesamten Schul- und Universitätszeit nicht gelernt wie in den letzten vier Jahren durch Eigenstudium, bei der Vorbereitung auf den Unterricht und in Diskussionen mit den Schülerinnen und Schülern. In dieser Zeit ist mir auch das Wesen des verbrecherischen Systems der Nazis immer deutlicher geworden und ich kann jetzt bei Diskussionen über die Vergangenheit, die ich als Kind hautnah erlebt habe, fundiert mitreden. Vielleicht beginne ich in den nächsten Jahren mit Aufzeichnungen über meine

Kindheitserlebnisse in der Stadt der Reichsparteitage. Denn wir alle hatten ja das Glück, in einer ungewöhnlichen Familie aufzuwachsen, in der die Mutter für Überleben und Harmonie sorgte. Vor der Vereinnahmung durch die nationalsozialistische Propaganda waren wir trotzdem nicht gefeit!

In Nürnberg hat sich in den letzten Jahren sehr viel verändert, es sollen schon fast 10000 Wohngebäude seit 1950 gebaut worden sein. Trotzdem fehlen noch immer viele Wohnungen. Ich finde es gut, dass man in Nürnberg beim Wiederaufbau recht behutsam vorgegangen ist und Alt und Neu sinnvoll gemischt hat, so dass das alte Stadtbild gerettet worden ist. Die Fachleute sprechen von einer gelungenen Synthese!

Von der politischen Entwicklung bin ich weniger angetan. Seit dem letzten Jahr gibt es wieder Rekruten in Nürnberg, und zwar in der Schweinauer Kaserne. Wirklich bedrohlich finde ich aber das atomare Wettrüsten. Wenn dabei etwas schief geht, braucht sich niemand mehr Gedanken über die Entwicklung der Menschheit zu machen.
In dieser Hinsicht werdet ihr in Amerika die gleichen Sorgen wie wir haben. Trotzdem muss man hoffen, dass sich weltweit die Vernunft durchsetzt und alle begreifen, was auf dem Spiel steht.

Vielleicht können Doris und ich im übernächsten Jahr unser Vorhaben verwirklichen und zu euch zu Besuch kommen. Ich möchte gerne hinwärts das Fliegen ausprobieren, heimwärts gefiele mir dann eine Schiffsreise von New York aus am besten.

Herzliche Grüße senden euch <u>allen</u>
Richard und Doris“

5. Kapitel

Richards Freund Uli kaufte sich eine Segeljacht und eine schöne weiße Mütze. Damit war er Kapitän eines Bodenseeschiffes. Nach vierwöchigem Studium einschlägiger Literatur lud er Fritz und Richard zu einer Segelpartie ein. Daraufhin beschafften sich beide Bordschuhe und wurden so zu Segelschiffsmatrosen. An Bord hielt der Kapitän eine kleine Ansprache: „Das Wichtigste beim Segeln ist der klare Verstand, man darf nie in Panik geraten. Alles andere ist kinderleicht.“
Nachdem Fritz und Richard nach mehrmaligem Fragen immer wieder vom Kapitän die beruhigende Auskunft erhielten, eine Segeljacht sei unsinkbar, segelten sie los. Zunächst ohne Segel, dafür mit Außenbordmotor. Sie schafften es auch tatsächlich, die offene See vor Friedrichshafen zu erreichen. Es war ein herrlicher Sonntagmorgen. Kein Wind störte die Anfänger beim Segeln, gemächlich schaukelten sie auf der ruhigen Seeoberfläche. Unter den anfeuernden Rufen und Beifallsäußerungen der Freunde hatte schließlich Kapitän Uli alle Segel gesetzt. Dabei wurde es Mittag, alle hatten tüchtig Hunger bekommen. Richard war für das Kochen zuständig. „Phantastisch schmeckt das“, war seine feste Überzeugung.

Das schönste Segeln hat einmal ein Ende. Das Tagespensum betrug immerhin einige hundert Meter. Es war 14.00 Uhr, wollten sie bis 17.00 Uhr im Hafen sein, mussten sie zurück. Zum letzten Mal kreiste der Humpen, dann ging‘s an die Arbeit.
Als das Boot noch etwa 30 Meter von der Einfahrt entfernt war, hielt der Kapitän nochmals eine kleine Rede: „Jetzt kommt es darauf an. Viele Zuschauer werden uns beim Anlegen beobachten. Ich bin erst seit vier Wochen Mitglied des Yachtclubs, blamiert mich nicht und macht alles so, wie wir es während des ganzen Nachmittags besprochen haben.“ Man sah es ihm an, großes Zutrauen hatte er nicht zu den seemännischen Leistungen seiner Freunde. Nervös, aber als stolzer Kapitän mit wunderbarer weißer Mütze auf dem Kopf, steuerte er dem Liegeplatz entgegen.

Fritz und Richard waren auf dem Posten. Langsam näherte sich das unsinkbare Schiff im Hafen seiner „Parklücke“. Mit einem Enterhaken, der sich auf einer langen Stange befand, sollte Fritz einen Pfostenring erwischen, um das Boot beizudrehen. Richard stand mit einer Leine bereit und war fest entschlossen, sein Bestes zu geben.

Es war so weit. Der Kapitän gab den Einsatzbefehl für Fritz. Der stieß mit seinem Speer los, als gälte es, einen Walfisch zu erledigen. Leider verfehlte er das Ziel, der Speer sauste ins Wasser und Fritz beinahe hinterher. Richard erwischte ihn gerade noch am Hosenbund.

Der Kapitän wurde unruhig. Die Enterstange war weg. Jetzt hieß es, Nerven zu behalten! Richard erwischte mit seiner Leine einen Pfosten und zog das Boot näher heran. Der Kapitän sprang entschlossen herbei und umarmte mit starken Armen den rettenden Pfahl. Die Schlacht schien gewonnen. Das Boot spielte aber nicht mit. Wie von Geisterhand gestoßen, drehte es vom Pfahl ab. Dass Richard daran schuld sein sollte, beweist nur, wie krampfhaft man immer einen Sündenbock sucht. Der Kapitän wollte nicht nachgeben. Das Boot jedoch war stärker.

Es ließ ihn im Stich. Da hing er nun mit seiner Mütze, den Pfosten innig umarmt, mit den strampelnden Füßen im schmutzigen Wasser des Hafenbeckens. Am liebsten wäre Richard über Bord gesprungen! Fritz war seit dem traurigen Verlust seiner Enterstange sowieso nur noch die Hälfte wert. Das Schicksal hatte Erbarmen und brachte das Boot aus heute noch unerklärlichen Gründen wieder in die Reichweite von Ulis Füßen. Plötzlich war er wieder an Bord. Er erwischte doch so einen verteufelten Ring, zog eine Leine durch und hatte das Boot unter Kontrolle.
Das Anlegemanöver war vollendet. Der Kapitän schaute finster drein. Fritz und Richard hielten sich den Bauch vor Lachen, was seltsamerweise nicht zur Hebung von Ulis Stimmung beitrug. Die zufriedenen Zuschauer zerstreuten sich. Der Kapitän brauchte noch ein halbes Jahr, bis er sich über diese Geschichte amüsieren konnte.

Dabei war die Vorgeschichte fast ebenso lustig. Am Tag vor dem Segelerlebnis hatte Uli erst geheiratet. Weil er den Ausflug zum Bodensee seinen Freunden schon Wochen vorher versprochen hatte, verzichtete Renate auf eine Hochzeitsreise und blieb allein zu Hause. Sie hatte schließlich von ihrem wahrscheinlich nicht unbedeutenden Vermögen die Yacht gekauft und ihrem Bräutigam geschenkt. Da konnte man auf das Segeln schon noch etwas warten, bis der Kapitän die nötigen Erfahrungen gesammelt hatte.

Bei der Hochzeit hatte Fritz auch nicht gerade geglänzt. Er war vom Brautpaar als Trauzeuge vorgesehen und bei der Feier am Abend zuvor bei seiner Getränkeauswahl offensichtlich einem Irrtum unterlegen. Die Hochzeitsgesellschaft wartete auf den Trauzeugen im Standesamt vergebens, und der Bruder der Braut musste schließlich als Ersatzmann einspringen. Erst nachmittags tauchte der alkoholgeschädigte Freund endlich auf. Sekt mit Lachsbrötchen fand er dann allerdings schon wieder genießbar.

Solche kleinen Miseren taten der Freundschaft von Fritz und Uli keinen Abbruch, erst als Uli alleiniger Kapitän auch in der Firma sein wollte, kühlte sich ihr Verhältnis total ab. Richard gewann daraus die Einsicht, dass sich zwischenmenschliche Beziehungen und finanzielle Interessen schlecht vertragen, dass eine langjährige Freundschaft zerstört wird, wenn das Geld zum Sprengsatz wird.

Auch der Traum einer gemeinsamen Welterkundung platzte durch die ökonomischen Interessen der beiden Aufstiegsorientierten. Allerdings sah der mit Grundstücksgeschäften reich gewordene Fritz in späteren Jahren als Tourist viel vom Erdball, und Uli bereiste Kunden und Firmenvertretungen in allen Erdteilen. Statt blauem Meer, einsamen Buchten und Palmenstränden genoss er aber meistens nur Hotelhallen, Konferenzräume und Schonkost für gestresste Businesspeople.

Im Jahr 1960 herrschte im Freundeskreis noch Frieden und Harmonie. An den Donnerstagabenden wurde wenig gestritten, die Zeit gesellschaftlicher Unruhen und privater Auseinandersetzungen war ja noch weit weg. Richard hatte im letzten Jahr richtig vermutet, er wurde im Juli zum Studienrat ernannt und war damit - nach der Meinung von ehemaligen Schulfreunden - zu lebenslangem Paukerdasein verurteilt.

Im selben Jahr schaffte Heinz das Abitur an der gleichen Schule, an der Richard schon diese Zulassungsurkunde für das Studium erhalten hatte. Auch der Bruder verdankte einem schwer zu transportierenden Musikinstrument einen Großteil des Erfolges, denn schon seit einigen Jahren verdiente er sich in einer kleinen Band als Bassist das notwendige Einkommen. Noch im gleichen Jahr begann er mit dem Germanistikstudium. Nachdem offenbar Richards beruflicher Werdegang keine abschreckende Wirkung auf ihn ausübte, landete er schließlich auch bei der Pädagogik und versuchte bis zu seiner Pensionierung, seinen Schülerinnen und Schülern fundierte Kenntnisse in Englisch und Deutsch zu vermitteln. Zusätzlich erwarb er sich Anerkennung und Zuneigung im außerschulischen Bildungsbereich, in der „Filmbühne" im ‚Komm' und vor allem mit seinem beliebten Literaturkreis im Bildungszentrum, der mehr als dreißig Jahre bestehen sollte.

Zu Beginn der großen Ferien hatte sich ein Brauch eingebürgert, den Richard einige Jahre durchhielt. Er lud seine Eltern und die Großmutter zu einer mehrtägigen Rundfahrt ein, um ihnen Glanzpunkte in Bayern, Österreich und Südtirol zu zeigen. Die Begeisterung seiner Mitreisenden, die fast noch nie die nähere Umgebung Nürnbergs verlassen hatten, bedeutete für Richard einen Reisegenuss der besonderen Art. Peter hatte allerdings einige Male Bedenken, wenn er zum Beispiel das Schild „Steinschlag" las. Er fragte sorgenvoll: „Hält denn das dein Auto aus, wenn die Felsbrocken herunterkommen?" Richards Scherz, beim Käfer könne nichts passieren, weil er extra wegen solcher Probleme rund gebaut sei, fand Peter gar nicht lustig.

Während auf den Passstraßen rund um die Sellagruppe Richards Mutter vor Begeisterung wie ein Kind jubelte, sagte Peter: „Das geht mir viel zu weit runter, da mache ich am besten die Augen zu." Selbst die Großmutter lachte darüber: „Dann siehst du ja nichts von den herrlichen Bergen." Peter meinte nur: „Der Richard macht doch ständig Photos, die kann ich mir alle zu Hause in Ruhe anschauen." Als Richard den Mitreisenden den Langkofel zeigte und erzählte, das sei der Hausberg von Luis Trenker, kannte die Begeisterung keine Grenzen. Bei der Heimfahrt über den Brenner schwärmte die Großmutter immer noch von den Dolomiten und fragte, ob der berühmte Bergsteiger und Filmstar auch in dieser Gegend geklettert sei.
Zur Bildchen-Ausstattung Mamas gehörten neben den Fotos ihrer Kinder von nun auch einzelne Urlaubsbilder, die beim Bäcker, Metzger und im Lebensmittelgeschäft zum Beweis der einmaligen Erlebnisse während der Rundreisen vorgezeigt wurden.

Im Juli 1962 setzten Doris und Richard einen lang gehegten Plan in die Tat um und flogen nach Chicago. Sie wurden am Flughafen von ihren Verwandten herzlich empfangen und lernten auch gleich alle Kinder kennen, die sie bisher nur auf Fotos gesehen hatten. Die dreijährige Schwester Bernhards, des unfreiwilligen Helden der Bismarckhöhle, hieß Lila. Hedi und Franz waren mit ihren Töchtern Ingrid und Helen zur Begrüßung gekommen. Bei Marianne und Karl galt es, sich vier Namen zu merken: Christine, Susi, Barbara und Alfred, der erst vor wenigen Tagen geboren worden war.

Die Aufenthaltstage waren von Richards Geschwistern genau untereinander aufgeteilt worden, die Besucher aus Nürnberg sollten in jeder Familie zu Gast sein. Auf diese Weise lernten Doris und Richard das Alltagsleben der drei Ehepaare und ihrer Kinder recht gut kennen und erfuhren dadurch auch einiges über die Realität in Amerika. Allen Ausgewanderten ging es gut, die Wohnungen waren bestens ausgestattet, Karl besaß bereits ein eigenes Haus, die anderen wollten in den nächsten Jahren eines erwerben. Die Versorgung mit Lebensmitteln ließ nichts zu wünschen übrig. Einen großen Unterschied zur Bundesrepublik der sechziger Jahre konnte trotzdem weder Doris noch Richard feststellen. Sie hatten aber den Eindruck, dass vieles billiger angeboten wurde.

Die Geschwister gaben sich große Mühe, ihrem Besuch möglichst viel zu zeigen. Einige Male besuchten sie gemeinsam das Zentrum von Chicago. Die Türme der Wolkenkratzer waren noch beeindruckender, als sie sich Richard vorgestellt hatte. Auch die Museen hinterließen einen außergewöhnlichen Eindruck. Außerdem unternahmen Franz und Hedi nebst Kindern mit den Urlaubern eine viertägige Reise nach Wisconsin, einschließlich eines Abstechers in die Großstadt Milwaukee.

Am Lake Geneva wunderte sich Richard über eine Verbotstafel am Strand, die ihn im angeblich freiesten Land der Welt mit Badevorschriften und Regulierungen überraschte, wie er sie bisher noch in keinem Urlaubsland in Europa gesehen hatte. Zwischen 12 - 14 Uhr galt striktes Badeverbot, mehr als 50 Meter hinausschwimmen war nicht gestattet, bei stürmischem Wetter auf einem Bootssteg gehen - absolut verboten! Und alle 50 Meter überwachte ein Muskelprotz der Life Guard die Einhaltung der strengen Vorschriften.

Bei einer anderen Rundfahrt stellte Elisabeth das Auto, Richard wurde zum Fahrer ernannt und Reinhold und Tochter Lila saßen neben Doris im Wagen. Das Ziel dieser viertägigen Kurzreise war Ohio und der Mississipi. Nachdem sich Richard an die ungewohnte Automatik des Fahrzeuges gewohnt hatte, gelang ihm eine unbeanstandete Chauffeurleistung und damit insgesamt eine äußerst interessante Fahrt durchs ländliche Amerika. Sein Schwager Otto war als Maler in den Sommermonaten unabkömmlich und leistete während dieser erlebnisreichen Tage Schwerstarbeit. Richard wusste mittlerweile von seinem Verwandten, dass Maler in Chicago vor dem Tapezieren oder Streichen der Wände zuerst die Wohnung vollkommen ausräumen müssen, nach den Malerarbeiten sind dann natürlich wieder alle Möbelstücke an ihren alten Platz zu stellen. Und immer gilt das Motto: Zeit ist Geld, also Tempo, Tempo!

Die beiden Brüder Karl und Franz erhielten wider Erwarten ein paar weitere unbezahlte Urlaubstage, um mit Doris und Richard nach New York zu fahren, damit diese ihr Schiff zurück nach Deutschland sicher erreichten. Das war nochmals eine großartige Betreuung und es verlangte erhebliche Anstrengungen von den Brüdern, diesen Zubringerdienst zu leisten. Der lange, beschwerliche Reiseweg wurde bei guter Laune und nur einer Zwischenübernachtung in einem Motel bewältigt. Die Besichtigung New Yorks machte einen zweiten Hotelaufenthalt nötig. Der Abschied im Hafen, direkt vor dem mächtigen Schiff, der „Bremen", fiel niemandem leicht, obwohl alle mittlerweile Abschiednehmen schon viele Male erlebt hatten.

Jahrzehnte später sandte Franz auf Richards Wunsch eine E-Mail über die Häufigkeit der Amerika- und Deutschlandreisen. Danach besuchten Mama und Peter 4 Mal, Mama alleine 3 Mal, Tante Sophie 2 Mal, Richard 3 Mal, Heinz 2 Mal und Doris 1 Mal die Verwandten in den USA. In die umgekehrte Richtung gab es noch viel mehr Flüge zu mehrwöchigen Heimataufenthalten aufzulisten: Franz allein oder mit Hedi und Familie unternahm insgesamt 13 Reisen. Sowohl bei Karl als auch bei Elisabeth kann man von ähnlichen Zahlen ausgehen, was weitere rund 25 Besuche bedeutet. Deshalb hatte Tante Sophie durchaus recht, als sie zu ihrer Schwester Leni einmal sagte: „Deine Kinder zieht es doch immer wieder zurück nach Nürnberg, ich kenne keinen Sommer, in dem nicht eine Familie aus Chicago da gewesen wäre. Die Zickstraße wirkt eben wie ein Magnet!"

Nach der vierwöchigen Reise im Sommer 1962 wurden Doris und Richard sehnsüchtig zurückerwartet, um von ihren Erlebnissen zu berichten. Bei einem großen Familientreffen in den altvertrauten Räumen fragte Mama als Erstes, ob das Leben in Chicago wirklich so gefährlich sei, wie man immer höre. Richard antwortete: „Für arme Leute, die in Slums wohnen und für Menschen in heruntergekommenen Stadtvierteln ist das wahrscheinlich so. Davon haben wir aber nichts gesehen, weil niemand mit uns dorthin gefahren ist. Die meisten Weißen wohnen in Vororten oder ‚ordentlichen' städtischen Regionen und sperren nicht einmal ihr Auto ab, wenn sie zum Einkaufen gehen. In diesen Gegenden sieht man fast keine Farbigen." Doris ergänzte: „Die sozialen Gegensätze müssen riesengroß sein, in den vornehmen Bezirken merkt man nur nichts davon. An manchen Stellen stoßen aber reiche und arme Gegenden zusammen, dort sieht es dann verheerend aus und verwahrloste Leute stehen auf der Straße. Ein paar hundert Meter davor sah es noch aus wie auf einem Boulevard in Paris."

Heinz wollte wissen, ob man nachts überall umherlaufen könne. Richard: „Die Einheimischen wissen sicher, wo das möglich ist. Aber in vielen Gegenden wird das kein Mensch probieren. Man versucht eben, alles mit dem Auto zu erledigen. Beim Besuch eines Jazzkellers im Zentrum haben wir ganz in der Nähe einen Parkplatz gefunden. Das habe ich sehr beruhigend empfunden.“ Tante Sophie stellte eine Frage, die Richard auch in Amerika ein paar Mal gehört hatte: „Wie hat es euch denn gefallen? Wärt ihr gern drüben geblieben oder habt ihr vielleicht vor, eines Tages auch auszuwandern?“ Doris schüttelte den Kopf: „Für uns ist es doch hier viel besser, mir wäre das alles zu unsicher. Im Krankheitsfall, im Alter, beim Urlaub, eigentlich im gesamten sozialen Bereich, überall sind wir den Amerikanern weit voraus.“ Richard erzählte, wie enttäuscht die Fragesteller oft waren, wenn er gesagt hatte: „Mir gefällt es recht gut in Amerika. Bisher habe ich nur freundliche Menschen getroffen. Man hat den Eindruck, die zwischenmenschlichen Beziehungen sind besser als in Deutschland. Andererseits herrscht im Arbeitsleben eine Härte, die mit dem netten Umgangston im Alltag nicht zusammenpasst. Meine Brüder haben mir viel darüber erzählt. Außerdem müsste ich in Deutschland alles aufgeben, ich habe schließlich einen sehr interessanten Beruf. Doris sieht es genauso. Deshalb werden wir nie Deutschland verlassen, um in Amerika zu leben.“ „Am häufigsten hat man dir aber eine andere Frage gestellt“ erinnerte sich Doris. „Was meinst du?“ fragte Richard. „Ach, ich weiß schon. Das habe ich am Anfang immer falsch verstanden. Wenn jemand fragte ‚Was machst du im Jahr?‘ dachte ich, der Fragesteller wollte wissen, was ich machte, in Wirklichkeit ging es darum, wie viel Geld ich verdiente. Aber das interessiert ja in Deutschland die Leute ebenfalls am allermeisten. Denn der Glaubenssatz ‚Hast du was, bist du was‘ wird ja auch bei uns schon den Kindern eingetrichtert.“

Doris und Richard hatten noch zahlreiche Frage zu beantworten, Mama wollte möglichst viel über die Enkelkinder erfahren. Richard erzählte: „Alle sprechen noch ganz gut deutsch, die kleine Lila war sogar enttäuscht, dass das nicht überall der Fall ist. Als wir mit Elisabeth eine frühere Bekannte aus Deutschland in einer amerikanischen Kleinstadt besucht haben, ging Lila allein zum Spielen, denn Kontaktprobleme hatte sie nie. Nach wenigen Minuten kam die Dreijährige schon wieder zurück und sagte verächtlich: ‚Die können ja nicht einmal Deutsch‘“. Doris kannte auch ein Geschichtchen. „Helen wollte immer wieder von Richard herumgeschleudert oder auf dem Rücken getragen werden. Als es ihm zu viel wurde und er gerne aufgehört hätte, sagte sie im perfekten Nürnberger Dialekt: ‚Onkel Richard, mach‘ doch weiter, du kannst doch drei tragen.‘ Nur weil er tatsächlich einmal mit drei Kindern auf seinen Schultern Zirkus gespielt hatte. Barbara, eine Tochter von Marianne und Karl, sagte zu uns statt ‚Guten Appetit‘ zu Beginn des Abendessens ‚Hau nei‘ und am Ende fragte sie ‚Bist vull‘?“

„Jetzt muss ich auch noch etwas erzählen", sagte Richard: „Die Schifffahrt mit der ‚Bremen' war nochmals ein besonderes Erlebnis. Am vorletzten Abend wurden bei einem ‚Bayerischen Fest' Hütchen verteilt, die alle Schiffsreisenden aufsetzen sollten. Die Amerikaner an Bord taten dies mit Begeisterung und tanzten fleißig zur zünftigen Musik. Als wir in Bremerhaven ausgeschifft wurden und die amerikanischen Passagiere deutschen Boden betraten, trugen viele von ihnen die bayerischen Hütchen auf dem Kopf, vielleicht dachten manche von ihnen, so etwas gehört eben zu Germany."

Heinz war mittlerweile zu einem wichtigen Gesprächspartner Richards geworden, er interessierte sich sehr für die politische Entwicklung und teilte Richards Auffassung, dass nicht erst seit dem Mauerbau vor einem Jahr in Berlin die Ängste vieler Menschen vor einem Weltkrieg berechtigt seien. Bei der alljährlichen Geburtstagsfeier am 27. Dezember 1962, Mama hatte zum 59. die ganze Verwandtschaft eingeladen, unterhielten sich die beiden Brüder bei einem abendlichen Spaziergang. „Das wäre heuer in Kuba beinahe schief gegangen, es grenzt doch fast an ein Wunder, dass die atomare Katastrophe noch verhindert wurde", sagte Heinz. Richard stimmte zu: „Ein Großteil der Menschheit verdankt sein Überleben mehr dem Zufall als besonnenem Handeln verantwortungsbewusster Politiker. Es hat ein Pokerspiel um den Weltfrieden stattgefunden, und ich befürchte, dass noch ähnliche wahnsinnige Abenteuer folgen werden." „Aber die großen Verharmloser sorgen für Unbekümmertheit und verblüffende Sorglosigkeit, es gibt immer noch viele Leute, die einer Politik der Stärke - und sei es bis zum Weltuntergang - das Wort reden", antwortete Heinz. „Bei der Spiegelaffäre haben sich aber viele der politischen Strategen, die endlich für die große Ruhe im Land sorgen wollten und deshalb eine Pseudo-Pressefreiheit zum Ziel hatten, Gott sei Dank gründlich verrechnet", fuhr Heinz fort. Richard fand das auch: „Erstaunlich, wie die Massen in der braven Bundesrepublik reagiert haben. Durch diesen Widerstand ist der schlimmste Skandal der Nachkriegszeit zu einem Lichtblick geworden. Man braucht wirklich kein Anhänger einer Verschwörungstheorie zu sein um zu erkennen, welche geballte antidemokratische Machtkonstellation am Werk war, um mit den Kritikern in ‚diesem unserem Lande' ein für allemal abzurechnen. Dass auch Strauß zu den Verlierern gehörte, grenzt schon fast an ein Wunder!" Heinz meinte abschließend: „Ich nehme an, dass es in den nächsten Jahren noch zu viel größeren Auseinandersetzungen um Kriegsgefahr, atomare Rüstung, Demokratisierung, Freiheitsspielräume und Verhältnis zum Ostblock kommen wird." Es sollte sich bald zeigen, dass Heinz mit seiner Vermutung Recht behalten sollte.

Am meisten störte Richard an seinem Beruf, ständig Zensuren erteilen zu müssen. Obwohl er sich größte Mühe gab, durch ein Punktesystem objektive Leistungsmessungen vorzunehmen, glaubte er zu keiner Zeit an die Möglichkeit einer wirklich gerechten Beurteilung. Außerdem zweifelte er immer am pädagogischen Sinn ständiger Prüfungen. Er war sich stets klar darüber, dass er wie alle anderen Lehrer die Starken belohnte und die Schwachen bestrafte.

Doris erzählte er oft von seinen Sorgen, und sie meinte: „Das kenne ich doch schon seit Jahren, du kannst nur versuchen, möglichst objektiv zu sein. Außerdem sind deine Notendurchschnitte meistens recht gut." „Das hilft den von den schlechten Noten Betroffenen leider wenig, wenn der Durchschnitt in Ordnung ist", erwiderte Richard, „ich kann nur ständig betonen, dass es sich um Momentaufnahmen handelt und ich alles versuchen werde, gemeinsam mit der Schülerin oder dem Schüler zu besseren Ergebnissen zu kommen. Denn jede Note, die ich auf eine Schulaufgabe schreibe, verpasse ich mir doch auch selbst. Am fragwürdigsten finde ich solche Kollegen, die vollkommen unbekümmert massenhaft ‚Vierer' und ‚Fünfer' verteilen und so tun, als hätten ihre pädagogischen Qualitäten überhaupt nichts damit zu tun."

Eines Tages fragte Doris: „Ich habe auf deinem Schreibtisch ein dickes DIN A4- Heft gesehen, auf dem steht in Großbuchstaben geschrieben „Satirisches Tagebuch". Darf man einfach darin lesen oder sind das Geheimnisse, wie sie in normalen Tagebüchern stehen?" Richard lachte: „Das kannst du dir jederzeit anschauen. Wenn ich mich über irgendetwas ärgere, probiere ich, darüber einen satirischen Text zustande zu bringen. Wir haben doch vor kurzem über die Pseudo-Gerechtigkeit bei der Beurteilung geredet. Weil du auf dem Schreibtisch herumgeschnüffelt hast, lese ich dir zur Strafe eines meiner ersten Werke vor." Richard ließ sich nicht mehr stoppen und las:

Die Vorhangkrankeit
Am stärksten gefährdet sind alle Menschen, die Vorgesetztenpositionen einnehmen, also Unternehmer, Manager, leitende Angestellte und Beamte, vor allem aber die Pädagogen. Das wesentliche Merkmal dieser heimtückischen Erkrankung besteht in einer erheblichen Bewusstseinsstörung, die es dem Betroffenen unmöglich macht, auf seine eigene Vergangenheit zurückzublicken. Der Krankheitsverlauf ist bei manchen Menschen so

rasant, dass schon nach wenigen Monaten Berufspraxis eine fast vollkommene Rückblicks-Unfähigkeit diagnostiziert werden muss. Es fällt gewissermaßen ein eiserner Vorhang herab - daher auch der Name Vorhangkrankheit -, der dem Leidenden den Blick zurück versperrt.

In einschlägigen Studien wird von entsetzlichen Krankheitsabläufen berichtet. Ein junger Mathematiklehrer, der vor zwei Jahren noch Mitglied einer fortschrittlichen Studentengruppe war, wurde in wenigen Monaten zu einem rücksichtslosen Leistungsideologen, mit dem niemand mehr über persönliche Probleme reden kann. Der frühere Mitherausgeber einer aufmüpfigen Schülerzeitung empörte sich in mehreren Artikeln über die Härte und Unbekümmertheit mancher Pädagogen bei der Notengebung. Das Examen als Deutschlehrer schaffte er erst im zweiten Anlauf. Schon nach einem Jahr Schulpraxis zeigten sich die ersten Besorgnis erregenden Symptome einer schweren Bewusstseinsstörung. Ein eindeutiger Fall der Vorhangkrankheit: Im Unterricht verbreitet er Angst und Schrecken, Drohungen und Einschüchterungen gehörten zum Schulalltag, auch die Benotung setzt er als Zwangsmittel ein. In den Notenkonferenzen plädiert er meistens für die härteste Lösung.

Die Fallbeispiele ließen sich beliebig vermehren. Die Unfähigkeit zum Rückblick auf frühere Ideale, Ziele und Erkenntnisse, aber auch auf eigene Schwächen und Zweifel, ist in allen Berichten enthalten. Die gestörten Personen schätzen die Eindeutigkeit und verachten Nachdenklichkeit oder gar Mitleid mit den Leistungsschwachen. Zu schweren Identitätskrisen kann es kommen, wenn Erkrankte überraschend mit ihren früheren Wertvorstellungen konfrontiert werden. Dies ist möglich bei Klassentreffen, beim Wiedersehen mit engen Freunden, aber auch bei zufälligen Begegnungen mit einst Gleichgesinnten. Ein Heilungsprozess wird nach allen Untersuchungen dadurch leider nicht in Gang gesetzt.

Über die Ursachen des Übels ist noch wenig bekannt. Am meisten werden genannt Neigung zur Überanpassung, Angst vor Vorgesetzten, übersteigertes Karrierebewusstsein, Ich-Schwäche und Autoritätsgläubigkeit. Prof. Winter, der wohl geachtetste Experte bei der Erforschung dieser merkwürdigen Seuche, behauptet gar in seiner im letzten Jahr veröffentlichten Studie, dass fast alle Menschen an der Vorhangkrankheit litten, nur die Schwere des Leidens sei sehr unterschiedlich. Er entdeckte nur einen positiven Aspekt: Bei älteren Menschen, die aus dem Berufsleben ausgeschieden sind, gibt es überraschende Selbstheilungsprozesse. Rückblicke auf die früheren Ideale werden wieder möglich, weil sich der eiserne Vorhang gehoben hat. Dieser wunderbare Heilungsprozess bietet für manche im Alter

Chancen zu Kreativität, Aufgeschlossenheit, humanem Verhalten und zur Selbstverwirklichung.

Doris äußerte sich zurückhaltend: „Die Idee ist nicht schlecht, wenn du das allerdings an eine Zeitung schickst, hast du im Falle einer Veröffentlichung viel Ärger am Hals.“

Auch Gustl, der überraschend zu Besuch gekommen war, musste die Verlesung des satirischen Werks über sich ergehen lassen. Ihm gefiel der Text, er schlug sogar eine Erweiterung vor: „Ich kenne einige Leute, die sich in der Arbeit ausgesprochen mies verhalten, aber sich abends im Wirtshaus oder an der Bar als menschenfreundliche Edeldemokraten darstellen. Ein gefürchteter Personalchef unserer Firma nahm sogar an Podiumsdiskussionen teil und plädierte dort für die Humanisierung der Arbeitswelt. Am nächsten Tag sprang er mit seiner Sekretärin in gewohnter Weise um, mehr als ein paar Monate hielt es keine bei ihm aus.“

„Du hast Recht“, stellte Richard fest, „diese schizophrenen Verhaltensweisen gibt es auch an den Schulen. In Konferenzen habe ich schon erlebt, dass Kollegen prinzipiell für härteste Lösungen eintreten und vor zu viel Nachsicht warnen. Abends in einem Filmclub meldete sich in der anschließenden Diskussion ein solcher ‚Hardliner' zu Wort und erläuterte, warum bei der Beurteilung von Jugendlichen Verständnis und Humanität im Mittelpunkt stehen müssten. Ich traute meinen Ohren nicht und staunte über so viel Toleranz und Gelassenheit. Der eiserne Vorhang muss in diesen Fällen zwischen Alltagspraxis und theoretischen Erkenntnissen niedergesaust sein. Schade, dass es über dieses Phänomen noch keine fundierten Untersuchungen gibt.“

In den folgenden Jahren schlitterte Richard in schulische und außerschulische Belastungen, die mit der Zeit bedrohlichen Umfang annahmen. Es begann mit einem Referat bei den Gewerkschaften, es folgte die Teilnahme an einem Arbeitskreis im Pädagogischen Institut, kurz darauf eine Diskussionsleitung im Jugendzentrum. Solche außerschulischen Aktivitäten hatten Folgen: Ein Wochenendseminar des Bildungszentrums, eine Sitzung in der Akademie für politische Bildung in Tutzing, bei den Jusos eine Podiumsdiskussion über mehr Mitbestimmung an den Schulen und die Einladung des DGB zum interessanten Treffen „Arbeit und Leben“ konnte man auch nicht einfach ausschlagen. Die Freizeit wurde weiter eingeschränkt, als Richard auch noch einen Sitz im „Jugendwohlfahrtsausschuss“ der Stadt Nürnberg annahm. Er lernte viele interessante Leute kennen, die wiederum Ideen entwickelten, zu deren Verwirklichung man

Mitstreiter benötigte. Als er auch noch den undankbaren Posten des Vertrauenslehrers übernahm, verschwanden noch mehr freie Abende aus seinem Terminkalender. Denn Richard wollte seiner überall vertretenen These treu bleiben: Wer Posten übernimmt, muss auch dafür etwas tun.

Doris machte sich lustig über seine „Geschaftlhuberei", wie sie es nannte, und hielt ihm vor: „Im letzten Jahr hast du mir deine Lebensweisheit lang und breit erklärt und warst stolz darauf, dass du das ‚LuLei-Prinzip' erfunden und in dein satirisches Tagebuch eingetragen hast. Danach muss jeder Mensch darauf achten, ein Gleichgewicht zwischen Lust und Leistung zu organisieren, sonst wird er entweder ein ohne Sinn lebender Freizeitmensch oder ein einseitiges „Arbeitstier". In beiden Fällen geht die Lebensqualität gegen Null. Und was machst du in den letzten Wochen und Monaten? Wenn du so weitermachst, wirst du zum ‚Hansdampf in allen Gassen'. An den meisten Abenden und sogar an Wochenenden bist du schon unterwegs." Richard verteidigte sich schwach, indem er auf die schönen Urlaubsfahrten hinwies: „An Ostern fahren wir trotzdem 14 Tage zum Skilaufen nach Mauterndorf im Lungau, und im Sommer sind wir in Italien oder Jugoslawien unterwegs. Das Schlafen im Auto direkt am Meer oder an einem herrlichen südlichen See hat sich doch bewährt. Mit dem zusätzlichen Wohnzelt ist alles noch gemütlicher geworden. Diese Freiräume lasse ich mir auch nicht nehmen."

Richard versuchte gar nicht erst, eine schlüssige Erklärung für seine zusätzlichen Aktivitäten zu finden. Er sagte: „Mich interessiert einfach, wie das alles abläuft, schon wegen meines Berufes. Wer politische Bildung anders machen will, als nur Lehrbücher zu verwenden, sollte schon von der Praxis einiges wissen. Außerdem kann man in der außerschulischen Bildungsarbeit, z. B. bei einem Wochenendseminar, so viele Methoden ausprobieren, Neues versuchen und experimentieren, wie an keiner Schule."

Ganz sicher war sich Richard aber über seine wirklichen Motive nicht. Die üblichen Erklärungen von vielseitig engagierten Leuten mochte er nicht einfach übernehmen, sie hörten sich zu selbstlos an: „Gesellschaftlichen Verpflichtungen nachkommen", oder „Verantwortung für die Zukunft übernehmen", auch „An der Gestaltung der Gesellschaft mitwirken"! Alles war Richard zu glatt, solche Sätze standen in mittelmäßigen Gemeinschaftskundebüchern unter der Überschrift: „Du und deine Gemeinde" oder „Du und dein Staat". Außerdem kannte er mittlerweile einige aktive Personen, von denen er wusste, dass die persönliche Karriere zumindest ein wesentliches Motiv ihres Engagements darstellte.

In der Donnerstagsrunde war der Fall klar: Richard wollte etwas werden. Fritz sagte es deutlich: „Wer in Nürnberg Schulleiter werden möchte, muss schon von sich reden machen. Der Stadtratsjob oder gar der eines Landtagsabgeordneten ist auch nicht schlecht. An der SPD führt aber kein Weg vorbei." Vielleicht dachten seine ehemaligen Schulkameraden und Studienkollegen deshalb so, weil sie den Aufstieg und die Einkommenserhöhung längst als höchste Ziele akzeptiert hatten. Da konnte Richard erklären, was er wollte: „Ich will weder eine politische Karriere machen, noch ein Verwaltungsmensch in einer Schule oder im Rathaus werden. Die paar Hundert Mark mehr im Monat interessieren mich nicht, weil ich mit meinem Einkommen tadellos hinkomme. Außerdem gefällt mir der pädagogische Beruf, deshalb werde ich mich auch nicht um ‚Höheres' bemühen."

Wie erwartet, brachte das Amt des Vertrauenslehrers die meisten Probleme. Die älteren Kollegen hatten mit Ratschlägen nicht gegeizt. Einer von ihnen sagte bei der Pausenaufsicht zu Richard: „Die Schülermitverwaltung sollte sich viel mehr um die Unterstützung der Kollegen im Schulzimmer kümmern. Das müssen Sie einmal in einer Klassensprecherversammlung klarstellen. Die Tafeln sollten stets gereinigt sein, die Eintragungen der Fehlenden können von Schülern vorgenommen werden, und auch für die Disziplin kann der Klassensprecher einiges tun."

Hätte er diese Ansichten seinem Klassensprecher Horst Schmidbauer vorgetragen, der drei Jahre lang in einer seiner Industrieklassen dieses Amt mit viel Engagement ausübte, wäre ein mitleidiges Lächeln die Folge gewesen. Denn der junge Gewerkschafter und spätere langjährige Bundestagsabgeordnete hatte ganz andere Vorstellungen vom Schulalltag. Er wollte mehr Mitbestimmung in allen gesellschaftlichen Bereichen, vor allem auch in den Schulen. In einem Gespräch mit Richard sagte er: „Solange Schüler und Studenten nur Objekte sind und nirgends mitreden dürfen, kann ein wirklicher Lernprozess nicht stattfinden. Die beste politische Bildung bleibt folgenlos, wenn im Alltag ständig gegenteilige Erfahrungen gemacht werden und die Demokratie nur auf dem Papier steht." Solche Ansichten sollten in den nächsten Jahren bei vielen jungen Menschen starke Zustimmung finden, die Forderung nach allgemeiner Demokratisierung verschwand nicht mehr gänzlich aus dem politischen Forderungskatalog. Selbst als Bundestagsabgeordneter wurde Horst Schmidbauer nie zum pflegeleichten, sich stets der Fraktionsdisziplin unterwerfendem Volksvertreter. Dass er eines Tages in den Massenmedien und sogar in den eigenen Reihen wegen seines Beharrens auf sozialdemokratischen Grundwerten als „Abweichler“ beschimpft würde, hätte er sich in den sechziger Jahren bestimmt nicht träumen lassen.

War es der zunehmende Stress oder stimmte irgendetwas an der Ernährung nicht - Richard sah sich zum ersten Mal in seinem Leben von Magen- und Darmbeschwerden belästigt. Nach vierwöchigem Zuwarten ging er auf den Vorschlag eines angesehenen Spezialisten ein und unterzog sich einer Darmspiegelung. Dr. Kunstmann war nicht nur ein ausgezeichneter Facharzt, sondern genoss auch als Historiker und Kenner Fränkischer Burgen in der Fachwelt hohes Ansehen. Darmspiegelungen mit einem zu dicken Koloskop waren damals sehr unangenehm, Richards Freund Uli war bei einer derartigen Prozedur schon mal ohnmächtig geworden. Kurz vor dem Untersuchungstag hatte Uli die fürchterlichen Schmerzen drastisch geschildert, die auf Richard zukommen würden.

Der Verlauf war dann aus einem anderen Grund für Richard recht peinlich. Vielleicht wollte der Arzt aus psychologischen Gründen beim Höhepunkt der Inspektion für etwas Ablenkung sorgen und erzählte deshalb begeistert von ehrwürdigen Burgen. Nachdem beim damaligen Stand medizinischer Vorgehensweise auf jede Betäubung verzichtet wurde, verstand Richard jede Information. Als der Arzt von der Staatsform „Monarchie“ zu schwärmen begann, ging es plötzlich für Richard um die Ehre. Einfach schweigen bedeutete Zustimmung, scharfer Widerspruch vielleicht unkalkulierbare Verlängerung der schmerzhaften Situation, vielleicht sogar handwerkliche Fehlleistungen. In Bruchteilen von Sekunden fand Richard trotz unbequemer Stellung eine diplomatische Antwort: „Sie meinen bestimmt eine parlamentarische Monarchie.“ Der Spezialist in weißer Schürze brummte: „Na ja, ach so, interessant.“ Und etwas später: „Alles in Ordnung, es schaut alles gut aus, kein Grund zur Sorge.“ Am nächsten Donnerstag sagte Richard zu Uli: „Bei der nächsten Darmspiegelung brauchst du unbedingt ein interessantes Gesprächsthema, dann vergisst du vielleicht das Ohnmächtigwerden. Aber du fällst ja schon um, wenn dein zarter Ellbogen irgendwo anstößt.“

Selbst beim Skifahren in Mauterndorf gab es kleinere gesundheitliche Probleme, fast jede Nacht blieb der Schlaf aus und Richard lag stundenlang wach. Auch Doris klagte über Schlafstörungen und rätselte am nächsten Morgen zusammen mit dem Ehemann über die Ursachen. Der Kollege Gerd und seine Frau Gudrun, die den Skiort im Lungau auch sehr schätzten und meist zur gleichen Zeit mit ihrem kleinen Sohn Reinhard im „Geheimtipp“ Mauterndorf zu Gast waren, beteiligten sich an der Suche nach den Gründen des mangelhaften Schlafens. Richard vermutete, die

Höhenlage sei an allem Schuld, Doris und Gerd stimmten zu. Gudrun meldete Zweifel an und stellte eine unangenehme Frage: „Vielleicht trinken wir im Skiurlaub ein bisschen zu viel, der Alkohol soll ja nicht sehr schlafffördernd sein, wenn man ein bestimmtes Quantum überschreitet.“ Doris sprang sofort auf diesen Zug auf: „Es gibt hier einfach zu viele gute Gasthäuser, dazu kommen noch zwei Schlösser, überall lockt der Wachauer.“ Gerd wies jeden Verdacht weit von sich, und Richard begann vorzurechnen: „Zur bescheidenen Jause in der Hütte am Speiereck gibt’s gerade mal ein Bier, danach höchstens einen Obstler. Ein ‚Budei’ trinken wir fast nie, das sind ja gleich drei Schnäpse. Bei der Heimfahrt setzen wir uns gemütlich in der Küche im Schloss Moosham zusammen, na ja, zwei Viertel guten Wein vom Grafen, den die Rosl persönlich im museumsreifen Wassertopf auf dem mittelalterlichen Herd etwas erwärmt hat, braucht man da schon. Die Damen trinken ja nur einen Schoppen. Dann kommt schon das Abendessen beim Mauser-Mühltaler, höchstens ein Bier gehört dazu.“ Richard stockte, und Doris rief ihm zu: „Mache nur weiter! Vergiss nur den Abend nicht!“ „Wenn man schon in Mauterndorf wohnt, muss man natürlich noch die Atmosphäre des Schlosses genießen. Außerdem freuen sich ja der Herr Zimmermeister, Finanzsekretär, Schuldirektor und Liftingenieur über unsere Anwesenheit. Die paar Viertel, die wir da noch trinken, fallen doch nicht ins Gewicht, wir sind schließlich während des ganzen Tages Ski gefahren und der vorherige Alkohol ist längst verraucht.“

Gudrun lachte hämisch und fühlte sich als Siegerin: „So schaut also die Höhenlage aus! Richard hat aber noch vergessen, die einzelnen kleinen Getränke zusammenzuzählen. Ein Glück, dass man in diesem gemütlichen Ort abends alles zu Fuß erreichen kann.“ Gerd meinte zum Schluss: „Jetzt stellt sich nur noch die Frage, ob wir den Kontakt zur einheimischen Bevölkerung und zu ihren Sitten und Gebräuchen weiter pflegen oder zwei Stunden nachts länger schlafen wollen. Ich bin für die Aufrechterhaltung der Tradition, selbst wenn man dafür Opfer erbringen muss.“

Die Mauterndorf-Besucher praktizierten auch in den nächsten Jahren dieses selbstlose Verhalten, die einheimischen Freunde und Wirte wussten es zu schätzen. Über Schlafprobleme wurde nie mehr gesprochen.

Den meisten Schülern gefiel das Fach Sozialkunde nicht zuletzt deshalb, weil Richard zu Beginn jeder Stunde die Frage stellte: „Was gibt es Neues in der Politik, wer kann uns Wichtiges darüber mitteilen?“ Es meldeten sich meistens so viele, dass Richard Mühe hatte, die für das aktuelle Geschehen vorgesehene Viertelstunde einzuhalten. Fast alle Ereignisse wurden genannt: Der Besuch Kennedys 1963 in Berlin, natürlich sagte auch ein Schüler: „Ik bin en Baliener." Die Ermordung des jungen Präsidenten nur fünf Monate später führte zu lebhaften Diskussionen. Der Rücktritt Adenauers im gleichen Jahr war allen bekannt, ebenso die Kanzlerschaft Ludwig Erhards, des Mannes mit der dicken Zigarre, der bei allen als Schöpfer des Wirtschaftswunders galt.

Der Tod des Altbundespräsidenten Theodor Heuss wurde von einigen Schülerinnen und Schülern registriert. Nur wenige wussten dagegen 1963, dass auch Erich Ollenhauer, Vorsitzender der SPD, in diesem Jahr starb. Nur die politisch Interessierten kannten den Nachfolger. Willy Brandt übernahm das Amt 1964. Immer öfter tauchte jetzt in der aktuellen Viertelstunde der Krieg in Vietnam auf, der 1964 begonnen und 1965 unter Präsident Johnson erheblich ausgeweitet worden war. Eine Schülerin nannte sogar die Radikalisierung der Studenten in den USA als besonderes Ereignis, das in den nächsten Jahren erhebliche Auswirkungen auf Europa und die Bundesrepublik haben sollte.

Bei manchen Kollegen hatte Richard als Vertrauenslehrer einen schweren Stand. Wenn Bänke zerkratzt, Papier in Zimmern herumlag, ein Schüler mit einem anderen lauthals gestritten hatte, der Vertrauenslehrer sollte über die Schülermitverwaltung für mehr Ordnung sorgen. Das Thema „Kratzer auf den Bänken" war ein Dauerbrenner, weil der Stellvertreter des Schulleiters den betreffenden Klassleitern auch bei kleinerer Sachbeschädigung schwere Vorwürfe machte. Ein Kollege fotografierte sogar alle Bänke in seinem Zimmer, um einen Beweis in Händen zu haben, dass während seiner Unterrichtszeiten keine Veränderungen auf der Oberfläche stattgefunden hatten. Jemand sagte im Lehrerzimmer: „Wir haben so ein schönes neues Schulhaus, hätten wir nur die alten Bänke mitgenommen, dann gäbe es nicht immer wieder diesen Ärger."

Bei den Klassensprecherversammlungen warb zwar Richard für vernünftiges Verhalten, er hatte aber keine Lust, Ordnung und Sauberkeit in den Mittelpunkt aller Aktivitäten zu stellen. Eine Schülerin, die in einer kleinen Band als Sängerin mitwirkte, schlug vor: „Wir könnten doch zusammen einen Bunten Abend veranstalten, das wäre mal etwas anderes." Einige andere Klassensprecher stimmten sofort zu. Einer meinte: „Unser Lehrer spricht immer vom ‚Ruf der Schule', eine solche Aufführung mit Einladung der Presse und vielen Zuschauern wäre doch auch in dieser Hinsicht nicht schlecht."

Tatsächlich kam nach fleißigem Proben schon nach wenigen Monaten – Richard halfen dabei seine Erfahrungen als Bühnenassistent – ein gelungener Bunter Abend zustande. Und auch die Idee, die Presse könnte vielleicht darüber berichten, wurde tatsächlich verwirklicht. Ein Journalist schrieb: „Berufsschüler als talentierte Jungkünstler! Mit wahren Beifallsstürmen wurden die jungen Laienkünstler von der kaufmännischen Berufsschule von ihrem gleichaltrigen Zuhörerkreis bedacht, als sie sich auf der Bühne des Heilig-Geist-Saals mit ihren Darbietungen vorstellten. Es war die erste Veranstaltung einer Nürnberger Berufsschule dieser Art. Bisher hatte sich die Schülermitverwaltung höchstens bei Klassensprecherversammlungen oder Tanzabenden hervorgewagt... Und was die jungen Damen und Herren vorbrachten, war immer gut gemeint und zeugte manchmal von bemerkenswertem Können. Die beiden Schulsprecher Helga Piltz und Günter Lang besorgten die freundliche Regie des unterhaltsamen Abends, der zu einem dreistündigen Vergnügen wurde.“

Auf neues Terrain wagten sich auch die Schülerzeitungsredakteure aller Nürnberger Berufsschulen vor, als sie beschlossen, eine gemeinsame Schülerzeitung herauszugeben. Richard erklärte sich bereit, die Funktion eines Beraters zu übernehmen, obwohl ihm bekannt war, dass man sich mit Schülerzeitungen riesigen Ärger einhandeln kann. Es genügten harmlose Artikel über Probleme im Unterricht, disziplinäre Aspekte oder gar über jugendliche Sexualität: Ein Schrei der Empörung war die Folge und der Ruf der Schule stand angeblich auf dem Spiel. Richard war es bisher immer gelungen, die jungen Leute von der Notwendigkeit eines Kompromisses zwischen dem Anspruch auf Pressefreiheit und der Machbarkeit in der Realität des Schulbetriebs zu überzeugen.

Auch beim Projekt „Schulübergreifende Schülerzeitung“ zeigten sich die Redakteure kompromissbereit und produzierten nach Richards Meinung eine sehr akzeptable Schülerzeitung. Dem Verkauf an allen Berufsschulen stand nach Richards Auffassung nicht das Geringste im Wege, zumal sich die Schülerinnen und Schüler auch auf ein finanzielles Abenteuer eingelassen und die Kosten aus eigener Tasche vorgestreckt hatten.

Der größte Konflikt, den Richard in seiner Schullaufbahn erlebte, erwischte ihn deshalb vollkommen unvorbereitet. Der „Chefredakteur“ überbrachte die Hiobsbotschaft: „In der B 1 darf die Schülerzeitung nicht verkauft werden. Der Schulleiter hat gesagt, er sorgt dafür, dass sie an keiner Schule abgesetzt wird.“ Richard dachte zunächst an einen Irrtum und bat die Schüler herausfinden, weshalb der Direktor dieses Verbot aussprach. Noch am gleichen Nachmittag rief ein Schulsprecher bei Richard zu Hause an: „Alle Lehrer im Schulhaus wissen Bescheid, die Zeitung darf nicht verkauft werden, weil ein kritischer Artikel über die NPD darin enthalten ist.“ Jetzt wollte es Richard aber genau wissen und probierte, telefonisch Kontakt mit dem Leiter der Schule aufzunehmen. Trotz mehrmaliger Versuche kam er nie weiter als zur Sekretärin, es bestand offensichtlich kein Interesse an einem Gespräch mit dem Beratungslehrer.

Nach dem Wochenende erhielt er so etwas wie eine Botschaft durch einen Schüler übermittelt. Sie lautete. „Der kleine Lehrer an der B 4 soll sich nicht so ‚aufmandeln', die Entscheidung ist gefallen, die Schülerzeitung wird nicht verkauft.“ Richard traf zufällig den Personalrat seiner Schule im Lehrerzimmer. Nachdem er ihm kurz die Situation geschildert hatte, machte Dr. Mückler ein sehr bedenkliches Gesicht: „Da können Sie nur den Kürzeren ziehen. Ich rate zur Mäßigung und zum Verzicht auf weitere Durchsetzungsversuche. Wer weiß, wie weit die Verbindungen des dortigen Schulleiters gehen, vielleicht bis zur Stadtspitze.“ Richard antwortete: „So klein wie der Herr dort drüben meint, bin ich Gott sei Dank nicht mehr. Man kann doch nicht die engagierten Schülerinnen und Schüler auf ihren Schulden sitzen lassen, nur weil sich jemand einbildet, den Oberzensor spielen zu müssen.“

Richard, im Jahr 1966 Oberstudienrat und Mitglied des Jugendwohlfahrtsausschusses der Stadt Nürnberg, verteilte in diesem Gremium die beanstandete Schülerzeitung und fragte: „Gibt es nach Ihrer Auffassung einen Grund, diese Schülerzeitung nicht an Nürnberger Berufsschulen zu verkaufen? Auch hier bei uns wird doch immer Aktivität und Mitwirkung von den Jugendlichen gefordert!“ Die Resonanz im Gremium war eindeutig positiv, zwei Mitglieder der SPD-Fraktion, Rolf Langenberger und Kurt Schuster, versprachen Richard nach der Sitzung, sich um die Angelegenheit zu kümmern.

Schon nach wenigen Tagen schafften es die beiden Stadträte, ein Schlichtungsgespräch zwischen allen Beteiligten zustande zu bringen. An der Sitzung sollten teilnehmen: Der Schul- und Kulturreferent Dr. Hermann Glaser, der Schulleiter der Berufsschule I, die Stadträte Langenberger und Schuster, drei Redakteure der Schülerzeitung und Richard Löbner als Berater der Schülerinnen und Schüler

Als Richard den Raum betrat, saßen schon alle auf ihren Plätzen, weil er sich um eine Minute verspätet hatte. Er wollte alle mit Handschlag begrüßen. Nur einer weigerte sich, ihm die Hand zu geben, der Schulleiter und Auslöser des Konflikts. Für Richard sollte sich dieses Verhalten, das alle anderen Teilnehmer beobachtet hatten, als sehr vorteilhaft erweisen. Denn er konnte seinen Redebeitrag zur Sache mit den Worten beginnen: „Wegen eines Sachkonflikts behandelt mich ein Kollege und Schulleiter einer großen Schule wie eine Unperson, der man nicht einmal mehr die Hand reichen kann. Man möge sich vorstellen, wie dieser Herr mit Schülerinnen und Schülern umgeht, wenn er anlässlich des heutigen Schlichtungsgesprächs vor lauter Zorn die einfachsten Regeln der Höflichkeit missachtet." Erst danach legte Richard im einzelnen die Gründe dafür dar, weshalb die Schülerzeitung an allen Berufsschulen verkauft werden müsse.

Das Gespräch verlief ganz nach Richards Wunsch. Auch die beiden Stadträte nahmen kein Blatt vor den Mund, und Hermann Glaser unterstrich in seinem Beitrag die Bedeutung demokratischen Verhaltens im Schulalltag. Der Schulleiter hatte dem nichts entgegenzusetzen und warnte nur vor zu viel Politik im Schulalltag. Die Entscheidung am Ende der Sitzung schaffte klare Verhältnisse, die Schülerzeitung konnte verkauft werden.

Zu seinem Bruder Heinz sagte Richard am nächsten Tag: „Ohne die beiden Stadträte wäre die Auseinandersetzung vielleicht anders ausgegangen. Wenn es solche Leute in der SPD gibt, die nicht nur schöne Reden halten, sondern sich auch entsprechend in der Praxis verhalten, trete ich diesem Verein bei. Im Grundsatzprogramm stehen ja eindeutige Sätze, wie ‚Wir widerstehen jeder Diktatur, jeder Art totalitärer und autoritärer Herrschaft ...Das Interesse der Gesamtheit muss über dem Einzelinteresse stehen,' und es wird gefordert ‚...eine gerechte Beteiligung aller am Ertrag der Volkswirtschaft, ein Leben in Freiheit ohne unwürdige Abhängigkeit und ohne Ausbeutung'. Das kann ich alles voll unterstützen." Im Juli 1966 verwirklichte Richard seinen Entschluss, sich durch den Parteieintritt stärker als bisher ins politische Geschehen einzuschalten.

Heinz beurteilte Richards Schritt eher skeptisch und meinte: „Hoffentlich wirst du nicht enttäuscht, zwischen Programm und Verwirklichung bestehen meist erhebliche Unterschiede. Aber neben den Karrieristen wird es schon viele politisch motivierte Mitglieder geben. Unser Großvater in Wöhrd hat uns ja als stolzer Arbeiter immer sehr beeindruckt. Er hat keine Versammlung versäumt. Übrigens habe ich auch Hermann Glaser als Lehrer sehr geschätzt und denke, dass er trotz aller Ablehnung durch viele Kollegen ein ausgezeichneter Schul- und Kulturreferent ist. Ich nehme an, dass nicht wenige Betroffene über sein Buch ‚Spießerideologie' sehr verärgert waren. Zur Zeit stört mich aber das Gerede von der großen Koalition am meisten. Wenn sie zustande kommt, kannst du gleich wieder austreten."

Das Verständnis von Doris hielt sich ebenfalls in Grenzen: „Ich befürchte schon länger, dass du auch noch in der Politik mitmischen willst. Damit wird deine Freizeit weiter eingeengt und du hast noch mehr Verpflichtungen. Außerdem werden dich viele verdächtigen, irgendwelche Posten ergattern zu wollen.“ „Mich interessieren nicht Karrierechancen, ich will einfach mehr Einblick in politische Entscheidungsprozesse haben und dabei diejenigen unterstützen, die für Humanität, mehr soziale Gerechtigkeit und bessere Lebensqualität eintreten“, erklärte Richard. „Und für den Grad meines Engagements bin ich schließlich selbst zuständig, niemand zwingt mich, irgendwelche Funktionen zu übernehmen.“ In den folgenden Jahren zeigte sich, dass Doris` Bedenken nicht ganz unbegründet waren.

Rolf Langenberger hatte gesagt: „Komme doch zu uns in den Stadtteil, für dich als alter Gostenhofer ist es bestimmt interessant, dort das Innenleben der Partei kennen zu lernen. Die Zusammenkünfte und Veranstaltungen sind sehr gut besucht und es wird lebhaft diskutiert. Vielleicht kennst du sogar ein paar Leute von früher.“ Richard befolgte gerne diesen Rat, zumal er jetzt wieder öfter seine Eltern in der Zickstraße besuchte. Seit Heinz vor einem Jahr seine „Traumfrau“ geheiratet hatte und nach Fürth gezogen war, lebten Mama und Peter allein in der Wohnung. Obwohl sich auch Heinz und seine Frau Klara häufig in der Zickstraße umsahen, hielt es Richard für nötig, seinen Eltern wieder häufiger Gesellschaft zu leisten.

In den Sommerferien organisierte Richard für die beiden einen 14-tägigen Urlaubsaufenthalt beim „Igelwirt“ auf dem Schlossberg und nahm die Großmutter auch gleich mit. Bei seinem Vater musste er große Bedenken überwinden, er hatte sich gesorgt: „Eine so lange Zeit ohne meine gewohnten Sendungen aus München und ohne Fernsehen wird schon hart werden. Außerdem bin ich doch kein Bergsteiger, hoffentlich gibt es dort genügend Bänke zum Ausruhen.“ Nachdem Richard ihn daran erinnert hatte, dass er ja auch bei den Gebirgsrundfahrten immer bestens mit tragbaren Radios ausgestattet war und der „Igelwirt“ bestimmt irgendwo ein Fernsehgerät für seine Gäste stehen habe, fügte sich Peter seinem Schicksal. Nach einer Woche besuchten Doris und Richard die Urlauber und freuten sich über das Urteil der Großmutter: „Da braucht man wirklich nicht ins Gebirge zu fahren, so schön ist es hier. Und das gute Essen schaffen wir kaum, es gibt riesige Portionen.“ Weil es allen gefiel, wurde die Sommerfrische auf dem Schlossberg in den nächsten Jahren wiederholt.

Die kaufmännische Gehilfenprüfung war für alle Schüler von großer Bedeutung. Die meisten Kollegen Richards gaben sich viel Mühe, ihre

Schüler gut auf die Überwindung der hohen Hürde vorzubereiten. Nur ein paar Pädagogen vertraten die Meinung: „Da müssen sich die Herrschaften schon selbst darum kümmern, so lange man alles, was im Lehrplan steht, behandelt, muss das genügen. Das ist schließlich eine Angelegenheit der Industrie- und Handelskammer. Und wer nicht gründlich arbeitet und faul ist, fällt eben durch."

Für Richard war es eine Selbstverständlichkeit, alles zu tun, das Scheitern seiner Schülerinnen und Schüler zu verhindern. Ein älterer Kollege hatte ihm schon vor Jahren einen wertvollen Tipp gegeben: „Sie müssen sich eine Sammlung der Prüfungen in den einzelnen Fächern aus den vergangen Jahren anlegen. Anhand dieser Materialien lassen sich dann wichtige Schlüsse auf die jeweils anstehende Gehilfenprüfung ziehen. Das machen viele Kollegen im Hause so. Für die Auswahl der Schwerpunkte in den letzten Schulwochen ist das sehr wichtig."

Die Sammlung Richards wuchs mit jedem Jahr, zumal Kollegen aus dem Freundeskreis, mit denen er des Öfteren gemeinsame Wanderungen unternommen hatte, beim Zusammenstellen, Austauschen und Ergänzen jederzeit Hilfe leisteten. Bei der Beurteilung des Trainingsmaterials gingen häufig die Meinungen auseinander, die Schwerpunktsetzung war letztlich Sache jedes Einzelnen. Die Überlegungen kreisten um die Frage: Was könnte heuer drankommen? Die Industrie- und Handelskammer wählte aus verschiedenen Aufgabenvorschlägen der Schulen eine Prüfung für Industrie-, Bank-, Versicherungs- und Großhandelslehrlinge. Verabschiedet wurde das Ganze vom Prüfungsausschuss der Kammer. Erfahrene Lehrer, Hermann war z.B. ein wichtiger Gesprächspartner für Richard, versuchten eine Wahrscheinlichkeitsrechnung aufzustellen: Je länger eine wichtige Thematik nicht mehr geprüft wurde, desto wahrscheinlicher tauchte sie in der nächsten Prüfung auf. Ein derart ausgetüfteltes Training trug erheblich dazu bei, das wichtigste Ziel zu erreichen: Möglichst alle sollten die Gehilfenprüfung bestehen! Es ging also nie darum, Stoff auszulassen, sondern nur um die Frage, welche Inhalte besonders intensiv zu behandeln seien. Richard freute sich am Ende eines jeden Schuljahres, wenn wieder mal niemand durchgefallen war.

Es gab auch Kollegen, die herauszubringen versuchten, was in den Klassen des stellvertretenden Direktors vorwiegend trainiert wurde. Denn es galt als nahezu sicher, dass er und der Schulleiter wussten, welche Prüfungsgebiete beim nächsten Termin auftauchen würden. Richard verließ sich lieber auf zusätzliche Gruppenarbeit und probierte, jeweils einen „Guten" und zwei „Schlechtere" zum gemeinsamen Lernen zu ermutigen. Seine

Motivierung lautete: „Wer anderen etwas erklären muss, lernt sehr viel dabei, wer jederzeit nachfragen kann und nicht allein auf schriftliche Unterlagen angewiesen ist, hat natürlich noch mehr davon.“ Diese häusliche Kleingruppenarbeit bewährte sich und verbesserte die Chancen der Lehrlinge erheblich, ein gutes Prüfungsergebnis zu erzielen.

Seit seinen Kontakten mit den verschiedensten Schülerinnen und Schülern in seiner Funktion als Vertrauenslehrer hatte er noch mehr über die schulische Laufbahn der Jugendlichen erfahren, als beim Studium der Schülerbogen oder bei einzelnen Gesprächen mit „Sorgenkindern“. Die Fragwürdigkeit der Notengebung war in einzelnen Fällen nahezu frappierend. Eine ausgezeichnete Schülerin, die im Gymnasium und in der Realschule an schlechten Noten gescheitert war, bestand die kaufmännische Gehilfenprüfung mit der Note „sehr gut“ und schaffte später auch noch über den zweiten Bildungsweg einen erfolgreichen Studienabschluss in Betriebswirtschaft.

Viele Schüler erzählten von einer Abwärtsspirale in den Vorläuferschulen, wenn sie in einzelnen Fächern, häufig in Latein oder Mathematik, schlechte Ergebnisse erzielt hatten. Sie beklagten vor allem die damit verbundenen Demütigungen und Minderwertigkeitsgefühle. Manche benötigten lange Zeit, wieder Selbstvertrauen und Zuversicht zu finden. Erfolgserlebnisse im Beruf und Anerkennung durch Lehrer führten zu erstaunlicher Leistungsfähigkeit und positiver Persönlichkeitsentwicklung.

Es gab aber auch Fälle, in denen sich der Erfolg erst nach der Schulzeit einstellte. Ein Schüler brachte trotz ausgezeichneter mündlicher Beteiligung in schriftlichen Prüfungen nur mittelmäßige Leistungen zustande. Richard zweifelte während der dreijährigen Lehrzeit nie daran, dass es sich bei ihm um einen Jugendlichen handelte, der mit der üblichen schulischen Leistungsmessung nicht annähernd gerecht beurteilt werden konnte. Schon wenige Jahre nach der Lehrzeit machte sich der ehemalige Lehrling selbstständig und gründete zusammen mit einem Freund einen äußerst erfolgreichen mittelständischen Betrieb, der sich auf dem Markt durchsetzen konnte.

Bei späteren Klassentreffen erfuhr Richard ebenfalls Einzelheiten über Schicksale von jungen Menschen, die seine pädagogischen Anschauungen nachhaltig bestätigten. Eine frühere Schülerin, die mit Mühe und Not die Gehilfenprüfung geschafft hatte, erzählte ihm: „Ich hatte damals größte Schwierigkeiten mit den Zahlenfächern. Buchführung und Rechnen habe ich nie so recht verstanden. Hätten Sie mich damals nicht immer wieder ermutigt, wäre alles schiefgegangen. Trotz aller Misserfolge hat deshalb mein Selbstvertauen nie gelitten. Ich habe schließlich nochmals die Schulbank gedrückt und die Fachhochschulreife erworben. Das Sozialpädagogik-Studium absolvierte ich problemlos. Ich arbeite bei der Stadt Augsburg als Sozialpädagogin. Seit zwei Jahren bin ich die Stellvertreterin des Jugendamtsleiters."

Richard freute sich über solche Berichte und blieb auch später an der Fachhochschule seinen Prinzipien treu: Lernen soll Spaß machen, jeder Pädagoge muss sich um Gleichbehandlung, Motivation, Ermutigung und methodische Vielfalt bemühen. Autoritärer Zwang - gar durch Drohung mit schlechten Noten - führt zu keinen nachhaltigen Lernerfolgen und kann Betroffenen lebenslang anhaltenden Schaden zufügen.

Bei Veranstaltungen im außerschulischen Bildungsbereich, sei es im Pädagogischen Institut (PI) der Stadt Nürnberg, bei den Gewerkschaften oder im Jugendzentrum für politische Bildung in der Unteren Talgasse wurden Richards Ansichten über den Umgang mit Schülern und Lehrlingen meistens akzeptiert. Ein junger Kollege, den Richard im PI kennen lernte, stellte sich als Walter Rattler vor: „Das Thema Autorität im Unterricht interessiert mich schon seit langem. Vielleicht könnten wir einmal eine gemeinsame Veranstaltung im Jugendzentrum darüber machen. Ich habe Sie erst in der vorletzten Woche bei einer Großveranstaltung zum Thema „Gefahren der Großen Koalition" gesehen, die Diskussionsleitung war bestimmt nicht einfach. Es ist aber alles recht gut gegangen."

Es stellte sich heraus, dass der um ein paar Jahre jüngere Kollege sowohl in pädagogischer als auch in politischer Hinsicht ähnliche Meinungen wie Richard vertrat und sie sich rasch auf gemeinsame Positionen einigen konnten. Walter Rattler interessierte sich für alle aktuellen Probleme und opferte viel Zeit, durch Literaturstudium und Teilnahme an Veranstaltungen möglichst umfassende Informationen zu gewinnen. Er hatte wie Richard sein Studium als Diplom-Handelslehrer abgeschlossen, anschließend promoviert und arbeitete an der Peter-Vischer-Schule.

Beim ersten gemeinsamen Bier erzählte er Richard: „Ich bin immer wieder erstaunt darüber, wie viele Kollegen ablehnend reagieren, wenn man mit ihnen über die Rolle des Lehrers diskutieren will. Nicht wenige äußern den Verdacht, man wolle ihre Autorität untergraben. Dabei ist das Gegenteil der Fall, je aufgeschlossener und kompetenter ein Pädagoge mit seinen Schülern umgeht, desto mehr wird er anerkannt. Es müsste sich doch allmählich herumsprechen, dass Lernen Freude auslösen und nicht Angst machen soll. In einem positiven Lernklima werden die Informationen besser behalten, die Beteiligung nimmt zu, lebendiger Unterricht wird möglich. Diskussionen und Gruppenarbeit fördern auch soziales Lernen. Über die gesamte Thematik will ich in den nächsten Jahren ein Buch schreiben, aber vorher im PI versuchen, Lehrer und Schüler in einem Arbeitskreis zusammenzubringen, damit es wirklich praxisnah wird."

Richard fand die Idee ausgezeichnet: „Das würde genau in die gegenwärtige politische Landschaft passen. Ich habe den Eindruck, dass an den Universitäten die Unzufriedenheit zunimmt und die Forderungen nach Veränderungen immer lauter werden. Viele sind mit der Großen Koalition nicht einverstanden und darüber enttäuscht, dass sich die SPD im letzten Jahr, nach dem Rücktritt von Erhard, darauf eingelassen hat. Willy Brandts Eintritt in die Regierung von Kurt Georg Kiesinger haben ihm viele übel genommen. Ob die Rechnung Wehners irgendwann aufgeht und die SPD auf diese Weise an die alleinige Macht kommt, muss sich erst noch zeigen."

Im Stadtteil Gostenhof herrschte 1967 eine ähnliche Stimmung. Zwei Themen bestimmten die Sitzungen: Warum ist die SPD in eine Große Koalition gegangen? Wie können die Notstandsgesetze verhindert werden? Manchmal wurde so lebhaft diskutiert, dass Richard den Eindruck hatte, Mitglieder von zwei verschiedenen Parteien gingen aufeinander los. Während die eine Gruppe die Meinung vertrat, man müsste mehr Vertrauen in die Führung haben und dürfe nicht durch ewiges Meckern die Gesamtpartei schwächen, berief sich der andere Teil der Anwesenden auf frühere Beschlüsse und forderte politischen Anstand. Ein junger Mann, allen als Jusomitglied bekannt, ärgerte viele alte Parteimitglieder: „Das ist doch einfach unmoralisch, sich mit dem politischen Gegner ins gleiche Bett zu legen. Haben wir denn in den vergangenen Wahlkämpfen alle gelogen, als wir mehr Demokratie, Mitbestimmung, gerechtere Verteilung des Reichtums und eine neue Ostpolitik verlangt haben? Wo bleibt unsere Glaubwürdigkeit?" Mit hochrotem Kopf erwiderte ein altgedienter Parteigenosse: „Dein Gerede zeigt doch nur, dass du von der wirklichen Politik keine Ahnung hast. Diese graue Theorie macht noch die gesamte Partei kaputt. Wer keine Kompromisse machen kann, und die Große Koalition ist eben einer, bringt uns keinen Schritt weiter." Dem Vorsitzenden war es zu verdanken, dass es trotz aller Gegensätze zu keinem Eklat kam und alle relativ friedlich nach der Sitzung noch miteinander ein Bier tranken.

Hätte Richards Mutter eine solche hitzige Auseinandersetzung unter Parteifreunden miterlebt, wäre sie vielleicht weniger begeistert darüber gewesen, dass sich Richard in den Fußstapfen ihres verstorbenen Vaters bewegte. Ihre Vorstellungen vom Alltagsleben in einer Arbeiterpartei waren von eigenen Kindheitserlebnissen in einer Wöhrder Gaststätte geprägt, in die sie zu einer Versammlung mitgehen durfte. „Wird heute immer noch so viel gesungen wie damals?“ fragte sie. „Am Anfang und am Ende wurden schöne Lieder gesungen, nur dazwischen hat einer länger über Politik geredet. Alles war richtig feierlich. Die meisten gingen ja auch jede Woche einmal in den Gesangsverein.“

Nach einigen Monaten hatten Richards Eltern zum zuständigen Kassierer des Stadtteils ein recht gutes Verhältnis. Peter wollte wissen, ob es mehrere musikbegeisterte Leute in der SPD gebe, weil der Überbringer der Monatsmarken sich sehr für sein Klavierspiel interessiert hatte, und Mama erzählte alles über die Kinder in Amerika. Viele Fotos verdeutlichten ihre Schilderungen und sorgten für die nötige Anschaulichkeit. Richard fand solche Plaudereien über sich und seine Geschwister nicht angebracht: „Alles brauchst du dem Kassierer auch nicht zu erzählen. In der letzten Sitzung hat mich ein Werkzeugmacher gefragt, ob Karl bald wieder mal Urlaub in Nürnberg macht. Er würde sich gerne mit ihm unterhalten, weil er schon öfter daran gedacht hat, nach Amerika auszuwandern. Ein anderer hat gemeint, Peter könne doch beim nächsten Sommerfest Klavier spielen. Jetzt fehlt nur noch, dass sie Bildchen von unserer Familie herumreichen.“ Mama wunderte sich: „Wir haben doch nichts zu verbergen“, und Peter riet: „Du brauchst ja nur zu sagen, dass ich nicht mehr in der Öffentlichkeit auftrete.“ Das laute Gelächter sorgte für augenblickliche Entspannung.

Den frischgebackenen Landtagsabgeordneten Bertold Kamm, der es noch bis zum Vizepräsidenten des Bayerischen Landtags bringen sollte, kannte Richard schon vor dem Parteieintritt durch seinen Freund und ehemaligen Gitarristen Fritz. Eines Tages sagte Bertold: „Du willst doch immer die politische Praxis kennen lernen. Fahr doch mal mit mir auf Wahlkampftour ins westliche Mittelfranken. In den Dörfern gibt es schöne Gaststätten, dort findest du noch unverfälschtes fränkisch-bayerisches Bewusstsein.“ Der gemütliche Schwabe sprach seine Einladung so aus, als handle es sich um einen Besuch bei freundlichen Nachbarn.

An einem Freitag war es so weit, Richard war gespannt, wie der Abend verlaufen würde. Bertolds erste Überraschung: „Du musst aber schon auch etwas sagen, ich stelle dich als Oberstudienrat vor, das wirkt bei den Bauern.“ Zweite Instruktion: „Wenn ich zweimal in einem Satz mehr Toleranz verlange, verschwinden wir schleunigst, dann ist Rückzug angesagt.“ Allmählich dämmerte es Richard, dass er sich auf ein Abenteuer mit ungewissem Ausgang eingelassen hatte. Mit gespielter Lässigkeit fragte er: „Auf einen Krankenhausaufenthalt brauchen wir uns wohl nicht vorzubereiten?“

Die Begrüßung im Gasthaus war nicht gerade ermutigend. Bevor die zwei einzigen Genossen des Dorfes, die alles organisiert hatten, etwas sagen konnten, hörten die beiden Besucher den Ruf: „Kommt nur herein, ihr Volksverräter, dann werden wir schon sehen.“ Richard staunte über die Souveränität des Referenten: „Der Fasching ist aber schon vorüber, oder soll der heute nachgeholt werden?“ Bertold ließ sich durch keinen Zwischenrufer aus der Ruhe bringen und fand den richtigen Ton, um von den Anwesenden ernst genommen zu werden. Er verzichtete fast gänzlich auf ein Redemanuskript und nahm sich ein Vorurteil nach dem anderen vor, um in verständlicher Sprache für die wirklichen Absichten der SPD zu werben. Weil er mit vielen Beispielen arbeitete, auf aggressive Bemerkungen gelassen reagierte und manchmal die Leute sogar zum Lachen brachte, verlief der Abend ohne größere Schwierigkeiten. Richard hatte während der Diskussion ein paar Mal mitgeredet, vor allem, wenn es um die angeblich total verdorbene Jugend ging. An die meisterliche Form Bertolds kam er nie heran, die rhetorischen Fähigkeiten eines gewieften schwäbischen Politikers sind eben bei keinem pädagogischen Studium zu erwerben.

Obwohl Richard nur dreimal an solchen Lehrstunden für volksnahe politische Aufklärung mitwirkte, stärkte dies überraschend seine Position in der Partei. Im Stadtteil Maxfeld, in dem er an einer Diskussion über Vietnam teilnahm, hörte er einen älteren Genossen zum Nachbarn sagen: „Das ist der Richard aus Gostenhof, der fährt immer mit dem Bertold aufs Land. Da gehört schon etwas dazu.“ Ohne sein Zutun profitierte er allein von der Tatsache, dass er mit Bertold Kamm näher bekannt war.

Der Tod Konrad Adenauers im Jahre 1967 bewegte viele Menschen in der Bundesrepublik. Für große Aufregung und eine beginnende Polarisierung in der Gesellschaft sorgte ein anderes Ereignis: Die Erschießung des Studenten Benno Ohnesorg durch einen Kriminalbeamten bei einer Protestdemonstration gegen den Schah von Persien in Berlin. Weil Millionen von Fernsehzuschauern eindrucksvolle Bilder von den Ereignissen mitbekamen, stieg bei vielen noch die Empörung, als die Berliner Presse die Schuld auf die Demonstranten schob. Die außerparlamentarische Opposition (APO) wurde in wenigen Wochen zu einem ernstzunehmenden Faktor in der deutschen Innenpolitik, und die

Bewegung gegen die Notstandsgesetze, die Springer-Presse und den Vietnamkrieg der Amerikaner nahm einen rasanten Aufschwung.

Im Stadtteil Gostenhof mochte niemand die Verhaltensweise des Genossen und Regierenden Bürgermeisters von Berlin Heinrich Albertz verteidigen. So wütend hatte Richard noch nie die meist jungen Diskussionsteilnehmer erlebt. Schon der erste sprach den meisten aus dem Herzen: „Wenn sozialdemokratisch geleitete Staatsmacht so mit Menschen umspringt und mit brutaler Gewalt gegen friedliche Demonstranten vorgeht, ja sogar vor Mord nicht zurückschreckt, dann darf sich niemand mehr über innerparteilichen Zwist und Zulauf bei der APO wundern." Ein anderer Redner attackierte zornig die Springerpresse: „Ohne diese Hetzblätter wäre es zu diesen Gewaltorgien nicht gekommen. Bei mir in der Fabrik gibt es Kollegen, die sind durch die Bildzeitung vollkommen verblödet, bei denen sind sämtliche Studenten lauter Verrückte oder ferngesteuerte Agenten der DDR."

Im Jugendzentrum der Stadt Nürnberg erlebte Richard in den nächsten Monaten und Jahren, meist in der Rolle des Diskussionsleiters von Großveranstaltungen oder als Leiter von Wochenendseminaren, was man später die „68er Jahre" nannte.

Einen erheblichen Anteil am Aufschwung des Jugendzentrums für politische Bildung zu einem der wichtigsten Orte friedlicher Aktivitäten und informativer Auseinandersetzungen hatte der Leiter der Einrichtung Peter Grabbe, der von 1967 - 1974 diese Funktion ausübte. Bei einem Gespräch Richards mit seinem Bruder Heinz wurde schnell deutlich, weshalb sich so viele Aktivitäten entwickelten. „Peter Grabbe ist ein Naturtalent für die Motivation von Mitarbeitern zu neuen Ideen, kreativen Experimenten und engagiertem Handeln", meinte Heinz. Richard sah noch weitere Besonderheiten: „Er ist auch erstaunlich gelassen und unbekümmert und geht keinem Risiko aus dem Wege. Durch seine liberale Haltung wird er von allen politischen Gruppierungen akzeptiert und schafft dadurch - trotz aller bestehenden Unterschiede - ein gegenseitiges Tolerieren, von der Filmbühne bis zur Fotogruppe und zum Kabarett." Heinz: „Es opfern auch viele gute Leute ihre Zeit und Nerven, um hier mitzumachen. Selbst unter diesem Gesichtspunkt ist Peter Grabbe ein Glücksfall, und Vorwürfe, er verhielte sich zu schnoddrig oder zu gleichgültig, sind völlig unangebracht." Richard lachte: „Ja, das Improvisations- und Organisationstalent kann alles - nur nicht pünktlich sein. Da sitzen 120 aufgeregte Leute im großen Saal und ich warte auf den Leiter, dass er wie üblich durch eine kurze Begrüßung die Veranstaltung startet und ich mit der Diskussionsleitung endlich beginnen kann - Peter kommt sorglos lächelnd eine Viertelstunde später und wundert sich über meine Unruhe. Das kostet Nerven!“

Im März 1968 rückte Nürnberg für einige Tage in den Mittelpunkt der Auseinandersetzungen zwischen Gegnern und Befürwortern der Notstandsgesetzgebung. Richard hatte eine Gastkarte für den Bundesparteitag der SPD am 17. 3. ergattert, nahm aber trotzdem zwei Stunden vor Beginn in der Meistersingerhalle an der großen Gegenveranstaltung teil, auf der viele Redner gegen die Verabschiedung wetterten. Es herrschte eine erregte Atmosphäre. Ein Redner schrie ins Mikrophon: „Wir brauchen keine Notstandsverfassung, die unsere demokratische Staatsordnung aufs höchste gefährdet. Dem Missbrauch wird damit Tür und Tor geöffnet. Wer die Grundrechte einschränken, das Streik- und Koalitionsrecht einengen oder gar aufheben will, ist auf dem Weg in eine andere Republik. Wir sagen ‚nein’ dazu, dass die Bundeswehr Polizeiaufgaben übernimmt. Diese Herrschaften haben aus der Geschichte nichts gelernt.“

Beim Applaudieren wurde geklatscht, geschrien, gepfiffen und gejohlt. Eine SPD-Fahne ging in Flammen auf, und Fritz, der sich meist neben Richard aufhielt, spottete: „Brauchst nicht so belämmert dreinzuschauen, so geht es eben zu, wenn revolutionäre Zeiten sind.“ Richard gefiel noch weniger, dass sich Brandt und Wehner, als Schrittmacher fungierte ihr Chauffeur, direkt durch die wütende Menge einen Weg zum Haupteingang bahnten. Ein älterer Mann sagte neben Richard: „Die hätten doch auch den hinteren Eingang benutzen können.“

Im Inneren der Halle herrschte gespannte Ruhe, Richards Nachbar flüsterte ihm zu: „Jetzt haben die Gegner der Notstandsgesetze keine Chance mehr, die da draußen haben dafür gesorgt, dass es nur noch um die Ehre der Partei geht.“ Richard fragte leise: „Hatten sie denn je eine? Die Mehrheit steht doch längst fest.“ Als das Orchester mit festlicher Eröffnungsmusik begann, stürmte der als Musiker verkleidete Provokateur Blome auf die Bühne und konnte kurz noch sein Transparent entfalten: „Nicht musizieren - diskutieren!“ Nach wenigen Sekunden wurde er von Saalordnern in Gewahrsam genommen und abgeführt.

Als Richard nach der Veranstaltung noch kurz seine Eltern in der Zickstraße besuchte, äußerte sich seine Mutter sehr aufgeregt: „Gott sei Dank ist dir nichts passiert. Das muss ja vor der Meistersingerhalle fürchterlich zugegangen sein. Und überall Feuer und johlende Schreihälse. Hoffentlich sind die Verletzungen von Brandt und Wehner nicht zu schlimm. Aber eine Schande für Nürnberg ist das alles ganz bestimmt.“

Peter schaltete das Fernsehgerät ein und jetzt sah auch Richard die Bescherung: Wutentbrannter Pöbel auf der Straße, brennende Fahnen, Aufruhr und Gewalt. Die Revolution schien vor der Meistersingerhalle ausgebrochen zu sein. Seine Mutter verstand nicht, was er mit seinen Worten meinte: „Jetzt habe ich zum ersten Male erlebt, was man mit Medien alles machen kann. Mit der Wirklichkeit hat das alles nichts zu tun."

Alle deutschen Zeitungen verzerrten am nächsten Tag die Realität noch mehr und schufen ein Katastrophenbild. „Terror in Nürnberg", „Blindwütiger Hass führt zu brutalen Misshandlungen" und „Stoppt den politischen Pöbel" - solche Schlagzeilen weckten im In- und Ausland den Eindruck, politisch Verrückte und verantwortungsloses Gesindel seien in Nürnberg am Werk gewesen. Weil Ähnliches sogar in der angesehen Wochenzeitung „DIE ZEIT" auf der ersten Seite stand, schrieb Richard als Augenzeuge einen Leserbrief, der auch am 2. April 1968 abgedruckt wurde. Allerdings völlig unscheinbar auf einer der hinteren Seiten! Richards Schreiben lautete:

„Gräfin Dönhoff schrieb in der „Zeit" Nr. 12: ‚Wer das Zorn und Scham erregende Bild gesehen hat, wie ein Haufen johlender junger Leute sich in Nürnberg auf die beiden nichtsahnenden SPD-Führer Brandt und Wehner stürzte ..., der sieht ein, dass er sich Illusionen gemacht hat, als er anfangs glaubte, überwiegend Positives in der Rebellion der Jugend sehen zu können'.

Mit dieser Jugend ist Gräfin Dönhoff fertig! Worauf stützt sich ihr vernichtendes Urteil? Was ist wirklich geschehen? Entgegen dem Rat der Polizei wollten Brandt und Wehner unbedingt durch den zu diesem Zeitpunkt von Demonstranten blockierten Haupteingang wieder in die kurz vorher verlassene Meistersingerhalle gelangen. Ihr Spaziergang führte sie mitten unter die aufgebrachten Demonstranten und sie kamen vor dem Eingang durch großes Gedränge in Schwierigkeiten. Das Nürnberger Polizeipräsidium stellte ausdrücklich fest, dass die beiden Minister von niemandem geprügelt worden seien. Mir selbst liegen vier Augenzeugenberichte vor, die diese Darstellung der Polizei voll und ganz bestätigen.

Es wurden von jugendlichen ‚Halbstarken' Sachbeschädigungen begangen, ein Plakat umgeworfen und eine Fahne verbrannt. Nach der Überzeugung des Polizeipräsidenten der Stadt Nürnberg, Dr. Herold, sind die ‚unangenehm aufgefallenen Demonstranten politisch nicht engagiert gewesen. Das waren in erster Linie Krawallmacher, die sich nur für Tumulte interessierten'.

Was in Nürnberg von diesen Krawallmachern angestellt worden ist, werden alle Gegner jeglicher Gewalt auf das Tiefste bedauern. Was aber die Presse aus diesen Zwischenfällen gemacht hat, ist einfach entsetzlich. Da wimmelt es nur so von Pauschalurteilen, da wird von ‚Terror' und ‚brutaler Gewalt' gesprochen, von ‚linkem Fanatismus' und ‚bestialischem Mob'. Selbst wenn Brandt und Wehner wirklich von ein paar Verrückten geschlagen worden wären, gäbe es für diese Art der Berichterstattung und Kommentierung keine Entschuldigung. Ein Lehrer, der wegen einzelner Rabauken in seiner Klasse auf alle Schüler wütend ist, beweist damit nur, dass er den falschen Beruf ergriffen hat. Ich habe es als Vertrauenslehrer immer wieder erlebt, wie zornig Kollegen ‚die Schüler' verurteilt haben, wenn unter Hunderten einer sich daneben benommen hat. Um wie viel schlimmer ist es zu bewerten, dass zahlreiche erfahrene Journalisten über *die* Jugendlichen den Stab brechen, weil hässliche Einzelvorkommnisse geschehen sind?
Ich bin davon überzeugt, dass Ihnen ein gerechtes Urteil genauso am Herzen liegt wie mir. Deshalb bitte ich um eine Berichtigung, indem Sie diese Zeilen veröffentlichen. Dafür danke ich im Voraus."

Selbst im friedlichen Lungau, den Doris und Richard an Ostern zum Skilaufen besuchten, wurde Richard von „den Schandtaten in Nürnberg" heimgesucht. Beim gemütlichen Zusammensitzen in der Weinschänke im Schloss Moosham sagte ein Einheimischer: „Nach euerem Autokennzeichen kommt ihr aus dem Räubernest Nürnberg. Ich habe alles in der Zeitung über diese Banditen gelesen, die sogar die zwei Minister verprügelt haben. Ich mag zwar den Vaterlandsverräter Willy Brandt nicht, aber so ein aufrührerisches Gesindel hasse ich noch viel mehr." Richards Kollege Gerd, der auch den ruhigen Skiort zu schätzen wusste und mit seiner Frau Gudrun mit am Tisch saß, wollte humorvoll reagieren und antwortete: „Ein paar anständige Nürnberger wird es schon noch geben, außer uns sind es schätzungsweise noch rund Vierhunderttausend." Richard probierte es mit seinem Leserbrief und erzählte, was er an die Gräfin Dönhoff geschrieben hatte. Die Reaktion des österreichischen Moralisten war verblüffend: Er stand wütend auf und schrie „Da muss man sich ja speien." Zur Erleichterung der Skiurlauber verließ er umgehend die heimelige Stube.

Wenige Minuten später setzten sich Doris` Bruder Horst und seine Frau Brigitte zu den Nürnberger Genießern des gräflichen Weißweins, der in der Schlossstube ausgeschenkt wurde. Gerd pflaumte: „Wenn wir gewusst hätten, dass die Verstärkung so nahe ist, hätten wir weniger Angst gehabt."

Nachdem Richard den Vorfall erzählt hatte, meinte Horst: „Wir waren draußen auf dem kleinen Bänkchen gesessen. Ein Hilfeschrei hätte genügt, und schon wären wir hereingestürmt." Brigitte schmunzelte: „Vor lauter Schmökern in deinen dicken Gesetzbüchern hättest du gar nichts gehört." Doris fragte: „Ist das zweite Staatsexamen nicht erst im Herbst, musst du unbedingt im Skiurlaub dafür büffeln?" Horst nahm einen tiefen Schluck: „Ich brauche eine Staatsnote, da zählt jede Minute. Und auf der schönen Bank direkt vor dem alten Gemäuer gefällt mir sogar das Lernen." Gerd staunte und sagte zu Richard: „So fleißig waren wir nie. Vielleicht geht's aber auch nur um die psychologische Wirkung. Ein ruhiges Gewissen hat schon manchem geholfen." Doris forderte: „In einem Jahr wollen wir in dieser einmaligen Stube den Erfolgsbericht hören." Horst: „Da könnt ihr dann auf meine Kosten so viel Viertel vom Grafen trinken wie ihr wollt."

Gerd wollte von Richard wissen: „Stimmt es, dass du zur Höheren Wirtschaftsfachschule überwechseln willst? Da wird aber der Schulleiter nicht sehr begeistert sein." „Das habe ich schon erledigt. Wenn wir heimkommen, werde ich mich offiziell bewerben. Ich will mich noch mehr auf Politologie und eventuell Volkswirtschaftslehre konzentrieren. Vielleicht klappt es im Herbst." Zur Überraschung von Richard antwortete Gerd: „Und ich habe gedacht - übrigens viele andere Kollegen auch - du spekulierst auf den Posten des Stadtschuldirektors. Viele meinen, dass du deshalb so viele außerschulische Aktivitäten entfaltest." Richard: „Was ich gesagt habe stimmt, aber tue mir den Gefallen und hänge es nicht an die große Glocke. Es wundert mich schon, dass auch du meinst, es geht mir um irgendwelche Posten." Gerd und Richard hatten so leise gesprochen, dass die anderen am Tisch nichts mitbekamen.

Im Café Essl am Marktplatz in Mauterndorf ging es am 11. April 1968 auffallend laut zu. Doris und Richard fanden zwar noch einen Platz, aber sie mussten sich zu zwei anderen Touristen an den Tisch setzen. Richard fragte: „Was ist denn heute los, sonst ist es hier viel ruhiger?" Die etwa vierzigjährige Frau antwortete: „Haben Sie es nicht in den Nachrichten gehört, auf Rudi Dutschke ist ein Attentat verübt worden. Das scheinen hier einige zu feiern." Richard war entsetzt: „Wissen Sie Näheres?" „Angeblich ein Einzeltäter hat ihn durch einen Kopfschuss schwer verletzt. Ob er überlebt, ist zweifelhaft." Ihr Begleiter fügte hinzu: „Ich mag ihn nicht besonders, er redet viel zu fanatisch, aber der Mordversuch ist eine große Sauerei, die wirklichen Mörder sitzen in der Bildzeitungs-Redaktion." Seine Frau ergänzte: „Von den sechs Leuten am hinteren Tisch kennen wir einige. Alle sind Arbeiter bei Siemens. Dass sie diesen

Mordversuch auch noch mit ihrer Biersauferei feiern, beweist zumindest, dass Dutschke und seine Anhänger in den Fabriken keinen Erfolg gehabt haben."

Richard mochte nicht schweigen: „Man mag ja zu der so genannten Rebellion der Jugend und der Studenten stehen wie man will, wer aber Gewalt und sogar Mord gegen Andersdenkende bejubelt, hat aus der Vergangenheit nichts gelernt. Wenn in Leserbriefen steht ‚Nehmt gegen diese schmutzigen Demonstranten statt Wasserwerfer doch Flammenwerfer', drohen Verhältnisse wie in der Weimarer Republik. Ich befürchte, dass dies nur der Anfang ist." Rudi Dutschke, an dem sich die Geister schieden wie an keiner Person vorher, starb 1979 an den Spätfolgen des Kopfschusses.

Mit wenigen Sätzen bewarb sich Richard Ende April 1968 an der städtischen Höheren Wirtschaftsfachschule und erhielt bald eine positive Antwort. Trotzdem schlug er eine Einladung des Bürgermeisters nicht aus, sich mit ihm über das berufliche Schulwesen in Nürnberg zu unterhalten. Am Ende des Gesprächs wurde ihm empfohlen, sich um den neu zu besetzenden Posten des Schuldirektors für das berufliche Schulwesen zu bewerben. Richard erbat sich Bedenkzeit, weil für ihn dieser Vorschlag sehr überraschend komme. Nach Gesprächen mit Doris, Heinz und verschiedenen Freunden schickte er Ende Mai seine Absage: Nach gründlichem Abwägen des Für und Wider habe er sich dazu entschlossen, sich nicht um die in Frage kommende Stelle zu bewerben, sondern im Herbst seine Arbeit an der Höheren Wirtschaftsfachschule zu beginnen.

Doris war froh über Richards Entscheidung: „Wenn dich auch einige jetzt für einen Drückeberger halten, bist du bestimmt auch in Zukunft in der praktischen Bildungsarbeit viel besser aufgehoben als in einem Amt im Rathaus." Sein Bruder Heinz teilte diese Meinung: „Alle hätten gesagt, du bist nur in die SPD eingetreten, um Karriere zu machen und diesen Posten zu erobern. Und die Sprüche von der großartigen Gestaltungsmöglichkeit glaube ich sowieso nicht. Selbst Hermann Glaser hat doch verhältnismäßig wenig Chancen zur Humanisierung oder gar Demokratisierung des Nürnberger Schulsystems. Dabei ist er viel einflussreicher als einer seiner Schuldirektoren."

Richards Absage stützte sich auf nüchterne Selbsterkenntnis. Während seiner bisherigen beruflichen Laufbahn hatte er Verwaltungstätigkeiten am wenigsten gemocht. Schülerbogen bearbeiten, Zeugnisse schreiben, Lehrbücher ordnungsgemäß verwalten, Klassenlisten führen, Eintragungen ins Klassenbuch - alles erledigte er korrekt, aber widerwillig. In der Vermittlung von Inhalten, bei der Anwendung verschiedener Methoden, Verbesserung der Kommunikation und Entwicklung neuer Wege in der schulischen und außerschulischen Bildungsarbeit fühlte er sich sicher. Diesen Weg wollte er weitergehen. An einem sozialen Aufstieg lag ihm nichts. Im Gegensatz zu einigen seiner Freunde spielte auch die Höhe des Einkommens eine zweitrangige Rolle. Viel wichtiger waren ihm relative Unabhängigkeit, Freiräume, berufliche Erfolgserlebnisse, politisches Engagement, gesellschaftliche Anerkennung. Und die Forderung nach Ausgewogenheit von Arbeit und Alltagsfreuden war nie nur satirisch gemeint. Richard sah darin vor allem einen Schutz vor einseitiger Karriereorientierung, persönlicher Verkümmerung und Einengung.

Der Wechsel an die Höhere Wirtschaftsfachschule erwies sich als eine richtige Entscheidung, wenn auch damit ein Neuanfang mit erheblichem Arbeitsaufwand verbunden war. Ein Kollege, der ein Jahr vorher mit den Vorlesungen und Seminaren begonnen hatte, machte ihm Mut: „Wenn Sie erst mal ihre Materialien in Referatsform gebracht haben, geht es viel leichter. Sie müssen ja nicht alles ausschreiben, Manuskripte in Kurzform reichen schon. Wir haben es hier mit sehr interessierten Studierenden zu tun, die realitätsbezogen denken.“ Über die Vorbildung der Hörer hatte sich Richard schon bei seiner Bewerbung informiert: Voraussetzung für die Zulassung waren Mittlere Reife, erfolgreicher Abschluss einer kaufmännischen Lehre und anschließend noch eine dreijährige Berufspraxis.

Richard stellte schon nach wenigen Tagen fest, dass sich die angehenden Betriebswirte sehr stark für soziale und politische Fragen interessierten. Seine Befürchtungen, er hätte es vielleicht mit einseitig orientierten Wirtschaftsfachleuten oder gar „Fachidioten“ zu tun, waren vollkommen fehl am Platze. Viele Studentinnen und Studenten hegten Sympathien für die Ideen der kritischen und aufmüpfigen Rebellen an den Universitäten, ohne deshalb an Störungen oder gar an extremistischen Ideologien interessiert zu sein. Die Wünsche nach moderner Unterrichtsgestaltung, Abkehr vom traditionellen Frontalunterricht, mehr seminaristischer Informationsvermittlung, regelmäßiger Diskussion, häufigerer Gruppenarbeit und entdeckendem Lernen kamen Richards didaktischen Vorstellungen sehr entgegen.

Der „Prager Frühling“ im Jahr 1968, der auch in der Bundesrepublik bei vielen große Hoffnungen auf die Verwirklichung eines „Sozialismus mit menschlichem Antlitz“ weckte, führte schon im Juni zur Verschärfung des Konflikts mit der Sowjetunion. Obwohl der Reformpolitiker Alexander

Dubček und seine Regierung sich vom „Manifest der 2000 Worte" distanzierten, das einen totalen Bruch mit dem Kommunismus verlangte, sah Moskau darin den Beweis, dass die Situation in der ČSSR außer Kontrolle geraten könnte. Weder die Unterstützung durch die Bevölkerung für die Reformen noch die Verhandlungsbemühungen der Regierung verhinderten schließlich den Gewaltakt der Warschauer Paktstaaten: In der Nacht vom 20. auf den 21. August 1968 marschierten Truppen der Sowjetunion, unterstützt von Kontingenten der DDR, Ungarns, Polens und Bulgariens, in der Tschechoslowakei ein. Die tschechoslowakische Regierung forderte die Bevölkerung auf, keinen Widerstand zu leisten. Ein Experiment war gescheitert, bevor es richtig begonnen hatte. Der Parteivorsitzende Alexander Dubcek blieb am Leben und wurde aus der Partei ausgeschlossen. Sein Nachfolger Gustav Husak übernahm die Rolle des Erfüllungsgehilfen der Sowjetunion und sorgte für die „Normalisierung" in der ČSSR.

In allen Diskussionen, die Richard nach dem Ende aller Hoffnungen auf eine positive Entwicklung in der Tschechoslowakei erlebte, stritten die Teilnehmer darüber, ob die weltweite Empörung nicht auch viel Heuchelei beinhaltete. Ein Journalist der „Fränkischen Tagespost" vertrat in einer Veranstaltung des DGB die Meinung: „Da vergießen in diesen Tagen viele Leute Krokodilstränen, die gegen das Scheitern von Dubček und seinen Freunden nicht das Geringste einzuwenden haben. Solche Zeitgenossen haben von einem gelungenen Modell des ‚demokratischen Sozialismus' doch genauso viel Angst wie die Pseudosozialisten in Moskau und in der DDR. Die bei den Stalinisten verhassten Reformprogramme enthielten schließlich einiges, das von linken Studenten in der westlichen Welt gefordert wird. Ein funktionierender demokratisch-sozialistischer Modellstaat ČSSR - eine Horrorvorstellung für unzählige bürgerliche Politiker!"

Obwohl in den Massenmedien fast nur Negatives über die „disziplinlosen und chaotischen Studenten" berichtet wurde, erlebte Richard bei seiner Arbeit im künftigen Fachbereich Wirtschaft der Fachhochschule Nürnberg ein außergewöhnlich positives und ermutigendes Arbeits- und Lernklima. Die Studierenden arbeiteten sehr selbstständig, trotz gewährter Freiräume kam es nie zu einem Leistungsabfall, in disziplinärer Hinsicht versuchte niemand, das Verhalten des Dozenten auszunutzen. Richard sagte an einem Abend zu Doris: „Die Reformpädagogen haben Recht. Lernprozesse können auch selbstgesteuert ablaufen und dadurch Motivation, Spaß am Unterricht, Neugierde an Neuem und Freude an Kommunikation und Gruppenarbeit bewirken. Der Dozent wird dadurch allerdings so stark in die Semestergruppe integriert, dass er aufpassen muss, nicht Missverständnisse und daraus entstehende Enttäuschungen zu produzieren. Mein Verhältnis zu den Studierenden ist freundschaftlich, trotzdem kann ich nicht jeden Abend mit ihnen in eine Kneipe gehen und bis spät nach Mitternacht über Gott und die Welt diskutieren."

Die diffamierenden Behauptungen in manchen Presseerzeugnissen und das Gerede von Politikern, die mit der uralten Methode der Angsterzeugung Wählerstimmen fangen wollten, stimmten mit seriösen Umfrageergebnissen über Studenten und Jugendliche
nicht annähernd überein. Die überwiegende Mehrheit der protestierenden Jugendlichen wollte weder den gewalttätigen Umsturz noch kommunistische Verhältnisse in der BRD. Im Gegenteil, diktatorische Lösungen wurden entschieden abgelehnt. „Mehr statt weniger Demokratie", hieß die Parole! Echte Mitbestimmung in den Schulen, Universitäten und Betrieben wurde gefordert, das große Schlagwort hieß „Demokratisierung"! Zur Verwirklichung einer „von Grund auf menschlichen Gesellschaft" sollten die überkommenen autoritären Strukturen in allen gesellschaftlichen Bereichen abgeschafft werden, um den Weg von unten nach oben in den Entscheidungsprozessen frei zu machen.

Besonders interessante Ergebnisse einer Repräsentativerhebung der Deutschen Forschungsgemeinschaft veröffentlichten die Nürnberger Nachrichten 1968: „Der weit überwiegende Teil der Jungakademiker zeigte in seinen Antworten demokratisches Verantwortungsbewusstsein ... So erwarten von einer Diktatur 80% der Studenten ausschließlich negative Veränderungen, während es bei der übrigen befragten Jugend nur 50% sind." Weiter hieß es im Bericht: 91% der Studenten verneinen die Frage, ob der Nationalsozialismus eine gute Idee gewesen sei, die nur schlecht ausgeführt wurde. Über ein Drittel der Bevölkerung meint, wir könnten wieder eine einzige starke Partei brauchen, aber fast alle Studenten sind strikt dagegen. Ähnliche eindeutige Ergebnisse gibt es bei der Ablehnung eines „starken Mannes" als Führerpersönlichkeit, und für „die Anwendung von Gewalt als Mittel der politischen Auseinandersetzung treten lediglich 17% der Jungakademiker ein." In weiteren Punkten herrscht große Übereinstimmung unter den Studenten. Aus allen Ergebnissen ging hervor, dass der Protest der Studenten nicht Angelegenheit einer kleinen Minderheit war und Vorurteile statt fundierter Informationen das politische Klima in der Bundesrepublik beherrschten.

Im Juli 1969 erhielt Richard von Dr. Horst Herold ein Schreiben, mit dem ihn der damalige Polizeipräsident von Nürnberg und Bildungsbeauftragte des SPD-Vorstandes fragte, ob er an der Schulung und Fortbildung der

Funktionäre des Unterbezirks in politischen Grundsatzfragen mitwirken wolle. Nachdem sich Richard bereit erklärt hatte, bei dieser Schulungsarbeit mitzuwirken, fiel mehr Vorbereitungsarbeit an, als er gedacht hatte. Denn er sollte das Thema „Anarchismus und die Neue Linke“ bearbeiten. Horst Herold übernahm das Thema „Marxismus“ und bewies in einem ausgezeichneten Vortrag, dass nicht zu Unrecht in Parteikreisen behauptet wurde, er sei der beste Marxkenner in Nürnberg und verfüge über eine ungewöhnliche Bibliothek über diese Thematik.

Manche Jusos waren vom später berühmten Präsidenten des Bundeskriminalamts, der mit Hilfe des Computers vollkommen neue Fahndungsmethoden entwickelte, nicht sehr begeistert. Einer der Skeptiker sagte zu Richard: „Das Thema Anarchismus ist nicht ungefährlich. Hoffentlich landest du nicht im Polizeicomputer und in einer Fahndungsdatei, wenn du über dieses Thema referierst.“ Richard schmunzelte: „So weit sind wir aber wirklich noch nicht, wer über Anarchismus informiert, ist doch deswegen kein Anarchist. Herold ist ja auch kein Marxist, nur weil er ein Kenner der marxistischen Theorie ist.“

Nachdem Horst Herold 1971 von Hans-Dietrich Genscher zum Präsidenten des Bundeskriminalamts berufen worden war, baute er Fahndungsmethoden weiter aus, die ohne Computereinsatz nicht möglich gewesen wären. Einerseits erzielte er damit bis zum Ende 1980 große Fahndungserfolge - nach einem Bericht in den Nürnberger Nachrichten wurden dadurch 580 Terroristen und Unterstützer ermittelt und festgenommen - andererseits wollte die Kritik nicht verstummen, dass er damit dem „gläsernen Menschen“ und dem totalen Überwachungsstaat immer näher komme. 1981 schied Horst Herold aus dem Amt, der FDP-Mann und damalige Bundesinnenminister Gerhart Baum wollte die Rasterfahndung nicht weiter ausdehnen lassen. Aus Sicherheitsgründen mussten Horst Herold und seine Frau seit dieser Zeit streng bewacht im Bereich einer Rosenheimer Kaserne leben.

Heinz und Richard trafen sich seit Ende der sechziger Jahre wieder öfter bei den Eltern in der Zickstraße. Zum einen wollten sie durch ihren Besuch für etwas Abwechslung sorgen, zum anderen war es für Heinz günstiger zur Mittagspause in die Zickstraße zu fahren, als zu seiner Wohnung in Fürth. An Gesprächsstoff fehlte es nie. Besonders spannend wurde es, als Mama mit Hilfe der beiden Söhne ihre Rente beantragte. Heinz scherzte: „Wer weiß, ob ihr das viele Geld ausgeben könnt. Immerhin hat Mama seit ihrem 14. Lebensjahr Schwerarbeit geleistet, zuerst als Hausgehilfin, dann in einer Fabrik, später als Zeitungsträgerin und Heimarbeiterin. Da kommen Jahrzehnte zusammen.“ Richard ergänzte: „Du hast vergessen, dass sie fünf Kinder, einen Ehemann und jahrelang auch eine Schwiegermutter ernährt hat, denn unser großer Pianist und Radiofachmann Peter war zwar bei der Zeugung des Nachwuchses wesentlich beteiligt, bei der Schaffung der Lebensgrundlagen hat er nur als Heimarbeiter tüchtig mitgewirkt.“ Als Richard beim Lachen den Mund öffnete, fragte Peter seine Leni: „Du, schau mal, schöne Zähne hat unser Richard, sind das noch unsere?“

Der von allen mit Spannung erwartete Rentenbescheid aus Bayreuth lautete: „ ...wegen Vollendung des 65. Lebensjahrs wird Altersruhegeld gewährt. ... Durch die Deutsche Bundespost werden gezahlt ab 1.3.1969 monatlich 116,90.“ Da staunten alle Familienmitglieder! Peter fasste sich als Erster und verkündete: „Nächstes Jahr bin ich soweit, dann sieht die Sache anders aus.“ Seine Leni lächelte zwar, aber es fiel ihr diesmal schon recht schwer, ihrem Lebensprinzip treu zu bleiben und immer das Beste aus jeder Lebenssituation zu machen. Dann fand sie trotzdem etwas Positives: „Die Bäckerin hat erzählt, dass die Renten dauernd ansteigen. Das ist bei uns bestimmt genauso.“ Schon drei Monate später lautete der nächste Bescheid auf 117, 60 und langsam ging es in den nächsten Jahren bergaufwärts. Zur Überraschung aller Löbners in Europa und in den USA erhielt der Familienvater Peter im nächsten Jahr auf Anhieb mehr Rente als seine Frau und verkündete mit Stolz in der Stimme: „Meine Rente beträgt monatlich 191,- DM. Da kann man schon etwas damit anfangen“. Leni blieb realistisch: „Ohne unsere Kinder hätten wir auch im Alter keine finanzielle Versorgung. Das klappte ja nicht einmal mit der Heimarbeit. Gott sei Dank ist aus allen etwas geworden.“

Beim gemeinsamen Weg der Brüder zu den parkenden Autos in der Bärenschanzstraße bemerkte Heinz: „Ein Leben lang haben die beiden gearbeitet, ihre Rente im vielgepriesenen Sozialstaat ist eigentlich eine Schande. Teilweise saßen sie zwölf Stunden täglich am Tisch im Wohnzimmer, füllten Wundertüten, gummierten Feldpostbriefe oder bauten die kleinen Hubschrauber zusammen, und Mama trug jahrelang - ob Sommer oder Winter - in aller Frühe Zeitungen in Gostenhof aus.“ Richard sah es genauso: „Unsere Mutter müsste das Zehnfache bekommen, wäre ihre Lebensleistung zugrunde gelegt worden. Ein Glück, dass sie sich wegen des Geldes keine Sorgen macht.“ Erst etwa zwanzig Jahre später erhielt Mama einen kleinen zusätzlichen Rentenbetrag für die Erziehung von fünf Kindern.

In der Arbeitsgemeinschaft sozialdemokratischer Lehrer (AsL) wurde stets lebhaft über Bildungsfragen diskutiert, aber auch die allgemeine Politik kam nicht zu kurz. Etwa zweihundert Kolleginnen und Kollegen gehörten in den sechziger und siebziger Jahren der AsL an. Man traf sich rund zehn Mal im Jahr, wobei durchschnittlich dreißig Personen an derartigen Veranstaltungen teilnahmen. Doris sollte mit ihrer Vorhersage Recht behalten: Wer sich an politischen Aktivitäten beteiligt, wird immer mehr Zeit dafür aufwenden müssen.

Weil der Vorsitzende sein Amt niederlegte, standen Neuwahlen an. Der Gymnasiallehrer Peter Schönlein sollte nach dem Vorschlag des bisherigen Vorstands die Sache übernehmen. Da diese Idee vom nicht sehr geschätzten alten Leitungsteam kam, suchte die Mehrheit nach einem Gegenkandidaten. Plötzlich sah sich Richard von vielen bestürmt: „Das musst du unbedingt machen, dich wählen sie bestimmt, du kriegst auch Stimmen von den anderen.“ Richards Widerstand brach mit der Zeit zusammen, weil so viel Freunde ihn bedrängten und ihm große Unterstützung bei der Ausübung des Amtes versprachen. Die perfekt inszenierte demokratische Mauschelei führte zum Erfolg: Ausnahmsweise verlor Peter Schönlein eine Wahl, Richard Löbner wurde neuer Vorsitzender der AsL. Der spätere Fraktionsvorsitzende und Oberbürgermeister dürfte kurze Zeit später froh darüber gewesen sein, eine Funktion weniger ausüben zu müssen. Walter Rattler, mit dem Richard im Jugendzentrum, im Pädagogischen Institut und im Bildungszentrum bestens zusammenarbeitete, wurde sein Stellvertreter. Und weil in diesen Jahren eine positive gesellschaftliche Entwicklung möglich schien, war auch sein Bruder Heinz Mitglied geworden und zahlreiche engagierte Kolleginnen und Kollegen beteiligten sich an den Aktivitäten der Arbeitsgemeinschaft.

Über die Ziele herrschte weitgehend Einigkeit: Mehr Menschlichkeit in die Schulen, Lehrpläne entrümpeln, die Gesamtschulidee verwirklichen und möglichst viele Jugendliche gemeinsam zum Abitur führen, soziale Ungleichheit durch gleiche Bildungschancen mindern, rigide Ausleseprozesse abschaffen, moderne Unterrichtsmethoden durch kleinere Klassen ermöglichen, Leistungsanforderungen dürfen soziales Lernen nicht kaputt machen! Schwache Schülerinnen und Schüler müssen besonders gefördert werden. Ferner: Abschaffung der sinnlosen und entwürdigenden Lehrerbeurteilung durch den Schulleiter und Ausbau der Lehrer- und Schülermitbestimmung und dadurch Demokratisierung der Schulen!

Hätten die engagierten und meist auch optimistischen Pädagogen Ende der sechziger Jahre geahnt, dass bald uralte Ideen in der Tarnung fortschrittlicher Pädagogik sich durchsetzten und die Finanzminister das Regiment in der Bildungspolitik übernehmen würden - und auch nach mehr als dreißig Jahren nichts von ihren Forderungen verwirklicht sein würde - hätte wahrscheinlich Richard sofort wegen mangelnder Beteiligung von Kollegen sein Amt niederlegen müssen. Wären dagegen die wichtigsten damaligen Ziele erreicht worden, gäbe es keinen Grund, die Blamage der Pisa-Studie zu verdauen und das kleine Finnland als großes pädagogisches Vorbild zu bewundern.

Ein ehemaliger Studienfreund aus Hamburg, der seit längerer Zeit nicht mehr in Nürnberg gewesen war, wollte sich bei einem überraschenden Besuch im Herbst 1970 mit Richard im Heilig-Geist-Spital treffen. Schon kurz nach der Begrüßung äußerte er sein Erstaunen über die großen Veränderungen in der Stadt: „Bei euch ist ja einiges gebaut worden. Mir gefällt es aber, dass der Charakter Nürnbergs als mittelalterliche Stadt nicht völlig zerstört worden ist. Ich hätte nicht gedacht, dass rund um den Hauptmarkt und die Burg ein Hauch von Altstadt wiedergeboren würde. Im Vergleich zu anderen Städten halte ich die Nürnberger Lösung für recht gelungen.“ „Die Nürnberger haben bestimmt nicht den schlechtesten Weg beim Wiederaufbau gewählt“, bestätigte Richard. „Wenn die Mischung von alt und neu auch nicht überall geglückt ist, so hält sich die ‚Meckerei‘ doch in Grenzen. Über die Parkhäuser, die Norishalle und die Hochhauskomplexe in Langwasser und Neuselsbrunn wurde geschimpft, auch über die Fußgängerzone in der Breiten Gasse. Dagegen gefällt den Leuten die Meistersingerhalle, und an das Hochhaus am Plärrer und die modernen Bankgebäude hat man sich längst gewöhnt. Allerdings scheiden sich am 1968 begonnenen Bau des Hafens und den geplanten Rhein-Main-Donau-Kanal die Geister. Man muss das Projekt ja nicht gleich für ‚das dümmste Projekt seit dem Turmbau zu Babel‘ halten, aber eine riesige Geldverschwendung und Naturzerstörung ist es auch nach meiner Meinung.“

Der Gast aus Hamburg interessierte sich auch für die politischen und kulturellen Verhältnisse in Nürnberg. In aller Kürze erzählte ihm Richard etwas über die wichtigsten Tendenzen in den sechziger Jahren: „Traditionell sind in dieser Stadt die Sozialdemokraten tonangebend, sowohl 1960 als auch 1966 erzielten sie bei den Kommunalwahlen die absolute Mehrheit. Beim Wiederaufbau haben sie die entscheidenden Akzente gesetzt. Die Auseinandersetzung mit den Konservativen hält sich in Grenzen, manche ‚Stadtgrößen‘ hätten sogar gerne eine Große Koalition installiert. Die so genannte Basis hat es verhindert, so dass die SPD weiterhin allein regiert. Im kulturellen Bereich sorgt Hermann Glaser für einigen Wirbel, weil er viele unkonventionelle Ideen umsetzen will. Für besonders gelungen halte ich die ‚Nürnberger Gespräche‘, eine mehrtägige Diskus-

sionsveranstaltung über ein brisantes aktuelles Thema, an der Persönlichkeiten aus ganz Deutschland teilnehmen."
Dem Besucher aus Hamburg gefiel es in Nürnberg so gut, dass er versprach, im nächsten Jahr wieder zu kommen, um bei dieser Großveranstaltung dabei zu sein. Richard sollte nicht vergessen, ihm rechtzeitig Karten zu besorgen.

Kurz vor Weihnachten 1970 sorgte das Kabarett des Jugendzentrums „Crolog" auf dem bedeutendsten Weihnachtsmarkt der Bundesrepublik, dem „Nürnberger Christkindlesmarkt", für einen beträchtlichen Skandal. In der „Fränkischen Tagespost" wurde berichtet: „Herbert Heinzelmann, der Leiter der Gruppe und eine Schaufensterpuppe waren die Hauptakteure. Nach einer Ouvertüre von Weihnachtsliedern mit Klosettspülung als Untermalung klagt Heinzelmann in Prosa den weihnachtlichen Konsum an. Das Christkind ist eine Erfindung der Werbepsychologie, eine Millioneninvestition der Großindustrie." Der Unmut der Zuschauer nahm mit jeder Minute zu, vor allem als die Kabarettisten die „äußerst realistisch bemalte Schaufensterpuppe" auszogen und sie zum „leichten" Christkind verkleideten. Zum Höhepunkt des „Happenings" wurde das „Pornochristkind" zerhackt, zersägt und unter die Zuschauer geworfen. Danach verschärfte sich die Situation für die Akteure, die wütenden Zuschauer schrien, schimpften und bewarfen sie mit rohen Eiern. Als Bekämpfer der Frevler taten sich besonders die anwesenden farbentragenden Studenten hervor. Nur eine schnelle Flucht bewahrte die Provokateure vor Tätlichkeiten.

Der Versuch, den Konsumrummel in der Vorweihnachtszeit aufs Korn zu nehmen und zu mehr Nachdenklichkeit anzuregen, war gründlich daneben gegangen. Der Berichterstatter vermutete, dass sich einige der Zuschauer an die Zeit der Reichsparteitage und an die Ordnung erinnerten, die damals herrschte. Denn er schloss seinen Artikel mit dem Seufzer einer Nürnbergerin: „Beim Hitler hätt`s des halt net gern, sou a Sauerei...".

Der Leiter des Jugendzentrums Peter Grabbe musste harte Kritik einstecken, obwohl er nur seinem Grundsatz gefolgt war, sich nicht in die Arbeit der einzelnen Gruppen einzumischen. Vor Schlimmerem bewahrte ihn der Kulturreferent Hermann Glaser, der ihm nur einen lesenswerten Brief schrieb:

„Lieber Herr Grabbe,
die Berichte über die Kabarett-Aktion am Christkindles-Markt (nicht nur der Presse, sondern auch sehr wohlwollender Betrachter) veranlassen mich zu folgender Überlegung:

Eine Provokation gewinnt ihren ‚Tiefgang' durch den Ernst, mit dem sie vorangetrieben wird; wenn Gags vorwiegend aus Überheblichkeitsgefühlen heraus ‚serviert' werden, also ohne den wirklichen Ernst des Engagements, sind sie sehr problematisch. Eine Provokation, die etwas verändern und nicht nur dem Zeitgenossen mit dem Brett, das er evtl. schon vor dem Kopf hat, nochmals eins draufgeben will, muss überlegen, wie sie Erfolg haben kann: Die Didaktik der Provokation darf m. E. nicht nur in der Weckung von Gegen-Aggression bestehen. Ich schreibe Ihnen dies nur (obwohl Sie ja nicht ‚verantwortlich' sind), damit aus Resonanz gelernt werden kann..."

Der Lernprozess bei allen Beteiligten verlief durch selbstkritische Auseinandersetzungen erfolgreich und nachhaltig. Über die Geschehnisse auf dem Christkindlesmarkt am Samstag vor dem Heiligen Abend im Jahr 1970 wurden vor allem von den an der Aktion nichtbeteiligten Dozenten des Jugendzentrums noch monatelang Witze gerissen, die durchaus kabarettreif waren.

Richards Einfall, zum Abschluss des Wintersemesters zusammen mit den Studentinnen und Studenten ein Skilager zu veranstalten, fand sofort große Zustimmung. Es bildete sich rasch eine studentische ‚Organisationsgruppe', die innerhalb weniger Wochen den erheblichen Arbeitsaufwand mit erstaunlicher Zuverlässigkeit bewältigte. Doris meinte: „Da hast du dir eine Menge zusätzliche Arbeit aufgehalst." Richard sah das Ganze viel gelassener: „Den gesamten Organisationskram erledigen die Studenten doch selbst, ich hab's leichter, ich trage nur die Verantwortung. Und weil alle schon erwachsen sind und ich mir immer unterschreiben lasse, dass jeder Teilnehmer als Privatperson mitfährt, ist meine Haftung ziemlich eingeschränkt. Das behaupten zumindest die Juristen im Haus. Außerdem fahren meistens ein oder zwei Kollegen mit. Bei besonderen Schwierigkeiten würden sie mir bestimmt helfen."

Doris blieb skeptisch: „Du glaubst doch selbst nicht, dass es bei 50 jungen Leuten nicht immer wieder Probleme gibt. Man wird sich stets an dich wenden, wenn irgendwelche Konflikte auftauchen. Da hilft dir ein unterschriebener Zettel auch nichts. Und deine Kollegen werden froh sein, dass du der Zuständige bist." Trotz aller Vorbesprechungen und Vereinbarungen gab es tatsächlich manchmal Ärger. In einem Fall irrten sich ein paar von einer Tanzveranstaltung heimkehrende Studenten mitten in der Nacht in der Zimmertüre und weckten dadurch ein älteres Ehepaar in der Pension unsanft aus dem Schlaf. Die Urlauber beschwerten sich bei der Hauswirtin, diese klagte bei Richard über das Verhalten der Übeltäter, die nachts um zwei Uhr bei ihrer Entschuldigung auch noch laut gelacht hätten. Gemeinsam mit allen Betroffenen gelang es aber schließlich Richard, den Hausfrieden wieder herzustellen.

Das häufig späte Nachhausekommen der Studierenden, die im Umkreis von zehn Kilometern jede abendliche Tanzveranstaltung kannten und keine nächtlichen Fußmärsche scheuten, konnte Richard nie verhindern. Auch nicht in den darauffolgenden Jahren. Die meisten verhielten sich sehr ruhig beim Heimkommen in die verschiedenen Pensionen. Direkte Konflikte hielten sich deshalb in engen Grenzen, weil ja auch die anderen jungen Skitouristen selten vor Mitternacht zu Bett gingen.

Beim Skilager in Auffach in der herrlichen Wildschönau wurde Richard einmal mit einem besonders schwierigen Problem konfrontiert. Die Organisationsgruppe hatte gute Arbeit geleistet und Pensionen mit preiswerten Zimmern für alle Teilnehmer sowie ein günstiges Gasthaus für das gemeinsame Abendessen gefunden. Um die Belegung der einzelnen Zimmer in den unterschiedlichen Häusern kümmerte sich Richard nie, er sah es nicht als seine Aufgabe an nachzuprüfen, ob in Doppelzimmern stets nur verheiratete Studierende untergebracht waren. Schließlich handelte es sich um erwachsene Menschen, auf deren privates Verhalten er auch sonst keinen Einfluss hatte. Deshalb war er sehr überrascht, als beim Abendessen im Gasthaus der Wirt ihn höflich bat, er möge doch gleich anschließend dem Pfarrer von Auffach im Pfarrhaus einen Besuch abstatten.

Der Pfarrer, ein älterer, freundlicher Herr, schilderte ihm sofort den Grund für seine ungewöhnliche Bitte. Eine Hausbesitzerin, die selbst keine Studenten aus Nürnberg beherberge, habe den Eindruck, dass bei der Nachbarin unverheiratete junge Leute in einem Doppelzimmer wohnten. Sie meinte, dass dies kein Einzelfall sei und auch in anderen Pensionen solche Zustände herrschten. Richard ahnte, dass diesmal ein hohes Maß an diplomatischem Geschick gefordert war. Er erzählte dem Pfarrer zunächst, wie gut es den Teilnehmern des Skilagers in der Wildschönau gefalle, berichtete über die organisatorische Leistung der Vorbereitungsgruppe und sprach von der Bedeutung solcher Skifreizeiten für junge Menschen aus einer Großstadt. Dann kam er zum Kern seiner Argumentation: „Die soziale Situation vieler Studenten ist häufig sehr schwierig, so dass sie neben ihrem Studium als Werkstudenten tätig sein müssen. So weit mir bekannt ist, sind die hier angesprochenen Studentinnen und Studenten seit Jahren miteinander befreundet beziehungsweise verlobt, der einzige Grund für die noch ausstehende Trauung ist in den ungünstigen finanziellen Verhältnissen zu sehen. Sie sind alle volljährig und schaffen es auch zu Hause nur durch gemeinsames Wohnen, das doch viel billiger ist, einigermaßen über die Runden zu kommen und ihr Studium zu finanzieren."

Nachdem Richard noch hinzufügte, er sei davon überzeugt, alle zusammenlebenden Studenten würden nach dem Examen heiraten, zeigte sich der Pfarrer sehr nachsichtig und verständnisvoll und unterhielt sich noch über eine halbe Stunde mit seinem Besucher über die furchtbaren Zerstörungen in Nürnberg während des Krieges und über den Wiederaufbau des „Schatzkästleins". Richard erzählte von seinen persönlichen Erlebnissen während der Nazidiktatur und der Pfarrer ermutigte ihn, unbedingt alles aufzuschreiben. Der Besuch endete in ausgesprochen freundlicher Atmosphäre. Fragenden Studenten antwortete Richard: „Der Pfarrer wollte nur wissen, ob alles in Ordnung ist, und ich konnte das bestätigen."

Auch in den nächsten Jahren fuhren viele Studentinnen und Studenten gerne ins Skilager mit. Auf den Pisten bildeten sich Kleingruppen, die meistens während des Tages zusammenblieben. Ein paar gute Skifahrer opferten einige Stunden, um Anfängern und wenig Geübten Skiunterricht zu erteilen. Es gab keinerlei Zwänge, jeder konnte seinen Tag nach eigenem Wunsch verbringen. Manche Teilnehmer vergnügten sich beim Winterwandern oder Rodeln. Unterkunft und Verpflegung waren sehr preiswert, Übernachtung mit Frühstück kostete 35 – 40 Schilling (also 5 – 6 DM pro Person), für das Abendessen in einem gemütlichen Gasthaus mussten im Februar 1971 etwas mehr als 4 DM ausgegeben werden. Viele Teilnehmer schwärmten noch Jahre später vom Gruppenerlebnis, vom Vergnügen beim gemeinsamen Skilaufen, aber auch von interessanten Diskussionen bis spät in die Nacht. Zu aggressiven oder boshaften Auseinandersetzungen unter den Studenten kam es während eines Skilagers nie. Erst im Lauf der nächsten Jahre sollte Richard in Seminaren und bei Vorlesungen erleben, wie brutal und schonungslos junge Leute miteinander umgehen können, wenn es um vermeintlich absolute Wahrheiten geht.

Bei Wochenendseminaren des Bildungs- oder Jugendzentrums der Stadt Nürnberg in Leutenbach, Unterleinleiter oder Feuchtwangen erinnerte sich Richard manchmal an sein Gespräch mit dem Pfarrer von Auffach. Denn eine Übernachtung gehörte zu jeder Veranstaltung. Die Dozenten sahen es nicht als ihre Pflicht an, bei der Zimmerverteilung darauf zu achten, wer mit wem das Zimmer teilte. Bei der Schlüsselausgabe ging es hauptsächlich darum, immer zwei oder gar drei Leute gemeinsam unterzubringen, denn die Einzelzimmer waren sehr rar.

Walter Rattler, mit dem Richard in den letzten beiden Jahren sowohl im Pädagogischen Institut, im Bildungs- und Jugendzentrum und neuerdings auch in der Arbeitsgemeinschaft sozialdemokratischer Lehrer (AsL) besten Kontakt hatte, erzählte ihm bei der nächsten Zusammenkunft eine eigenartige Geschichte:

„Der Wirt im Gasthof ‚Zum Storchen' verhielt sich von Anfang an allen Teilnehmern gegenüber sehr reserviert. Kollege Peter Grabbe, mit dem ich zusammen das Wochenendseminar durchführte, meinte, es könne am Thema der Veranstaltung liegen. Es lautete nämlich ‚Sexuelle Aufklärung - Anspruch und Wirklichkeit'. Die Zusammensetzung bot keinerlei Anlass zum Misstrauen, mehr als die Hälfte männliche Teilnehmer, alle über achtzehn, ein paar älter als einundzwanzig Jahre. Keine auffallenden Erscheinungen dabei, die durch Auftreten, Kleidung oder Haartracht die Vorurteile mancher Zeitgenossen provoziert hätten. Die meisten kannten Peter und ich von den Abendveranstaltungen im Jugendzentrum, die Zusammensetzung des Seminars versprach rege Diskussionen und einen interessanten Verlauf.
Nach der Vorstellungsrunde, die zeigte, dass der soziale und berufliche Hintergrund sehr verschieden war, bildeten wir für die Kleingruppenarbeit vier gemischte Gruppen, die alle das gleiche Einstiegsthema zu bearbeiten hatten: ‚Eigene Erfahrungen mit der Sexualaufklärung in der Schule.' Jede Gruppe sollte nach einer Stunde über die Ergebnisse im Plenum berichten. Nachdem kleine Seminarräume im Gasthaus nicht vorhanden waren, mussten sich die Kleingruppen in den vier größten Schlafzimmern zusammensetzen. Alles klappte wie in solchen Seminaren üblich. Mit Papier und Bleistift ausgestattet, begannen die Gruppen mit ihrer Arbeit, während Peter und ich uns im Nebenzimmer nochmals über unsere vorbereiteten Thesenpapiere unterhielten.

Nach etwa zwanzig Minuten stürmte plötzlich der Wirt zu uns ins Nebenzimmer und schrie: ‚So geht das nicht, ich dulde in meinem Haus keine Unmoral. Wer weiß, was die Jugendlichen in den Zimmern anstellen. Die Zeitungen sind voll mit Berichten über alle möglichen Schandtaten.' Wir haben ziemlich sauer reagiert und ihn gefragt, welche Schmutzblätter er wohl lese. Peter hat darauf hingewiesen, dass er der Leiter einer angesehenen Jugendeinrichtung der Stadt Nürnberg sei und die Verantwortung für das Verhalten der Jugendlichen übernehme. Nach ziemlich heftiger Streiterei einigten wir uns schließlich darauf, die nächsten Sitzungen der Kleingruppen anders zu organisieren und nur den einzigen vorhandenen Seminarraum und das Nebenzimmer zu verwenden. Trotz der Störung durch den Wirt und die ungünstige Raumsituation verlief das Seminar erfolgreich, die Beurteilung durch alle Teilnehmer ergab am Ende eine positive Bilanz. Ich werde jedenfalls nie mehr in diesem Haus ein Wochenendseminar durchführen."

Richard hatte auch schon erlebt, dass der Hass mancher Erwachsener auf Studenten und andere junge Leute mit zweifelhaften Phantasien über deren vermeintliches zügelloses Sexualverhalten zusammenhing. Er sagte zu Walter: „In einer Stadtteilversammlung in Gostenhof meinte ein angesehener älterer Funktionär: ‚Die Weltverbesserer haben doch nur ihre Schweinereien im Kopf. Deshalb gibt's immer mehr Kommunen mit Männlein und Weiblein in einer Wohnung, und bei den anderen Wohngemeinschaften geht's doch auch hauptsächlich um sogenannte freie Liebe und Gruppensex. Die lassen sich sogar zusammen nackt fotografieren und sind auch noch stolz auf ihre Schamlosigkeit.' Ein Jusomitglied rief empört: ‚Man darf aber nicht wegen ein paar Spinnern die gesamte Jugend verurteilen. Du pflegst doch nur deine Vorurteile mit Schund- und Schmutz- Lektüre. In neunundneunzig Prozent aller Wohngemeinschaften geht es allein um preiswertes Wohnen und um das Ausprobieren einer anderen Wohnform. Der Gruppensex findet in den Köpfen der Spießer statt.' Wer weiß, was ohne die geschickte Diskussionsleitung durch Rolf Langenberger an diesem Abend passiert wäre."

Hitzige Auseinandersetzungen hatte Richard als Diskussionsleiter fast jede Woche im Jugendzentrum zu bewältigen. Weil er stets das Publikum mit einbezog und es sich immer um kontroverse Themen handelte, ging es darum, einerseits eine lebhafte Diskussion zu ermöglichen, andererseits chaotisches Ausufern oder gar Chaos und Diskussionsabbruch zu verhindern. Die Gäste auf dem Podium sollten ihren Standpunkt möglichst ungestört vertreten können. Vor allem war es wichtig, Pro- und Contra-Positionen gleichwertig zu besetzen. Peter Grabbe und seine tüchtige Sekretärin, Frau Vornberger, fanden immer wieder Politiker, Journalisten und Experten zu einzelnen Schwerpunkten, Frauen und Männer, Jugendliche und Erwachsene, die bereit waren, sich auf dem Podium vor bis zu hundert Besuchern auf eine kontroverse Diskussion einzulassen.

Trotz unterschiedlicher Veranstaltungsformen, z. B. 2 : 2 (zwei Jugendliche diskutieren mit zwei Erwachsenen), „Kreuzverhör" oder „Die Auseinandersetzung", sollte immer eines ermöglicht werden: Eine eigene Urteilsbildung durch Informationen aus erster Hand. Deshalb war es das Wichtigste, ein Scheitern des Ablaufs zu verhindern, jeden Diskussionsteilnehmer zu Wort kommen zu lassen, ohne die Lebhaftigkeit der Auseinandersetzung einzuschränken.

Richard eröffnete stets die Veranstaltung - nach Vorstellung der Teilnehmer auf dem Podium - mit der Bekanntgabe der „Spielregeln“: „Jeder auf dem Podium hat in der ersten Runde jeweils fünf Minuten Zeit, ein Statement abzugeben. Danach folgt die erste Publikumsrunde. Damit viele zum Zug kommen, bitte ich um möglichst kurze Fragen oder Stellungnahmen. Wenn wir auf diese Weise die entscheidenden Schwerpunkte diskutiert haben - also immer abwechslungsweise Podium und Publikum zu Wort gekommen sind - gibt es für die Schlussrunde noch eine Besonderheit. Die Zuhörer im Saal können eine Gesamtbeurteilung abgeben oder auch Ergänzungen, Anregungen, Einzelkritik einbringen. Alle Teilnehmer auf dem Podium müssen das aushalten, die Schlussworte entfallen. Klarstellungen und Berichtigungen aus dem Publikum sind aber bis zum Abschluss der Veranstaltung möglich.“

Ein Kollege aus dem Fachbereich, der zu einer Diskussion über die Erweiterung der Mitbestimmung als Zuschauer gekommen war, sagte am nächsten Tag in der Pause zu Richard: „Bei der Verkündung der Spielregeln habe ich gedacht, das kann doch nicht gut gehen. Ich war überrascht, wie vernünftig die Jugendlichen argumentiert und sich an den vorgegebenen Rahmen gehalten haben. Am meisten wunderte ich mich über die Schlussrunde, es kam zu keinem unsinnigen Gerede, zu keinen ausufernden Selbstdarstellungen, nur ein Journalist redete etwas zu lange.“

Richard erwiderte: „Das gleiche Problem entsteht, wenn geübte Jungpolitiker frühzeitig ihre rhetorischen Fähigkeiten ausspielen. Ob das Herr Beckstein von der Jungen Union ist, der Jungsozialist Gebhard Schönfelder oder Herbert Christ, ein Jungdemokrat. Es besteht immer die Gefahr, dass die Sprechhemmungen bei den jungen Teilnehmern zunehmen. Mich wundert oft, dass sich bei den vielen teilnehmenden politischen „Profis“ doch eine große Zahl von Jugendlichen zu Wort meldet.“

Bei interessanter Thematik standen häufig längere Artikel darüber in den örtlichen Zeitungen. Richard war zufrieden, wenn ihm Neutralität bei der Diskussionsleitung bestätigt wurde. Denn Parteilichkeit und Bevorzugung wollte er unter allen Umständen vermeiden. Das Publikum war sehr kritisch und hätte sich ein Moderatorenverhalten, wie es Jahrzehnte später in den politischen Diskussionssendungen im Fernsehen regelmäßig zu beobachten war, keinesfalls gefallen lassen und durch Klatschen oder andere Unmutsäußerungen die Veranstaltung vorzeitig beendet. Deshalb war in den sechziger und siebziger Jahren bei der Zusammensetzung des Podiums sehr sorgfältig vorzugehen. Gegensätzliche Standpunkte sollten gleich stark vertreten werden. Aus diesem Grund kam auch die Diskussionsreihe 2 : 2 damals so gut bei den jungen Zuschauern an.

Dass im Publikum mehr Sympathisanten linker Richtungen saßen als Anhänger traditioneller politischer Vorstellungen, lag keinesfalls an der Leitung des Jugendzentrums oder an den Mitarbeitern dieser städtischen Einrichtung. Peter Grabbe konnte trotz seiner Gutmütigkeit zornig werden, wenn er Vorwürfe von Konservativen hörte: „Schauen Sie doch mal in die Universitäten, Schulen, Kindergärten, Kirchen und ins Theater, haben dort plötzlich lauter ‚Revoluzzer' die Macht übernommen? Sie müssen sich schon daran gewöhnen, dass die Zusammensetzung des Publikums gegenwärtig sehr pluralistisch ist und nicht überall bayerische CSU-Mehrheiten das Sagen haben." Wasser auf die Mühlen der „schweigenden Mehrheit" lieferten Liedermacher, die in völliger Verkennung der Realität die totale Veränderung der Gesellschaft in greifbarer Nähe sahen. Einer davon meinte sogar, die alten Mächtigen hätten sich schon zurückgezogen und sang freudig: „Doch im Innern des Landes, da leben sie noch."

Diese absurde Vorstellung wurde von manchen Journalisten und Politikern ideologisch hochgejubelt und als Beweis für den endgültigen Sieg der Linken gebrandmarkt. Es erwies sich in den nächsten Jahren als sehr wirksam, die absolute Herrschaft der linken „Unterwanderer" zu konstatieren und dem Publikum ein schauriges Märchen zu erzählen: Die Achtundsechziger hätten die Macht in nahezu allen staatlichen Bereichen übernommen und seien beim „Marsch durch die Institutionen" gerade dabei, das bewährte Grundgesetz außer Kraft zu setzen.

Richard und andere Mitglieder der AsL, von manchen K-Gruppen-Mitgliedern als „liberale Scheißer" beschimpft, forschten darauf im eigenen Kollegenkreis nach den siegreichen Revolutionären. Das verblüffende Ergebnis: Sie waren unauffindbar. Alle Versuche, durch befreundete Gewerkschafter, Politiker und Journalisten die radikalen Unterwanderer in den Führungsetagen der Wirtschaft, in Stadträten, Landtagen und im Bundestag oder auch in den Massenmedien zu finden, schlugen ebenfalls fehl. Waren Anfang der siebziger Jahre vielleicht doch schon die ersten Nebelwerfer-Bataillone in Stellung gegangen, die in den folgenden Jahrzehnten so hervorragende Arbeit leisten sollten, wenn es galt, Klarsicht zu verhindern?

Wäre es nach Richards Mutter gegangen, hätten seine Geschwister in Amerika viel öfter Besuch von ihren Eltern bekommen. Weil aber Peter wenig von großen Reisen hielt, dauerte es oft Monate und Jahre, bis sich seine Leni wieder mal durchgesetzt hatte. Ganz am Anfang, in den fünfziger Jahren, ließ Peter schweren Herzens seine Frau lieber allein zu ihren Kindern nach Chicago fliegen, als selbst in ein Flugzeug zu steigen. Doris und Richard erlebten vier schwierige Wochen, denn der daheim Gebliebene bereute schon nach zwei Tagen der Einsamkeit seine Feigheit und bedurfte intensivster Tröstung. Vor allem Doris litt unter den immer gleichen Fragen: „Ob man sich wohl leicht verlaufen kann in so einer großen Stadt? Meinst du, man kann vor lauter Heimweh krank werden? Wie viele Tage sind es denn noch? Weshalb vergeht denn die Zeit gar so langsam?“ Doris und Richard gaben ihr Bestes, großen Erfolg erzielten sie trotzdem nicht. Fast jeden Tag kam ein tröstender Brief der Gattin beim leidgeprüften Ehemann an. Allerdings stand darin nichts von Heimweh oder irgendwelchen Gefahren. Peter fand nur Mitteilungen über herrliche Ausflüge, schöne Autofahrten und andere wunderbare Erlebnisse. Richard und Doris waren sich einig: „Diese Belastung werden wir uns nie mehr antun, bei allem Verständnis für die Sehnsüchte einer Mutter nach ihren Kindern im fernen Amerika, der überängstliche Vater muss das nächste Mal dabei sein oder die Reise kann nicht stattfinden.“

Tatsächlich schaffte es die Mutter mehrere Male, ihren zögernden und zaudernden Ehemann nach langer Vorarbeit zum Mitfliegen zu bringen. Ihr Repertoire bestand nicht nur aus verlockenden Erzählungen, Zusicherungen, noch weniger das Haus als bisher zu verlassen, immer fleißig Radio zu hören und beim abendlichen Fernsehen geduldig zuzuschauen. Sie versuchte auch mit Drohungen, ihren Willen durchsetzen. Heinz und Richard hörten manchmal ganz ungewöhnliche Äußerungen. Mama kündigte an, mit ihrer Schwester einmal in der Woche in ein Café zu gehen und sich stundenlang dort mit Tante Sophie zu unterhalten. Außerdem wollte sie nie mehr einen Kopfhörer aufsetzen, schon gar nicht bei der gemeinsamen Heimarbeit. Auch das Fernsehen wurde als Druckmittel benutzt. Wenn ihr Ehemann für ihren Herzenswunsch nichts übrig habe, werde sie jeden Abend schon um sieben Uhr zu Bett gehen und ihn allein vor der „Glotze“ sitzen lassen.

Auf diese Weise gelang es ihr vier Mal, Peter zur großen Reise zu „überreden“. Kurz vor einem Abflug fragte Richard, ob die Eltern auch genügend Geld dabei hätten. Mama nahm ihr Portemonnaie aus der Tasche, schaute hinein, zog einen Zwanzig-Mark-Schein heraus und meinte lächelnd: „Das reicht bei weitem.“ Als Doris und Richard sie nach einem Monat am Flughafen wieder abholten, scherzte Richard: „Jetzt hast du aber dein ganzes Geld verprasst.“ Mama griff schmunzelnd zur Geldbörse und nahm einen Schein heraus. Es war genau der Gleiche, den sie Richard vor dreißig Tagen gezeigt hatte.

Die Reiselust ihrer Mutter war auch für die ausgewanderten Söhne und für Tochter Elisabeth trotz aller Wiedersehensfreude problematisch. Alleine konnten die Besucher aus Nürnberg nichts unternehmen, ständige Betreuung und Unterhaltung galt deshalb als Selbstverständlichkeit. Die drei Familien teilten sich die Aufgabe so ein, dass die Besucher jeweils rund zehn Tage in einer Wohnung blieben und dann das Quartier wechselten. Das bedeutete aber, dass mangels Urlaub meistens die Ehefrauen, zumindest an den Wochentagen, die Hauptversorgung zu übernehmen hatten.

An den Wochenenden wurden gemeinsame Ausflüge unternommen, Sehenswürdigkeiten besucht, ein Picknick am Michigansee veranstaltet, so dass Mama einmal begeistert ausrief: „Jetzt ist es fast so schön wie früher, als wir alle miteinander am Dutzendteich gewesen sind und Papa die Hängematten dabei gehabt hat.“ „Jetzt fehlt nur noch mein altes Kofferradio“, ergänzte Peter die Erinnerung seiner Gattin. Die Enkelkinder, im Laufe der Jahre wurden es insgesamt acht, verstanden zwar die Wörter, der Inhalt von Omas und Opas nostalgischen Erinnerungen wird ihnen aber ein Rätsel geblieben sein.

Mama schrieb begeisterte Briefe nach Hause. Sie erzählte darin von einer heilen Welt: „Ihr glaubt gar nicht, wie freundlich die Amerikaner zu uns sind. Leider verstehen wir zu wenig Englisch, aber man merkt, dass sie es gut mit uns meinen. Karl und Franz haben immer Arbeit, und auch ihre Chefs sind sehr nett zu ihnen. Das selbe erzählt Otto, der als Maler sogar an Wochenenden arbeitet, weil ihn so viele unbedingt haben wollen. Viel arbeiten müssen sie schon in Amerika, aber alle sind dadurch gut versorgt, und das ist ja das Wichtigste.“

Erst Jahrzehnte später erfuhr Richard von seinem Bruder Franz, der es wegen seines kaufmännischen Berufes am schwersten hatte, sich in der rauen Arbeitswelt Amerikas zu behaupten, wie hart der Überlebenskampf war. An eine Arbeit im Büro war nicht zu denken, nur Jobs als Hilfsarbeiter in kleinen und mittleren Betrieben kamen in Frage. Wäre Franz nicht handwerklich besonders begabt gewesen, hätte er nahezu keine Chancen gehabt, sich und die Familie zu ernähren. Die miese Bezahlung zwang ihn immer wieder, nach neuen Jobs zu suchen.

Mit Waschmaschinen hatte Franz noch nie etwas in seinem Leben zu tun gehabt. Als Hilfsarbeiter in einer Fabrik lernte er nach Meinung des

Foreman die großen Geräte für die Wäschereinigung in Hotels so gut kennen, dass er auch als Kundendienstfachmann einsetzbar war. Ein Problem gab es noch: Franz besaß keinen Führerschein. Die kleine Schwierigkeit wurde amerikanisch kreativ gelöst. Gleich am nächsten Tag ging der Foreman persönlich mit seinem künftigen Fachmann für die Reparatur von solchen Reinigungsgeräten zur Führerscheinprüfung, füllte auch für seinen Mitarbeiter den Prüfungsbogen aus - fünf Dollar sollen dabei auch noch eine Rolle gespielt haben - und schon hielt Franz den neuen Führerschein in Händen. Eine Kleinigkeit fehlte noch. Franz hatte noch nie einen Lastwagen gesteuert. Aber innerhalb einer halben Stunde machte der hilfreiche Vorgesetzte aus Franz „einen guten Fahrer“ und schickte ihn schon am nächsten Tag mit dem Geschäftsauto ins Zentrum von Chicago. Auch das schaffte Franz! Als Neuling im Straßenverkehr übersah er nur auf der abendlichen Heimfahrt die Geschwindigkeitsbegrenzung und erhielt von einem Polizisten ein Strafticket, das die Firma sogar großzügig bezahlte. Für 1,40 Dollar in der Stunde hatte Franz manchmal in Stadtteilen Chicagos Waschmaschinen zu reparieren, die sonst kein Weißer aufzusuchen wagte.

Franz gab den undankbaren Job erst auf, als er eine besser bezahlte Stelle fand. Es ging dabei um die Produktion von Spezialzangen, die allerdings im Akkord produziert wurden und ihm auch nur ein paar Cent mehr brachten. 1957 entdeckte Franz eine Anzeige in der Zeitung, die sein Leben verändern sollte. Es wurde für die Ausbildung zum Computerfachmann geworben, die Teilnahmeberechtigung musste durch eine Aufnahmeprüfung erworben werden. Nachdem Franz diese Hürde überwunden hatte, begann für ihn eine harte Zeit. Denn dreimal in der Woche und auch sonntags hatte Franz sechs Monate lang neben seiner Arbeit in der Fabrik die Zusatzausbildung zu bewältigen. Er bestand die Abschlussprüfung und erhielt das wichtige Zertifikat. Das Versprechen, allen Kursteilnehmern einen Job zu verschaffen, löste die Bildungsstätte allerdings nicht ein.

Trotzdem gelang Franz der Einstieg in den neuen Beruf. In der IBM-Abteilung eines großen Industriebetriebs mit 10000 Angestellten erreichte er als Operator mit der Zeit immerhin einen Stundenlohn von 2,50 Dollar. Vom Einkommen eines Facharbeiters blieb er meilenweit entfernt. Nach elf Jahren Betriebszugehörigkeit kam ein neuer Chef, der das Betriebsklima so zerstörte, dass Franz schließlich kündigte. Er fand rasch eine neue Firma, ein Rechenzentrum, in dem er dann 23 Jahre lang arbeitete. Die Mitarbeiter wechselten ständig. Er konnte seinen Arbeitsplatz gegen stärkste Konkurrenz verteidigen, zahlreiche Kollegen waren Akademiker, wie Diplom-Mathematiker oder Informatiker. Die Systeme änderten sich in rascher Folge, ohne permanente Weiterbildung wäre seine Berufslaufbahn schnell zu Ende gewesen.

Die letztlich positive Entwicklung in der „Neuen Heimat“ wurde möglich, weil später auch die Ehefrau mitverdiente und 15 Jahre lang zur Arbeit ging. Die beiden Töchter erlebten trotz der Belastungen ihrer Eltern eine wohlbehütete Kindheit und hatten keine Mühe, sogar einen akademischen Abschluss zu erreichen.

Richards Geschwister in Amerika gehörten zu den Glücklichen, die dank relativ stabiler Gesundheit die Anforderungen der amerikanischen Arbeitswelt erfüllen konnten. Kein soziales Netz hätte sie aufgefangen, wären sie durch Arbeitslosigkeit, Unfall oder längere Krankheit in eine unvorhergesehene finanzielle Mangelsituation geraten. Im Jahr 1972 kamen sie ausgerechnet durch den Besuch der Eltern in eine extrem schwierige und riskante Lage. Mama hatte nach monatelangen Vorarbeiten ihren Ehemann erneut zum Nachgeben gezwungen, so dass er sich in sein Schicksal fügte und mit seiner Leni die ungeliebte Reise nach Chicago antrat.

Anfangs lief alles wie gewohnt: Familientreffs, Ausflüge mit vielen Autofahrten, gemeinsames Picknick am Lake Geneva oder am Strand des Lake Michigan, ab und zu ein gemeinsamer Besuch eines Schnellrestaurants oder einer Pizzeria. Mama erzählte später immer wieder: „Nur weil es im Lokal beim Pizzaessen so dunkel gewesen ist, hat sich Papa auf einmal so gefürchtet, dass er davon krank geworden ist. Wäre es nicht so finster gewesen, hätte er niemals diese fürchterliche Angst bekommen. Dabei haben wir uns alle sofort um ihn gekümmert und ihm gut zugeredet. Aber er hat plötzlich wieder so wirr um sich geschaut und ist vor allem, was schwarz war, so erschrocken, dass er am ganzen Leib gezittert hat. Nur wegen dieses Kellerlokals ist alles schief gegangen.“

Die Brüder Karl und Franz unternahmen alles, um ihren Vater aufzuheitern und zu beruhigen. Es half aber kein noch so gutes Zureden, auch die Schwiegertöchter konnten nicht helfen. Karl berichtete später: „Nachdem wir heimgefahren waren, wurde uns immer klarer, dass unser Vater einen vergleichbaren Anfall wie während des Krieges erlitten hatte und an eine rasche Heilung nicht zu denken war. Nun standen wir vor der Frage, sollen wir ihn in eine Psychiatrie bringen oder versuchen, dass er so schnell wie möglich nach Nürnberg zurückfliegt. Ein mehrwöchiger Krankenhausaufenthalt in Amerika - mit ungewissem Ausgang, was Dauer und Heilung anbelangt - hätte uns alle die Existenz kosten können. Weder Mama noch

Peter waren versichert. Wer die Kosten in einem amerikanischen Krankenhaus kennt, weiß, dass eine finanzielle Katastrophe drohte. Deshalb haben wir uns für den risikoreichen Rückflug entschieden."

Über das weitere Geschehen berichtete Franz in einem Brief: „Es war schon schwierig, mit unserem kranken Vater im Auto zum Flughafen zu fahren. Er zitterte vor Angst. Am Schalter gelang es mir, für sie einen Platz im nächsten Flugzeug zu ergattern. Mama behielt die Nerven und versuchte Papa zu beruhigen. Am schlimmsten war es auf der Rolltreppe. Die Szene werde ich nie vergessen! Papa ließ sich einfach fallen, und ich hatte größte Mühe, ihn am Ende der Treppe aufzurichten und mit Karl zusammen Richtung Abflughalle zu führen. Ich durfte sogar mit ins Flugzeug hinein, die Stewardessen waren unglaublich hilfsbereit und verständnisvoll. Der Flugkapitän schockte mich allerdings mit dem Hinweis, dass wir eine Notlandung bezahlen müssten, sollte sie wegen meines Vaters erforderlich werden. Eine solche Aufregung habe ich in meinem ganzen Leben, einschließlich Kriegszeit, noch nicht empfunden."

Richard und Doris waren telefonisch über das Wichtigste in Kurzform informiert worden und sahen mit Bangen der Ankunft der Lufthansamaschine am Nürnberger Flughafen entgegen. Die Beruhigungstabletten, die der Erkrankte während des Fluges bekommen hatte, wirkten offensichtlich bei der Ankunft immer noch. Mit vereinten Kräften gelang es, Peter zum Auto zu bringen. Dann erlebte Richard eine große Überraschung. Peter sagte plötzlich mit aufgeregter Stimme: „Fahr wie die Feuerwehr, ich muss ins Krankenhaus." Diese Anweisung befolgte Richard sofort. Nach einem vierwöchigen Aufenthalt in der Psychiatrie wurde Peter entlassen. Von nun an musste er starke Tabletten einnehmen, um einen Rückfall ein für allemal auszuschließen. Der Preis war extreme Müdigkeit mit zunehmender Passivität und Herumliegen auf der Couch. Tante Sophie hatte in den nächsten Jahren eine Dauerempfehlung parat: „Du musst dich nur richtig zusammennehmen und viel an die frische Luft gehen. Hättest du das schon immer gemacht, wäre dir das in Amerika nicht passiert." Eine positive Seite zeigte selbst diese Geschichte: Peter brauchte nie mehr in ein Flugzeug zu steigen, um seine Kinder in Amerika zu besuchen.

Ein Frustrationserlebnis besonderer Art hatte Richard ebenfalls 1972 zu verdauen. Zwei Jahre anstrengende und nervenbelastende Arbeit war vergebens gewesen, der „Nürnberger Jugendbeirat" war gescheitert. 1969 hatte ihn Hermann Glaser gebeten, ein Gremium ins Leben zu rufen, um die Konzeption für dieses Jugendparlament zu entwickeln. Der aus Pädagogen und Jugendlichen paritätisch zusammengesetzte Arbeitskreis erzielte bei der Vorstellung des Modellentwurfs bei den Nürnberger Gesprächen 1969 eine so günstige Resonanz, dass zügig weitergearbeitet wurde und trotz erheblicher Auseinandersetzungen im Jahr 1971 die Vorlage für den Stadtrat fertig war. Es kam zwar im Stadtrat zu lebhaften, kritischen Diskussionen über das Modell, schließlich wurden aber die „Bestimmungen über den Jugendrat der Stadt Nürnberg“ am 30.9.1970 durch Beschluss genehmigt.

In der „Fränkischen Tagespost“ stand am 1.10.1970: „Endlich grünes Licht gab der Stadtrat gestern einstimmig der Einsetzung eines Jugendrats. Dieses künftige Parlament der 14- bis 21-Jährigen erhält wichtige Rechte der Mitsprache in Fragen der Jugend ... Der Jugendrat soll aus 25 Mitgliedern bestehen, die in fünf Wahlkreisen auf gleichzeitig stattfindenden Jungbürgerversammlungen geheim gewählt werden. Sie haben als Jugendrat die Aufgabe, ‚die gesamtpolitischen Interessen und Bedürfnisse der Nürnberger Jugend zu erfassen und gegenüber dem Stadtrat und der Stadtverwaltung in Jugendfragen zu beraten’. ... Der Kreisjugendring erhält die gleichen Rechte.“

Am selben Tag standen in der „Abendzeitung“ die Rechte des Jugendrats: „Vertreter des Stadtrats, der Fraktionen und Ämter können zu Gesprächen gebeten werden. Innerhalb von drei Monaten muss der Stadtrat über Anträge beraten. In allen die Jugend betreffenden Fragen müssen Jugendrat und Kreisjugendring gehört werden.“

Richard war froh, dass er als Leiter des Arbeitskreises die Hauptbelastung hinter sich hatte. In der nächsten Phase leisteten Peter Grabbe und das städtische Jugendzentrum die Hauptarbeit. Am 28. April 1971 fanden bereits die Wahlen für den ersten Jugendrat der Stadt Nürnberg statt. In fünf Wahllokalen wurden 25 Mitglieder des Rates und 25 Vertreter gewählt. Die „Süddeutsche Zeitung“ schrieb unter anderem: „In einem Punkt waren sich alle Kandidaten einig: Der Jugendrat dürfe kein Papierkorb oder eine Wunschzettelbox werden. Er dürfe auch keine parteipolitischen Interessen vertreten.“

Auch die ersten Sitzungen verliefen wie erwartet. Es wurde zwar lebhaft diskutiert, aber es schien so, als würde man sich schon zusammenraufen. Das Presseecho war meist positiv, und Peter Grabbe bestätigte Richards Erwartungen: „Du wirst sehen, dass die jungen Leute nach den Startschwierigkeiten mit ihren Chancen etwas anfangen werden.“ Am 6.7. kam es zu einem Treffen mit Oberbürgermeister Urschlechter und mehreren Stadträten. Als Schlagzeile stand über dem Bericht der „Abendzeitung“ am nächsten Tag: „Barfuß zum Meeting mit dem OB.“ Etwas genauer hieß es in der Darstellung: „Teils barfuß und dürerhaarig, teils im parlamentarierblauen Zweireiher trafen sich gestern zum ersten Male die 25 Mitglieder des Jugendrats im großen Sitzungssaal des Rathauses.“ Die „Nürnberger Nachrichten“ schrieben: „Die Mitglieder des Jugendrats waren nach dieser ersten Kontaktaufnahme überrascht: ‚So viel Bereitschaft haben wir nicht erwartet‘. Nürnbergs gesamte Verwaltungsspitze hörte den Jugendlichen über zwei Stunden lang geduldig zu.“

Im Laufe der nächsten Wochen häuften sich überraschend die negativen Signale. In der „Nürnberger Zeitung“, die von Anfang an eine skeptische Position bezogen hatte, wurde behauptet, es fehlten nennenswerte Initiativen, konkrete Anträge blieben aus, von der Arbeit der Ausschüsse höre man nichts. Die Konflikte unter den Mitgliedern nähmen zu und erschwerten jede sachliche Arbeit.

Der Pressesprecher des Jugendrats widersprach heftig. Alle, die an der Entstehung des Jugendrates mitgewirkt hatten, glaubten immer noch, die Erfolgsmeldungen über die Arbeit des Jugendgremiums träfen zu. Ein Artikel in den „Nürnberger Nachrichten“ vom 11.11.71 zerstörte alle Hoffnungen: „Machtkämpfe haben die gewählten Vertreter gegeneinander aufgebracht.“ An den internen Auseinandersetzungen, am gnadenlosen Zerfleischungsprozess, scheiterte schließlich das in der Bundesrepublik einmalige Modell.

Die Enttäuschung war riesengroß. Richard und seinen Freunden, darunter besonders Walter Rattler und Peter Grabbe, gelang es nie, befriedigende Antworten auf bohrende Fragen zu finden. Auch sein Bruder Heinz konnte ihnen dabei nicht helfen. Lag es doch an der Konzeption, hatte sich die Vorbereitungsgruppe und später der gesamte Stadtrat geirrt? Waren zufällig ungeeignete Jugendliche gewählt worden? Hatte das Wahlsystem die Selbstdarsteller gefördert? Wurden junge Leute überfordert, die nie demokratisches Handeln in Entscheidungsgremien eingeübt hatten? Waren die Interessen und Konflikte der Stadtratsparteien ins Jugendparlament eingedrungen? Musste der Jugendrat scheitern, weil die Zeit optimistischen politischen Engagements vorüber war und sich überall Frustration breit machte und Zerfleischungsprozesse die Reformkräfte lähmten und zerstörten?

Mit der Wahl Willy Brandts zum Bundeskanzler im Oktober 1969 und seiner berühmten Aufforderung „Mehr Demokratie wagen“ hatte der Demokratisierungsgedanke neuen Auftrieb gewonnen. Der 1971 mit dem Friedensnobelpreis ausgezeichnete und besonders im Ausland hoch angesehene Politiker besaß auch bei vielen reformorientierten Jugendlichen und Erwachsenen große Glaubwürdigkeit. Umso größer war die Enttäuschung, dass ausgerechnet unter seiner Leitung die Regierungschefs von Bund und Ländern auf einer Konferenz 1972 den „Extremisten-Beschluss" verabschiedeten. Dieser „Radikalenerlass" sollte verhindern, dass Verfassungsfeinde den Staatsdienst unterwandern konnten. Durch eine Überprüfung aller Bewerber für den öffentlichen Dienst wurde versucht, nur verfassungstreue Personen einzustellen. Rund 500 000 Bürger mussten sich bis 1976 diese „Schnüffelei" gefallen lassen, nur 428 davon wurden wegen politischer Bedenken abgelehnt.

Auch andere Entwicklungen führten zu einem Prozess der Ernüchterung. Der Führungs- und Richtungsstreit zwischen Herbert Wehner, Helmut Schmidt und Kanzler Willy Brandt war nicht mehr zu übersehen. Trotzdem blieb die sozialliberale Koalition bei der „schweigenden Mehrheit" und damit bei den meisten Wählern auf Erfolgskurs.

Das Klima der Enttäuschung und Verunsicherung nützte zunächst auch der außerparlamentarischen Opposition. Die Chancen auf Gehör und gesellschaftliche Zustimmung wurden aber rapide vermindert, je mehr gewalttätige Gruppierungen mit terroristischen Methoden die gesamte Neue Linke in Verruf brachten. Die meisten Massenmedien kümmerten sich nicht um die scharfe Verurteilung des Terrors durch alle führenden Persönlichkeiten der 68-Bewegung, sondern starteten eine hysterische Diffamierungskampagne und entdeckten immer neue angebliche Sympathisanten der Terroristen, wie Heinrich Böll, Günter Grass, Walter Jens, Günter Wallraff. Gerade diese und viel andere angesehene Intellektuelle hatten aber den Terror als unmenschlich, unpolitisch und konterrevolutionär bezeichnet, der eher neofaschistischen Kräften zugute käme. Walter Jens brachte es in einer Umfrage der Zeitschrift „Konkret" im Dezember 1972 auf den Punkt: „Dies ist das Resultat: Die Rechte gestärkt, die Linke gelähmt. ...Der Sozialismus zur Fratze verzerrt." Günter Wallraff urteilte ähnlich: „Die ‚RAF' - gäbe es sie nicht - müsste zur gegenwärtigen Zeit von der CIA oder unseren Faschisten erfunden werden ... Die Strategie der RAF ist konterrevolutionär, illusionistisch, elitär und Verrat an den Interessen der Arbeiterklasse." Und der Herausgeber der Reihe rororo-aktuell Freimut Duve schrieb in der gleichen Umfrage: „Objektiv sind alle, die heute mit RAF-Parolen Terrorakte begehen, Mitläufer, die den Rechten die Stichworte liefern... Hier liegt die ‚politische Qualität' der Terroristen."

Doris zweifelte immer mehr daran, dass Richard noch die angemessene Mischung von Freiräumen und Verpflichtungen im Griff hatte. Anhand seines Terminkalenders stellte sie unangenehme Fragen: „Am Montagabend leitest du eine Diskussionsveranstaltung im Jugendzentrum, am

Dienstag geht es ab 18 Uhr um die Vorbereitung einer Aktion der AsL, der Mittwochabend ist für das Pädagogische Institut vorgesehen, die Dozenten des Jugendzentrums treffen sich am Donnerstag, nur der Freitagabend ist noch frei, dafür fährst du schon am Samstagmittag zum Wochenendseminar nach Feuchtwangen. Wo ist eigentlich deine tolle Idee des Gleichgewichts von Lust und Leistung geblieben, dein überall propagiertes Lu-Lei-Prinzip?“ Richard war mit dieser Häufung von Terminen auch nicht zufrieden, meinte aber: „Das ist nur ein dummer Zufall, so gedrängt schaut es normalerweise nicht aus, wir beide machen schließlich immer wieder kleinere Wanderungen und Ausflüge, und auch unsere Urlaubsreisen lassen wir uns nicht nehmen.“ Doris überzeugte das nicht: „Jetzt hast du dazu noch den Fachbereich gewechselt, das erfordert bestimmt zusätzliche Vorbereitungszeiten. Im Fachbereich Sozialwesen ist sicherlich vieles anders als es im Wirtschaftsbereich war.“ „Das ist vollkommen richtig“, antwortete Richard, „ich werde deshalb diese zusätzlichen Belastungen auf jeden Fall reduzieren, das geht nur nicht von heute auf morgen.“ Als Letztes kam wieder die schwierigste Frage: „Warum machst du das eigentlich? In den vergangenen Jahren hast du dir immer mehr aufgehalst. Und da behaupten alle, die Pädagogen hätten doch nur einen Halbtagsjob. Weshalb tust du dir das eigentlich an?“ Glücklicherweise kam die Schwiegermutter kurz zu Besuch, so dass sich Richard nicht um eine tiefsinnige Antwort bemühen musste. Ein paar Monate später sollte sein Erklärungsnotstand noch viel größer werden!

Im neuen Fachbereich gefiel es Richard zunächst sehr gut. Die thematischen Schwerpunkte in der Jugend- und Erwachsenenbildung lagen nahe an seinem bisherigen Erfahrungsbereich. Deshalb sah er sich in seiner Auffassung bestätigt, dass seine außerschulischen Aktivitäten in den unterschiedlichsten Institutionen, aber auch in der Politik bestens zu den theoretischen Inhalten passen würden, die im Fachbereich Sozialwesen gefordert waren. Nur aus diesem Grunde hatte er gewechselt, denn am Betriebsklima im vorherigen Wirkungsbereich war nicht das Geringste auszusetzen.

Er stellte sich seit Beginn der Arbeit an der Fachhochschule die Frage, weshalb nicht alle Schulen nach diesem Hochschulmodell organisiert waren. Es ging auch ohne Hierarchie, die Selbstverwaltung durch den gewählten Fachbereichsrat klappte problemlos. Ein Schulleiter auf Lebenszeit erwies sich als überflüssig, der aus dem Kollegenkreis für zwei Jahre vom Fachbereichsrat gewählte Dekan leistete tadellose Arbeit. Es gab keinen Vorgesetzten und keine Beurteilung durch einen „Herrn Direktor“, und die Kollegen verhielten sich weder fauler, nachlässiger oder uninteressierter als die Lehrer an den anderen Schulen. Zu seinem Bruder Heinz hatte Richard schon vor Monaten gesagt: „Die Demokratisierung der Schulen würde kein Geld kosten. Das Klima wäre für Lehrende und Lernende wesentlich besser und es könnte viel humaner im Schulalltag zugehen. Bei der Notengebung gäbe es keinen sinnlosen Druck durch die Vorgabe von Durchschnittsnoten. Autoritäre Schulleiter gehörten der Vergangenheit an. Statt nur über den ‚mündigen Bürger' im Gemeinschaftskundeunterricht zu reden, könnte in jeder Schule demokratisches Verhalten eingeübt werden, wenn auch die Schüler echte Mitspracherechte hätten. Die traditionellen Bildungspolitiker halten das alles für eine Illusion und wittern Werteverfall und Leistungsrückgang. Dann müssten sie aber auch Universitäten und Fachhochschulen anders organisieren. Sind vielleicht nur Professoren zur Selbstverwaltung fähig? Wer politisch interessierte, urteilsfähige und aktive Staatsbürger als Voraussetzung für eine funktionierende Demokratie tatsächlich will, muss in allen Schulen damit anfangen!"

Auch beim Lehrplan gab es in der Fachhochschule Spielräume, so dass für die Dozenten Schwerpunktsetzungen möglich wurden. Richard fand es außerdem sehr günstig und sinnvoll, die Inhalte der Pflichtfächer durch Wahlfächer und Wahlpflichtfächer zu vertiefen. In methodischer Hinsicht blieben zwar einige Kollegen der Vortragsmethode treu und hielten sich strikt ans ausgearbeitete Manuskript, die meisten versuchten aber, in seminaristischer Form zu arbeiten, vor allem wenn die Gruppengröße Diskussionen, Kleingruppen- oder gar Projektarbeit gestattete.

Zum ersten Mal in seinem Berufsleben erlebte Richard allerdings nach wenigen Tagen, dass ihm von manchen Studentinnen und Studenten vollkommene Ablehnung entgegengebracht wurde. Er hatte in den Jahren davor viele konfliktreiche Auseinandersetzungen erlebt und hielt offene Diskussionen für normales Gesprächsverhalten. Es lag also nicht an seinem übersteigerten Harmonieverständnis, wenn er das Auftreten mancher Studierender als äußerst ungewöhnlich empfand. Am meisten störte ihn die autoritäre Struktur einzelner Gruppen: Zwei bis drei „Bosse" entschieden, was richtig, akzeptabel, belanglos, falsch oder unsinnig war. Wenn jemand mitdiskutierte, hatte Richard den Eindruck, dass es sich vor allem darum drehte, nicht den Widerspruch der informellen Gruppenleiter hervorzurufen. Nachdem Richard keine Lust hatte, sich selbst von irgendwelchen Führungspersonen manipulieren zu lassen, häuften sich die Konflikte. Dabei ging es meist um den Unterrichtsstoff, um Sinn und Unsinn mancher Inhalte, um Bewertung grundsätzlicher politischer Fragen bis hin zum Sinn des sozialpädagogischen Studiums. Manche Redebeiträge verfolgten eindeutig das Ziel, andere Gruppenmitglieder zu disqualifizieren und zu demütigen. Versuchte Richard für mehr Sachauseinandersetzung zu werben, hatte er rasch die gesamte Gruppe gegen sich. Das Verhalten war aber nicht Ausdruck von Desinteresse, Faulheit oder mangelndem Engagement. Wahrscheinlich hatten sich die Starken in der Gruppe von Richard etwas Anderes erwartet und wollten ihn „zurechtbiegen". Seit seinen Kindheitserfahrungen und den in den Nachkriegsjahren gewonnen Erkenntnissen war aber Richard gegen solche autoritäre Beeinflussungsversuche bestens gefeit.

Richard erlebte in den nächsten Jahren zwar noch öfter verletzende Angriffe von politischen Studentengruppen, so stark wie in den ersten beiden Semestern verspürte er aber selten die totale Ablehnung. In den Augen dieser „echten" Linken bot er viel zu wenig von dem, was ihrem Bewusstseinsstand und ihrer Wahrheit entsprach. Mit solch einem „liberalen Scheißer" wollte man keinerlei private Kontakte. Persönliche Gespräche in der Pause oder bei Begegnungen waren verpönt, es genügten ja die aggressiven Diskussionen im Unterrichtsraum.

Bei einer gut besuchten, von Richard geleiteten Veranstaltung im Jugendzentrum über ein bundesweit Aufsehen erregendes Mitbestimmungsmodell in einem Industriebetrieb, das sogenannte „Porstmodell", bei der Porst selbst referierte und sich anschließend der Diskussion stellte, war auch einer der „führenden" Studenten anwesend. Richard verstieß gegen alle guten Sitten und fragte den seltenen Gast: „Wie hat Ihnen denn die Veranstaltung gefallen?" Mit eisiger Mine antwortete der junge Mann: „Was soll das Ganze? Was Sie da machen ist äußerst gefährlich." Schade, Richard brachte nie heraus, worin die von ihm ausgehenden großen Gefahren bestanden. Vielleicht hatte er zu viele unbedarfte „bürgerliche Schmarrköpfe" reden lassen, die ihr vollkommen unterentwickeltes Bewusstsein verbreiten durften?

Schon in den nächsten Semestern änderte sich stark das Klima an der Fachhochschule. Es herrschten zwar auch später oft sehr unterschiedliche Auffassungen über grundsätzliche Fragen, der Diskussionsstil verlor aber an Schärfe. Es wurde wieder geflachst, gescherzt und gelacht, und man war eher bereit, zusammen mit den Dozenten das Beste aus dem Studium zu machen und sich auf didaktische Experimente einzulassen. Dadurch wurde es möglich, ein projektorientiertes Hauptstudium auszuprobieren, das Richards Vorstellungen von einer positiven Zusammenarbeit von Dozenten und Studierenden sehr nahe kam. Zu Beginn des Schwerpunkt-Semesters fuhr man zum Beispiel gemeinsam in die Hersbrucker Schweiz, um durch einen erlebnispädagogischen Einstieg ein günstiges Gruppenklima zu erzeugen. Bei dieser Gelegenheit besuchte Richard zum zweiten Mal die „Bismarckgrotte“, in der seinem Neffen Bernhard von zu sorglosen Erwachsenen vor vielen Jahren angstvolle Stunden bereitet worden waren.

Während der Zerfall der außerparlamentarischen Opposition (APO) und damit das Scheitern der „Achtundsechziger“ immer deutlicher wurde, schien das sozialliberale Modell zukunftsfähig zu sein. Bei der Wahl zum 7. Deutschen Bundestag am 19. November 1972 errangen Willy Brandt und die SPD ein triumphales Ergebnis. Mit 45,8 % aller Zweitstimmen stellte die SPD die stärkste Fraktion im Deutschen Bundestag. Zum Alleinregieren langte es allerdings nicht, an der Zuverlässigkeit der FDP zweifelte zum damaligen Zeitpunkt aber fast niemand. Richard hoffte, wie Millionen andere Wähler, jetzt würde Ernst gemacht mit der Verbesserung der Lebensqualität, der Chancengleichheit, der sozialen Gerechtigkeit und der Humanisierung des Alltags durch mehr Teilhabe der Bürger. War da nicht sogar schon ökologisches Bewusstsein im Entstehen und vom „blauen Himmel über der Ruhr“ gesprochen worden? Im politischen Freundeskreis Richards herrschte allgemeiner Optimismus. Illusionen über die Länge des Weges zur demokratisierten Gesellschaft hatte niemand, aber am Ziel und an der Richtung sollten in Zukunft keine Abstriche mehr erfolgen.

Das Innenleben einer Partei ist in manchen Büchern zwar ausführlich dargestellt, die Wirklichkeit sah aber nach Richards Eindrücken doch anders aus. Das hatte er schon in den Stadtteilen so empfunden, besonders fiel es ihm im Parteiausschuss auf. In diesem Gremium sitzen die gewählten Vertreter aus den einzelnen Stadtteilen, die zwischen den jährlichen Hauptversammlungen die Politik des Unterbezirks entscheidend beeinflussen und nach dem Vorstand das wichtigste Parteigremium darstellen. Als Vorsitzender der AsL durfte Richard ohne Stimmrecht aber mit Rederecht an den Sitzungen teilnehmen. Er hatte in den letzten Jahren in mehreren Stadtteilen Referate gehalten und auch bei der Bildungsarbeit des Unterbezirks mitgewirkt, so dass er viele Mitglieder kannte. Dadurch fühlte er sich nicht als Fremder, und mit der Zeit lernte er interessante Details kennen, die teilweise für andere politische Parteien ebenso gelten.

Die Zahl der Diskussionsteilnehmer hielt sich in Grenzen, es sei denn, es wurde über organisatorische Fragen diskutiert. Bei einer geplanten Festlichkeit schnellten die Arme in die Höhe, da wollten viele mitreden. Die Sachthemen überließ man häufig den bekannten Wortführern. Mit der Zeit hätte Richard vor der Debatte eine Rednerliste aufstellen können, nur die Reihenfolge blieb spannend. Die Mandatsträger fühlten sich meistens verpflichtet, das Wort zu ergreifen. Nur wenige zogen ihren Beitrag zurück, um Wiederholungen zu vermeiden. Bei „heißen Eisen“ ging es manchmal allerdings hoch her. Nicht selten verschlangen Geschäftsordnungsdebatten viel Zeit. Willy Prölß, der langjährige erste Vorsitzende, behielt immer die Nerven und ließ sich nicht aus der Ruhe bringen.

Ein erfahrener, aufstiegsorientierter Mandatsträger riet Richard: „Melde dich nie gleich am Anfang. Sonst kannst du plötzlich allein im Regen dastehen. Du musst erst beobachten, wie sich die Meinung im Saal entwickelt, welche Argumente mehrheitsfähig sind, welche nicht. Wenn du im letzten Drittel der Debatte einsteigst, kannst du sicher sein, nicht auf verlorenem Posten zu stehen.“ Auf Richards Einwand, er wolle sich nicht um die Mehrheitsmeinung im Raum kümmern, wenn er von einer Sache überzeugt sei, antwortete der Ratgeber nachsichtig lächelnd: „Du bist zwar manchmal theoretisch nicht schlecht, von der praktischen Politik verstehst du aber immer noch nicht viel.“ In einem anderen Fall holte sich Richard eine glatte Abfuhr. Vor der Debatte sagte er schmunzelnd zu einem Stadtteilvorsitzenden: „Heute kann ich mal erleben, wie du mit wehenden Fahnen untergehst, weil du ja mit der Minderheit stimmen musst. Erst in der letzten Woche hast du mir erzählt, was du von der Mehrheitsmeinung hältst.“ Kühl, unfreundlich, ablehnend sagte der Angesprochene: „Meinst du wirklich, dass ich wegen dieser läppischen Krankenhausgeschichte alles kaputt mache, was ich mir in den letzten Jahren aufgebaut habe. Der Kompromiss entspricht zwar nicht meinen Vorstellungen, aber manchmal muss man eben die Zähne zusammenbeißen.“ Der wendefähige Parteifreund nahm noch viele Sprossen auf der Karriereleiter.

Am gemütlichen Zusammensein nach mehr oder weniger aufregenden Sitzungen nahm Richard gerne teil. Es kam manchmal bei einem Bier oder einem Glas Rotwein zu interessanteren Gesprächen als während der offiziellen Sitzung. Als Richard an einem mit mehreren Personen besetzten Tisch vorbeiging, sagte Karl: „Komm, Schulmeister, setz dich zu uns, da beißt dich keiner.“ Ein Blick genügte und Richard wusste, dass die Zusammensetzung einen angenehmen Ausklang des Abends ermöglichen würde. Rolf und Kurt, die beiden Helfer im Konflikt mit einem überheblichen, autoritären Schulleiter, saßen ebenso dabei wie Jürgen, Ingrid, Heidi und Toni, die Richard allerdings noch nicht näher kannte. Es ging schon recht munter zu. Heidi sagte: „Die FDP wird uns immer wieder bremsen. Wir hätten eben die absolute Mehrheit gebraucht. Wahrscheinlich wird in der Sozial- und Wirtschaftspolitik in den nächsten vier Jahren nicht sehr viel laufen.“ Karl spottete: „Du wirst doch nicht eine Vertreterin der ‚reinen

Lehre' sein? Bist du denn mit dem besten Wahlergebnis aller Zeiten immer noch nicht zufrieden?" Heidi fand das gar nicht lustig: „Du redest wie die Zeitungsleute. Wenn Journalisten in Kommentaren gar nichts mehr einfällt, kommt mit Sicherheit der Vorwurf der ‚reinen Lehre'" . Rolf unterstützte sie: „Ich gebe sofort für jeden ein Bier aus, der mir ein Mitglied des Parteiausschusses oder des Vorstandes nennen kann, der ein Anhänger dieser ominösen Lehre ist. Es ist mir nicht einmal bekannt, ob damit der Marxismus in Reinkultur gemeint ist." Richard konnte sich mit seinem Hinweis das Bier nicht verdienen: „Im Wirtschaftsflügel der CDU gibt es viele Vertreter der ‚reinen Lehre', die liebend gerne eine ‚freie Marktwirtschaft' statt einer ‚sozialen' hätten. Die halten selbst vom Idol Ludwig Erhard herzlich wenig." Jürgen nickte: „Diese Leute sind aber bei unserem Koalitionspartner FDP noch stärker zu Hause. Einige davon wird es auch bei uns geben." Karl zweifelte daran: „Jetzt übertreibst du aber, so breit ist unser Spektrum wirklich nicht." Ingrid erzählte, ein langjähriges SPD-Mitglied habe zu ihr gesagt, man müsse froh sein, dass die Partei gezwungen ist, mit der FDP zu regieren, weil dann die Linken und die Gewerkschaften nicht zu viel Unfug anstellen könnten. Toni bestellte ein neues Bier und rief: „Das sind Gott sei Dank unbedeutende Einzelmeinungen. Unser Willy in Bonn schafft das schon, in den nächsten Jahrzehnten wird die Bundesrepublik zum fortschrittlichsten Sozialstaat in der ganzen Welt."

Bei solchen „Stammtischgesprächen" nach offiziellen Sitzungen wurde getratscht, gerne über Personen geredet und über kleine und große Politik gesprochen; auch Glasers neueste Ideen, außerdem Sport, Fußball und der Club tauchten immer wieder auf. Ein „alter Parteisoldat" erzählte Richard bei einem Glas Wein einige Feinheiten über das Innenleben der Partei. Er kannte jeden Mauschelkreis, wusste über die komplizierten informellen Beziehung Bescheid und meinte, wer immer nur von Rechten, Linken und Mittleren rede, verkenne die Realität. „Es gibt in allen Strömungen Tüchtige, Blender, Fleißige, Faule, Überzeugte, Meinungslose, Unabhängige und Mitläufer. Meistens handelt es sich dazu noch um Mischungen, ein Vereinsmeier kann durchaus gut informiert sein und wichtige Arbeit leisten. Selbst bei den SPD-Rechten, dem sogenannten ‚Kanal', sitzen doch nicht nur unkritische Mitläufer, Autoritätsgläubige und Anhänger der schweigenden Mehrheit, sondern auch sehr tüchtige Verwaltungsleute, gewiefte Kommunalpolitiker und langjährige Mitglieder, die sich bestens auskennen. Bei den Jusos sind doch auch nicht nur selbstlose Idealisten am Werk, nicht wenige Mandatsträger und Parteigrößen haben von dort aus ihren persönlichen Aufstieg organisiert. Entscheidend ist für mich, wie viel programmatische und moralische Substanz übrig bleibt, ob es also jemand ernst meint mit den grundlegenden Zielen der Partei. Eine völlige Anpassung ans bürgerliche Lager würde alles kaputt machen. Mehr Akzeptanz in der Mittelschicht könnte daran nichts ändern, weil zu viele engagierte und aktive Mitglieder davonliefen."

Zum Zeitpunkt dieses Gespräches im Jahr 1972 gehörten der Nürnberger SPD rund 10000 Personen an. Dreißig Jahre später besaßen nur noch etwa 3500 Nürnberger Bürgerinnen und Bürger das Mitgliedsbuch der SPD.

Das alljährliche Skilager fand im Februar 1973 in Fieberbrunn (Tirol) statt. Der Organisationsgruppe gelang es, für etwa 45 Teilnehmerinnen und Teilnehmer preiswerte Übernachtung und Verpflegung zu buchen. Richard hatte mit der Vorbereitung wenig zu tun, die angehenden Sozialpädagogen leisteten zuverlässige Arbeit. Die Studentin Anne kümmerte sich mit Rosi, Friedl und Max während der Woche um alle Probleme. Einige Jahre später wurde Anne die Frau von Richards Neffen Bernhard. Der Sohn seiner Schwester Elisabeth, mit dem er vor Jahren das Höhlenabenteuer bestanden hatte, war von allen nach Amerika ausgewanderten Verwandten der einzige Rückkehrer. Er hatte in den USA Deutsch und Englisch studiert und fand in Erlangen eine Anstellung als Lehrer. Bei irgendeiner Gelegenheit lernte er die Sozialpädagogin Anne kennen. Vielleicht kamen sie auf das Studium oder Skilager zu sprechen, und dabei dürfte Richards Name aufgetaucht sein. Der Organisatorin der Skifreizeit in Tirol gelang es allerdings nie, aus ihrem Ehemann einen begeisterten Skifahrer zu machen.

Auch im Jahr 1973 verlief das Skilager weitgehend harmonisch, obwohl Richard sich auf den Wunsch einiger Studenten einließ und einer besonderen Abendveranstaltung zustimmte. Die Idee klang verlockend: Alle, die einigermaßen Skilaufen können, bleiben nach der Beendigung des Liftbetriebs im Gasthaus an der Mittelstation. Nach einem gemütlichen Abendessen erfolgt bei Mondschein in Kleingruppen eine romantische Skiabfahrt. Richard nannte folgende Bedingungen für das ungewöhnliche Skivergnügen: Jeder Gruppe gehören vier Studenten an, außerdem fährt jeweils an der Spitze und am Ende ein besonders guter Skifahrer. Alle Gruppen treffen sich immer wieder unterwegs, so dass durchgezählt werden kann. Mehr als ein Bier ist zum Abendessen nicht erlaubt, Obstler und dergleichen dürfen erst nach glücklicher Ankunft im Tal konsumiert werden.

Den ersten Schock erlebte Richard kurz vor der geplanten Abfahrt. Eine verheiratete Studentin entschuldigte sich für ihren Ehemann, der wegen einer kleinen Streiterei allein abgefahren sei. Richard reagierte zornig: „Es war doch eindeutig vereinbart worden, dass wir nur gemeinsam starten.

Wenn er unterwegs stürzt, kann daraus eine lebensgefährliche Situation entstehen. Warum haben Sie ihn nicht aufgehalten oder mich gerufen?“

Die Gruppenbildung klappte tadellos, die leichte Talfahrt, die jeder schon Dutzende Male unternommen hatte, schien völlig gefahrlos zu sein. Leider spielte der Mond nicht mit. Er versteckte sich hinter den Wolken und spendete nur noch mäßiges Licht. Richard hatte vorher nie gedacht, dass moderne Bindungen so leicht aufgehen. Fast in jeder Gruppe kam es dadurch zu harmlosen Stürzen und erheblichen Verzögerungen. Schuld dürfte die mangelnde Sicht gewesen sein. Deshalb erfolgte der Schwungansatz an der falschen Stelle. Das meinte auch Friedl, einer der erfahrensten Skiläufer: „Man sieht überhaupt nicht, wo man drehen soll. Dass dadurch so viele Bindungen aufgehen, hätte ich nicht gedacht.“

Glücklicherweise verhielten sich alle sehr diszipliniert und warteten auf die „Bindungsgeschädigten.“ Die Abfahrt dauerte drei Mal so lange wie üblich. Schließlich kamen die Skifahrer trotz der unerwarteten Schwierigkeiten wohlbehalten im Tal an. Richard und die Ehefrau des leichtsinnigen Vorausfahrers gingen sofort in dessen Quartier. Sie fanden ihn tief schlafend in der Unterkunft. Wahrscheinlich hatte er sich auch an die vereinbarte Alkoholmenge nicht gehalten. Sein Gesicht war von einer Beule entstellt, die er sich bei einem Sturz zugezogen hatte. Ihn zu wecken war nicht einfach, eine Aussprache über das unüberlegte Verhalten musste auf den nächsten Tag verlegt werden.
Das kleine Abenteuer „Skiabfahrt im Mondschein“ fand letztlich ein gutes Ende. Richard gewann die Erkenntnis, dass selbst ein völlig harmlos erscheinendes nächtliches Skivergnügen im winterlichen Gebirge unvorhergesehene Risiken bergen kann.

Wie üblich saß man am Abend noch gemütlich zusammen. Dabei stellte ein ehemaliger Student aus dem Fachbereich Wirtschaft, der nun in Bremen studierte, aber an jedem Skilager teilnahm, eine Frage, über die Richard nicht gerne redete: „Stimmt es, dass du seit ein paar Tagen in der Nürnberger SPD stellvertretender Vorsitzender bist?“ Richard antwortete kurz: „Das hat sich so ergeben, vor zwei Wochen habe ich das auch noch nicht gewusst.“ „Muss man sich denn nicht um so einen Posten bewerben?“ fragte Werner nach. „Normalerweise schon“, antwortete Richard, „es war eben eine besondere Situation. Wegen des Skilagers habe ich gleich die erste Sitzung geschwänzt. Reden wir doch über interessantere Dinge.“ Es gelang Richard, die Fragen der drei anderen Tischnachbarn abzuwimmeln und über andere Themen zu sprechen.

Auf dem Nachhauseweg erzählte er dem neugierigen Studenten aus Bremen, der unbedingt Näheres wissen wollte, die ganze Geschichte: „Ich bin am 27. Januar, also vorletzten Samstag, vollkommen unbeschwert zur Jahreshauptversammlung gegangen. Denn eigentlich war ich als Vorsitzender einer Arbeitsgemeinschaft nur Zuschauer und Gast. Es lief alles wie geplant ab, bis plötzlich große Unruhe entstand, weil der für den stellvertretenden Vorsitzenden vorgeschlagene Kandidat entweder seine Kandidatur zurückzog oder die Wahl nicht annahm. Offensichtlich habe ich nicht recht aufgepasst. Solche Wahlen sind meist uninteressant, weil alles wie vorgesehen abläuft. Ich wurde erst durch die allgemeine Aufregung auf die Misere aufmerksam und hörte plötzlich jemand rufen: ‚Das kann doch der Richard machen.' Bevor ich die Sachlage in der ganzen Breite erfasst hatte, stand ich zur Wahl an und wurde von allen Seiten bedrängt, mich zur Verfügung zu stellen. Alles ging sehr schnell, die Abstimmung lief, und bald hörte ich die Frage: ‚Nimmst du die Wahl an?' Das ‚Ja' war nur noch Formsache. Die Gratulationen zum ausgezeichneten Wahlergebnis nahm ich mit gespielt fröhlichem Gesicht entgegen. Zu Hause hatte sich offensichtlich meine Mimik etwas verändert, denn Doris fragte besorgt: ‚Ist etwas passiert, du schaust so blass aus?' ‚So kann man das nicht nennen', wiegelte ich ab, ‚ich habe in den nächsten beiden Jahren nur noch ein paar zusätzliche Probleme mit meinem Terminkalender.' Kopfschüttelnd vernahm meine Frau die gesamte Geschichte. Offensichtlich verzichtete sie aus Mitleid auf eine genauere Meinungsäußerung zum ‚glorreichen Aufstieg'. Mittlerweile haben wir uns an die neuen Tatsachen gewöhnt und Doris akzeptiert auch meinen Standpunkt. Nach einer angenommenen Wahl muss man sich bemühen, kein Versager zu sein. Das habe ich auch schon früher zu meinen Klassensprechern gesagt. Die nächsten Jahre werden deshalb anstrengend sein, denn an den 14-tägigen Vorstands- und Parteiausschusssitzungen muss ich unbedingt teilnehmen. Außerdem werde ich die Funktion des Bildungsreferenten der Nürnberger SPD ausüben. Praxiseinblicke werde ich jetzt genügend haben, ich bin schon gespannt, wie alles abläuft."

Zunächst fühlte sich Richard wie ein Lehrling, obwohl er gleich rechts neben dem Vorsitzenden Willy Prölß saß. Der zweite Stellvertreter hatte auf der linken Seite Platz genommen. Die Tische standen in Hufeisenform, so dass vom Tisch des Vorsitzenden aus ein guter Überblick herrschte. Die alteingesessenen Beisitzer hatten ihre Stammplätze eingenommen, die meisten von ihnen kannte Richard aus früheren Begegnungen. Anhand der Tagesordnung rief der Vorsitzende die einzelnen Punkte auf, meistens ging es zügig voran.

Kritisch und teilweise unangenehm wurde es immer dann, wenn Grundsätzliches zur Sprache kam. Anlässe lieferten Vorkommnisse in Stadtteilen, Stellungnahmen einzelner Mitglieder in der Öffentlichkeit, meistens aber sorgten die Jusos für erregte Diskussionen. Wurden Vorstandsmitglieder dieser Arbeitsgemeinschaft vorgeladen, um ihren Standpunkt darzustellen, verschlechterte sich die Atmosphäre und die Konflikte führten zu scharfem Wortwechsel. Richard war überrascht, wie oft harmlos erscheinenden Themen brisante Auseinandersetzungen zur Folge hatten und wie schnell die Mehrheit der Vorstandsmitglieder ungehalten reagierte. Ob es um Freizeit- oder Bildungseinrichtungen ging, um Wohnungsvermittlung, öffentliche Verkehrsmittel, Städtische Krankenanstalten, Ausländer in Nürnberg, soziale Randgruppen, Betriebsarbeit und Gewerkschaftskontakte: Es entwickelten sich rasch unterschiedliche Auffassungen mit teils erbitterten Grundsatzdiskussionen.

Die entscheidenden Fragen tauchten bei den verschiedensten Anlässen auf: Wie viel Utopie kann sich die SPD leisten? Was ist machbar, was nur gefährliche Illusion? Wie weit kann die Demokratie ausgebaut werden? Welche Ideen sind der Bevölkerung noch vermittelbar? Wo liegt die Grenze beim Umgang mit der außerparlamentarischen Opposition? Darf die SPD immer mehr in die Mitte rücken? Was schadet der Partei, was nützt ihr?

Obwohl sich Willy Prölß große Mühe gab, die Streitereien nicht ausufern zu lassen, kam es doch manchmal zu erbitterten Wortgefechten. Die Mehrheitsverhältnisse waren eindeutig, zwei Drittel der Vorstandsmitglieder verhielten sich skeptisch bis ablehnend gegenüber allen von der traditionellen Parteilinie abweichenden Vorstellungen. Verschärft wurde die Lage besonders dann, wenn neue Ideen auch noch ungeschickt oder provokativ vorgetragen wurden. Dann brach manchmal ein Sturm der Entrüstung los, bei dem auch Willy seine Neutralität als Vorsitzender nicht mehr wahren konnte oder wollte. Für Richard bedeutete es jedes Mal eine Mutprobe, sich zu Wort zu melden und für Verständnis zu werben: „Wäre es nicht zweckmäßig, über Vorschläge auch dann noch sachlich zu diskutieren, wenn man sie ablehnt? Mit bloßer Verdammung ist niemandem gedient, weil dadurch kein Klärungsprozess möglich wird und weder Befürworter noch Gegner Nutzen davon haben?“ Richard musste damit rechnen, dass er für solche Versuche zur Versachlichung hart attackiert wurde. Einmal schrie ein leicht erregbarer Beisitzer: „Auf das ständige Verharmlosen kann ich verzichten. Das ist doch Lehrer-Unfug!“ Die meisten Mitglieder des Vorstands nickten bestätigend. Richard musste sich zurückhalten, denn der hart austeilende Kollege durfte wegen seines Herzleidens nur schonend behandelt werden.

Die Mehrheit wollte nicht permanente Unruhe durch immer neue Vorschläge und Experimente mit ungewissem Ausgang. Richard erlebte häufig, dass die meisten das reibungslose Funktionieren als wichtigstes Ziel betrachteten. Abweichungen wurden als Störung des innerparteilichen Friedens empfunden. Andererseits war nicht zu leugnen, dass die Jusos zu einer nicht zu übersehenden politischen Kraft geworden waren. Sie saßen schließlich seit 1972 mit sechs Vertretern im Nürnberger Stadtrat. Willy Prölß hatte sicherlich für „tüchtige Macher“ sehr viel mehr übrig als für Anhänger konkreter Utopien, die sich mit den bestehenden Verhältnissen nicht abfinden wollten und mehr Demokratie und Gerechtigkeit im Alltag verlangten. Seine Hauptsorge dürfte das Abgleiten in chaotische Münchner Verhältnisse gewesen sein und der damit drohende Machtverlust der Partei. Deshalb fand er bei den meisten im Vorstand Verständnis, wenn er in erster Linie das Wohl der Partei im Auge behielt und bei echten und manchmal auch nur vermuteten Störungen empfindlich reagierte.

Seine Widersacher bei den Jusos müssen viel von ihm gelernt und einen verblüffenden Anpassungsprozess vollzogen haben. Denn einige von ihnen beurteilten ihren innerparteilichen Kontrahenten in späteren Jahren überraschend positiv. Gebhard Schönfelder, ehemaliger Vorsitzender der Jusos, antwortete 1995 auf die Frage, wer damals die innerparteilichen Gegner waren: „Das war die alte SPD, der ‚Kanal‘ sozusagen. Es war die Generation derjenigen, die lange im Rathaus oder im Unterbezirksvorstand gesessen haben... auch Willy Prölß hat natürlich dazugehört, er war ‚der‘ Reibungspunkt schlechthin ... Rückblickend muss ich sagen, Willy Prölß war und ist heute noch ein standpunktfester, Positionen beziehender und streitbarer Diskussionsgegner, der uns viel abverlangt hat, der aber auch sehr verantwortungsbewusst mit den innerparteilichen Konflikten umging und dadurch sogenannte ‚Münchner Verhältnisse‘ gar nicht erst aufkommen ließ.“

Obwohl Richard in den sechziger Jahren zahlreiche komplizierte Diskussionsveranstaltungen trotz aller Konflikte und Turbulenzen über die Runden gebracht hatte, musste er feststellen, dass er sich bei der klassischen Versammlungsleitung sehr schwer tat. Es waren formale Regelungen zu beachten, die einem Ungeübten erhebliche Schwierigkeiten bereiteten. Bei lebhaften Auseinandersetzungen sahen manche Teilnehmer Möglichkeiten, über Anträge zur Geschäftsordnung und durch mancherlei Tricks die Versammlung in ihrem Sinne zu beeinflussen. Erfahrene Gewerkschaftsmitglieder, Jusos, altgediente Genossinnen und Genossen verstanden ihr Handwerk und nutzten ihre Chancen.

Das größte Misserfolgserlebnis, das er nie mehr völlig vergaß, widerfuhr Richard bei einer Parteiausschusssitzung zum Thema „Südklinikum". Erst zu Beginn der Versammlung war klar, dass Willy Prölß nicht anwesend sein konnte und er die Leitung übernehmen musste. Unvorbereitet hatte er eine konfliktgeladene Aussprache - mit anschließender Abstimmung - zu steuern, die von Anfang an extrem emotional verlief. Immer wieder wurden Anträge zur Geschäftsordnung gestellt, zu einem vorgegebenen Text gab es viele Änderungsanträge, und bei einer Abstimmung wurde Nachzählung der Stimmen verlangt. Richard wurde von einigen wegen seiner Versammlungsleitung wütend angegriffen. Er musste Vorwürfe wie „So geht das doch nicht" oder „Da läuft aber manches schief", sogar „Das kann der nicht" wegstecken. Am meisten ärgerte ihn die Empörung des Landtagsabgeordneten Ferdinand D., der mit hochrotem Kopf schrie: „Und das will ein Professor sein." Am liebsten hätte er zum lieben „Parteifreund" vom Podium aus geantwortet: „Und du bist ein Musterbeispiel für dümmliche Überheblichkeit." Wie durch ein Wunder ging die Versammlung doch noch einigermaßen friedlich zu Ende. In den wildesten Diskussionen während der APO- Zeit hatte Richard kein einziges Mal als Leiter einen solch chaotischen Ablauf erlebt wie bei dieser Allerweltssitzung. Den Schreihälsen vergaß Richard nie, wie sie seine Schwächen an diesem unvergesslichen Abend genüsslich ausgenutzt hatten. Wie hieß doch die oft zitierte Steigerung? Gegner, Feind, Parteifreund?

Heinz kam fast jeden Tag in die Zickstraße, um dort seine Mittagspause zu machen und eine Kleinigkeit zu essen. Auch Richard besuchte häufig seine Eltern, manchmal traf er dort seinen Bruder an. Tante Sophie war ebenfalls kein seltener Gast, auch ihr schmeckte es bei ihrer Schwester besser als alleine zu Hause. Außerdem galten Mamas „Krautwickele" nach wie vor als besonders schmackhaft und wurden in solchen Mengen produziert, dass Heinz und Richard noch drei Exemplare für ihre Ehefrauen eingepackt bekamen.

Natürlich unterhielten sich die beiden Brüder auch über aktuelle Ereignisse, wie über die Eröffnung des Kommunikationszentrums im ehemaligen Künstlerhaus. Das meist nur „Komm" genannte, weitgehend selbst verwaltete Haus der Begegnung, stieß von Anfang an auf eine komplizierte Mischung von begeisterter Zustimmung und aggressiver Ablehnung in der Bevölkerung. Heinz meinte: „Der Michael kann einem Leid tun. Er dürfte sich einen der schwierigsten Posten in Nürnberg ausgesucht haben. Wenn irgend etwas passiert, fällt die Öffentlichkeit über ihn her. Andererseits sind die Besucher bestimmt mit seiner Rolle in der Selbstverwaltung als ‚städtischer Aufpasser' nicht zufrieden, deshalb wird er von dieser Seite angegriffen. Das ist ein Schleudersitz, Michael Popp braucht Nerven wie Drahtseile."

Tante Sophie bestätigte die Vermutung ihres Neffen: „Ich habe schon welche herumlungern gesehen in der Königsstraße, fürchterlich haben die ausgeschaut. Da muss man sich ja vor den Fremden schämen, die vom Bahnhof her kommen. Es müsste jemand unbedingt für Ordnung sorgen." Mama vermutete: „Das werden eben arme Leute sein, die brauchen doch im Winter warme Räume zum Aufhalten." Richards Versuch, seine Tante durch ein paar Informationen zu besänftigen, führte zu keinem befriedigendem Ergebnis. Wie sollte das auch möglich sein, selbst innerhalb des Vorstandes der SPD gingen die Meinungen von Beginn an über das Komm weit auseinander, wenn sich auch die meisten wegen des Kulturreferenten Hermann Glaser sehr zurückhielten. Mama hatte noch einen Trumpf auf Lager: „Da versteht unsereins doch nicht so viel davon", sagte sie zu ihrer Schwester, „du fährst ja auch nur mit der Straßenbahn vorbei, Heinz und Richard haben sich doch alles genau angesehen." Peter wollte von Richard wissen, ob er jetzt ständig den Oberbürgermeister treffe. „Dem Bürgermeister Prölß begegne ich häufig", antwortete Richard, „er ist in Wirklichkeit der wichtigste Mann in Nürnberg. Der Oberbürgermeister Urschlechter lässt sich fast nicht sehen, mit der Partei hat er wenig zu tun." Wie gering seine Bindung wirklich war, stellte sich erst nach seiner vierten Wiederwahl heraus, nach der er überraschend aus der SPD austrat. Viele hatten den Eindruck, dass er in die seit Jahren politisch tonangebende Mehrheitspartei nur eingetreten war, um für das Amt des Oberbürgermeisters nominiert zu werden. Für Willy Prölß dürfte dieses Verhalten zu den größten Enttäuschungen seines Politikerdaseins gehört haben.

Um in einer Partei Karriere zu machen brauchte man nach Richards Erfahrungen bei weitem nicht nur Kompetenz, Engagement, Verzicht auf Freizeit und Durchhaltevermögen. In einer launigen Runde nach einer Diskussionsveranstaltung bei den Jusos fragte er scherzhaft: „Kann man von den Fachleuten unter euch erfahren, wie sich ein Karrierist verhalten muss, um nach oben zu klettern und sich auch dort zu halten? Ich brauche Stoff für mein satirisches Tagebuch." Den jungen Leuten fiel eine Menge ein. Richard sammelte die Vorschläge, als wäre er bei einem Wochenendseminar: „Ein strebsamer Politiker muss lächeln, immer nur lächeln. Er darf keine Gelegenheit auslassen, Hände zu schütteln, denn die nächste

Wahl kommt bestimmt. Freundlichkeit und Nettigkeit zu allen ist angesagt, auch wenn er einzelne nicht riechen kann, denn jede Stimme kann wichtig sein. Ein Profi achtet darauf, bei Diskussionen zu den stärkeren Bataillonen zu gehören. Wer zu viel redet, kann zu den Verlierern gehören. Kompromissfähigkeit bis zur Selbstverleugnung ist unabdingbar. Man muss möglichst oft Feste feiern und dazu viele Leute einladen. Anlässe nicht übersehen: Kirchweihtage, Geburtstage, Weihnachten und Ostern und sonstige Feiertage. Bierstübchen und Weinkeller leisten dabei hervorragende Dienste. Auch eine Sauna kann sehr nützlich sein. Mauschelgruppen sind nur eingeschränkt zu empfehlen, allerdings gehören echte Profis mehreren davon gleichzeitig an."

Richard erntete schallendes Gelächter, als er sich bedankte: „Vielen Dank für die vielen brauchbaren Vorschläge. Einen Aspekt habt ihr noch vergessen, man muss nämlich nur überall sagen, dass man nichts werden will, dann wird man bestimmt für alle möglichen Funktionen gewählt. Ich werde eure vielfältigen Ideen bei der nächsten Vorstandssitzung zur Sprache bringen, vielleicht sind einige Kolleginnen und Kollegen noch lernbegierig."

Satirische Übertreibungen sind manchmal von der Wirklichkeit gar nicht so weit entfernt. Seit seiner Wahl zum stellvertretenden Vorsitzenden erlebte Richard seltsames Interesse an seiner Person und Sympathiebezeugungen, wie er sie vorher nie bemerkt hatte. Sogar ein hauptberuflicher Stadtrat rief zu Hause bei ihm an und berichtete von seinen Plänen in den nächsten Monaten. Nebenbei bemerkte er, dass er mit der Unterstützung seiner Anliegen durch Richard rechne. In den Jahren 1973/74 erweiterte sich Richards Freundeskreis rapide. An seinem Geburtstag und zum Weihnachtsfest erhielt Richard Glückwunschkarten und Festtagsgrüße wie nie zuvor in seinem Leben. Die sehr freundschaftlich gehaltenen Schreiben wurden abrupt weniger, als Richard nach zwei Jahren nicht mehr für das Amt des Stellvertreters kandidierte. Sie verschwanden nahezu vollkommen ab dem Jahr '79, nachdem Richard auch seine Funktion als Beisitzer im Vorstand aufgegeben hatte.

Trotzdem hielt sich der Ärger über solche Tendenzen zur Instrumentalisierung in Grenzen, weil Richard während seiner aktiven Zeit in der Politik auch sehr viel echte Zuneigung, Sympathie und langjährige nutzbringende Zusammenarbeit erlebte. Dagegen empfand er den Rücktritt des Bundeskanzlers Willy Brandt im Mai 1974 als das Ende einer hoffnungsvollen Perspektive und auch als eine schwer zu verkraftende persönliche Enttäuschung. Sein Misstrauen gegenüber Herbert Wehner und

Helmut Schmidt wegen ihres Verhaltens im Führungs- und Richtungsstreit mit dem weltweit wohl angesehensten deutschen Politiker wurde verstärkt und verschwand nie mehr vollkommen. Am meisten ärgerte Richard, dass die Rolle konservativer Gegner und die der Geheimdienste nie vollkommen aufgeklärt wurde. Die Frage, weshalb die Machthaber in der DDR ausgerechnet auf den Friedensnobelpreisträger Willy Brandt ihren Meisterspion Günter Guillaume angesetzt hatten, wurde ebenso nur unbefriedigend beantwortet. Vielleicht ahnten sie, dass der Ansatz „Wandel durch Annäherung“ für sie viel gefährlicher war, als jegliche Politik der Stärke.

Erst mit der Zeit wurde in aller Schärfe deutlich, dass mit dem Rücktritt Willy Brandts eine Ära zu Ende gegangen war. Horst Eberhardt Richter schrieb 2003 dazu: Es „sei daran erinnert, dass es in Westdeutschland eine kürzere Periode gab, in der die Menschen begriffen, dass die einen nicht auf Kosten der anderen ihren Lebenskomfort erhalten oder steigern können, sondern dass alle in einer sozialen Demokratie aufeinander angewiesen sind. Das war unter Willy Brandt, als sich Scharen von sozialen Initiativen um Arme, um Randgruppen, um Kranke und Behinderte kümmerten, als überall Mitbestimmungsregelungen erweitert wurden und viele Millionen für eine ‚Humanisierung der Arbeitswelt’ ausgegeben wurden. Das war kein staatlich verordnetes oder von den Kirchen propagiertes, sondern ein spontanes Suchen nach einem verbesserten gemeinsamen Zusammenleben, bis dann unter dem Motto der ‚geistig-moralischen Wende’ jener soziale Reformgeist vorläufig wieder erstickt wurde.“

Richard hatte schon bald nach dem Ende der sozialliberalen Ära den Eindruck, dass der soziale Reformgeist nicht nur vorübergehend erstickt wurde. Die Schnecke auf dem Wege zu mehr Lebensqualität und Humanität war stehen geblieben. Noch schlimmer: Sie hatte sich umgedreht und kroch erstaunlich schnell zurück. Dabei fraß sie ein Blättchen der Hoffnung nach dem anderen ab und niemand wusste, ob es sich noch um das gleiche Tier wie vorher handelte oder ob es durch eine amerikanische Schnecke ersetzt worden war. Dass viele Gegner des vorherigen Weges der Schnecke begeistert Beifall zollten, war nicht weiter verwunderlich. Überraschend für Richard war etwas anderes: Massenhaft jubelten auch diejenigen, die vorher den Sozialstaat für unverzichtbar erklärt hatten. Waren die „Chicago Boys“, die Schöpfer des modernen Marktradikalismus, wirklich so perfekt , dass ihre Wirtschaftstheorie als unumstößliche Wahrheit empfunden wurde und in die Nähe religiöser Überzeugung rückte?

6. Kapitel

Walter Rattler und seine Frau Karin waren bereits anwesend, als Doris und Richard an einem milden Abend im Juni 2004 das vietnamesische Restaurant „Asialand“ betraten. „Wir sind gerade noch pünktlich“, sagte Richard bei der Begrüßung, „ihr habt offensichtlich unseren Geheimtipp rascher als vermutet gefunden.“ „Das war gar nicht schwer“, antwortete Walter, „du hast deine alte Heimat sehr genau beschrieben, deshalb haben wir die Ecke Bärenschanzstraße – Zickstraße gleich gefunden. Dein Bruder Heinz hat aber Verspätung.“ Doris entschuldigte den Schwager: „Vor einer Stunde rief er an. Er will sich in der Stadt noch ein Buch für seinen Literaturkreis im Bildungszentrum besorgen. In wenigen Minuten müsste er da sein.“

Heinz ließ tatsächlich nicht lange auf sich warten und fragte, als er alle beim eifrigen Lesen der Speisekarte sah: „Braucht jemand Hilfe oder habt ihr schon öfter vietnamesisch gegessen? Bei den Vorspeisen kann man überhaupt keine Fehler begehen.“ Weil auch die Wirtin bereitwillig Auskunft gab, wurde ziemlich rasch bestellt, und Heinz meinte: „Jetzt haben wir genug Zeit zum Ratschen, denn hier wird alles ganz frisch gekocht.“ Karin wollte wissen, ob Richard und Heinz als Kinder in diesem Haus gewohnt hatten. „Nur kurze Zeit“, antwortete Richard, „das erzähle ich euch lieber alles nach dem Essen. Damit euch die Zeit nicht zu langsam vergeht, kann ich euch aber einstweilen meine neueste Satire vorlesen, ihr wollt sie sicher unbedingt hören.“ Doris erhob unverzüglich lauten Protest: „Es getraut sich nur niemand nein zu sagen, du hast dir bestimmt wieder etwas Politisches ausgedacht. Vielleicht verdirbst du allen damit den Appetit.“ Zur Freude Richards erhielt er von Walter Schützenhilfe: „So schlimm wird’s schon nicht sein. Eine geistige Vorspeise kann nicht schaden.“ Richard ließ sich nicht länger bitten und begann:

„Mein Freund Robert ist seit mehr als zwanzig Jahren als Ingenieur bei Siemens beschäftigt. In seiner Freizeit forscht und bastelt er wie besessen. Ein halbes Dutzend Patente sind das Ergebnis seiner außergewöhnlichen Erfinderbegabung. Als er mir sein neuestes Produkt zeigte, an dem er jahrelang gearbeitet hatte, glaubte ich zunächst, er wolle mich auf den Arm nehmen. ‚Das ist ein Klartext-Hörgerät’, erklärte er mir, ‚es ist so unauffällig zu tragen wie jedes andere moderne Gerät für Schwerhörige.

Das Besondere daran ist, dass der Besitzer einen entschlüsselten Text hört. Wenn ein Redner seine wahren Absichten verschleiert, eigene Interessen verschweigt und seine Zuhörer zu täuschen versucht, hört der Benutzer meiner Erfindung immer die Wahrheit, den Klartext.'

Ich glaubte meinem Freund kein Wort, deshalb bat ich ihn, mir sein Gerät eine Woche lang auszuleihen, damit ich es ausprobieren konnte. Er war sofort damit einverstanden und sagte nur: ‚Du musst aber deine Frau mitnehmen, damit sie den Originaltext mitschreiben kann und ihr eine Vergleichsmöglichkeit habt.' Meine Frau war zwar nicht begeistert von meinem Vorhaben, ging aber dann doch zu einer Wahlveranstaltung mit, um markante Redebeiträge zu stenographieren. Danach verglichen wir zu Hause unsere Notizen, denn auch ich hatte mitgeschrieben, allerdings das Ergebnis meines Klartext-Geräts. Einfach verblüffend! Der Politiker hatte gesagt: ‚Die Globalisierung führt zu mehr Wohlstand auf der Welt.' Gehört hatte ich jedoch: ‚Die Globalisierung führt zu noch mehr Elend in der Welt.' Oder: ‚Durch längere Arbeitszeiten und unbürokratische Entlassungsmöglichkeiten entstehen letztlich mehr Arbeitsplätze.' (Originaltext) Mein Protokoll lautete an dieser Stelle: ‚Durch längere Arbeitszeiten und unbürokratische Entlassungsmöglichkeiten wird der Kostenfaktor auf zwei Beinen, früher Mitarbeiter genannt, weiter reduziert.'

Zum Schluss hatte der Redner versprochen: ‚Ich werde mich stets um die Sorgen der Bürger kümmern'. Auf meinem Notizzettel stand laut Knopf im Ohr: ‚Ich werde mich in erster Linie um das Wohl der Privilegierten kümmern.'

Das hatten wir unserem Freund Robert nicht zugetraut! Einerseits waren wir überrascht und von der erfinderischen Leistung begeistert, andererseits aber auch erschüttert über das Gehörte. Jetzt wollten wir unbedingt weitere Versuche mit dem geliehenen Gerät machen. Zuerst probierten wir es bei einer Radiosendung aus. Eine Nachricht lautete: ‚Weitere Verschlankungen in den Großbanken werden unausweichlich sein.' Die Übersetzung lautete: ‚Es drohen weitere Massenentlassungen in den Banken.' Der Nachrichtensprecher fuhr fort: ‚Der Wirtschaftsminister erklärte gegenüber Journalisten, Deregulierung führe eindeutig zu größerer wirtschaftlichen Dynamik und nütze allen Bürgern.' Bei mir klang das so: ‚Deregulierung bedeutet Abbau notwendiger staatlicher Kontrolle und geht zu Lasten der Armen und zu Gunsten der Reichen.'

Auch beim Fernsehen war das Klartext-Gerät bestens einzusetzen. Ob Nachrichtensendungen, Talkshows oder politische Magazinsendungen, das besondere Hörgerät ließ keinen ideologischen Begriff stehen, die

Entschlüsselungsleistung versetzte uns immer wieder in Erstaunen. Sprach ein bedeutender Wirtschaftsexperte von ‚notwenigem Umbau des Sozialstaates' hörte ich ‚gezielter Abbau des Sozialstaates'. Ein Politiker aus Brüssel bedauerte, es müssten immer noch ‚Lebensmittel aus dem Markt genommen werden', im Klartext hieß es ‚Lebensmittel müssen vernichtet werden' und wenn ein Diskussionsteilnehmer beschönigend von den ‚neuartigen Waldschäden' sprach, kam prompt die Berichtigung durch den Begriff ‚Waldsterben'.

Meiner Frau gefiel das Gerät so gut, dass sie immer wieder neue Spielchen erfand, es zu testen. Sie las mir einzelne Begriffe aus der Zeitung vor und war gespannt, was ich hörte, z. B. ‚Entsorgungspark', ‚neuartige Lebensmittel' und ‚Modernisierung der Wirtschaft'. Auf meinem Zettel stand: ‚Atommülldeponie', ‚genmanipulierte Lebensmittel' und ‚Amerikanisierung der Wirtschaft und Gesellschaft'.
Nach einer Woche gaben wir das Gerät zurück und fragten unseren Freund, ob er schon bald das Patent darauf bekäme. Kleinlaut antwortete Robert: ‚Ich werde keinen Versuch machen, meine neueste Erfindung patentieren zu lassen. Das ist mir viel zu riskant, mir fehlt dazu der Mut. Ich habe keine Lust, von allen möglichen Leuten beschimpft, bedroht und diffamiert zu werden, wahrscheinlich müsste ich sogar Angst um mein Leben haben. Die Erfindung wird deshalb nie auf den Markt kommen, und die geschickten Fälscher und Nebelwerfer aller Couleur können weiterhin ruhig schlafen. Es sei denn, jeder Einzelne entwickelt in seinem Kopf ein eigenes Klartext-Gerät.'"

Walter fasste sich als erster: „Den Text schickst du morgen gleich an das Kultusministerium mit der Bitte, in allen Schulen dafür zu sorgen, dass kein Schüler ohne eigenes Klartext-Gerät im Kopf seinen Bildungsweg abschließen darf. Das gilt besonders auch für die Universitäten und Fachhochschulen. Damit würde Bayern tatsächlich in der Bildungspolitik weltweiter Spitzenreiter. Ich bin sicher, dass unser Ministerpräsident Stoiber ganz begeistert von deinem Vorschlag sein wird, denn in allen Sozialkunde-Lehrplänen steht, die Demokratie braucht mündige Staatsbürger mit der Fähigkeit zur Urteilsbildung. Wenn heutzutage manche Wissenschaftler schon von einer ‚Mediokratie' sprechen, ist eine kritische Medienpädagogik unabdingbar."

Seine Frau Karin, die jahrelang als freigestellte Betriebsrätin in einem Großbetrieb gearbeitet hatte, wollte unbedingt eine Kopie der kurzen Satire: „Die Erfindung könnten auch manche meiner Kolleginnen und Kollegen gut gebrauchen, auch bei ihnen gibt es viele Geschädigte durch

Dauerberieselung mit Pseudoinformationen. Vor allem aber schafft es die Freizeit- und Unterhaltungsindustrie, für alltägliche Ablenkung zu sorgen und Sport, Stars und Schnulzen als das Wichtigste in der Welt erscheinen zu lassen."

„Dadurch haben es unsere gewieften Wirtschaftsfachleute und Politiker so leicht, ihren Einheitsbrei als beste Speise der Welt anzupreisen", meinte Heinz. „Am meisten erschreckt mich an diesem uralten Gemisch, dass es auch noch als Spitzenprodukt politischer Kochkunst verkauft wird. Die Zutaten sind immer die gleichen: Man nehme jede Menge Privatisierung, Deregulierung, Sozialabbau, Flexibilisierung, Steuersenkung und würze alles mit Lohnsenkungen, Arbeitszeiterhöhung und äußerster staatlicher Sparsamkeit, und schon ist der Brei fertig, der allerdings erst nach Monaten und Jahren seine segensreiche Wirkung zeigen soll. Vor allem im Ursprungsland Amerika, aber auch in Japan, England - von Argentinien und den Ländern der Dritten Welt ganz zu schweigen - warten die Leute heute noch auf die versprochene Steigerung der Lebensqualität." Richard nahm den Faden auf: „Vielleicht klappt es nicht, weil die Spitzenköche noch zu wenig der obigen Zutaten verwenden dürfen und immer noch einige Gestrige an den Rezepten zweifeln. Vorgestern hat gar einer dieser Abweichler gesagt, Ludwig Erhard, der Spitzenkoch nach der Währungsreform, würde die jetzigen Kochkünstler aus seiner Küche hinauswerfen. Und wir waren damals nicht einmal von diesem ‚Wirtschaftswundermann' überzeugt und meckerten an der ungerechten Verteilung herum. Wer wäre heute nicht mit dem ‚Rheinischen Kapitalismus' zufrieden?"

Karin spottete: „Leider hat sich die Welt seither ganz von selbst verändert. Die Größen der Wirtschaft und der Politik haben nicht das Geringste damit zu tun, sie müssen die Misere ausbaden, die durch irgendwelche schicksalhaften Geschehnisse weltweit eingetreten ist. Das müssten doch auch die Traditionalisten, Weltverbesserer, Gerechtigkeitsapostel und Sozialromantiker begreifen." Heinz nickte und ergänzte: „Nur Spinner behaupten, die Globalisierung sei von mächtigen Interessensgruppen gezielt durchgesetzt worden. Vielleicht gibt es in den nächsten Jahrzehnten wieder haltlose Beschuldigungen seitens der ewigen Nörgler. Sollte die Welt durch genmanipulierte Pflanzen nachhaltig verseucht werden, wird kein Konzern, kein Landwirtschaftsminister oder journalistischer Fortschrittsgläubiger daran schuld sein."
Doris stellte fest: „Wenn ihr so weiter macht, schafft ihr noch vor dem Essen zum hundertsten Mal das grandiose Ergebnis, dass zur Zeit alles Mist ist. Ich bin schon gespannt, ob das eueren Appetit beeinflusst." Als

hätte es Doris geahnt, brachte die Wirtin Phosuppe sowie Herbst- und Frühlingsrollen. Auch zwei köstlich gefüllte vietnamesische Pfannkuchen gehörten zu den exotischen Speisen. Das Gespräch drehte sich jetzt um praktische Fragen des richtigen Verzehrs der ungewohnten Produkte der asiatischen Küche, denn manches musste in frische Gewürzblätter eingewickelt, anderes mit Soßen und Pülverchen verfeinert werden. Allen schmeckte es vorzüglich und die Lust auf wichtigere Themen als Essen und Trinken sank auf ein Minimum.

Erst nach der allgemeinen Sättigung wollte Karin wissen, ob Richard 1979 aus politischen Gründen nicht mehr für den SPD-Vorstand kandidiert hatte. „Nein, es war einfach eine Frage der Belastung und damit der Zeit", antwortete Richard, „Doris und ich mussten uns immer mehr um die alten Leute in der Verwandtschaft kümmern. Zunächst ging es eher um Kleinigkeiten wie Formalitäten erledigen, bei Geldangelegenheiten helfen, an den Wochenenden für etwas Abwechslung sorgen und Tante, Eltern und die Schwiegermutter ins Grüne mitnehmen. Später häuften sich die Probleme."

Doris erzählte: „Der Tod meines Vaters war für meine Mutter ein Schockerlebnis. Er starb an einem Herzinfarkt auf offener Straße in der Innenstadt. Sie hatte ihn aus dem Auto aussteigen lassen, um einen Parkplatz zu suchen. Er wollte in eine vereinbarte Sprechstunde zum Hals-Nasen-Ohren-Arzt. Als meine Mutter zum Weißen Turm kam, sah sie eine größere Ansammlung von Menschen und wenig später ihren Mann inmitten dieses Kreises am Boden liegen. Die von den Passanten bereits gerufenen Sanitäter brachten ihn zwar so rasch wie möglich ins Krankenhaus, dort konnte man aber nur noch seinen Tod feststellen.
Mein Großvater in Gräfenberg starb übrigens auch 1971, also im gleichen Jahr wie mein Vater. Seine zweite Frau, von uns allen Tante Frieda genannt, benötigte in den nächsten Jahren immer häufiger Hilfe, und an den Sonntagen fuhren wir meist zu fünft zu Besuch nach Gräfenberg. Meine Mutter und die Schwiegereltern aus der Zickstraße waren über die Abwechslung froh."

„Nach 1980 begannen allmählich die größeren Schwierigkeiten", berichtete Richard. „Mein Vater Peter baute körperlich immer stärker ab und verlor auch das Interesse am Klavierspielen, sogar Radiohören und Fernsehen gehörten nicht mehr zu seinen Lieblingsbeschäftigungen. Tante Sophie, die nach dem Tode ihres Mannes jetzt öfter zu Besuch kam, gab zwar ihrem Schwager kluge Ratschläge, verärgerte dadurch aber eher meine Mutter. ‚Du brauchst doch nur nicht immer auf der Couch herumzuliegen, gehe doch in die frische Luft, denn dir fehlt eigentlich gar nichts.

Mein armer Mann hatte eine richtige Krankheit, sein Kropf wurde immer größer. Nach den blöden Spritzen mit Frischzellen ist er an einem Herzinfarkt gestorben.' Gott sei Dank ist Heinz fast jeden Tag entweder mittags nach der Schule oder abends mit Klara in die Zickstraße gekommen. Ich habe mich so oft wie möglich dort umgeschaut und jeden Tag angerufen. An den Sonntagen nahmen Doris und ich immer so viele Senioren wie möglich mit. Nach der Rückkehr gab es meistens noch einiges im Haushalt der Eltern zu erledigen."

„Vergesse nur nicht den Karl", forderte Doris. „Das war der Dritte im Bunde", versuchte Richard so kurz wie möglich zu erklären. „Der ungewöhnlich rüstige alte Mann hatte seine Tochter bei einem Verkehrsunfall in der Sulzbacher Straße verloren und einige Jahre später auch seinen Schwiegersohn, Mamas Bruder Robert, der nie über den Tod seiner Frau hinweggekommen war. Karl und seine Frau erzogen den einzigen Sohn des unglücklichen Ehepaars. Gerhard wurde Versicherungskaufmann und später Musiker. Ich war jahrelang sein offizieller Vormund, weil seine Großeltern mit bürokratischen Erfordernissen nichts zu tun haben wollten. Im Jahr 1974 wurde Karl Witwer, seine Frau war innerhalb einer Woche an den Folgen eines Oberschenkelhalsbruchs gestorben. Seit dieser Zeit kam er ein paar Mal in der Woche in die Zickstraße. So lange Peter nicht in seiner Ruhe gestört wurde, hatte er keine Einwendungen gegenüber dem Besucher. Heinz und ich waren froh, dass Mama und auch Tante Sophie eine zusätzliche Kontaktperson hatten. Wann immer es ging, nahmen Heinz und ich auch Karl zu den kleinen Ausflügen mit." Heinz lachte: „Und ich machte sie zu Liebhabern der italienischen Pizza, denn an jedem Mittwochmittag ging ich mit ihnen zum italienischen Stammlokal nach Johannis. Der Wirt begrüßte uns alle mit Handschlag, manchmal kam zu unserer Viererrunde auch noch Tante Sophie, die damals noch selbst Auto fuhr."

Walter wunderte sich: „Die alten Leute haben euch ganz schön auf Trab gebracht. Eltern, Tanten, fernstehende rüstige Onkel bei Laune zu halten wäre ja ein Ganztagesjob gewesen, zumal sie bestimmt nicht von Krankheiten verschont blieben." Heinz bestätigte: „Bei meinen Schwiegereltern ging es bald damit los. Klara und ich mussten hilflos zusehen, wie mein Schwiegervater immer stärker an Desorientierung litt. Zum Schluss erkannte er nicht einmal mehr seine Frau. Er starb völlig verwirrt 1981, Klaras Mutter überlebte ihn nur um 3 Jahre."

Obwohl Doris Bedenken äußerte, ständig über die Zeit großer Belastungen und trauriger Ereignisse zu sprechen, wollten Karin und Walter genau wissen, was im Einzelnen geschehen war. Deshalb fuhr Richard fort: „Mein

Vater schaffte es trotz seines miesen Gesundheitszustandes bis zum 78. Lebensjahr zufrieden zu leben, weil ja seine Leni sich ständig um ihn kümmerte. Ein Gang zur Toilette wurde ihm zum Verhängnis, denn er rutschte im Flur aus und erlitt einen Oberschenkelhalsbruch. Nach nur achttägigem Klinikaufenthalt beendete eine Lungenentzündung 1984 sein Leben. Ich hatte den Eindruck, dass meine Mutter lange Zeit gar nicht vollkommen begriff, was geschehen war und die Ablenkungsmaßnahmen ihrer Kinder, z. B. lange Telefonate aus Amerika, größere Autofahrten in die Fränkische Schweiz und noch häufigere Besuche in der Zickstraße, zwar dankbar annahm, aber sonst wenig Gefühlsregung zeigte. Tante Sophie und der anhängliche Witwer Karl spielten eine wichtige Rolle, obgleich meiner Mutter eine Frage große Schwierigkeiten bereitete: Darf der rüstige alte Mann sie auch zu Hause besuchen, wenn die Tante Sophie nicht dabei ist? Durch mühsame Überzeugungsarbeit gelang es Doris, Klara, Heinz und mir, sie von der Unbedenklichkeit solcher Begegnungen zu überzeugen. Wie wichtig dieser Kontakt war, zeigte sich in den nächsten Jahren. Die beiden rüstigen Senioren unternahmen viele gemeinsame Straßenbahn- und Omnibusfahrten im Großraum Nürnberg. Mama berichtete abends telefonisch genau von den alltäglichen Abenteuern: ‚Stell dir vor, bis nach Weiherhaus sind wir gefahren, das nächste Mal überrede ich Karl, auch noch nach Wendelstein mitzukommen. Ich habe bei den längsten Ausflügen keinerlei Angst, ich zeige dem Karl immer den Weg nach Hause. Na ja, er geht eben doch schon bald auf die neunzig.'“

„Leider hatte Tante Frieda in Gräfenberg wenig Kontakte zu anderen Leuten“, sagte Doris. „Außerdem litt sie seit Jahren an schmerzhaftem Gelenkrheumatismus und wurde in ihrer Bewegungsfreiheit immer weiter eingeschränkt. Es blieb nichts anderes übrig, als ihr einen Heimplatz in einem Rüstigenheim zu besorgen. Nach mühseliger Suche gelang die Lösung nur für kurze Zeit. Nach ein paar Monaten kam die Hiobsbotschaft aus dem Heim: Tante Frieda hatte einen schweren Schlaganfall erlitten und lag im Krankenhaus. Schon nach den ersten Besuchen in der Krankenstation war klar, es gab keinen Weg mehr zurück, wir mussten einen Platz im Pflegeheim finden. Die nächsten Monate wurden für alle Beteiligten zu einer Horrorzeit. Die gelähmte, nicht mehr sprechfähige Tante schrie manchmal vor Schmerzen, so sehr setzte ihr die Rheumakrankheit zu.“ Richard bestätigte: „Das ohnmächtige Zuschauen war entsetzlich. Jede Woche bat ich ihren Arzt, ihr besser wirkende Schmerzmittel zu geben. Offensichtlich getraute er sich nicht, Opiate einzusetzen. Das hielt er für viel zu gefährlich! Außerdem wies er auf die Gefahr der Abhängigkeit hin. So ein schlimmes, sinnloses, monatelanges Leiden hatte ich noch nie erlebt. Ein erneuter, diesmal tödlicher Schlaganfall erlöste 1985 die Tante aus Gräfenberg von allen Übeln dieser Welt."

Heinz meinte: „Jetzt sollten wir aber bald mit unserem Spaziergang beginnen, sonst müssen wir uns Gostenhof bei Nacht anschauen." Während alle bezahlten, fiel Walter noch etwas ein: „Die Tante Sophie ist aber auch schon lange gestorben?" „Ja", antwortete Richard, „sie hat zwar ihre Autofahrerei wie durch ein Wunder überlebt, aber nicht ihre Zuckerkrankheit. Zuerst schaffte ich es, ihr das abenteuerliche Herumkutschieren abzugewöhnen, dann besorgte ich ihr einen Heimplatz. Schon nach kurzer Zeit musste sie wegen ihrer hohen Zuckerwerte ins Krankenhaus, und ich stritt wenige Tage später erfolglos mit dem Chefarzt, weil er sie gleich ins Pflegeheim abschieben und ihr auch noch eine Magensonde verpassen wollte. Als ich sie am Tag vor der Umsiedlung ins Pflegeheim zum letzten Mal sah, saß sie halb bewusstlos auf einem Krankenstuhl. Eine Schwester erzählte mir, sie hätte manchmal einen Glucosewert um die 400. In ihrer Nase steckte ein scheußliches Gerät, offenbar zwei Schläuche für die künstliche Ernährung. Alle meine zornigen Einwendungen halfen nichts, im Krankenhaus wollten sie die Tante los haben. Am nächsten Morgen war alles vorbei, die resolute Tante Sophie hatte sich nachts die Ernährungsschläuche aus der Nase gerissen und war in der Nacht gestorben. Am Tag des vorgesehen Einzugs im Pflegeheim wurde sie zum Friedhof gebracht."

Vor dem Restaurant wiederholte Karin ihre Frage, ob Heinz und Richard mit den Eltern tatsächlich im eben verlassenen Eckhaus gewohnt hatten. „Ich war noch nicht einmal sechs Jahre alt, als Richards Instinkt uns allen das Leben rettete. Erzähle doch alles selbst!" forderte Heinz seinen Bruder auf. Darauf Richard: „Die Bombe muss am 20. Februar 1945 genau dort eingeschlagen sein, wo wir heute Abend gesessen sind. Im Keller darunter überlebte niemand. Nur mein Freund Norbert und seine Familie, die im Kellergang am Durchbruch saßen, kamen mit dem Schrecken davon. Ich hatte die Atmosphäre in diesem Keller als so furchterregend empfunden, dass ich die ganze Familie einschließlich Großmutter dazu brachte, bei jedem Fliegeralarm in den öffentlichen Luftschutzraum in der Saldorfer Straße zu flüchten. Das Haus blieb übrigens teilweise bewohnbar, es wurde abgestützt und bald nach dem Krieg wieder vollkommen aufgebaut."

Der Spaziergang führte zunächst in die Zickstraße. Richard erklärte vor dem Haus mit der Nr. 7: „Hier haben wir gewohnt und sind trotz aller finanziellen Probleme einigermaßen gut über die Runden gekommen. Ohne den couragierten Einsatz meiner Mutter wäre dies nicht möglich gewesen. Vor allem ging es bei uns während der Nazi-Diktatur, der alltäglichen Gewalt in den Familien, in den Schule und beim Jungvolk friedlich zu. Die beiden kleinen Kellerfenster auf der rechten Seite zeigen, wo sich der Luftschutzkeller befand, in dem wir den Luftangriff am 2. Januar überlebten. Allerdings brannte die Wohnung über uns im dritten Stock vollkommen aus. Unsere Räume im 2. Stock wurden auch so stark beschädigt, dass wir nicht mehr bleiben konnten und in das Haus eingewiesen wurden, das wir eben verlassen haben. Weil unsere Eckwohnung im ersten Stock lag und durch die Bombe vollkommen zerstört wurde, waren wir nach sechs Wochen wieder obdachlos. Durch besonderes Glück erhielten wir von der Eigentümerin eines Behelfsheims in Leyh den Schlüssel und durften dort wohnen. Ich baute mir meinen kleinen privaten Bunker und fuhr nach jedem Luftangriff mit dem Fahrrad zum Einsatz in die Bärenschanzstraße."

„Haben deine Freunde Erwin und Kurt gleich um die Ecke gewohnt ?" fragte Walter. Richard nickte und sie gingen zusammen die wenigen Schritte zum neuen Haus in der Fürther Straße. „Als ich am späten Abend des 2. Januars das ehemalige Bäckerhaus vollkommen zerstört und die Trümmer sogar auf den Straßenbahnschienen liegen sah, rannte ich sofort ins Nachbarhaus, weil ich hoffte, die Bewohner hätten sich durch den Durchbruch retten können. Dann sah ich das Bild, das mich bis heute verfolgt: Mein Freund Kurt steckte bis zum Hals in Trümmern, der Durchbruch war zwar von der Rettungsmannschaft geöffnet worden, aber eine Bergung war zunächst nicht möglich. Ich konnte sogar kurz mit dem Verschütteten sprechen, wobei er mit deutlicher Stimme sagte, dass alle im Keller tot seien. Nach 18 Stunden wurde er mit schweren Brandwunden gerettet und ins Krankenhaus gebracht. Kurt hätte überlebt, wenn nicht am 21. Februar eine Sprengbombe genau in den Keller eingeschlagen hätte, in dem er lag." Richard ärgerte sich drüber, dass er noch fast sechzig Jahre später größte emotionale Schwierigkeiten hatte, die Geschichte zu erzählen.

Auf der anderen Seite der Fürther Straße, am Eingang zur Veit-Stoß-Anlage, berichtete Richard: „Von hier aus sah ich in der Nacht des zweiten Januars 1945 die Altstadt brennen. Ein gespenstisches Bild - feuerroter Himmel, flüchtende Menschen, rauchende Trümmer auf der gegenüberliegenden Häuserzeile, ein Weltuntergangsszenarium! Ein paar Wochen später, im März, hätte mich auf meinem Fahrrad beinahe die Oberleitung der Straßenbahn erschlagen. Gleich vorne an der Willstraße ist eine brennende Hauswand auf die Leitungen gestürzt, die dadurch herunterschnellten. Mein geschenkter Stahlhelm hat mir das Leben gerettet."

Sie gingen weiter zur Preißlerstraße und blieben vor dem riesigen Schulhaus stehen. Der „Fremdenführer“ erinnerte sich: „Dieses Gebäude war für mich jahrelang ein Haus des Schreckens. Jeden Tag betrat ich die Schule mit großer Angst, weil man nie wusste, ob man nicht durch Zufall ein Opfer des Lehrers Zischer wurde. Auch bei perfektem Wohlverhalten konnte es passieren, den Zorn des Prügelpädagogen hervorzurufen. Dank meiner Mutter verhielt er sich mir gegenüber verhältnismäßig zurückhaltend, bei anderen Schülern kannte er keine Gnade. Erst viel später - nach dem Kriege - begriff ich, dass die Gewalttätigkeit dieses Mannes weit über die Rohheit üblicher Nazilehrer hinausging und ich drei Jahre lang von einem Sadisten bedroht worden war.“

Ecke Preißlerstraße-Denisstraße überraschte Doris die Zuhörer: „In diesem Haus habe ich während des Krieges gewohnt und keine Ahnung gehabt, dass die Frau, die meinen Eltern jeden Tag die Zeitung gebracht hat, eines Tages meine Schwiegermutter sein würde.“ Heinz war ebenfalls verblüfft: „Meinen Bruder Franz hast du vielleicht auch gesehen, denn er half jeden Tag seiner Mutter beim Zeitungsaustragen.“ Doris musste verneinen: „Ich war noch zu jung, um die 12 - 13 Jahre, an die Gesichter konnte ich mich nicht mehr erinnern, als ich zum ersten Mal in Richards Familie war. Gleich unserer Wohnung gegenüber befand sich übrigens der Bäcker Bärtlein, in dessen Laden eure Mutter während des Krieges Kopf und Kragen riskiert hat, als sie Brotmarken klaute. Wer weiß, was aus der Familie Löbner geworden wäre, wenn sie jemand angezeigt hätte.“

Karin wollte wissen, ob sich die beiden Schwiegermütter später gut verstanden. „Jahrzehntelang schon, erst in der Endphase tauchten wider Erwarten Schwierigkeiten auf. Das ist eine lange Geschichte, vielleicht solltest du sie erzählen,“ sagte Doris zu Richard. „Gehen wir noch vor bis zur Antoniuskirche in der Adam-Klein-Straße, dort erzähle ich euch dann die Geschichte unserer Mütter“, schlug Richard vor.

Alle waren einverstanden, und nachdem Richard noch an seinen Freund Norbert erinnert hatte, der seiner Mutter immer das Gewand des Priesters zum Beweis seiner Anwesenheit beim Gottesdienst beschreiben musste, begann er: „Weil wir im Haus der Schwiegermutter in Eibach wohnten und sie lange Zeit noch sehr rüstig war, konnte sich Doris leicht um sie kümmern. Meine Mutter wollte nach dem Tode meines Vaters keinesfalls ihre Wohnung verlassen, und es klappte auch viele Jahre mit dem Alleinsein. Heinz und auch seine Frau waren oft in der Zickstraße, Doris und ich kümmerten uns um die alltäglichen Angelegenheiten. An jedem Sonntag holte ich meine Mutter nach Eibach oder wir fuhren mit den beiden Frauen ins Grüne und kehrten irgendwo ein. Meine Mutter hatte darüber hinaus den Vorteil, dass fast jedes Jahr vierwöchiger Besuch aus Amerika kam, dann hatte sie das Gefühl, es sei fast wie früher. Sie selbst reiste noch ein paar Mal allein zu ihren Kindern nach Chicago, noch im hohen Alter machte ihr das Fliegen viel Spaß.

Sehr aktiv und körperlich fit war auch die Schwiegermutter. Sie unternahm noch mit Bekannten aus dem Altenclub einige größere Reisen und versäumte fast kein Treffen der Senioren. Meine Mutter nahm nur an einer Sitzung des kirchlichen Altenclubs in Gostenhof teil und fand: ‚Da sitzen ja nur alte Leute, zu denen passe ich doch nicht.'

Gravierende Vorfälle veränderten die Lage beider Frauen zum Negativen: Meine Mutter erlitt zweimal einen Oberschenkelhalsbruch. Beim ersten war sie nach einer Hüftoperation erstaunlich schnell wieder auf den Beinen - sie war damals doch schon 88 Jahre alt - , der zweite kurz vor dem 90. Geburtstag bedeutete längeren Krankenhausaufenthalt und gleichzeitig das Aus des selbstständigen Lebens in der Zickstraße. Meine Schwiegermutter warf eine schwere Gürtelrose aus dem Gleichgewicht. Sie zeigte plötzlich Symptome der Verwirrtheit und Desorientierung. Doris und ich mussten ständig auf sie aufpassen, weil sie auch mitten in der Nacht weglaufen wollte. Dadurch war es auch vollkommen ausgeschlossen, meine Mutter in unserer Wohnung aufzunehmen. Durch viel Glück konnte ich einen Heimplatz ganz in der Nähe in Eibach besorgen. Jeden Nachmittag erhielt sie entweder von mir oder von Heinz Besuch. Zu diesem Zeitpunkt konnten wir auch noch die beiden Mütter an den Sonntagen zu uns in die Wohnung oder zu einem Autoausflug mitnehmen. Tagsüber verhielt sich die Schwiegermutter fast unauffällig und auch nicht so depressiv, wie dies häufig nachts der Fall war.

Nachdem auch eine Behandlung in einer Erlanger Klinik keine länger wirkende Besserung brachte und die Krankheitssymptome immer schlimmer wurden, blieb uns nichts anderes übrig, als die Schwiegermutter ins gleiche Heim zu bringen, in dem sich meine Mutter befand. Wir hofften, dadurch würden sich beide Frauen wohler fühlen, zumal ja jeden Tag jemand zu Besuch kam. Das war leider nicht der Fall, meine Mutter verstand überhaupt nicht, weshalb Betty ununterbrochen umherrannte und sich nicht ruhig neben sie setzte. Jetzt sollte Doris weitererzählen“, schlug Richard vor.

„Diese fürchterliche Unruhe wurde meiner Mutter zum Verhängnis“, erläuterte Doris. „Nachdem sie einmal im Schlafanzug bei frostiger Kälte das Heim verlassen hatte, wurde sie per Gerichtsbeschluss in eine geschlossene Pflegeeinrichtung eingewiesen. Dort begann erst ihre Leidenszeit. Nicht das Pflegepersonal war an den Zuständen schuld, sondern ökonomische Sparsamkeit. Dadurch mangelte es ständig an genügend Pflegerinnen und Pflegern. Denn die Bewohner des Hauses waren fast alle geistig vollkommen verwirrt und manche wurden auch gewalttätig. Einmal ertappten wir die Frau aus bürgerlichem Hause, die im gleichen Zimmer wie meine Mutter wohnte, wie sie wütend auf sie einschlug. Die Gewalttätige wurde zwar verlegt, und auf unsere Beschwerden hin sollten grundlegende Besserungen eingeführt werden, mehr Personal wurde aber nicht eingestellt. Meine Mutter erlitt noch einen Oberschenkelhalsbruch und wurde im Krankenhaus operiert. Wir vermuteten immer, dass sie von irgend jemand nachts aus dem Bett geworfen worden war. Beweisen konnten wir nichts. Das ‚beschützende Heim' war für die Bewohner eine einzige Katastrophe. Wir fanden anschließend einen normalen Heimplatz am Steiner Schloss. Davonlaufen konnte meine Mutter jetzt ja nicht mehr."

Die Aufmerksamkeit der Zuhörer hatte keine Sekunde nachgelassen. Deshalb übernahm nochmals Richard das Wort: „In einem der reichsten Länder der Welt wird so unmenschlich mit alten Leuten umgegangen. Ein wirklicher Skandal in unserer Gesellschaft und die Folge zunehmender Ökonomisierung aller Lebensbereiche. Wichtig ist nur noch, ob die Rentabilität stimmt und die Gewinne fließen. Das Ergebnis: Glückliches Kapital statt glückliche Menschen!"

Richard fuhr fort: „Meiner Mutter ging es verhältnismäßig gut. Sie erhielt jeden Morgen die von uns abonnierte Tageszeitung, ihr alkoholfreies Bier stand in der Küche bereit, jeden Tag ging einer von uns mit ihr spazieren oder wir unternahmen zweistündige Ausflüge mit dem Auto. Das von mir zusammengestellte Fotoalbum kannten alle Schwestern, ebenso wussten alle über sämtliche Familienverhältnisse hier und in Amerika Bescheid. Nur wenn der Zuckerspiegel sehr hoch war, traten deutliche Erinnerungslücken auf und Mama konnte fragen: ‚Warum schaut sich eigentlich der Papa nie um?' Ende des Sommers 1995 ließ ihr Appetit deutlich nach und wir wechselten uns mit dem Füttern ab. Unser Erfolg hielt sich in Grenzen, und auch Franz, der extra für eine Woche aus Amerika anreiste, konnte meine Mutter nicht davon überzeugen, mehr zu essen und zu trinken. Sie erklärte ihm gut gelaunt: ‚Ich brauche doch nicht mehr so viel, mir reicht es immer.' Schließlich vereinbarte ich mit der Ärztin und den Schwestern, meine Mutter keinesfalls noch ins Krankenhaus zu bringen oder ihr gar eine Magensonde zu verpassen. Der Tod kam ganz langsam. Heinz und ich saßen ab 13 Uhr am 12. Oktober 1995 an ihrem Bett und sahen, dass ihre

Füße und die Nasenspitze ganz weiß waren. Ich hatte schon vorher die Ärztin verständigt, die für Sauerstoffzufuhr sorgte. Meine Mutter erwiderte noch stundenlang jeden Händedruck. Sie atmete ruhig und die Ärztin, die bis zum Abend ein paar Mal kam, versicherte uns, dass meine Mutter ruhig und ohne Schmerzen einschlafen würde. Auch die erfahrene Schwester, die sich bis zum Ende sehr einfühlsam verhielt, räumte alle unsere Bedenken aus. Ich wurde nach Mitternacht so müde, dass ich mich mit dem Oberkörper neben meine Mutter legte. Was fiel mir nicht alles ein: Ich sah sie mit dem Kopfhörer bei der Heimarbeit. Mit einem großen Pack Zeitungen beim Weggehen. Im Luftschutzkeller saß sie gebeugt vor Angst, der kleine Heinz auf ihrem Schoß. Im Halbschlaf sah ich sie neben meinem Vater am Klavier stehen, sie trällerte ‚Machen wir's den Schwalben nach'. Kurz vor 2.30 Uhr hörte ich meine Mutter nicht mehr atmen. Die Schwester bestätigte meine Vermutung, gab mir die Hand und sagte mit zitternder Stimme ‚Herzliches Beileid, ich hab' sie so gerne gemocht.' Ich verließ so schnell wie möglich das Heim, denn nur beim nächtlichen Heimweg konnte ich meinen Gefühlen freien Lauf lassen. Drei betrunkene Halbstarke pflaumten mich in der Hauptstraße an, meine zornige Reaktion überraschte sie, die wütende Schimpferei tat mir gut.

Doris war am gleichen Nachmittag bei ihrer Mutter gewesen, die schwerkrank aus dem Krankenhaus ins Heim gebracht worden war. Als ich am übernächsten Tag mit dem Pfarrer zu Hause über die Beerdigung sprach, kam Doris erschüttert dazu und sagte: ‚Wir können gleich weitermachen, vor einer halben Stunde ist meine Mutter auch gestorben.' Die beiden Frauen, die so oft zusammen waren, starben fast zur gleichen Zeit. Die Schwiegermutter wurde 86 Jahre alt, meiner Mutter fehlten nur noch zwei Monate bis zum 93. Geburtstag."

Die kleine Gruppe setzte nach der langen Erzählung ihren Weg fort und überquerte am Ende der Baumgärtner Straße wieder die Fürther Straße. Am Eckhaus davor sagte Richard: „Hier besuchte ich oft meinen Freund Heinz Ruderer, der in der Slowakei außer sich vor Zorn auf den stellvertretenden Lagermannschaftsführer losgegangen ist, weil dieser ihn beim Strafexerzieren fast bis zur Bewusstlosigkeit drangsaliert hatte." Auf der anderen Seite, in der Sielstraße, war es nicht mehr weit zur Bärenschanzstraße. „In dieser Straße, fast vorne an der Willstraße, sah ich ein einziges Mal in meinem Leben, wie brutal die SS 1945 mit Gefangenen umging. Sie trieben einen Zug von zerlumpten, bis auf die Knochen abgemagerter Elendsgestalten mit lauten Kommandorufen die Straße entlang, wahrscheinlich weiter in das nur wenige Hundert Meter entfernte Gefängnis."

Am Sielschulhaus fragte Karin: „Warum meinst du eigentlich, dass die Oase immer noch lebt?“ „Weil sie für mich unabhängig von vergangenen Zeiten ist“, antwortete Richard. „Es geht vor allem um eine Lebensform und um das Verhalten gegenüber Kindern. Man braucht nicht ‚Mehr Mut zur Erziehung’, sondern mehr die Fähigkeit, mitfühlend, verlässlich und ein fördernder Freund und Partner zu sein. In unserer Familie gab es keine Gewalt, keine Bedrohung und auch das zerstörerische Streben nach immer mehr Wohlstand durch Geld und Besitz fehlte völlig. Dafür erlebte ich Vertrauen, Zuneigung, Unterstützung und trotz entsetzlicher Verhältnisse während der Nazidiktatur sogar die für jedes Kind unverzichtbare Geborgenheit. Meine Mutter hat nie in ihrem Leben ein pädagogisches Buch gelesen, und trotzdem handelte sie instinktiv richtig: Sie ermutigte, konnte stets zuhören, förderte Selbstständigkeit und unterstützte ihre Kinder auch in schwierigen Situationen, ohne sie jemals zu ‚verhätscheln’. In allen Familien, in denen Friedfertigkeit, Zuneigung, Freundschaft und gegenseitige Hilfe im Mittelpunkt stehen, lebt die Oase.“

Vor dem Sielschulhaus fragte Walter schmunzelnd: „Nachdem du schon so oft aus deinem ersten Buch vorgelesen hast, möchte ich zum Schluss nur noch wissen, ob du den Text nicht bereits auswendig kennst?“ Richard stellte sich an den eisernen Zaun und sagte lächelnd: „Den Ganzen nicht, aber den dramatischen Anfang, als ich als fünfjähriger Gostenhofer Streiter in die Hände der Johannisler Folterer gefallen und in diesem Schulhof gequält worden bin.“

Ohne längeres Nachdenken trug er vor: „Sie hatten ihn an einen Baum gebunden. Im Schulhof störte sie niemand. Einer der Kräftigsten verhörte ihn: ‚Wer ist heuer der Anführer?’ ‚Ich weiß doch nichts’, antwortete weinend der Gefesselte. Sie schlugen ihn wieder ...“

Die bisherigen Publikationen der Edition Knurrhahn:

Lieben Sie Reizwörter? Lesen Sie bzw. erleben Sie das Mimikry-Buch
„Einer flog übers Gemüsefach“ (ISBN 3-932717-00-7; Euro 10,-).
Sie finden darin 55 originelle, witzige und skurrile Kurzgeschichten.

***

Lieben Sie außergewöhnliche Gedichte? Dann gönnen Sie sich den Gedichtband von Karl H. Demuß
„Metamorphe Poesie“ (ISBN 3-932717-01-5; Euro 4,90).

***

Als Liebhaber des niveauvollen, nicht blutrünstigen Krimis sollten Sie

„Eine Ferienidylle“ (ISBN 3-932717-02-3; Euro 7,45)
von Wolfgang Handrick lesen.

***

Manfred Schwab und Nadina Dinta präsentieren gemeinsam das Buch

„Letzter Fischladen vor der Autobahn“ (ISBN 3-932717-03-1; Euro 8,40) und bieten darin viel Scherz, Satire, Parodie und Philosophie...

***

Gedichte und poetische Texte präsentiert Barbara Lorenz (BaLo) in
„Abrabarbara!“ (ISBN 3-932717-04-X; Euro 9,-).

***

Ein 14-jähriger Schüler beschreibt seine aufregenden Abenteuer im
„Tagebuch einer Flasche“ (ISBN 3-932717-05-8; Euro 7,50);
verfasst von K. H. Demuß für junge und jung gebliebene Menschen.

***

Karl Heinz Demuß und Thomas Rüger präsentieren in der Broschüre
„Das erste Dutzend ist voll“ (ISBN 3-932717-06-6; Euro 3,-)
zwölf bei Mimikry – Lesungen entstandene Spontangeschichten.

***

Erotische Reizwortgeschichten präsentiert der zweite Mimikry-Band
„Erlesene Höhepunkte“ (ISBN 3-932717-07-4; Euro 9,95).
Gastautoren sind u.a. Tanja Kinkel und Jürgen von der Lippe.

***

Eine moderne Geistergeschichte und gleichzeitig eine lokalpolitische Posse ist der von Wolfgang Handrick verfasste zeitkritische Roman
„Das Engagement“ (ISBN 3-932717-08-2; Euro 8,45).

***

Skurrile Kurzgeschichten präsentiert G. Fürstenberger in seinem Band
„Erforschung der Einsamkeit“ (ISBN 3-932717-09-0; Euro 9,-).

Begegnungen sind das Motiv in Ursula Hoffmanns lyrischem Werk
„Sternenwelten“ (ISBN 3-932717-10-4; Euro 13,-).

***

Kurze Alltagsepisoden versammelt Agnes Chrambach in dem Band
„Die Spatzen pfeifen wieder“ (ISBN 3-932717-11-2; Euro 7,50).

***

Ein tierisches Abenteuer erzählt die Jugendautorin Michaela Schmid:
„Die Geschichte von Florian Floh...“ (ISBN 3-932717-12-0; Euro 7,50).

***

Eine Vielzahl an Kurzgeschichten beinhaltet Günter Baums Band
„Der Sturm“ (ISBN 3-932717-13-9; Euro 10,-).

***

20 alltägliche und phantastische Begebenheiten schildert Gisela Czerny:
„Der Glasäugige“ (ISBN 3-932717-14-7; Euro 10,-).

***

15 Jahre VS – Regionalgruppe Nürnberg waren Anlass für die Anthologie
„Unser 20. Jahrhundert” (ISBN 3-932717-15-5; Euro 10,-).
Die Bandbreite reicht von K. Bröger und J. Wassermann bis zu F. Kusz.

***

Wovon andere träumen, wird Realität für den Helden der Titelerzählung
„Der Mann, der aus seiner Haut fahren konnte“ (ISBN 3-932717-16-3; Euro 10,-). Gerd Fürstenberger entführt die Leser in andere Welten...

***

Eine illustre Autorenschar, von Dieter Thomas Heck bis Renate Schmidt, wirkt mit in der Anthologie der Literaturgruppe MIMIKRY:
„Seltsame Begegnungen“ (ISBN 3-932717-17-1; Euro 11,-).

***

Eine historische Figur beschreibt der Autor Günter Baum in seiner Novelle
„Agnes Stöcklin“ (ISBN 3-932717-18-X ; Euro 9,50).

***

Dieter Schneider lässt einen internetsüchtigen Journalist unfreiwillige Verwandlungen durchmachen:
„Columbia-Code“ (ISBN 3-932717-19-8; Euro 11,-).

***

In der napoleonischen Ära spielt Wolfgang Handricks Roman
„Der doppelte Irrtum“ (ISBN 3-932717-20-1; Euro 9,50).

***

In jeder Buchhandlung oder direkt beim Verlag erhältlich!
Kontaktadresse: Thomas Rüger Verlag, Am Graben 38, 90475 Nürnberg.
www.thomasruegerverlag.de.vu